LES CENT DERNIERS JOURS

Écrivain britannique, Patrick McGuinness est né en Tunisie en 1968. Il est professeur de littérature française et comparée à l'université d'Oxford. Il a publié trois recueils de poèmes pour lesquels il a reçu de nombreux prix. *Les Cent Derniers Jours* est son premier roman.

PATRICK McGUINNESS

Les Cent Derniers Jours

ROMAN TRADUIT DE L'ANGLAIS PAR KARINE LALECHÈRE

GRASSET

Titre original :

THE LAST HUNDRED DAYS

ISBN : 978-2-253-09978-9 – 1re publication LGF

À Sarah qui était là

Première partie

Pourtant, la manière dont nous ratons
notre vie, c'est notre vie.
Randall JARRELL

Un

Dans la Roumanie des années 80, l'ennui était un état extrême. Il n'avait rien de neutre : il vous étirait, il vous distendait ; il s'accrochait à votre journée et la freinait comme des galets raclant contre la coque d'un bateau. À l'Ouest, l'ennui est un moment de relâchement, la musique d'ascenseur de la vie qui caresse l'oreille. L'ennui totalitaire est différent. C'est un état d'attente qui porte déjà en lui sa déception, l'événement et son anticipation entrelacés en un cercle sans fin de tension et de chute.

On le voyait toute la journée dans les queues qui se formaient quand les magasins recevaient des sardines de Corée du Nord, des bouteilles de slivovitz yougoslave de dernier choix ou du pain à la farine de pomme de terre. Les gens restaient là, qu'il fasse un froid polaire ou une chaleur accablante, et ils attendaient. Le regard vide, le corps engourdi, ils piétinaient dans la file qui avançait au pas. Personne ne savait quelle quantité de marchandise il y avait. Souvent on ne savait même pas de quelle marchandise il s'agissait. On pouvait faire la queue pendant des heures et découvrir que tout avait été vendu à l'instant où on atteignait le comptoir. Certains oubliaient pourquoi ils étaient là ou ne reconnaissaient pas ce qu'on leur tendait. On croyait acheter du pain et on se retrouvait avec du tord-boyaux yougoslave, tandis que l'alcoolique fébrile venu chercher sa dose repartait avec des sardines ou du cirage – et ce n'était pas au goût qu'on risquait de les distinguer. Parfois, l'objet de la queue changeait en cours de route : la viande se voyait remplacée par des baskets chinoises, les oranges israéliennes par des appareils jetables d'Allemagne de l'Est. Peu importe : on prenait ce qui se présentait. La transaction commerciale n'était qu'une première étape ; quelques heures plus tard, les circuits du troc et du marché noir ravitaillés grouilleraient d'activité.

Il était impossible de prévoir quel article de première nécessité disparaîtrait soudain des rayons, quel banal produit du quotidien deviendrait un luxe. Les morts eux-mêmes souffraient de la pénurie. Depuis le lancement des projets de construction titanesques au début des années 80, le marbre et la pierre étaient réquisitionnés par l'État pour la décoration des façades et des intérieurs. Au cimetière, les sépultures étaient signalées par des planches, des pieds de table, des chaises et des balais. La nouvelle Maison du peuple de Ceauşescu se mesurait en mètres carrés, mais aussi en nombre de pierres tombales. La situation était surréaliste, ou du moins elle l'aurait été si cette réalité n'avait été la seule dont on disposait.

J'avais débarqué plein de cet optimisme qui, *a posteriori*, m'apparaît comme un signe certain que cette affaire allait mal tourner – très mal tourner. Pas pour moi, car je ne faisais que passer ou, plus exactement, que passer au travers. Il arrivait des choses autour de moi, au-dessus de moi, voire par moi, mais jamais *à* moi. Même à la fin, quand j'étais au cœur de l'action, pendant les cent derniers jours.

Grimper dans l'avion presque vide à Heathrow, en ce jour de mi-avril, était déjà un voyage dans le temps. La flotte de Tarom, la compagnie aérienne nationale, se composait de vieux Boeing Air France, qui, comme beaucoup de choses en Roumanie, avaient été récupérés et remis en service. On avait l'impression d'être revenu dans les années 60. Les hôtesses de l'air portaient des tailleurs stricts et des petites toques.

Je m'installai à ma place dans une rangée vide à l'avant et je feuilletai les magazines cornés à la disposition des voyageurs. Des revues vieilles de deux ans qui décrivaient les spécialités gastronomiques du pays et montraient des maquettes floues du « boulevard de la Victoire-du-Socialisme », un projet qualifié de « point culminant de la vision de la Roumanie moderne développée par le camarade président Nicolae Ceauşescu ». À l'intérieur se trouvait un portrait retouché de ce dernier – *Tovarăşul Conducător*, le camarade président – sur lequel il paraissait vingt ans de moins, le teint de ce rose pâte d'amande un peu bouffi des cadavres embaumés.

Même à Heathrow, avec les vols qui atterrissaient et décollaient autour de nous et Londres tentaculaire à l'horizon, notre avion semblait un condensé de sa destination et de ce qu'elle était à cette époque. L'une et l'autre semblaient beaucoup plus éloignées que les trois heures trente qui nous séparaient de Bucarest.

Je portais toujours mon costume. Je n'avais pas eu le temps de me changer, et encore moins de repasser à la maison avant d'aller à l'aéroport. J'avais assisté aux funérailles avec ma valise et mon bagage de cabine que j'avais laissés dans le hall du crématorium pendant la cérémonie. Je n'avais jamais eu l'intention de lui souffler la vedette – il n'y avait de place que pour un départ ce jour-là –, mais c'était quand même l'impression que je donnais : un nouvel emploi, un nouveau pays, un billet d'avion non échangeable. « Ce n'est pas tous les jours qu'on enterre son père », m'avait dit quelqu'un d'un air de reproche. Certes. *Mais quand, comme moi, on a rêvé tous les jours de le faire, on peut s'attendre à ce que l'événement n'aille pas sans quelques complications.* Je n'avais rien répondu de tel, bien entendu. Je m'étais contenté de hocher la tête et de les observer, tous occupés à faire semblant de prier, s'appliquant à prendre un air lointain, ce qui leur permettrait de raconter plus tard qu'ils avaient vraiment communié avec la mort cet après-midi-là, qu'ils n'avaient pas commis la faute de penser au dîner ni au programme télé.

Après l'atterrissage, il fallut attendre que les VIP descendent, des hommes sévèrement costumés de gris, escortés de leurs épouses qui paraissaient avoir été coulées dans un mélange de crème anglaise et de ciment. On emporta leurs bagages sans les ouvrir pour les placer dans des berlines anthracite. Je connaissais ce type de voiture, c'était une copie de la Renault 12 produite par Dacia, le constructeur automobile roumain. Le nom avait une signification, m'avaient appris mes lectures superficielles sur le sujet. Les Daces, selon l'histoire officielle sanctionnée par Ceauşescu, avaient survécu au siège de Troie. Ces cousins pauvres des Thraces séparés de la tribu romaine avaient fondé leur îlot de latinité en Europe de l'Est, où ils s'étaient retrouvés encerclés par les Slaves, martyrisés par les Turcs, puis entraînés dans la sinistre orbite de l'Union soviétique.

C'était le mois d'avril, mais une vague de chaleur nous accueillit à la sortie de l'avion. Dehors tout irradiait. Le tarmac luisait, collait et gondolait sous les semelles, suintant son pétrole. De l'autre côté du grillage s'étendait une immensité d'herbe crayeuse divisée par des kilomètres de clôture, où besognait une charrue tirée par un cheval. Il y avait un animal mort déchiqueté par un soc, des lambeaux de chair éparpillés en travers des sillons. Du ciel, les champs labourés évoquaient une partition musicale. De près, c'était seulement de la terre, tournée et retournée, une terre qui ne se reposait jamais ; et ceux qui la travaillaient étaient voûtés et brisés par cette tâche ingrate.

Le cortège automobile des VIP s'éloigna comme le font les riches et les puissants de ce monde : sans regarder en arrière, vers leur prochaine destination.

L'odeur des aéroports : effluves poivrés du vertige, exhalaisons des aspirateurs, parfums, fumée, air usé. Un concentré de kérosène gaspillé et d'ozone brûlé qui donnait au ciel ce bleu limpide irréel.

Otopeni était un bâtiment de deux étages aux murs vitrés et au sol en marbre veiné de rouge, avec un personnel en sureffectif et une activité proche du néant. Cette atmosphère, mélange de menace et d'apathie nerveuse, infestait tous les édifices publics roumains. Le vol suivant qui provenait de Moscou atterrirait dans deux heures. Le précédent, de Belgrade, était arrivé et reparti depuis une heure. L'aéroport était un lieu en pause perpétuelle, un entre-deux permanent, aussi transitoire que l'avion que nous venions de quitter. Mais ce sont les espaces transitoires qui nous retiennent le plus longtemps et savent le mieux nous enfermer.

« Bienvenue en Roumanie » annonçait un panneau tricolore. Le drapeau roumain, bleu, jaune et rouge, avec l'emblème du Parti au milieu, mollissait au sommet de son mât, frémissant au moindre souffle. Les agents de la « milice », la police roumaine, étaient deux fois plus nombreux que les civils. Des femmes qui portaient des spartiates lacées jusqu'aux genoux poussaient des serpillières sèches sur le sol, se contentant de déplacer les mégots et les papiers de bonbons. De grands cendriers tubulaires débordaient de cigarettes écrasées et des miasmes de fumée bleue emprisonnaient l'air anémique dans leurs volutes.

Les douaniers officiaient avec une léthargie perverse et semblaient tirer si peu de plaisir de leurs petites persécutions qu'on se demandait pourquoi ils prenaient cette peine. Plus loin, au-delà des murs vitrés, je voyais les Dacia noires déjà libérées sur le boulevard Otopeni, filant vers cette ville qui serait bientôt la mienne.

Quand mon tour arriva, je dus ouvrir mes maigres bagages et en justifier le contenu. Les deux agents étaient bien appariés. L'un avait un visage dénué d'expression, alors qu'elles se bousculaient sur le visage de l'autre sans qu'aucune parvienne à l'emporter. Le premier baragouinait l'anglais, tandis que le second le parlait couramment avec un accent américain, tout en fumant des cigarettes elles aussi américaines. Si la police roumaine avait une filière rapide pour favoriser les éléments prometteurs, il en était l'incarnation : insaisissable, maigre, indéchiffrable.

— Qu'est-ce qui vous amène en Roumanie ?

C'était une excellente question et elle aurait mérité un mot d'esprit, mais le moment me semblait mal choisi pour tester le sens de l'humour national. Il empocha mon café et deux barres chocolatées avec un geste théâtral. Puis, sans cesser de me regarder dans les yeux, il s'appropria les piles de mon walkman, tandis que son collègue, en vertu d'une règle de redistribution équitable des richesses, confisquait ma cartouche de cigarettes achetées en duty free.

— Taxe, dit-il, pince-sans-rire.

Je montai dans une Dacia blanche tigrée de rouille dont la portière côté conducteur était bleue, derrière un chauffeur de taxi silencieux au visage invisible, qui pas une fois ne se tourna vers moi.

Quand on arrivait à Bucarest par les airs, on notait tout de suite les contrastes. D'abord, la rigide géométrie des avenues bordées de grands ensembles neufs, de tours d'habitations et de folies publiques qui embrochaient l'horizon ; puis, au milieu et tout autour, une pagaille d'églises anciennes, de ruelles tortueuses, de maisons et de petits parcs. Vu du ciel ou de la terre, c'était la même chose : le vieux Bucarest se révélait au visiteur par couches ; la nouvelle ville avançait vers lui en rangs.

Ce n'était pas une agglomération qui s'effilochait banlieue après banlieue et se transformait en campagne, pas plus que la campagne ne se densifiait de rue en rue pour devenir un centre urbain. Il y avait simplement trois ou quatre kilomètres de mauvaises routes, puis d'un coup des immeubles sortaient de terre, la chaussée cahoteuse s'aplanissait sous les roues et une ville poussait autour de vous.

L'appartement qui m'attendait était surprenant par sa taille et son élégance : tout le deuxième étage d'une vaste maison du XIXe siècle dans Aleea Alexandru, à Herastrau, une partie du vieux Bucarest qui avait jusque-là échappé au grand projet de « modernisation » de Ceauşescu. C'était le quartier où vivaient les apparatchiks, les diplomates et les étrangers, l'endroit où je vivrais, aussi longtemps que je supporterais d'y rester, ou aussi longtemps que l'on voudrait de moi. Partout en ville, les églises était rasées, les vieilles rues disparaissaient, ensevelies sous le ciment. Ici, on pouvait encore faire comme si rien n'avait changé, même si on entendait en permanence le bruit des chantiers de construction et de démolition.

Sur la porte d'entrée, on avait laissé le nom de l'ancien occupant, une carte de visite glissée dans un petit cadre métallique : « Belanger, F. ». Le mien était inscrit sur une enveloppe qui contenait une clé et une note m'invitant à m'approprier tout ce qui restait dans l'appartement. La ligne téléphonique fonctionnait, le réfrigérateur et les placards étaient pleins. Les armoires étaient remplies de vêtements à ma taille, et il y avait des livres et des disques que j'aurais pu acheter moi-même, ainsi qu'un magnétoscope et une télé. Mon prédécesseur avait dû partir à la hâte. Ou il savait que je venais. Une affiche au mur célébrait le 13e congrès du Parti : Ceauşescu, solaire, s'élevait derrière un tracteur flamboyant sur lequel il répandait ses rayons munificents. À côté se trouvait une petite icône ouvragée représentant l'Annonciation. Elle semblait vieille et terne, les visages effacés et érodés, mais les dorés et les rouges à l'intérieur brûlaient doucement, comme un feu qui couve sous les buissons. Elle était datée de cette année, 1989, et signée Petrescu, avec une discrète croix orthodoxe grattée dans la peinture à l'aide d'une allumette.

Il était dix-huit heures. Je pris une des bières de Belanger au frigo et je sortis sur le balcon. Le carrelage était bouillant sous mes pieds et je m'assis dans un fauteuil en osier râpé pour regarder la rue en contrebas.

J'avais dû m'assoupir, car lorsqu'on carillonna à la porte, il faisait noir et le sol était froid. Au même moment, dans les ombres de l'appartement, un second téléphone que je n'avais pas encore vu sonna trois fois, s'interrompit, sonna encore. On raccrocha quand je soulevai le lourd combiné de Bakélite. Un petit déclic, puis la tonalité monocorde.

Il y avait une panne d'électricité en ville, mais à Herastrau on échappait généralement aux coupures. À présent que la circulation s'était tue, je percevais un bruit constant : fracas métallique, perceuses, grondements de moteurs. J'avançais à tâtons dans le noir, incapable de trouver un interrupteur, n'évaluant la position de la porte qu'au tintement répété de la sonnette.

Un petit homme corpulent se tenait de guingois sur le seuil, le visage malicieux, les joues rosies par l'alcool. Je le reconnus quand bien même je ne l'avais jamais vu auparavant. Je l'invitai à entrer d'un geste de propriétaire, comme si j'avais passé là plus que quelques heures. Je me sentais chez moi dans l'appartement de Belanger. Et ses possessions, aussi étrangères fussent-elles, semblaient m'avoir adopté.

— Leo O'Heix. Vous vous souvenez de moi ? dit le nouvel arrivant avec un claquement de talons militaire ironique, un exemplaire de *Scînteia*, le journal du Parti, roulé dans la poche de sa veste.

Il me tendit la main, mais se faufila pour entrer sans me laisser le temps de la serrer.

— À l'entretien, ajouta-t-il.

Je n'y étais jamais allé. J'avais envoyé une dizaine de candidatures, obtenu six rendez-vous et n'avais été accepté nulle part. Lorsque j'avais reçu la proposition roumaine, j'étais trop découragé pour me présenter à l'entretien d'embauche. Deux jours plus tard, je trouvai au courrier une lettre qui avait « le plaisir de m'informer » que j'avais été sélectionné. Je crus à une blague. Mais à la réception de mon visa, une semaine après, je compris que ce n'en était pas une. Ou que sa chute était encore à venir. « Tu étais sans doute l'unique candidat – les autres ont pris les meilleurs postes et toi tu te retrouves avec ce dont personne n'a voulu », déclara mon père. Dans son état, il était incapable de pisser, de chier et même de manger seul, mais la perspective d'une bonne rosserie suffisait à le ranimer. Cependant, pour la première fois de sa vie, il m'accordait trop de crédit : j'avais nettement amélioré mes chances en restant chez moi.

Soigner mon père pendant ces derniers mois avait été une épreuve d'endurance, pour lui comme pour moi. Je poussais son fauteuil roulant de salle en salle et il fulminait contre les fautes d'orthographe, la grammaire déplorable et les apostrophes fantaisistes sur les tableaux d'affichage en contreplaqué de l'hôpital. Les habitudes ont la vie dure : vingt ans durant, à Fleet Street, il avait travaillé sur les linotypes des journaux et composé les pages à la main, apprenant son métier et acquérant par la même occasion une maîtrise de la langue dont un homme moins amer aurait fait meilleur usage. Trois ans plus tôt, quand on l'avait renvoyé avec six mille autres employés de l'imprimerie, il avait participé aux piquets de grève pendant quelques semaines et il avait jeté des briques contre les voitures de police, puis, un beau matin, il était retourné au travail dans un bus blindé aux vitres peintes et grillagées, protégé par l'une des nouvelles sociétés de sécurité. Mon père avait l'engagement politique extrême, mais inconstant.

Tout au long de sa lente agonie, nous parvînmes à éviter la réconciliation en n'échangeant que des futilités. Quand le délire s'empara de son esprit quelques jours avant sa mort, il se mit à la réclamer – ma mère : il lui reprochait de ne pas être là, de ne pas lui rendre visite. Même à la fin, il trouvait le moyen d'être en colère. Le médecin était sidéré par l'énergie avec laquelle il combattait le cancer pied à pied, toujours luttant, alors que la maladie aurait dû l'emporter depuis des mois : « Une guerre de tranchées », disait le docteur. Mais je savais ce qui l'aidait à tenir : cette colère.

Leo alluma et se dirigea vers le bar avec une attitude de propriétaire encore plus nette que la mienne. Il se servit un verre de gin qu'il compléta d'un trait symbolique de tonic, avant de prendre deux glaçons dans le congélateur. Alors, il s'assit sur le canapé, croisa les jambes et me regarda. Il avait joué, c'était mon tour.

Sa casquette humide de sueur semblait vissée sur son front où elle avait laissé des sillons rouges dentelés et sa peau avait la texture d'une route sur laquelle on avait remis plusieurs couches de goudron. Bien que ses jambes fussent toutes deux de la même taille, on ne pouvait en dire autant de celles de son pantalon, dont la teinte inégale rappelait les marbrures d'un champignon. Sa chemise était de ce grisâtre irrégulier, caractéristique du linge blanc qui a partagé des années de machine avec des caleçons bleus.

Encore à moitié endormi, je ne savais quelle contenance prendre. Mais ce n'était pas nécessaire : sans attendre que je parle, Leo vida son verre et bondit sur ses pieds.

— Sortons dîner.

Il me poussa dans le couloir. Le téléphone sonna derrière moi, mais il avait refermé la porte.

— Bienvenue dans le Paris de l'Est.

Leo est la seule personne que je connaisse capable d'être à la fois sincère et sarcastique.

Le Paris de l'Est... J'avais déjà entendu ce genre de rapprochement. Les localités de second ordre sont souvent associées à des lieux plus prestigieux. Mais Bucarest ne ressemblait à aucune autre ville, c'était sa douleur.

Deux

Leo conduisait ivre, ce qui n'était pas très grave ici, grâce à la pénurie d'essence et au délai de sept ans nécessaire pour obtenir une voiture du constructeur national. Rouler avec Leo, c'était comme faire des autos tamponneuses dans une ville fantôme, surtout avec la plaque CD – corps diplomatique – qu'il avait achetée au marché noir et placée à l'arrière de sa Skoda. Les grues et les pelleteuses omniprésentes dans les rues donnaient à Bucarest l'aspect d'une fête foraine abandonnée. Certains engins solitaires travaillaient encore malgré l'heure, avec un effectif réduit et à puissance réduite, hissant l'ombre des ouvriers vers une lune voilée.

Les trottoirs semblaient déserts, mais les ténèbres grouillaient de policiers en uniforme gris. On ne les voyait qu'une fois accoutumé à l'obscurité : ils se détachaient petit à petit de la pénombre où ils vivaient, un bras ici, une jambe là. Le vieux Bucarest tenait de l'arrondissement parisien délabré et de la banlieue stambouliote ; l'Orient et l'Occident exécutaient une danse architecturale sans fin. Des plantes ornaient les balcons tandis qu'à l'intérieur des gens étaient assis dans le noir, nimbés du halo bleu de la télé. Des bougies vacillaient aux fenêtres des églises orthodoxes. Les ouvriers qui travaillaient en rotation buvaient silencieusement leur bière au comptoir, les yeux baissés, coude contre coude.

La Skoda de Leo s'engagea sur une vaste place déserte avec un hoquet, comme un petit bateau de pêche qui s'élance vers la pleine mer : Piaţa Republicii, où le palais de la reine Marie et le siège du Parti se faisaient face, séparés par un large carrefour pavé. J'entendais, plus proche à présent, le fracas insistant des travaux, le carillon creux des poteaux d'échafaudage et le halètement des bétonnières. Et au nord je voyais la clarté des chantiers où l'on s'activait vingt-quatre heures sur vingt-quatre à la construction de la Maison du peuple et du boulevard de la Victoire-du-Socialisme. Nous approchions d'un haut bâtiment, un gratte-ciel sur cet horizon chétif, devant lequel étaient garées des voitures occidentales et des Dacia noires. Des employés en uniforme entraient et sortaient par les portes tambour.

Leo était resté silencieux pendant tout le trajet, mais la perspective d'un nouveau verre le rendit plus loquace.

— L'hôtel InterContinental, dit-il en désignant l'édifice. C'est là que se trouve la discothèque Madonna, fréquentée par la jeunesse dorée du Parti.

Une lourde pulsation de basse nous parvenait, augmentant et diminuant chaque fois qu'une porte au sous-sol s'ouvrait et se fermait.

Une Porsche rouge traversa la place à vive allure et freina brutalement devant la boîte de nuit, sa plaque d'immatriculation – NIC 1 – illuminée par l'éclat d'un réverbère. Un homme en costume blanc et chemise bleu métallique en sortit et entra dans le hall de l'hôtel, suivi par deux maigres gamines en minijupe argent, perchées sur des talons si hauts que chacun de leur pas était un défi vacillant à la gravité.

Leo grimaça :

— Nicu. Le prince play-boy. Le fils et héritier présomptif de Ceauşescu.

Le Capşa, un bâtiment de trois étages de style français qui se dressait au coin de Calea Victoriei et Strada Edgar Quinet, avait un air Paris fin de siècle. Les trois portes successives entre le hall modeste et la somptueuse salle à manger faisaient office de sas de décompression. Elles empêchaient les bruits du restaurant, ses odeurs, son luxe de s'échapper, et elles refoulaient la faim et les privations de la rue qui auraient pu contaminer les repas du Capşa.

Des serveurs en chemise blanche et veston vert bouteille orné de boutons en cuivre s'affairaient autour des tables chargées d'argenterie. L'uniforme était parfait, mais les visages détonnaient : cireux et mal rasés, de piètres caricatures des « garçons » français qui avaient paralysé Paris dans les années 1890, lorsqu'ils s'étaient mis en grève pour obtenir le droit de porter la moustache. Bucarest avait néanmoins été « un îlot de latinité, de manières françaises, de style français et de cuisine française », si j'en croyais mon guide de voyage. Je l'ouvris et cherchai le Capşa. Le restaurant y figurait bien. L'ouvrage recommandait « l'absinthe, le cognac, les bitters ou amers, le curaçao, la grenadine, l'orgeat et le sorbet », et conseillait de s'asseoir sur la terrasse pour observer « la vie à Bucarest dans tous ses états », avec un bémol : « Les chaises placées dans le voisinage incommodant du caniveau sont, bien entendu, à éviter. »

Mais mon guide, le seul sur la Roumanie que j'avais pu dénicher avant de partir, datait de 1899 et m'avait coûté dix pence à l'Oxfam de l'Île aux chiens. Leo le prit et caressa sa couverture fatiguée. Les fils rouges de la reliure pendouillaient au dos.

— Je ne sais pas pour le curaçao, la grenadine, l'orgeat et le sorbet, mais le caniveau n'a pas bougé. Quant à Bucarest dans tous ses états, ma foi, je pense que vous ne serez pas déçu…

1899 – il y avait quatre-vingt-dix ans. En ce temps-là, on surnommait « bonjouristes » les Roumains qui revenaient de France, la tête pleine des derniers livres sortis, et exhibant les dernières toilettes à la mode. Le Capşa était une relique de cette époque, mais aussi son reliquaire : menus en cuir gaufré, nappes à monogrammes et lourde argenterie. *Chez Capşa. Bienvenue à la gastronomie roumaine,* lisait-on dans un français pittoresque sur la couverture du menu. Le quatuor à cordes qui jouait laborieusement du Strauss était en parfaite harmonie avec le décor – dorures, paravents damassés et grêles plantes tropicales aux feuilles poussiéreuses. Les murs étaient tapissés de miroirs fumés par les ans et finement craquelés. Des morceaux de votre reflet restaient accrochés dans les fissures et s'y incrustaient, comme la crasse entre les carreaux.

Des serveurs circulaient avec des chariots chargés de plats. À l'autre bout de la pièce, des politiciens d'un certain âge dégustaient un mets flambé au cognac. Les flammes bleues crépitaient et éclairaient leur visage par en dessous.

— Et voilà, déclara Leo avec un sourire sarcastique. Regardez : le Parti a aboli le manque !

Ils levèrent la tête, toujours mâchant.

— Bon appétit, camarades !

Le maître d'hôtel, un homme à l'expression féroce vêtu d'une splendide livrée, nous conduisit à une table près d'une fenêtre qui donnait sur Cercul Militar, le « Cercle militaire ». Nous pouvions voir dehors, mais nous étions invisibles pour les passants. C'était toute la Roumanie qui semblait résumée là : d'un côté, les serveurs qui tranchaient des filets de bœuf avec application dans le meilleur restaurant de la ville et, de l'autre, les rayons nus des magasins étincelants sous les tortillons de papier tue-mouches et les rues sans criminalité qui portaient le poids du vide.

Le Capşa était, selon Leo, le seul établissement qui pouvait offrir presque tout ce que promettait son menu.

— C'est pour cela qu'il est si court, ajouta-t-il.

Il plaça un paquet de Kent sur la table. Le lingot de tabac : c'était une monnaie d'échange ici. Sortir des cigarettes signifiait que l'on souhaitait un traitement de faveur et que l'on avait de quoi le payer. Leo commanda une bouteille de Dealul Mare et elle arriva aussitôt, comme si par quelque tour de passe-passe le serveur l'avait tirée de derrière son dos.

— Il faut que vous sachiez deux ou trois choses…

Leo s'interrompt, fait tourner le vin dans sa bouche et l'avale d'un trait. Puis il me toise pour la première fois, oubliant la phrase commencée.

— Vous avez l'air de quelqu'un qui pensait pouvoir voyager léger, mais qui semble déjà regretter de ne pas avoir ses bagages.

Je lui dis que je suis fatigué, que je ressens les effets d'un décalage horaire sans commune mesure avec les deux heures de différence entre la Roumanie et l'Angleterre, que je suis assis à la table d'un restaurant baroque dans une ville à moitié éteinte qui se trouve être la capitale d'un État policier, en compagnie d'un type fébrile qui a un coup dans le nez, que je suis là parce que j'ai obtenu un emploi auquel je n'ai pas postulé, après un rendez-vous auquel je ne suis pas allé, et que mes bagages sont la seule chose à laquelle je puisse me raccrocher dans cette situation irréelle.

— Mais assez parlé de moi. Parlons plutôt de vous, rétorque Leo qui n'a pas prononcé un mot sur lui-même. Vous avez été très impressionnant lors de l'entretien. Le candidat idéal.

— Très drôle. Dites-moi, est-ce que le fait de ne pas me présenter m'a porté un quelconque préjudice ?

— Je me flatte d'être capable de juger au-delà des apparences… Le professeur Ionescu a hâte de vous rencontrer, lui aussi. Nous pensons avoir trouvé la personne parfaite pour ce poste, quelqu'un qui… saura apprendre le métier sur le tas. Vous remarquerez que nous avons pris la liberté d'ajouter licencié ès lettres à votre nom. Dites-vous que c'est un cadeau de bienvenue.

Leo pousse vers moi un parchemin ornementé, tamponné plusieurs fois et signé, avec un cachet de cire et un ruban. Mention très bien.

— En revanche, si vous voulez un doctorat, il faudra payer, comme tout le monde.

Il hausse les épaules et rit, prêt, dit-il, à me « mettre au parfum ».

— Et croyez-moi, ça ne sent pas très bon.

Bien que sa plaisanterie tombe à plat (mais en est-ce une ?), il ne se démonte pas. Il se lance dans le petit discours qu'il a récité maintes fois. Il a vu défiler des dizaines de candidats, mais aucun n'a duré plus de quelques semaines. Seul Belanger semblait capable de tenir la distance, mais il ne s'attarde pas sur le sujet.

Leo explique, Leo met en contexte et enjolive. Il y a ce qu'on grossit et ce qu'on minimise. Après quelques mois ici, tout sera au même niveau : dans un État policier, on a tendance à exagérer les petites libertés qui sont préservées, ce qui finit par leur donner une importance démesurée, tandis que les pires simulacres deviennent totalement ordinaires à force d'être banalisés.

Notre serveur débordant de sollicitude vient s'assurer que « tout est délicieux ». Dans la mesure où nous n'avons même pas commandé, c'est sans doute le meilleur moment pour nous poser cette question. Il couve des yeux le paquet de Kent sur la table.

Da, multumesc, répond Léo : oui, tout est parfaitement délicieux.

— Ah, c'est la nouvelle mode, ici… Toujours à vous demander si vous avez bien mangé, à vous souhaiter bon appétit. Je préférais quand ils vous balançaient la bouffe sur la table et repartaient en se grattant le cul… C'est une habitude récente, la faute de la télé étrangère. À mon arrivée à Bucarest, quand je suis venu déjeuner ici, une des femmes de ménage se coupait les ongles des pieds sur le tapis. C'était la Roumanie d'avant. Ah ! le bon vieux temps… Maintenant, on a droit à : *Bonjour ! Je m'appelle Nicolae et c'est moi qui vais m'occuper de vous ce soir…*

L'accent américain de Leo est calamiteux.

— Tout ça, c'est à cause de *Dynasty* : ils diffusent le même épisode deux fois par semaine. Ça leur permet de remplir un quart des trois heures de télé quotidiennes. C'était censé dégoûter les Roumains des excès du capitalisme, mais ça n'a réussi qu'à donner des idées à l'oligarchie. À présent, les magasins du Parti sont pleins de jacuzzis, de seaux à glace et de shakers...

Il fait signe au serveur de prendre notre commande : la spécialité de la maison, « le porc à la mode juive », un plat qui résume à lui seul l'antisémitisme inconscient de tout un continent.

Leo mange comme un enfant. Il coupe sa nourriture en morceaux qu'il pique avec ses doigts sur sa fourchette, avant de changer de main pour les enfourner.

— C'est un pays où cinquante pour cent de la population surveillent les cinquante pour cent restants. Puis ils inversent les rôles.

J'écoute ses mauvaises plaisanteries et déjà je sais qu'elles n'en sont pas, que c'est plutôt une manière d'aborder la réalité sous un angle moins douloureux, comme quand on marche de profil contre un vent cinglant. Je mange et je bois pendant qu'il décrit un monde basé sur la suspicion et l'intrigue, où il s'avoue heureux, stimulé, épanoui. L'endroit lui convient, non pas parce que la Roumanie lui ressemble, mais parce qu'il est bien plus que cela.

Mais surtout, il adore la vie à Bucarest.

— Tout est là : la passion, l'intimité, la camaraderie. Mais il faut savoir s'adapter à la situation. C'est vrai qu'il y a des zones grises. En fait, soyons honnêtes : ce n'est qu'une immense zone grise.

D'un geste, il embrasse tout ce qui se trouve à l'extérieur du restaurant, comme si le monde physique était en corrélation avec l'univers moral dans lequel nous vivons. Il commande une troisième bouteille de pinot noir et je me demande s'ils ont de l'aspirine en Roumanie. Quel début !

Mais Leo a raison. Il ne ressemble pas aux autres expatriés qui se défient de leurs collègues roumains, baissent la voix quand ils entrent dans une pièce, s'excluent des conversations ou ne s'y mêlent qu'à leur corps défendant, la narine frémissante. Malgré ses excès et ses grands airs, Leo, lui, a modifié son attitude en fonction des gens autour de lui, de la situation particulière dans laquelle ils vivent et de la violence qui s'exerce sur leur quotidien.

Difficile de savoir qui il méprise le plus, entre les apparatchiks corrompus, incapables et arrogants, qui gouvernent le peuple roumain, et les expatriés : ces diplomates, ces hommes d'affaires et ces entrepreneurs enfermés dans leur tour d'ivoire à l'ouest de la ville, avec leur pub anglais, The Ship and Castle (« Chicane and Castagne », dit-il), et leur magasin d'ambassade. Un de ses dadas est d'inventer des noms de parfums de luxe à leur nom : « Essence de Broadstairs », « Bromley Man », « Stevenage : Pour elle ». Leurs réceptions, une interminable succession de cocktails et de beuveries, sont parfois agréables, « ne serait-ce que pour l'alcool et les journaux anglais de la semaine précédente », mais le circuit est, selon ses propres mots, une « *bacchanaclonale* où des gens en grande partie identiques baisent les uns avec les autres de manière interchangeable ».

Assis au Capşa ce soir-là, j'éprouvais deux choses qui pouvaient sembler contradictoires, mais qui me poussaient vers mes propres extrêmes : l'impression que le monde se refermait, se resserrait, une sensation de confinement, mais aussi une bouffée d'exultation, le sentiment du possible, quelque chose qui se dilatait autour de moi tandis que je regardais la place déserte. Comme si l'agoraphobie que la nouvelle ville était censée provoquer et le système politique concrétiser se transposait vers l'au-dedans, créant un espace intérieur intensif. À la manière d'un atome qui en se divisant révèle des étendues d'énergie infinies. Si bien que, soudain, ma vie me paraissait pleine de possibilités malgré les contraintes et les limitations.

Ici, il ne fallait pas confondre les gens et ce qu'ils faisaient. C'est la première chose que j'ai apprise, et je l'ai apprise de Leo. Ils existaient dans un monde distinct de leurs actes. Il n'y a pas d'autre solution pour préserver l'amitié dans un État policier. Quand Rodica, la secrétaire du département, ouvrait nos bureaux pour qu'on fouille nos affaires et copie nos recherches, ou lorsque la propriétaire laissait entrer la police dans mon appartement, je ne disais rien. Je savais qu'elles savaient que je savais, et cela n'avait aucune importance.

Malgré la monstruosité et la brutalité autour de nous, c'était la normalité qui caractérisait nos relations : notre faculté d'adaptation à la situation, et non la duplicité et la corruption qui minaient cette situation. C'était également notre principale faiblesse : le manque, le chagrin, la répression étaient si routiniers qu'on ne les voyait plus et qu'on finissait par devenir insensibles, même à l'horreur.

— Mais il y a une particularité…

Leo me dit l'une des – rares – choses que je sais déjà au sujet de Bucarest : c'est la ville qui compte le plus de cinémas par habitant dans le monde.

Cette fois, il estime que j'en ai assez pour ce soir. Le Capşa ferme – il est près de minuit. Il boirait bien encore un verre, mais j'ai besoin de dormir et il a pitié de moi. Il me reconduit chez moi, lentement à présent, et prend le temps de s'arrêter pour me montrer différents lieux. À l'InterContinental, la fête bat son plein. Plus loin, l'entrée de l'Athénée Palace, un hôtel d'une autre classe, clignote sous la lumière dorée des phares des limousines. Leo emprunte une avenue où un bâtiment sur deux est un cinéma : le Buster Keaton, le Laurel et Hardy, l'Harold Lloyd.

— Pas de Chaplin, explique-t-il. Chaplin est proscrit – à cause du *Dictateur.* Pas de Marx Brothers non plus. Ça, je ne comprends pas. On aurait pu croire…

Le censeur roumain a un faible pour les pierrots tristes, les Keaton et les Lloyd, les personnages tragi-comiques brouillés avec le monde des choses, les Hamlet de cet Occident où l'économie joue aux montagnes russes. Ces comédies montrent des êtres bannis de leur propre vie par des objets, dans un univers où règne l'excès, où les biens matériels évincent l'humain, le marginalisent. Dans la Roumanie de Ceauşescu, tout est manque et absence, espace à remplir ; ici, l'abondance paraît aussi inconcevable que la technologie de *Star Trek*.

Je grimpai les marches, incapable de trouver un interrupteur, suivant la rampe à tâtons. Arrivé dans l'appartement, je me dirigeai vers mon lit. N'ayant pas pris la peine de sortir des draps, je m'allongeai sur la rêche couverture paysanne. Ma bouche était sèche, ma tête déjà douloureuse. Je cherchai un oreiller à portée de main sans succès, et je restai étendu dans la pièce qui tournoyait autour de moi. J'avais atterri directement à la case gueule de bois sans passer par l'ivresse.

Dans un lit inconnu, c'est souvent les bruits nouveaux qui vous tiennent éveillés. Ce soir-là, c'était le silence insolite, un froissement constant auquel il ne manquait que le mouvement, des modifications à peine perceptibles dans l'appartement de Belanger. Je me levai à plusieurs reprises pour pisser ou boire de l'eau rouillée au robinet de la salle de bains. J'entendis sonner le téléphone, mais j'aurais été incapable de dire si c'était un rêve ou la réalité. Chaque fois que je me réveillais, il s'était tu. Des fragments de la journée s'assemblaient sans logique dans mon esprit : l'avion, l'argenterie rutilante du Capşa, le regard féroce du maître d'hôtel. J'étais rongé par le souvenir des postes que j'aurais pu obtenir, des villes où j'aurais pu être : Barcelone, Budapest, Prague. Des images de tous ces lieux où je n'avais jamais mis les pieds se mêlaient pour recréer le Bucarest où j'avais passé quelques heures : un labyrinthe brutaliste surchauffé dont les murs et les tours fondaient comme du sucre, où les racines des arbres crevaient les trottoirs.

Je dormis tard et me réveillai sous des rayons de soleil si chauds que le sang bouillonnait sous mes paupières. Je devais consacrer ma première matinée à régler des questions administratives au ministère de l'Intérieur. L'édifice dominait un rond-point assez vaste pour éclipser les grues et les pelleteuses qui régnaient dans les rues, pareilles aux monstres d'un jeu de Meccano. Quelques vieux bâtiments résistaient encore, condamnés en dépit de leur âge vénérable. Leurs fondations vibraient-elles déjà dans l'attente d'une démolition annoncée ? D'ici quelques mois, ils ne seraient plus là. De l'extérieur, le ministère ressemblait à une grosse boîte grise, avec pour seul ornement un emblème du Parti en stuc. L'intérieur dépassait l'entendement. Je me souvins de ces affiches d'Escher qui décoraient les chambres d'étudiants : des architectures physiquement impossibles et des espaces abyssaux ; des escaliers qui s'appuyaient sur le vide ou s'enroulaient sur eux-mêmes ; des portes qui s'ouvraient sur des portes ; des balcons qui surplombaient une autre pièce… Il y avait d'imposants bureaux sans rien dessus, sauf un téléphone, un cendrier et du papier blanc ; des voix assez fortes pour vous faire sursauter, mais trop faibles pour qu'on puisse comprendre ce qu'elles disaient ; des pas qui se rapprochaient, mais ne se matérialisaient jamais, et des apparitions soudaines qu'on n'entendait pas arriver. Et, omniprésent, le bruissement d'une activité invisible, comme des grattements d'insectes dans l'obscurité. Je pensais au *Château* de Kafka, un roman que je n'avais pas lu, mais qui appartient à cette catégorie de livres que la culture lit à notre place et dépose quelque part en nous. C'était ainsi que j'imaginais le château de Kafka.

Au bout d'une heure, un homme qui clignait des yeux et sentait la cave se présenta. Je remplis les formulaires, hormis la case « Parent le plus proche ». J'attendais avec une certaine impatience le moment cérémonieux où je la laisserais vide, la pureté de cet instant.

— Pas de parent, dis-je. Pas de proche.

Mais il insista pour que je mette quelque chose. Il n'y avait pas de case vide dans ce pays. Je notai le nom de Leo.

On colla ma photo sur une petite carte et on la tamponna : mon sésame pour les magasins diplomatiques, les stations-service prioritaires et les boîtes de nuit réservées aux étrangers.

Sur l'avenue, des nuages de poussière tourbillonnaient au-dessus des chantiers où travaillaient des hommes sans casque, torse nu, en pantalon de survêtement et en tongs. Des militaires assis au bord du trottoir fumaient, leurs fusils sur les genoux, à côté de fourgons noirs aux fenêtres grillagées.

Il y avait des policiers postés tous les vingt mètres. La veille, ils m'avaient semblé sinistres et immatériels, des ombres fébriles espionnant une population portée disparue. À présent, ils tanguaient dans la chaleur, mal habillés, désœuvrés, moins là pour surveiller que pour rappeler une autre surveillance, au-dessus d'eux. Je pris soudain conscience de ce qui manquait. Aucune musique ne s'échappait des maisons et des magasins ; pas de radio, personne qui sifflait ou fredonnait ; il n'y avait nulle part où faire une pause pour prendre un café ou manger un morceau. Les gens ne s'arrêtaient pas pour discuter et ceux qui marchaient étaient seuls. Les cours d'école étaient silencieuses. Un kiosque à journaux vendait une boisson brune baptisée Rocola – le Coca-Cola roumain –, des cigarettes et des carnets de tickets de loterie verts. Il était difficile d'imaginer ce qu'on pouvait gagner ici.

En revenant sur mes pas, alors que j'arrivais près de chez moi, je remarquai qu'on s'agitait un peu plus loin. En m'approchant, je découvris un bâtiment qui livrait si peu de lui-même que je ne l'avais pas vu jusque-là, bien que je sois déjà passé trois fois devant. Ses fenêtres, comme celles du Capşa, ne permettaient pas de voir à l'intérieur. Je me rendis compte que cet endroit aussi était utilisé par le Parti : c'était la discrète clinique ultramoderne où les dirigeants et leur famille recevaient leurs soins : avortement, goutte, chirurgie cardiaque ou chimiothérapie, ici on traitait tout. Derrière un solide portail de fer, ses marches de marbre conduisaient à un porche surmonté d'une marquise de verre élégante, mais sobre. Les ambulances du Parti étaient garées devant, une série de breaks Mercedes blancs rayés de rouge, avec un gyrophare bleu.

Le long de la façade grise, des ouvriers en salopette recouvraient une inscription de peinture blanche, sous les yeux de jeunes hommes en costume. La bataille était inégale : les lettres rouge vif transparaissaient sous la fine émulsion blanche. ÉPID – ÉMIE, les deux moitiés du mot séparées par les barreaux noirs du portail, sur lesquels quelqu'un avait promené son pinceau, traçant un long tiret sanglant. Les traînées de laque évoquaient un film d'horreur de série B, un rouge d'une violence effrayante parmi tout ce gris. Les passants se hâtaient, les yeux prudemment baissés.

Je verrais ce graffiti souvent au cours des mois à venir. Et quand il n'était pas là, je devinais ses contours, sans jamais savoir si c'était le fruit de mon imagination ou si, sous les couches de peinture de mauvaise qualité, les lettres continuaient de chercher la lumière. Le mot était partout autour de moi, incarné dans les corps : sur le visage émacié des pauvres, des malades, des chiffonniers jetés au dépotoir de la société roumaine. Quelque temps plus tard, alors que je rentrais de l'université un vendredi après-midi, je vis une jeune Tsigane épuisée et manifestement à l'agonie. Ses vêtements étaient colorés et elle portait un collier d'ambre. Une main tendue pour mendier, le pouce replié sur la paume : ce minuscule détail est resté gravé dans ma mémoire où il est devenu le symbole même de l'indigence et du désespoir. Du tram immobilisé, je regardais les deux soldats penchés vers la femme assise par terre, entre les jambes une rigole de pisse qui coulait sur le trottoir et tombait sur la chaussée. Ils enfilèrent des gants en caoutchouc blanc et la mirent sans ménagement dans une camionnette Dacia. Une tache de sueur dessinait sa silhouette fantomatique sur le mur, là où son corps s'était essoré : l'eau d'un côté, et seulement des os et de l'air de l'autre.

ÉPIDÉMIE : le mot était inscrit dans les yeux de ces maigres sauvages qui rôdaient autour du marché, où les produits étaient si rares que la plupart des vendeurs avaient déjà tout remballé à huit heures du matin. Des articles que j'avais l'habitude d'acheter par sacs et de voir jetés en tas étaient ici exposés côte à côte sur les tables de béton, pareils à des joyaux : poivrons verts fripés comme des vieilles chaussettes, carottes rabougries, quelques laitues. Les seuls produits abondants étaient les conserves au vinaigre : légumes et racines qui ressemblaient à des cerveaux en bocaux, à des organes et à des appendices qui flottaient dans le formol, attendant la décharge de courant qui leur donnerait vie, les transformerait en corps humain. Mais quel genre d'électricité faudrait-il pour que ces poupées courbées et brisées se métamorphosent en révolutionnaires ?

Pourquoi n'ai-je rien vu venir ? Pourquoi aucun d'entre nous n'a-t-il rien vu venir ? Était-ce parce que rien ne devait jamais se passer jusqu'au jour où c'est arrivé ? Peut-être. Leo semblait pourtant savoir, lui.

— Il vaut mieux s'accrocher ou décamper vite fait, disait-il en haussant les sourcils, montrant du doigt quelque chose derrière ou à côté de son interlocuteur. Alors, qu'est-ce que vous allez faire ?

Trois

Quand on arrive dans un endroit que l'on ne connaît pas, on remarque tout, sauf le plus important. L'air même semble concentré, le moindre détail chargé de sens : l'odeur âcre de ces couloirs mal ventilés, un amalgame de cigarette, d'encaustique et de sueur ; les murs recouverts d'une épaisse couche de peinture coquille d'œuf grisâtre ; le lino rouge irrécupérable, tant il est coupé et griffé ; les panneaux en liège hérissés d'agrafes et de punaises cramponnées à leurs bouts de papier ; les affiches aux coins déchirés, les avis périmés qui dansent dans les courants d'air… toutes choses qui, malgré leur incohérence et leur banalité, me paraissent encore aujourd'hui plus réelles (*plus* réelles ?) que ce qui s'est passé ensuite : les meurtres et les gangs, les fusillades et l'anarchie. C'est parce que, dans mon esprit, ce sont ces détails qui portent le poids du reste : comme si tout ce qui était extrême et terrifiant était en sommeil, tapi à une pensée de là, qu'il suffirait d'une erreur d'aiguillage du cerveau pour le réveiller.

Ce premier jour à l'université, un vieux concierge me conduisit à mon bureau. D'après son badge en plastique, il se nommait Micu. Il était vêtu d'un pantalon gris et d'une tunique bleue ornée de médailles et d'insignes. Sa poitrine était un mur de décorations inversement proportionnel à son statut, à son statut actuel du moins. Avait-il été un soldat couvert d'honneurs, un ouvrier particulièrement productif, ou l'âge constituait-il une distinction en soi dans ce pays ? J'aurais été bien en peine de le dire. Cependant, si l'espérance de vie continuait de chuter au même rythme que pendant la décennie précédente, alors Micu méritait toutes ses médailles. Il devait avoir plus de quatre-vingts ans. Le gouvernement distribuait tant de décorations et de titres – aux mères héroïques (celles qui avaient cinq enfants ou plus), aux ouvriers héroïques (ceux qui travaillaient trois dimanches sur quatre), aux cultivateurs héroïques – que c'étaient les citoyens sans distinction particulière qui sortaient du lot.

Micu marchait vite, en dépit d'une claudication donnant l'impression qu'il évitait des obstacles invisibles, mais réguliers. Une cigarette sans filtre molle adhérait à sa lèvre inférieure grâce à un mélange de salive et de goudron. Ses yeux étaient humides et vifs. Lorsqu'il me tendit la clé, il montra la plaque au nom de Belanger sur la porte et mima le geste de la dévisser pour m'indiquer que son retrait et son remplacement étaient imminents. Il n'en fut plus jamais question.

Une vieille machine à écrire trônait sur la table. Des affiches fatiguées pour des voyages scolaires qu'aucun étudiant ne ferait jamais fixées au mur à l'aide de morceaux de scotch desséché côtoyaient les stars obligées du litt-parade anglais : Shakespeare, Dylan Thomas, Virginia Woolf. Sur le combiné du téléphone se trouvait un Post-it jaune avec quelques numéros, tous à Bucarest, mais sans aucun nom à côté. Je le pris et le collai sur la vitre, tandis que je vérifiais la ligne. Pas de tonalité.

Dans le bureau voisin, une machine à écrire électrique cliquetait furieusement, revenait à la ligne et repartait de plus belle par à-coups agressifs. On froissa une feuille et presque aussitôt un claquement retentit. Le missile de papier avait rebondi contre le bord de la poubelle et filait sur le sol. Un chapelet de jurons en anglais et en roumain, et le bruit du rouleau qui avalait une nouvelle feuille. Leo au travail, tapant à la machine comme il conduisait.

Ma première visite fut pour le directeur du département, le professeur Ionescu, un homme affable au visage rond qui dissimulait l'autorité impitoyable que lui conférait le soutien du Parti derrière une patine de distraction. Sa secrétaire Rodica Aurelian était enceinte de trois mois ; c'était son premier enfant et elle paraissait nerveuse, sous-alimentée, continuellement en train de refouler ses larmes. Elle sourit et m'invita à entrer, faisant son possible pour me mettre à l'aise.

Grand maître des purges, Ionescu avait supervisé les renvois massifs au sein de l'équipe enseignante deux ans plus tôt, lorsqu'elle avait été entièrement « renouvelée ». Le précédent directeur, un célèbre chercheur marxiste, était désormais laborantin à la faculté de chimie. Des professeurs déchus hantaient ainsi les bâtiments de l'établissement, fantômes sous-payés qui époussetaient leurs anciennes salles de classe ou frottaient les parquets à quatre pattes, pendant que leurs ex-collègues les enjambaient. La vieille blague selon laquelle on trouvait les véritables intellectuels parmi les agents d'entretien des universités roumaines était, comme toutes les bonnes plaisanteries du bloc communiste, moins une exagération qu'un raccourci.

Étonnamment, Ionescu ne suscitait pas l'hostilité. Je le vis une fois en compagnie de son prédécesseur vêtu de la salopette bleue réglementaire. Ils discutaient amicalement dans la rue et se serrèrent la main. Leo m'avait prévenu : il ne fallait pas confondre les gens et ce qu'ils faisaient. La personne et ses actes se dissociaient comme le corps et son ombre au crépuscule. Un cas d'existentialisme à l'envers qui aurait donné du grain à moudre à Sartre et à ses acolytes.

Le professeur m'accueillit dans son bureau. Derrière lui, une grande porte-fenêtre s'ouvrait sur un balcon d'où on pouvait contempler l'horizon entrecoupé de grues et d'échafaudages. En dessous béait une fosse, à l'endroit de la nouvelle station de métro en construction. Le chantier était désert, et des rubans rouges flasques fermaient la zone à la circulation et aux piétons. On avait l'impression qu'une météorite s'était écrasée sur le site et enfoncée dans les entrailles de la ville. Le phénomène était courant ici : des travaux débutaient du jour au lendemain, pour s'interrompre tout aussi vite. C'était le règne de la velléité, mais une velléité qui réquisitionnait des centaines de grues, de pelleteuses et de bulldozers, des dizaines de milliers d'ouvriers et des tonnes de béton… La *velléité de puissance*, aurait dit Nietzsche.

Telles des icônes de part et d'autre d'un autel, Nicolae et Elena Ceaușescu, revêtus de la robe et de la toque universitaires, encadraient la porte-fenêtre. Ionescu me prit par l'épaule et m'indiqua la vue avec un hochement de tête pénétré qui était l'expression du culte laïc rendu au nouveau Bucarest et aux déités présidant à sa création.

Je fus invité à m'asseoir. Rodica apporta du thé et de la tsuica, l'alcool de prune roumain. Ionescu prit une gorgée de thé, sucré et sans lait, à la turque, puis vida son verre de tsuica d'un geste fluide.

Il était neuf heures et, en buveur aguerri, il savourait le coup de fouet matinal du premier verre. Suivrait le plateau jovial de la mi-journée (le meilleur moment pour lui demander une faveur), puis la descente de l'après-midi, pendant laquelle nous l'évitions tous. Après quelques mondanités en pilotage automatique – me questionnant sur mon voyage, mon appartement, mes premières impressions –, Ionescu « tailla dans le vif du sujet », selon ses propres mots. Son anglais était excellent, mais truffé d'expressions déformées. Ainsi, un jour où il était d'humeur avunculaire, il me mit en garde, agitant l'index : une jolie femme pouvait obtenir ce qu'elle voulait « d'un battement des sourcils ». Une autre fois, alors que deux confrères se disputaient au sujet des nouveaux bureaux, Ionescu suggéra de « tirer à la courte maille » pour régler leur différend, se proposant d'être l'arbitre.

— J'ai quelque chose à vous demander, m'annonça-t-il ce premier jour. Une lettre de recommandation pour une excellente étudiante, une jeune fille très bien.

Ionescu retira ses lunettes et poussa un formulaire vers moi : une candidature pour une bourse d'études de deux semaines dans une université londonienne, déjà complétée et approuvée par ses soins. Quelqu'un avait pris la liberté de me désigner comme référent britannique.

— Mais, professeur Ionescu, je ne connais personne ici. C'est mon premier jour. Comment puis-je recommander qui que ce soit ? Je viens à peine de rencontrer Leo…

— Précisément, autant plonger dans le bain tout de suite. Regardez, Rodica a rempli tout ce qu'il fallait pour vous faire gagner du temps. Vous n'avez qu'à… Comment dit-on ? *Déposer votre signature.*

Je parcourus le formulaire. Il était au nom d'une femme, et il ne manquait effectivement que ma signature. Je n'avais jamais entendu parler d'elle, et cette Cilea Constantin ne figurait pas sur la liste de mes étudiants. Ma recommandation, tapée à la machine, dans l'anglais appliqué de Ionescu, ne tarissait pas d'éloges au sujet de ma mystérieuse protégée.

— Elle n'est pas inscrite chez nous, insistai-je, jouant la naïveté pour lui compliquer la tâche.

Le fait de croire que j'affirmais ainsi ma désapprobation prouvait que je connaissais bien mal le protocole de la coercition. Aux yeux experts de mon interlocuteur, j'étais en train de céder. Accepter de dialoguer avec quelqu'un comme lui, c'était déjà capituler.

— Pas à proprement parler…

Cette réponse sinueuse, évasive. Combien de fois l'entendrais-je, chez Ionescu, chez Leo, chez bien d'autres, dans des situations quotidiennes d'une légalité douteuse et d'une amoralité certaine ? Bientôt, je l'emploierais, moi aussi.

Je protestai pour la forme : c'était *contraire à l'éthique universitaire*, ce n'était *pas professionnel* ;

de plus, il n'avait qu'à signer la recommandation lui-même puisqu'il l'avait manifestement dictée. *Non, c'était mal, un point c'est tout. Ce genre de chose ne se faisait pas en Angleterre*... Je m'essayai à quelques déclarations vertueuses. Elles étaient très bien, ces phrases, mais elles ne me ressemblaient pas.

Ionescu changea de tactique.

— M. O'Heix a été très impressionné lors de l'entretien à Londres.

Il sourit et poussa encore le formulaire. Leo lui avait-il menti ou était-il au courant depuis le début ? Était-ce une manière de me signifier que, puisque j'étais là grâce à une rencontre fantôme, il m'appartenait de perpétuer la tradition ?

Pendant que je m'exécutais, il fit le tour du bureau et me prit par les épaules, comme pour me signifier que j'étais désormais des leurs.

— Je vous suis très reconnaissant. Allons, n'ayez pas l'air si préoccupé, vous vous êtes déjà prouvé inestimable.

Sur ce, comme un barman virant un client qui a épuisé son crédit, il appela Rodica pour qu'elle me raccompagne à la porte.

Faire une recommandation pour une parfaite inconnue, sans doute haut placée dans le Parti, ce n'était pas rien, j'aurais dû avoir l'impression d'avoir franchi une ligne. J'aurais dû être plus... *préoccupé*. Mais non : j'oubliai l'incident aussitôt.

Ma vie prenait forme : le trajet à pied pour aller au travail, les longues pauses déjeuner qui débordaient largement avant et après le court repas, le retour, un peu de lecture avant de sortir. Avec Leo, il était impossible d'être seul : il y avait toujours quelque chose à voir, quelqu'un à rencontrer, des quartiers de la ville à explorer pour son livre sur Bucarest. Quand je regagnais l'appartement en fin de journée, j'avais vraiment l'impression de rentrer chez moi. Je retrouvais là de plus en plus de moi, de plus en plus de ce qui pouvait passer pour une vie et une profession. Je m'étais mis sérieusement au roumain, j'appréciais les étudiants, j'aimais préparer mes cours. Mon nouveau diplôme encadré était accroché au mur. Hormis ce détail, j'avais laissé l'appartement de Belanger tel que je l'avais trouvé. Il me convenait.

Je n'eus pas à attendre longtemps mon premier « cortège présidentiel ». Le phénomène devait se répéter si souvent que je ne le remarquai bientôt plus – au point où je n'y prêterais pas attention huit mois plus tard, un certain matin de fin décembre. C'est ainsi que j'entendis et ne sus pas *entendre* le « dernier cortège » de Ceauşescu. Quelques heures après, le dictateur serait destitué et abattu comme un chien sur un trottoir. Je verrais la scène diffusée en boucle à la télévision, à des centaines de kilomètres de là, dans la salle d'attente de l'Europe. Il est difficile de ne pas projeter *a posteriori* un caractère singulier sur les sirènes de l'ultime cortège, différentes de toutes les autres, de même que le dernier souffle est unique.

D'abord, la circulation s'immobilisait, puis les pelleteuses et les grues frémissaient et se figeaient, comme des animaux sentant le danger. Des hommes en costume surgissaient de nulle part, autrement dit de partout, et dispersaient les files devant les magasins. On attendait. Dix, vingt minutes, une demi-heure… Ensuite, une sirène lointaine ; faible au début, et bientôt si forte qu'il fallait se boucher les oreilles. Et les voitures. Une, deux, trois, quatre… six Dacia noires aux vitres noires, identiques. Quand le président faisait visiter la capitale à des dignitaires étrangers, les fourgons de police déchargeaient des caisses de nourriture pour les placer dans les vitrines : du pain et des légumes, des morceaux de viande et des fruits dont la plupart des gens avaient oublié l'existence. Les véhicules ralentissaient pour profiter du spectacle. Après leur passage, les mêmes fourgons rapportaient tout dans les magasins diplomatiques et les boutiques du Parti. Si les Ceaușescu étaient seuls, les voitures filaient à cent kilomètres-heure dans les rues désertes. Nicolae et Elena n'aimaient pas voir leur peuple faire la queue, la ville devait être débarrassée de la faim, de l'exhibition honteuse du manque. Un scénario identique se déroulait au même moment dans deux autres quartiers de Bucarest : les sirènes, les Dacia, le cortège de Ceaușescu – le vrai et ses sosies, fonçant à travers la plus triste dictature du continent européen. L'une des voitures était réservée au chien du couple, qui lui aussi avait ses doubles – la chute d'une blague que plus personne n'avait envie de raconter, dans un monde où la brutalité le disputait à l'absurdité.

Préservé d'une réalité que je ne fréquentais que par intermittence, il m'était aisé de mettre une barrière entre moi et ce qui m'entourait. J'avais eu tout loisir de m'entraîner avant de venir ici. C'était peut-être les « talents particuliers » que Leo avait mentionnés, quand je lui avais demandé franchement pourquoi on m'avait choisi. Cependant, lorsque je repense à cette période, j'ai du mal à expliquer l'étrange décalage entre ma vie et celle des gens autour de moi, la pénurie, les répressions et les violences quotidiennes. *Du mal à l'expliquer ?* Aux autres, certainement. Mais du mal à le vivre, non. L'oppression crée sa propre normalité, elle fait partie de la routine. Elle brise la surface de notre existence, qui se referme dessus et continue, changée et inchangée par la violence à l'intérieur. Je faisais mes courses dans les magasins diplomatiques, nageais au club diplomatique, j'étais invité aux réceptions des expatriés. Je fréquentais les bars pseudo-occidentaux du centre-ville, où les cocktails étaient des parodies de cocktails américains, réalisés par des parodies de serveurs américains. J'étais habitué à la dualité du lieu, à sa duplicité.

Mes attaches avec les gens que j'avais laissés au pays se distendaient – surtout parce que je ne les entretenais pas, mais la poste et le réseau téléphonique roumains n'arrangeaient rien. Je ne rompis pas avec l'Angleterre : il n'y eut rien d'aussi délibéré. C'était plutôt comme une amarre qui se délove, boucle après boucle, jusqu'au jour où l'on découvre que, à force de dériver, on a perdu la terre de vue. Après quelques lettres sporadiques, ma relation avec une fille de la fac se transforma en un échange de reproches sans conviction, puis cessa – notre correspondance, du moins. En ce qui concernait mes amis, nos vies étaient devenues si différentes que nous ne parlions plus vraiment du même monde. Ionescu me donnait accès à son fax pour communiquer avec l'avocat chargé de régler ce qu'il appelait la « succession » de mes parents, ainsi qu'avec Deadman and

Sons : « des solutions sur mesure pour débarrasser votre maison ». J'étais censé superviser leur solution sur mesure en juillet. Une tâche que je redoutais plus que la police, les agents de la Securitate et les chiens policiers roumains réunis, car, si je m'étais bien libéré de mes amarres, cette maison demeurait l'ancre qui me retenait.

Le nid familial ne risquait pas de me manquer, pas après ce que j'y avais vécu, mais j'aurais pu me sentir violemment déraciné, surtout au cours des premières semaines. Ou effrayé. Pourtant, c'était la curiosité qui me dévorait. Ici, l'absence de choix était contrebalancée par le fait que le moindre de nos actes avait des conséquences. Un soir, Leo me déclara : « Tu vas te plaire à Bucarest. La marge de manœuvre est peut-être très étroite, mais elle est aussi très profonde... » Cela, je le savais depuis l'instant où j'avais posé le pied sur le tarmac poisseux de l'aéroport d'Otopeni.

Lorsque j'avais quitté la maison pour l'université, en octobre 1987, après les grèves de Wapping, ce n'était pas la liberté que j'avais trouvée, mais la dérive, un substitut assez plausible pour me leurrer pendant les premiers mois. Je croyais même que les études me permettraient d'offrir à mes parents une forme de compensation pour leurs espoirs brisés. Mon père voulait être journaliste, ma mère enseignante. S'ils étaient nés plus tard, ils auraient peut-être réalisé leurs ambitions. S'ils étaient nés dans une classe sociale différente, cela ne fait aucun doute.

Ils étaient pourtant proches du but, physiquement du moins, le genre de proximité qui ne réussit qu'à souligner la distance infranchissable : lui dans l'imprimerie, elle comme secrétaire intérimaire, envoyée par la mairie dans des établissements scolaires ici ou là, avec des contrats de courte durée. À deux reprises, elle travailla dans mon école pendant quinze jours d'affilée. Je me rappelle l'avoir trouvée un jour qui mangeait ses sandwichs empaquetés dans un Tupperware, seule, à l'écart des titulaires qui bavardaient, riaient et fumaient ensemble. Ses mains tremblaient – il avait déjà commencé sa guerre, sa campagne implacable et vengeresse pour l'humilier – et elle m'avait regardé, me souriant d'un air hésitant au-dessus de son sandwich. Elle paraissait absurde et pitoyable, mais il n'y avait pas de place pour la pitié à l'école, alors je l'ignorai et je passai mon chemin.

— Ce n'était pas ton fils ? lui demanda quelqu'un derrière moi.

Je n'entendis pas sa réponse.

Elle ne fit jamais la moindre allusion à mon attitude ce jour-là. Et il n'en fut plus question jusqu'au jour de mon douzième anniversaire, l'année suivante. Mon père avait terminé plus tôt et il était rentré à la maison pour boire. Elle m'avait acheté un cadeau, une maquette d'avion, et je m'étais mis au travail. Nous étions tous assis en silence : moi avec ma colle et mes pièces en plastique, lui avec son journal, ses cigarettes et son verre, elle, le regard à mi-distance comme d'habitude, tâchant de ne pas bouger pour ne pas attirer son inévitable attention. Puis c'était parti. Les insultes, les imprécations, les accusations : elle était stupide, un parasite ; elle était asexuée, laide, *une petite souris tremblante, une bonne à rien.*

Je sautai sur mon père pour lui arracher les yeux et je le mordis lorsque son poing droit s'écrasa sur mon visage, puis, du sang plein la bouche, je sentis qu'il m'agrippait par les cheveux de son autre main et tirait violemment ma tête en arrière. D'une torsion du poignet, il se libéra et me décocha un coup dans la gorge, avec juste assez de force pour m'envoyer à terre, où je suffoquais comme si je me noyais. Il se leva et se balança sur l'avant de ses pieds, se moquant de nous, puis il sortit, après avoir piétiné ma maquette inachevée et dispersé les morceaux sur le tapis. Ma mère me serra contre elle et tout ce que je parvins à dire c'était que je m'excusais de l'avoir ignorée ce jour-là, à l'école. Je n'arrêtais pas de répéter que j'étais désolé, et elle n'arrêtait pas de prétendre qu'elle n'avait pas remarqué, ou qu'elle avait oublié. Mais je savais que ce n'était pas vrai. Je savais que mon attitude l'avait blessée, peut-être plus que tout ce qu'il avait pu lui faire. J'enfouis mon visage dans son cou, respirai sa crème de nuit, la lessive sur ses vêtements, la sueur de sa peur accumulée. Je refoulais mes larmes, refusant de pleurer. Pour qui aurais-je pleuré ? Pas pour moi. Pour elle ? Si je commençais à pleurer pour elle, pensais-je, je ne pourrais plus jamais m'arrêter.

Elle aurait estimé que mon admission à l'université était une sorte de dédommagement, qu'on lui rendait ce dont elle avait été injustement privée. Lui considérait qu'on lui volait ce qui aurait dû lui revenir de droit. Peut-être était-ce la même chose, vue par deux tempéraments différents.

J'avais une bourse et de quoi vivre, si bien que j'étais à l'aise financièrement pour la première fois de ma vie. Et j'avais honte : je touchais presque autant que mon père quand il travaillait, et plus que ce que le chômage lui rapportait désormais.

J'étudiais les sciences politiques, encore qu'étudier ne soit pas le mot adéquat : j'assistais à des cours magistraux de théorie politique dont je mémorisais les slogans, évacuant la réflexion qui les sous-tendait. Je me jetais dans ce qui à première vue ressemblait à « la vie ». Je vendis même le *Socialist Worker* devant les centres commerciaux, mais le mélange de malveillance et d'indignation qui suintait du journal, cette agressivité stérile qui masquait son total marginalisme ne tardèrent pas à me dégoûter. Je préférais les injures des passants à l'écœurante mauvaise conscience progressiste des rares personnes qui s'arrêtaient pour l'acheter, ne le lisaient jamais et s'en débarrassaient discrètement quelques rues plus loin, lorsqu'ils pensaient que personne ne regardait.

Puis je décidai qu'on n'étudiait pas la politique pour réinventer le monde, mais pour la raison inverse – afin de se conforter dans l'idée qu'il était tel qu'il était parce qu'il ne pouvait être autrement. Je me tournai alors vers l'histoire de l'art et consacrai mes journées à visiter des galeries et à lire des catalogues. J'aimerais dire que cela nourrit en moi une chose encore indistincte et informe : un désir de beauté, l'envie d'apprendre à l'apprécier sans éprouver le besoin de la posséder ou de la casser, une manière de parler de sentiments touchant à l'extrême sans trahir qu'ils étaient les miens. C'était peut-être en partie le cas, mais à l'époque je savourais avant tout l'indignation de mon père, furieux que je gaspille mon temps et son argent – car il incarnait à ses propres yeux cette figure christique moderne qu'on appelle Le Contribuable – en occupations futiles, irréalistes, voire homosexuelles. De retour à la maison, un week-end, je trouvai le courage d'évoquer un tableau. J'utilisai le mot *ravissant.* Il s'étrangla avec ce qu'il avait dans la bouche, s'essuya et sortit de table.

Le point culminant de ma première – et en fin de compte unique – année à l'université fut la nuit où je dormis en prison pour avoir assommé un voyageur qui avait craché sur mes livres en passant à côté de moi, dans le métro à Trafalgar Square. J'avais levé les yeux et découvert un jeune cadre dynamique, hilare, une mallette à la main, vêtu d'un costume impeccable et arborant une cravate humoristique très représentative de l'engouement des années 80 pour les accessoires qui dénotaient un individualisme modéré, sans remettre en cause « l'esprit d'équipe » de leur possesseur. Je tirai sur sa cravate, une pelouse verte parsemée de ballons de rugby et de bouteilles de bière, et sa tête suivit, ce qui me permit de lui balancer un coup de genou dans la figure. Il porta plainte pour agression et il n'eut aucun mal à trouver des témoins. Je me retrouvai avec un casier judiciaire et une caution à payer. Pendant quelques jours, mon père fut fier de moi : c'était le genre de geste imbécile qui faisait plus de mal que de bien aux gens comme nous, mais qui nous donnait pendant un instant l'impression d'avoir gagné, et nous faisait bomber le torse quand nous allions au pub ou pointer au chômage. Mon premier acte de violence. *Maintenant, t'es prêt pour ta première gonzesse*, commenta-t-il, révélant par cette association quelque chose de sa vision du monde.

Quelques mois plus tard, mon père, sans travail depuis un an, qui vivait des allocations et crachait du sang, s'effondra chez le marchand de journaux et m'appela de l'hôpital. Lorsque j'arrivai sur place, un voisin lui avait apporté une robe de chambre, des pantoufles et un sachet de pièces de deux pence pour le téléphone. Le médecin consultant nous attendait. Je ne sais pas si c'était la manière dont il expliquait le cancer – « compétition cellulaire », « phase de développement », « croissance incontrôlée » –, mais j'avais l'impression qu'il parlait des marchés financiers et non d'un corps humain. Peut-être pensait-il que c'était le seul langage que nous comprenions.

Leo espérait que je serais un homme sans histoire comme j'avais été un candidat sans histoire. J'avais dû intérioriser le choc de la nouveauté, car il m'assurait qu'il était épaté par ma faculté d'adaptation. Il me trouvait imperturbable. Il faut dire que l'étrangeté radicale de la vie à Bucarest était neutralisée par la sensation de m'être glissé dans une existence taillée sur mesure : un appartement rempli de vêtements qui m'allaient, de livres et de disques que j'aurais pu acheter, de posters que j'aurais pu mettre aux murs, un emploi pour lequel j'étais fait, alors que je n'avais jamais réfléchi à ce qu'il impliquait et qu'on m'avait choisi précisément pour cela. Puis il y avait Leo, capable d'injecter vingt ans d'amitié dans cinq minutes de conversation. Notre première soirée ensemble me laissa l'impression qu'il avait implanté dans mon esprit un passé commun riche et varié, que notre relation précédait notre rencontre, voire qu'elle me précédait moi.

Leo avait ses raisons, très pragmatiques, pour souhaiter que je me sente ici chez moi. Il régnait sur le marché noir de Bucarest, grâce à un réseau ramifié de vendeurs louches et de clients qui l'étaient encore plus, trafiquant alcool, cigarettes, habits, nourriture, devises et objets d'art. Il avait besoin d'un comparse honnête pour lui servir de couverture, et je me prêtais volontiers au jeu. En échange, terme que Leo aurait certainement récusé, il me donnait son amitié, qui était inconditionnelle.

Il ne tarda pas à stocker des biens de contrebande dans mes placards. Il dissimulait ses réserves un peu partout en ville et mon appartement, à la croisée de trois banlieues cossues, était une base commode. En dépit de ses différends avec les autorités, Leo était à la fois au-dessus des lois et en dessous : ses clients étaient en général plus importants que ses persécuteurs et il n'avait encore rencontré aucun persécuteur qui ne fût un client potentiel.

Il procurait aux ambassades des devises roumaines contre des produits de luxe : vins ou foie gras, vêtements de grands couturiers, alcools de marque, tout ce qui se vendait ou s'échangeait. Parfois, on le payait en appareils photo, en enjoliveurs d'automobiles ou en sèche-cheveux, peu importe, il n'y avait rien qu'il ne fût capable de monnayer ou de troquer. C'était également Leo qui approvisionnait les ministères en Johnnie Walker acheté à bas prix et fourgué le double aux sous-fifres chargés de ravitailler leurs supérieurs. Il ne traitait directement qu'avec quelques élus : le ministre des Transports qui lui fournissait des bons d'essence, le sous-secrétaire à la Culture et le ministre de l'Intérieur délégué – autrement dit Manea Constantin, que je connaissais de nom bien avant de le rencontrer. Les contacts de Leo étaient disséminés à travers la capitale. Ils reliaient entre eux différents points de Bucarest, un réseau souterrain de lignes secondaires invisibles, mais qui traçait le plan d'une ville dans la ville.

On appelait l'associé de Leo « le Lieutenant » : c'était un Tsigane tatoué, les oreilles percées de plusieurs trous, en culotte d'équitation et bottes de cosaque, qui faisait rugir sa Yamaha Panther dans les quartiers pauvres de Bucarest. Un *Easy Rider* du Rideau de fer. Avec sa tunique bleue ornée de boutons dorés et de chevrons d'officier – d'où son surnom –, il avait l'air d'un vétéran, mais d'un vétéran qui aurait appartenu à une horde de violeurs et de pilleurs mongols. Le Lieutenant s'occupait de la logistique. Il dirigeait une armée de nomades polonais et tsiganes qui se déplaçaient la nuit à travers les champs, les montagnes et terrains vagues, se glissaient sous les barbelés rasoirs et sautaient par-dessus les clôtures électriques, aussi insaisissables que la brume matinale. Ils siphonnaient les stations-service d'État, escamotaient du matériel dans les usines improductives, soustrayaient une partie de la production des exploitations agricoles collectives et détournaient la farine et l'huile acheminées par convois nocturnes. D'un bout à l'autre du pays, on rectifiait les inventaires après leur passage.

C'était le marché noir qui faisait vivre la Roumanie, la maintenait à flot en comblant les nombreux manques et en corrigeant, à un certain prix, une bureaucratie ruineuse. C'était le double du système, son ombre. Celui-ci devait peut-être même sa survie à ce trafic, comme le mur ne tient plus que grâce au lierre qui l'a vidé de sa substance.

Mais le marché noir était secondaire pour Leo. Son grand projet, c'était Bucarest et le livre qu'il écrivait à son sujet : *La Ville des promenades disparues*.

— Parent le plus proche ? fit Leo lorsque, un mois après mon arrivée, je lui racontai l'épisode du formulaire que j'avais rempli au ministère. Je suis flatté. Est-ce que cela signifie que je suis ton tuteur ? *In loco parentis* ? Est-ce que cela comporte des… devoirs ?

Leo n'avait pas la fibre paternelle, et il ne restait certainement rien de filial en moi, mais je voyais bien que l'idée ne lui déplaisait pas. Si j'avais éprouvé de tels sentiments, ils s'étaient éteints avec ma mère. Sa maladie avait été si longue que sa mort avait paru une confirmation plus qu'un événement. Pendant deux ans, nous avions vécu avec son ombre, l'hologramme d'une femme si résistante et si solide que j'avais toujours cru qu'elle s'élèverait au-dessus de la brutalité calculatrice de mon père. D'elle, j'ai appris que le jour où les forts se brisent, c'est irrémédiable, car ils ne se fêlent pas, ils ne s'adaptent jamais à ce qui a voulu les détruire.

Un jour, peu après mon treizième anniversaire, alors que je rentrais du parc en suçant des pastilles à la menthe pour masquer l'odeur de la cigarette, je la trouvai qui se balançait sur le canapé, muette, le visage vide, un chagrin inexprimable dans ses yeux. Mon père la secouait, lui disait de se bouger et de préparer le dîner : *le match va commencer*. Il avait monté le son des informations au maximum : des navires de guerre sur une mer grise bouillonnante, des hélicoptères et des avions mitraillant le ciel au-dessus des Malouines, plan de coupe sur une carte avec une flèche indiquant un bout de terre qui, même en ces temps de patriotisme exacerbé, me semblait totalement incongru d'un point de vue géographique et politique. Une opinion que j'avais exprimée à l'école la semaine précédente, ce qui m'avait valu une correction du professeur d'études religieuses et un marron de l'un de mes camarades. Ma mère avait ri lorsque je lui avais expliqué l'origine de mon œil au beurre noir. Pas longtemps. Mon père lui avait fait un coquard identique d'un coup de poing rapide et désinvolte.

Aujourd'hui, je me souviens moins d'elle que de l'intensité de ma douleur à sa mort ; et c'était un second chagrin, de savoir qu'elle passerait le restant de mon existence à s'effacer : d'abord des lieux où elle avait vécu, puis de la mémoire de l'enfant qui l'avait aimée. Souvent, je m'interrompais, je laissai tomber tout ce que j'étais en train de faire, et je fermai les yeux pour m'assurer que son image était encore là. Si bien qu'au bout de quatre ans, il ne subsistait qu'une silhouette ténue, estompée par la surexposition. À présent qu'elle était devenue presque indiscernable, c'était le deuil lui-même qui me manquait, son intensité. Au moins, il me rappelait ce que c'était de ressentir quelque chose.

J'avais toujours envié ceux qui, dans les livres, disaient de leurs parents qu'ils étaient *distants*. La distance aurait été une solution pour moi.

Mon père se cognait au plafond de sa vie, persuadé d'être trop grand pour elle. Mais il n'était pas si grand que ça : sa vie s'était simplement racornie autour de lui parce qu'il ne s'en servait pas assez. Ma mère était son esclave et, alors que le peu dont elle se contentait ne cessait de diminuer, il la remerciait en l'accablant de ressentiment et usait d'une violence d'autant plus effrayante qu'elle était rare et préméditée. Et le jour où elle s'est brisée, elle s'est arrêtée net. Comme si elle était déjà morte, mais nous avait laissé son corps pour nous aider à nous acclimater au manque. C'était tout elle – ce départ en douceur.

Lui, j'en étais venu à le haïr et cela me stimulait. Néanmoins, je ne pouvais pas bâtir ma vie là-dessus, pas une vie que je pourrais appeler mienne en tout cas. Je découvris le pardon et sa cruauté cachée : il ne s'agit pas de grandeur d'âme, mais de se libérer. Celui qui pardonne flotte sans attache, tandis que le pardonné poursuit sa lente descente aux enfers. Voilà sans doute pourquoi c'est l'arme secrète de tant de religions. Je lui accordai donc mon absolution et me débrouillai pour qu'il l'apprît. Pendant toute la durée de son cancer, je restai à ses côtés. Je laissai tomber l'université pour lui, quittai mon meublé d'étudiant avec trois sacs de livres et de vêtements, et je pris le train pour Wapping, pour la maison, pour le salon avec le fauteuil où il s'asseyait tout le temps – un soleil noir autour duquel notre monde tournait. Je passais tous les jours aux soins palliatifs ; je tenais sa main et lui lisais les journaux, pendant qu'il fixait l'espace entre les lettres en plissant les yeux, mesurait la taille des caractères, examinait les indentations et les marges de son œil d'expert affaibli. Je lui montrais ce qui aurait pu être. *Ce n'est pas tous les jours qu'on enterre son père…* Moi, j'avais enterré le mien un petit peu chaque jour.

Lorsque les émeutes de Wapping avaient éclaté, l'année qui suivit la mort de ma mère, je rentrais à la maison et j'allais aider mes copains du lycée à ramasser le crottin des chevaux de la police pour les jardins ouvriers de leurs grands-pères près des docks. Les sacs fumaient dans le froid et le purin nous dégoulinait dans le dos, tandis que nous ployions sous le poids, slalomant entre les briques et les éclats de verre, les flaques des canons à eau et les pancartes abandonnées. Les récoltes de 1986 et 1987 furent miraculeuses, les potagers remplis de beaux légumes brillants, les vieux défendant leurs lopins contre les bulldozers qui venaient aménager les docks autour d'eux, les diviser en parcelles et les renommer dans la nouvelle langue du secteur tertiaire anglais : « Enterprise Quay », « Atlantic Projects », « Sterling Wharf ». Puis les blagues : les concombres étaient aussi durs que les matraques des policiers, les rangs de choux s'alignaient comme des boucliers anti-émeutes, les blettes piquaient autant que le gaz lacrymogène.

— Tout est lié, affirmait mon père, ôtant la planche qui remplaçait la fenêtre du salon, ainsi qu'il le faisait chaque jour, quel que soit le temps.

La vitre avait été cassée si souvent que maintenant il clouait juste un panneau d'aggloméré à la place. Avant son premier verre, je le surprenais parfois à philosopher – pas à tort et à travers, jamais, mais stérilement. Entre le moment où il dévissait le bouchon et la première gorgée de whisky, il m'arrivait également d'entrapercevoir l'homme qui un jour m'avait déclaré que réfléchir à la manière dont fonctionnait le monde vous donnait les outils pour le changer.

— Des carottes d'un jardin d'ouvrier irlandais jusqu'au 10 Downing Street, en passant par la raie du cul d'un cheval de flic : tout est lié.

Oui, mon enfance avait été une bonne préparation au totalitarisme : apprendre à savourer les petites permissions, à ne pas attiser l'esprit de revanche ni l'amertume paternelle. Ce n'est pas tout le monde qui choisit la Roumanie de Ceauşescu pour faire sa première expérience de la liberté.

Leo me regardait avec de grands yeux tandis que je vidais mon sac. Je ne voulais pas en parler. Je n'en avais jamais parlé à personne, ou pas comme ça, en tremblant, horrifié autant par ma froideur que par ma fragilité. Pendant un instant, je crus qu'il allait me raconter sa vie à son tour, me dire comment il était arrivé ici, mais non :

— Zut, nous espérions que tu serais… je ne sais pas… sans histoire, une page blanche.

Quatre

Leo enseignait le jour, trafiquait la nuit, et quand il avait du temps libre, il écrivait son livre sur Bucarest. Depuis que je le connaissais, sa frénésie n'avait cessé d'augmenter. Il n'arrivait pas à suivre. La capitale disparaissait plus vite qu'on ne pouvait commenter sa destruction. En huit ans, il avait vu démolir près d'un quart de la vieille ville : des églises, des monastères, des maisons individuelles et des bâtiments publics. Elle survivait dans les guides de voyage et dans les chroniques, dans les tonnes de notes et de photographies qui s'entassaient sur la table de sa salle à manger, une mine d'informations brutes qui attendaient d'être transformées en prose. Une prose qui passait de la description à la commémoration en une fraction du temps habituellement nécessaire : quelques mois, quelques semaines, parfois quelques jours. Leo, qui à l'origine devait rédiger un guide pour une agence de voyages, avait fini par composer une élégie urbaine, un monument dédié à un lieu disparu ou en train de disparaître, pavé après pavé, corniche après corniche.

Appuyé contre le mur, il y avait un panneau en liège sur lequel était affiché un plan de Bucarest d'un mètre carré, hérissé de lignes et de grappes d'épingles colorées.

— Les rouges pour les promenades que j'ai faites, les bleues pour celles à faire. Les noires pour celles que je ne ferai plus : les promenades disparues.

— *La Ville des promenades disparues*... C'est vraiment ton titre ?

Les pages déjà remplies s'entassaient sur la table, classées par quartier. Tandis que Leo cherchait celles qui décrivaient l'endroit où je vivais, je lisais les noms à haute voix : Dorobanti, Dudesti, Herastrau, Lipscani... Il me tendit une feuille tapée à la machine, avec des traits et des flèches rouges dans la marge.

Au-delà d'Aleea Alexandru s'alignent les maisons des artisans ottomans, avec en face et plus loin dans Strada Rabat leurs tanneries et leurs échoppes. La reine Marie de Roumanie qui sortait souvent incognito leur rendait visite, déguisée. Une petite mosquée à l'est possède le plus ancien minaret de Bucarest, lequel date de la fin du seizième siècle. Tout près, à cent mètres à l'ouest, l'église Saints-Cyrille-et-Méthode fait face à la Lutheran Kirche où se réunit la communauté allemande. Le bâtiment voisin, un hôtel particulier du dix-neuvième siècle qui appartenait alors à la famille Cazanu, abrite aujourd'hui le syndicat des artistes.

Je ne connaissais pas d'église luthérienne et, même si je ne prétendais pas avoir sillonné toutes les rues et les places, je ne me souvenais d'aucune flèche perçant l'horizon envahi de grues. Je n'aurais pas su dire où s'élevaient jadis la mosquée et les échoppes ottomanes, et en guise de minaret je n'avais vu que la cheminée en briques de l'incinérateur de la clinique. Pour Leo, néanmoins, le réaménagement urbain n'était pas parvenu à effacer la mémoire de la ville ; le vieux Bucarest le faisait souffrir, comme un membre amputé qui continue de tirailler là où il n'y a plus que du vide.

La moitié des informations contenues dans le paragraphe avaient été rayées en rouge et, à côté, utilisant le code des correcteurs, il avait crânement noté BON. *À maintenir* – mais ce n'étaient que des mots, et ce serait seulement à travers eux que la ville se maintiendrait désormais.

Avec le produit de son trafic, Leo se procurait des livres, des tableaux et des icônes qu'il récupérait dans les bâtiments promis à la destruction : il achetait en vrac meubles et œuvres d'art aux démolisseurs, partait en virée avec le Lieutenant dans un fourgon camouflé en ambulance, et débarrassait les lieux condamnés avant l'arrivée des boulets de démolition et des bulldozers. Ce dont il ne voulait pas, il le revendait ou l'échangeait dans un endroit mystérieux que je n'avais jamais vu et qui s'appelait simplement le magasin 36. On le connaissait surtout sous son surnom français, plus évocateur : *le magasin de l'ancien régime*, où l'on récoltait les déchets de la Roumanie d'autrefois pour les proposer aux touristes, aux gangsters et aux opportunistes du Parti.

Tout ce qu'on saccageait autour de nous semblait finir chez Leo, où chaque objet appartenait à un ensemble dont les autres éléments avaient été détruits ou dispersés : des chandeliers et d'antiques fauteuils dépareillés, des séries incomplètes de photographies érotiques, des toiles sans cadre et des cadres sans toile.

Une précieuse cargaison sauvée d'un naufrage. Et elle occupait chaque espace libre, remplissait chaque tiroir, vacillait en équilibre sur chaque étagère. Le paléontologiste Cuvier était capable de reconstruire des espèces disparues à partir d'un fémur ou d'un tibia. Peut-être Leo saurait-il rebâtir Bucarest avec les vestiges dorés accumulés dans son appartement. Les icônes, les tableaux, les pavés et les enseignes de boutiques étaient tous étiquetés, répertoriés et rangés ; il y avait des habits et des bijoux, des vieux miroirs, des plaques de rue… une petite boîte en nacre renfermant les restes décharnés du doigt d'un saint oublié trônait sur l'unique concession à la modernité du salon : un énorme meuble en verre fumé qui abritait une télévision, un magnétoscope et une chaîne stéréo dernier cri.

Les murs étaient tapissés de photographies de la destruction prises par Leo, à Bucarest mais aussi dans le reste du pays, où des villages anciens étaient rayés de la carte et des vieilles villes rasées, victimes des pogroms architecturaux de Ceauşescu. Grâce à son réseau d'informateurs, il recueillait des preuves venant de toute la Roumanie, qu'il transmettait aux agences de presse en Europe et aux États-Unis. Leo conservait les articles – tirés du *Monde*, du *Times*, de *Die Zeit* – dans une rangée d'albums sur son bureau. Une étagère voisine accueillait des vidéos. Des films d'action et d'horreur, avec les suites, les prologues et les séries dérivées : *Rocky*, *Rambo*, *Vendredi 13*, *Indiana Jones*. À l'intérieur des boîtiers, sur la tranche des cassettes figuraient une date et un lieu. C'étaient les images qu'il avait filmées, la dévastation des villages et des rues de la ville, des églises et des monastères.

Son appartement était devenu le visage caché de Bucarest, une sorte de portrait de Dorian Gray à l'envers : il embellissait et gagnait en splendeur concentrée à mesure que la ville disparaissait autour de nous.

— Ces endroits, déclara-t-il un soir, indiquant une galerie vitrée à Lipscani, ces endroits sont aussi menacés que les forêts vierges ou les Galápagos…

L'allée bordée d'échoppes minuscules, qui toutes abritaient des artisanats différents, s'incurvait vers la gauche, puis débouchait sur une zone commerciale bien organisée où les commerces étaient numérotés. Six ans auparavant, il y avait là une cour pavée avec une fontaine et un théâtre de rue où les musiciens de la ville, qu'ils soient étudiants au conservatoire ou tsiganes, se retrouvaient et improvisaient ensemble. Leo prétendait qu'il les entendait encore. Il posa la main sur mon bras.

— Écoute, murmura-t-il en fermant les yeux.

Dans ces moments-là, il entrait presque en transe, captait quelque chose qui, pour lui, n'était pas terminé. Quand il disait qu'il croyait que les lieux disparus continuaient d'exister, ce n'était pas qu'une façon de parler.

Une boulangerie voisine était allumée ; l'odeur du levain et des fours chauds attirait les gens, prêts à passer la nuit dehors pour avoir une chance de manger du pain frais. Il était plus de minuit et nous nous servions d'un plan de 1920 pour nous orienter dans les rues mal éclairées.

— C'est comme ça qu'on évalue ce qu'il y a par rapport à ce qui était, dit Leo. On parcourt la ville, ce qu'il en reste, et on entend la clameur de ce qui n'est plus. C'est le fait de l'écouter qui redonne vie au passé.

Nous utilisions toujours des vieilles cartes, des guides de voyage des années 1890, 1940, 1960. Selon Leo, occultiste des lieux, on pouvait invoquer n'importe quelle époque pour la faire revivre un instant. Nous pouvions traverser les places de marbre kitch, sombres et froides du Bucarest de Ceauşescu, avec un plan qui nous assurait que nous nous trouvions dans une rue animée, bordée de cafés et de cabarets. Ou marcher dans une large avenue nouvellement construite alors que nous étions censés déambuler au cœur d'un dédale de venelles tortueuses dans le quartier des brasseurs. Le quadrillage uniforme des grandes voies de circulation s'étendait autour de nous, désert, mais pour Leo nous frôlions les murs suintants d'une ruelle, évitions des bris de verre, l'odeur de la fumée et du houblon dans les narines. Quand il préparait ses promenades, il traçait son parcours sur des plans modernes, comblait leurs espaces vides et perturbait leur symétrie suspecte en y ajoutant les rues et les bâtiments d'autrefois. À force, ils ressemblaient à des cartes géologiques où le temps formait des strates et où, même révolues, même perdues à jamais, toutes les périodes existaient simultanément.

Lors de ma seconde expédition nocturne avec Leo dans les profondeurs de Dorobanti, nous tombâmes sur des hommes et des femmes en train de rôtir un cochon. À la lueur des lampes, ils buvaient du vin qu'ils tiraient de tonneaux, les uns assis en groupe, les autres dansant au son des accordéons et des violons. Une scène sortie d'un rêve. Personne ne parlait, ils tournoyaient, chantaient ou faisaient de grands gestes, nous invitant à manger et à boire, en l'honneur d'un événement sur lequel on ne nous donna aucune précision. Quelques passants sidérés nous rejoignirent. Comme moi, ils se demandaient s'ils rêvaient, mais Leo, lui, était persuadé que nous avions fait un saut dans le temps, que nous avions « basculé de l'autre côté », selon ses propres mots, que la ville était truffée de ces intersections entre le passé et le présent, des filons dans la roche temporelle qui ne demandaient qu'à être forés. À la fin de la nuit, nous les laissâmes pour aller travailler dans la grisaille matinale.

Je pensais que nous avions été les jouets d'une hallucination collective, mais Leo me soutenait que tout était réel. À la fin de la journée, nous nous disputions encore : nous pouvions y retourner, affirmait-il. Nous *allions* y retourner le soir même. Faire un trajet particulier, emprunter certaines rues dans un certain ordre, c'était une forme d'incantation. Les promenades disparues avaient leur grammaire, leur formule, comme n'importe quel sortilège. Il avait raison. Nous retrouvâmes les lieux, une fête nocturne dans une clairière urbaine, et nous nous y rendîmes encore deux fois avant qu'elle ne s'évanouisse. Une fois l'aventure terminée, Leo passait à la suivante. Ainsi, une carte des catacombes nous conduisit sous l'Athénée roumain, la salle de concert située à deux pas de l'hôtel du même nom, où un casino clandestin s'était installé dans une ancienne machinerie du XIXe siècle, mise au jour par les travaux du métro. Le soir de notre visite, des hommes et des femmes se pressaient autour des tables de jeu, tandis que des serveurs en costume circulaient avec des boissons et qu'un musicien jouait sur un piano électrique. La scène était on ne peut plus réelle, mais Leo était convaincu que ces gens appartenaient à une véritable société souterraine, que l'on reconstruisait et repeuplait le vieux Bucarest sous la surface. Il parvenait encore à trouver ces endroits. Il pensait qu'il s'agissait de trous dans le tissu de l'espace-temps, le temps déréglé, l'espace déplacé.

Par souci d'équilibre, Leo me faisait aussi découvrir le nouveau Bucarest, des banlieues bétonnées où des villages entiers de paysans avaient été relogés. On séparait les familles pour les caser dans des appartements minuscules, souvent sans eau, sans électricité, voire sans fenêtres. Beaucoup refusaient de laisser leurs animaux derrière eux : des chèvres et des cochons fourrageaient parmi le métal rouillé et le béton cassé, chiaient dans les coins et se grimpaient dessus dans les cours d'immeubles. Des jeunes coqs désorientés chantaient sous les projecteurs des chantiers en pleine nuit et des poules caquetaient sur les échafaudages. Des vieux aux yeux plissés et aux mains calleuses pelaient des pommes de terre, tandis que des vieilles en robe paysanne, assises sur des chaises pliantes, regardaient les grues qui peuplaient cet étrange horizon, écoutant le meuglement des bétonnières et des pelleteuses, ces nouvelles bêtes qui paissaient dans les champs d'asphalte. C'était une transplantation tragique. Beaucoup repartaient dans leur campagne, ou du moins là où elle était autrefois. On les retrouvait, à demi fous, errant sur le bas-côté de l'autoroute, ou, s'ils parvenaient à franchir les limites de la ville, pleurant leur cahute rasée et leur bétail disparu. Les rares qui restaient pour travailler dans les fermes industrielles étaient placés sur des machines, aux abattoirs, ou encore dans de vastes hangars où des cochons gavés de dioxine étaient enchaînés et nourris d'obscurité et de peur.

Tout était assourdi, différé. À la radio, sur le BBC World Service, la voix veloutée de la neutralité, de la patience et du sang-froid nous assurait, au mépris des faits qu'elle rapportait, que le monde était tel qu'il devait être. Il y avait également Radio Free Europe, la station financée par les États-Unis pour semer la zizanie dans le bloc soviétique. Elle était régulièrement brouillée, et si elle permettait de se tenir au courant des événements en Union soviétique, en Tchécoslovaquie ou en Allemagne de l'Est, il était peu question de la Roumanie. On découvrait ainsi que ces pays qui faisaient tant parler d'eux à cause de la répression étaient aussi ceux où, toutes proportions gardées, on la subissait moins qu'ailleurs. Rien ne filtrait hors de Roumanie. On parlait du Rideau de fer comme s'il n'en existait qu'un, mais l'Europe communiste était elle-même un système de cloisons, rideau sur rideau. Si le COMECON était un cosmos, la Roumanie en était la planète noire.

À partir des quelques phrases lapidaires publiées dans les brèves des journaux – la destruction d'un village, une émeute de la faim matée –, on pouvait se faire une idée du degré de verrouillage qui régnait ici, et, en lisant entre les lignes, distinguer la voix étranglée et distordue de la rumeur et des on-dit, perturbée par les parasites, hachée, comme si la communication était mauvaise. C'était la bande sonore de notre quotidien.

Je continuais de recevoir des appels téléphoniques muets. Tantôt deux ou trois dans la journée, tantôt pas un seul de la semaine. Chaque fois j'entendais les grésillements des dispositifs d'écoute qui, je le savais, enregistraient mes conversations, et chaque fois j'entendais la respiration hésitante, flottante de mon correspondant. Un jour, il – car c'était un *il* – faillit parler : il y avait quelque chose, là, un nom, un mot, le frémissement d'une voix.

L'après-midi, je me promenais dans le parc Herastrau ou j'allais au musée. Le musée du Parti communiste de Roumanie dominait tous les autres, un lieu vide et immense toujours éclairé malgré les coupures de courant. À proximité et plongés dans l'obscurité, les musées de l'Histoire roumaine, d'Histoire naturelle et des Sciences semblaient minuscules. Le musée du Parti annonçait une exposition sur « l'héroïsme de la famille », en plus de l'exposition permanente consacrée au *Conducător* et à son épouse.

Le muséum proposait un programme plus engageant intitulé « Évolution et Extinction », illustré par un lézard géant à l'air dubitatif. Je l'avais vu deux fois et j'avais acheté l'affiche, désormais accrochée au mur de mon bureau.

Par souci d'économie, on regroupait les visiteurs et on allumait chaque salle à leur entrée pour l'éteindre après leur passage, le déclic bruyant des interrupteurs résonnant sous les hauts plafonds. On avait l'impression d'être poursuivi par une marée d'ombres qui engloutissait les salles derrière soi. Quand on découvrait les squelettes de mammouths et de brachiosaures, leurs os attachés avec du fil de fer et des charnières métalliques, leur crâne dressé vers le ciel et la mâchoire ouverte pour pousser un cri silencieux, on prenait conscience que le monde se dépeuplait à toute allure, qu'il s'épuisait plus vite qu'il ne pouvait se remplir.

Les parcs modernes de Bucarest étaient plats, semés d'arbustes nains et de bancs placés de manière à offrir un minimum d'intimité et un maximum d'inconfort. On ne s'attardait nulle part, harcelé par une surveillance invisible. Les fontaines étaient à sec. Quand on se promenait, on passait devant les statues des morts neutralisés : compositeurs, poètes, historiens, scientifiques, chassés de leur propre vie par ces monuments officiels qui les privaient de leur identité. *Les morts inoffensifs et utiles*, disait Staline, toujours prêt à augmenter leur nombre.

Les vieux parcs étaient plus conviviaux. Le plus proche de chez moi, Parcul Kiseleff, était planté de grands arbres et parcouru d'allées de gravier ombragées, en retrait de la rue. Ces havres d'intimité étaient rares dans la capitale et ne se rencontraient plus que dans les faubourgs aisés où vivaient encore les étrangers, les membres du Parti et ce qu'il restait de la bourgeoisie. La plupart des Roumains voyaient leurs loisirs rationnés et policés par un régime qui contrôlait même la lenteur et le vide des heures d'inactivité. Les plus âgés bénéficiaient du privilège de l'insignifiance. Je m'arrêtais pour les observer : petits hommes courtois et sémillants qui soulevaient leur chapeau quand passait une dame et se disputaient pour céder leur siège à plus vieux ou plus faible qu'eux. Les femmes apportaient du thé dans des thermos et des pâtisseries dans des cartons enrubannés ; elles secouaient la tête et poussaient des exclamations désapprobatrices lorsque l'on tenait des propos osés, et riaient aux plaisanteries familières.

Certaines discutaient entre elles dans cette langue châtiée, désuète et guindée qu'on appelait le « français du Capşa ». Technocrates à la retraite, anciens apparatchiks, « bonjouristes » de l'ère précommuniste… La police ne gaspillait guère de temps à les espionner.

Un jour en fin d'après-midi, alors que je traversais le parc, un vieux monsieur me fit signe de l'attendre avec sa canne.

— Où habitez-vous ? me demanda-t-il en français.

Puis :

— Ah, ça tombe bien, ce n'est pas loin de chez moi.

Il se présenta : Sergiu Trofim, et me tendit sa main. Une main petite et sèche, constellée de taches de vieillesse, à laquelle il manquait l'index et le majeur. Il avait à l'annulaire une lourde bague d'or sertie d'une turquoise de belle taille qui attirait l'attention sur les doigts absents. Les poignets de sa chemise s'ornaient d'antiques boutons de manchette Dior.

— Mon plaisir, fit-il, toujours en français, s'inclinant légèrement lorsque je lui dis mon nom.

Trofim saluait les gens comme s'il avait souvent entendu parler d'eux, comme s'ils arrivaient à lui précédés de leur flatteuse réputation.

Il exhibait sur sa veste un vieil insigne du Parti émaillé. Les nouveaux étaient deux fois plus gros, en plastique écarlate criard. Le sien était d'un discret cramoisi patiné : il était « classe », aurait-on dit dans une société différente. L'insigne s'accordait bien avec le reste de sa personne : chemise immaculée, costume gris sombre et pantalon à revers, bretelles rouges et aux pieds des richelieus cirés. Il avait le sommet du crâne dégarni avec une couronne de cheveux blancs, et portait un chapeau mou, un petit crayon planté dans le ruban à la manière d'une plume.

Je ralentis pour marcher à son rythme, même si sa lenteur était due à son désir de faire durer la discussion plus qu'à une quelconque infirmité.

Trofim était un interlocuteur attentif ; il écoutait mes réponses, me demandait mon avis sur des sujets dont j'ignorais tout, mais à propos desquels je m'efforçais d'avoir des idées. « Dites-moi… » C'était ainsi que débutaient toutes ses questions. Sa technique consistait à vous investir d'un savoir, à vous obliger à être digne de l'opinion qu'il avait de vous, et c'était toujours ce qu'il y avait de meilleur en vous, de plus cultivé et de plus mûr qu'il mettait à votre portée. Avec lui, j'avais l'impression d'être un diplomate qui rentrait d'une longue mission à l'étranger ; il bavardait de choses et d'autres, mais à l'échelle du monde, parlant des hommes d'État comme s'il les connaissait et des événements internationaux comme s'il les avait vécus personnellement. Ce qui était parfois vrai, ainsi que je devais l'apprendre lors de mes visites hebdomadaires à son appartement, à côté du musée d'Histoire naturelle qu'il surnommait en français : « Chez les dinosaures. » Après, je l'accompagnais au parc où ses amis discutaient, tandis qu'il jouait aux échecs avec Petrescu, le peintre qui avait signé l'icône accrochée chez moi, un homme grand et mince, vêtu de noir, avec une lourde croix autour du cou. *Les espèces disparues*, disait Trofim en regardant la statue d'un mammouth sur la pelouse tachée de jaune du muséum. *Je pense qu'elles vont faire de la place...* Pendant longtemps, j'ai cru qu'il parlait de lui.

Ce premier jour, nous nous arrêtâmes à la hauteur d'un bâtiment de Strada Herastrau, à quelques rues de chez moi. Il y avait une DS crème devant le portail.

— Mon bien le plus précieux. Je suis rentré de Paris avec, en 1968, après que les Russes ont mis un terme au Printemps de Prague. Je ne l'ai pas conduite depuis deux ans. Elle attend de nouvelles pièces... Comme moi, dit-il – et il leva en riant sa main mutilée.

La voiture était recouverte d'une couche de poussière, le capot poisseux de la sève de l'arbre sous lequel elle était garée. Sur le tableau de bord était posé un guide de Bucarest Baedeker daté de 1929. Les gens ici semblaient avoir des guides pour toutes les époques – hormis la leur.

Voyant que je l'avais remarqué, Trofim ouvrit la portière côté passager, sortit le livre et me le donna.

— Un cadeau. Les plans ne vous seront pas très utiles aujourd'hui. Mais dites-vous qu'il s'agit de mémoires urbaines. C'est l'univers de votre ami Leo.

Peu après, nous étions assis chez lui, dans la pièce principale. Trois des murs étaient tapissés de livres du sol au plafond, et le quatrième était couvert de tableaux et de photographies : Trofim avec Trotski, Trofim avec Victor Serge, Trofim avec Diego Rivera, Trofim avec une sélection de héros de la gauche tragique. Il travaillait dans leur aura, à un petit bureau qui donnait sur le balcon, tandis qu'à la table de la salle à manger, sa secrétaire, une vieille bique au visage gris qui affichait une moue très réaliste socialiste, tapait sur le clavier d'un coûteux ordinateur. Un samovar de thé fumait dans un coin.

À l'issue de ma deuxième visite, il m'expliqua son étrange situation.

— J'écris mes mémoires. Tous les jours, elle tape ce que je lui dicte, puis elle l'emporte pour… qu'on le *révise*. Et on me rend des épreuves qui n'ont plus rien à voir avec ce que j'ai écrit. Ils me volent mon histoire. Vous avez entendu parler de la thérapie de Freud, où il suffit de parler à quelqu'un qui écoute pour être guéri ? Eh bien, ici, nous avons toujours quelqu'un pour nous écouter, nous sommes l'État freudien par excellence. C'est la cure communiste : on me guérit de ma vie. Chaque jour, mon passé transformé me rattrape. Mais vous devez connaître cette vieille plaisanterie : avec le communisme, l'avenir est sûr ; c'est le passé qui ne cesse pas de changer.

« Elle part avec mon texte, se lamentait-il. Et quand il me revient, il ne m'appartient plus. »

Je m'approchai de l'ordinateur. Il n'y avait rien sur l'écran, hormis le menu des options. Sa secrétaire enregistrait tout sur une disquette et jetait le travail du jour à la poubelle. Mais elle ignorait apparemment qu'il fallait la vider si on souhaitait effacer les fichiers du disque dur. Elle semblait croire que l'ordinateur n'était qu'une machine à écrire améliorée.

— Regardez.

Je fis glisser le curseur vers la corbeille et cliquai deux fois dessus. Ils étaient là, tous les chapitres originaux. Je les plaçai sur le bureau et les ouvris. Puis je pris une disquette et les transférai dessus. Trofim me contemplait comme si j'étais le Jésus-Christ de l'informatique, capable de ressusciter ses textes d'entre les morts. Je me sentais fier, indispensable – en résumé, tel que Trofim voulait que je me sente.

Si je le suspectais d'avoir mis en scène mon miracle pour m'amener à endosser le rôle dangereux de son secrétaire officieux, je refoulai mes doutes. Aujourd'hui encore, je ne pourrais jurer que c'était un calcul de sa part. Et quand bien même je me serais méfié, cela n'aurait rien changé : ce n'était pas parce que j'étais de nature soupçonneuse que j'écoutais mes pressentiments. Si tel avait été le cas, je me serais tenu à l'écart d'eux tous : Leo, Trofim, Cilea et compagnie. Je ne serais même pas venu en Roumanie. Mais mes erreurs m'apprenaient seulement à en commettre d'autres en connaissance de cause. Chez moi, la prise de conscience n'était jamais qu'une inertie lucide.

Fin avril, je me retrouvais donc à exhumer les fichiers supprimés de Trofim et à les corriger avec lui, tandis que, assis à côté de moi, il dévidait ses souvenirs en fumant. Sa secrétaire officielle continuait d'emporter les textes qui seraient révisés, censurés et réécrits à la maison d'édition nationale, pendant que nous faisions les poubelles de son ordinateur pour récupérer ses véritables mémoires. Ensuite, j'allais tout imprimer à la bibliothèque de l'ambassade britannique, puis, chez lui, nous relisions les différents chapitres ensemble. C'est ainsi qu'est né le livre de Trofim.

— Alors, tu as rencontré le camarade Trofim ? me demanda Leo. Sache que tu as serré la main de l'homme qui a serré la main de Staline. On dit qu'il écrit ses mémoires. Ce devrait être intéressant. Il a navigué dans des eaux assez troubles, l'ami Sergiu. Tu as peut-être remarqué qu'il n'avait pas de portrait de Staline, chez lui. Bizarre, car il le connaissait aussi bien que tous ceux dont il a accroché les photos au mur. Il s'est même chargé de quelques petites missions pour lui… N'oublie pas de lui poser la question, la prochaine fois.

Cinq

Je rencontrai Cilea six semaines après mon arrivée. Je donnais un cours sur les techniques de la dissertation lorsqu'elle entra, en retard, et s'assit au fond du grand amphithéâtre, une gigantesque caverne qui transformait n'importe quel discours en crachin. C'était typiquement roumain : la taille conçue pour écraser l'humain. La jeune femme n'avait pas ôté ses lunettes de soleil et occupait avec nonchalance deux sièges au dernier rang, le regard levé vers la coupole de verre sale.

Son corps avait une manière bien à lui de signaler sa présence. Les hommes et les femmes assis devant elle s'étaient retournés, comme des chiens réagissant à quelque sifflement inaudible. Ce n'était pas tant qu'elle était belle – les belles femmes ne manquaient pas ici, et elle n'avait pas le physique consensuel des défilés de mode ou des magazines pour hommes. Elle avait le teint mat, les yeux à la fois orageux et distants. Sa peau était bronzée, ses lèvres maquillées de rouge vif et ses cheveux aussi noirs et brillants qu'une limousine du Politburo. Elle vous *saisissait*, voilà le terme exact, même si c'était un mot dont on préférait user avec prudence dans un État policier : à la fois charnelle et intouchable, elle portait ce qui se faisait de mieux et de plus récent en matière de mode occidentale, mais, à la différence de ses compatriotes – des amateurs trop soigneux qui laissaient dépasser l'étiquette –, elle avait la désinvolture de celle qui pouvait piocher dans une garde-robe inépuisable. Elle semblait venir d'une autre époque et d'un autre pays : l'Italie des années 60 ou la France vue à travers le prisme du pouvoir d'achat américain de la fin des années 80. Tout le monde l'avait remarquée ; tout le monde avait l'air de la connaître aussi. Je perdis le fil un instant à son apparition, et je bafouillai pendant le reste du cours, jetant des regards vers elle par-dessus les rangées de chaises vides.

À la fin, elle s'approcha et me remercia pour ma recommandation. Je me sentais pataud. Je regrettais qu'elle ne soit pas venue pendant un cours de poésie, où je n'aurais pas eu l'impression d'être d'un professeur de grammaire amélioré, ou pendant un cours sur le roman moderne. Au lieu de quoi, sur le tableau derrière moi figuraient les formules d'introduction relevant de ce genre éculé dit de la « dissertation générale » : *dans l'analyse finale, d'une part/d'autre part, on pourrait objecter que…* personne n'écrit ainsi, c'est le domaine de l'anglais international, cette langue des commissions passée au filtre du compromis et de la neutralité pour atteindre le summum de l'inexpressivité.

Elle m'accompagna à la cafétéria, un endroit sinistre. C'était son pays, pourtant, je me sentais obligé de m'excuser de la médiocrité des lieux, quand bien même – car je devais en être conscient, même à cette époque – elle appartenait à la caste qui avait fait de la Roumanie ce qu'elle était.

La file s'étirait de l'entrée à la caisse. Et tant pis s'il n'y avait rien d'intéressant au bout. Quand il y avait une queue, on faisait la queue. Le seul café vendu ici était simplement appelé « ersatz », un substitut léger et sans saveur dont le goût variait d'une fois sur l'autre, car ses ingrédients n'étaient jamais les mêmes. Les étudiants avec qui j'avais tissé quelques liens nous évitaient et détournaient les yeux.

Nous attendîmes. Nos propos anodins se firent plus anodins encore. Une fois nos ersatz servis, Cilea grimaça à la première gorgée et écarta le sien.

— C'est Ionescu que vous devriez remercier. C'est lui qui m'a demandé cette recommandation. Je me suis contenté de signer.

— Je sais. Mais il n'aurait rien fait sans votre permission.

— Je ne l'aurais pas donnée s'il ne m'y avait pas obligé. Je ne vous connais pas. Vous n'êtes même pas inscrite chez nous.

— C'est vrai, mais dites-vous qu'aucun de vos étudiants n'aurait obtenu le visa. Votre recommandation aurait été perdue. Ionescu a eu une attitude pragmatique : est-ce qu'il fallait remplir les papiers, faire les choses dans les formes et attribuer la place à un étudiant qui ne pourrait pas l'utiliser, ou contourner les règles et la donner à quelqu'un qui pourrait en tirer profit ? J'y suis allée et j'en ai tiré profit.

Cilea alluma une cigarette anglaise, autre profit tiré de son escapade londonienne.

Elle consulta sa montre : *elle était attendue ailleurs.* Elle parlait un anglais qui la distinguait immédiatement, l'anglais du visiteur fréquent, une langue actuelle, vivante, sans rapport avec les formules momifiées que l'on apprenait dans les manuels universitaires de la guerre froide. La plupart de mes étudiants ne quitteraient jamais la Roumanie, mais Cilea ne leur ressemblait pas. Elle connaissait les mots pour désigner des biens matériels dont la plupart de ses contemporains ignoraient jusqu'à l'existence ; elle avait été en Italie, en France, en Espagne et avait même passé un semestre à Boston, grâce à une bourse censée encourager les étudiants défavorisés d'Europe de l'Est. Elle pouvait parler de beaucoup de choses – des films américains, de la cuisine française, des théâtres du West End –, mais jamais de la provenance de son argent, ni de ce qu'elle devait faire pour vivre ainsi, riche et épargnée par les souffrances de son pays. Elle ne cherchait pas non plus à cacher son aisance, et même lorsque j'apprendrais la vérité, il me serait impossible de savoir dans quelle mesure elle était compromise et dans quelle mesure elle se contentait de vivre dans les interstices du système, mieux et plus heureuse que la majorité, sans pour autant être impliquée dans ses violences. Pas une fois je ne l'entendis faire l'éloge du régime ou du Parti qui la protégeait et à qui elle devait son existence luxueuse, cependant, elle ne manifestait aucune compassion pour ceux qui vivaient juste au-dessus du seuil de pauvreté roumain et devaient s'accommoder de l'essentiel, ni pour ceux que le régime persécutait ou ostracisait.

Peu de temps après notre rencontre, Leo dirait : « Ah ! Cilea – une jeune femme qui a plusieurs couches… Des couches et des couches de surface… » Je n'ai jamais su si je connaissais vraiment Cilea, tout au moins pas avant qu'il ne soit trop tard pour nous deux, mais je sais à présent que Leo avait tort.

Je ne l'aurais sans doute jamais revue si je n'avais pas provoqué cette seconde rencontre. Une tentative désespérée, alors qu'elle se levait pour partir. Je bafouillai une invitation, le genre que l'on voudrait aussitôt ravaler d'embarras. Elle retourna la situation en déclarant qu'elle viendrait me chercher le lendemain à l'heure du déjeuner. J'avais cours, mais je ne dis rien. J'annulerais.

Je passai le reste de la journée titillé par des rêveries érotiques. J'enseignai encore pendant deux heures et rentrai à seize heures. Avant de refermer la porte derrière moi, mes yeux se posèrent sur ma table de travail et je vis trembler une feuille au sommet de la pile de dissertations qui attendaient d'être notées, soulevée par le ventilateur qui brassait continuellement le même air dans la pièce. Je m'arrêtai devant le bureau de Leo. Il parlait en roumain au téléphone, par jets rapides et agités. Je compris plus ou moins qu'il s'agissait de Rodica et qu'elle se trouvait à l'hôpital. Des complications liées à sa grossesse.

Leo attrapa sa veste accrochée au dos de sa chaise et une cartouche de Kent neuve dans le meuble classeur, puis m'entraîna dans le couloir.

— Je te raconterai tout en voiture.

Mais il n'en fit rien. Il conduisait à une lenteur exaspérante, de peur d'être arrêté : il sortit du parking de l'université, dépassa la bibliothèque et emprunta l'avenue des Académiciens pour traverser le centre, en direction du nord-est. Plus loin, j'aperçus le boulevard de la Victoire-du-Socialisme, une vaste artère qui, au lieu de disparaître à l'horizon, semblait le purger, tout aspirer vers elle. Au loin, tel un fantasme urbain, se découpait l'imposante structure d'acier d'un vaste palais : la « Maison du peuple ». Ce serait le plus grand édifice du monde. Tout autour, les vieux bâtiments encore debout n'avaient d'autre choix que de se soumettre à l'échelle gargantuesque de sa mesquinerie. Avec le soleil derrière lui, il paraissait translucide, tracé dans la poussière soulevée par les travaux.

Autour de nous, ce n'était que tours d'habitation dans différents tons de gris. À dix minutes du centre pittoresque et hétéroclite, les rues tortueuses se rectifiaient et abandonnaient leur nom pour sombrer dans l'anonymat des chiffres : Strada 4, Calea 9, Piaţa 32. Nous venions de dépasser deux écoles, elles aussi numérotées, pour déboucher sur un grand rond-point au milieu duquel des gens vendaient des pièces détachées sur des draps blancs, parmi des flaques d'huile et des tas d'outils. La scène évoquait la dissection d'un robot. Tout autour, hormis quelques files clairsemées devant les magasins, il n'y avait presque aucune vie piétonne sur les trottoirs.

Les voitures étaient encore plus rares, seulement des tramways et des bus usés qui crachotaient de la fumée sale. Leo suivit la bordure bétonnée d'un canal à sec qui divisait la ville en deux, puis franchit un pont et s'arrêta au feu. Il n'y avait aucun véhicule au carrefour. À ma gauche, on plaçait méthodiquement les décombres d'une vieille église dans des caisses que l'on chargeait à l'arrière de camions. Les pierres étaient étiquetées et numérotées, l'étrange rituel supervisé par des hommes en costume. Quelques personnes vêtues de noir observaient la scène. Certaines avaient des crucifix, d'autres faisaient le signe de croix en murmurant.

— Ils démantèlent l'église, déclara Leo. Ensuite, soit on l'entreposera, soit on l'exposera dans un musée en plein air.

— Une église en activité ?

— Toujours consacrée, oui, mais ça dépend de ce que l'on entend par « en activité »… Ils l'ont fermée il y a une semaine et l'ont démolie hier. Il ne faut pas se plaindre. La plupart sont rasées et les pierres servent à lester les fondations des nouvelles tours d'habitation. Creuse sous n'importe lequel de ces immeubles, tu trouveras des morceaux d'une vieille église ou d'un monastère.

— Ces hommes…

— Les hommes du ministère. Les adeptes de Moon, les adventistes du septième jour, voire un chrétien ici ou là : tout ça, c'est du pareil au même pour le ministère des Cultes… Eh oui, le *ministère des Cultes*.

Il eut un rire sinistre.

— Dans le temps, les paysans qui vivaient près de la frontière construisaient leurs églises sur roues, pour pouvoir les déplacer chaque fois qu'ils étaient envahis par les Turcs. Ils auraient dû en faire autant ici.

Lorsque le feu passa au vert, Leo m'expliqua enfin où nous allions.

— Il doit y avoir un hôpital par ici, mais il n'a pas de nom, et comme il est neuf, je ne le trouve pas sur la carte. Rodica a fait une fausse couche… Son mari est à Cluj et il ne pourra pas rentrer tout de suite. Et ce n'est pas tout. Des connards de la Securitate l'ont emmenée au poste parce qu'elle avait perdu le bébé. Perdre un enfant est une tragédie dans la plupart des pays. Ici, c'est un crime.

— Un crime ?

— Comme l'a dit lui-même le grand homme, le président camarade, Phare du progrès et Danube de la pensée : *le fœtus est la propriété du peuple…* et ce n'est pas une putain de métaphore, oh non ! En gros, personne ne veut faire de gosses dans ce malheureux pays, mais il a décrété que chaque famille aurait au moins trois enfants. La population doit augmenter ! Peu importe si on ne peut pas la nourrir ou lui trouver de travail, peu importe si elle mène une vie de merde… Foutaises, tout ça. La contraception est un crime, l'avortement est un crime et la pilule, pareil : voilà ce qui compte. Perdre son bébé, encore un crime. Et merde !

Au bout d'un mois en Roumanie, j'étais prêt à croire n'importe quoi, même qu'une femme puisse être poursuivie parce qu'elle avait fait une fausse couche. Dix minutes plus tard, alors que nous roulions dans une autre avenue anonyme, Leo comprit que nous étions bel et bien perdus.

— Merde, cria-t-il en martelant le volant. Où est-ce qu'on est ?

Je n'avais pas besoin d'étudier le néant rectiligne autour de nous pour savoir qu'il s'agissait d'une question rhétorique. Si on avait voulu construire une banlieue sans repères, tellement insipide qu'il était impossible de s'y orienter, c'était réussi. C'était un endroit sans traces. L'œil cherchait quelque chose à quoi s'accrocher, mais ne faisait que glisser sur les surfaces. Les habitants eux-mêmes devaient s'y égarer et la plupart, à en juger par les immeubles où ils vivaient, devaient penser que c'était un moindre mal.

Leo déplia un plan qui ne pouvait guère l'aider.

— Presque tout ce qui est indiqué là-dessus n'existe plus – et je ne l'ai acheté que l'an dernier ! Je croyais qu'on était là, mais je ne reconnais rien. Bon sang, quand tu penses que c'était le quartier chaud : il n'y avait que des cafés et des hôtels qui louaient des chambres à l'heure.

Il secoua la tête avec colère.

— Les seules lumières rouges qu'on croise aujourd'hui, ce sont celles des feux des camions de démolition !

Il n'y avait personne à qui demander notre chemin, aucune voiture à arrêter. Leo sortit téléphoner. Les cabines ne manquaient pas à Bucarest, au point où leur nombre paraissait inversement proportionnel à ce que l'on pouvait dire au téléphone. Je le vis donner des coups de pied dedans, en trouver une autre et hurler dans le combiné.

Ensuite, tout s'accéléra. Moins de dix minutes plus tard, nous étions au portail d'un hôpital à la façade sale. Le tiers-monde, à seulement une demi-heure de la clinique luxueuse où j'avais vu le graffiti ÉPIDÉMIE. Des ambulances rouillées attendaient, leurs chauffeurs désœuvrés à côté, fumant ou buvant de la tsuica. Leo se gara devant la porte. Je grimpai les marches et pénétrai dans le hall derrière lui sans que personne ne nous arrête. L'accueil était désert. Il n'y avait ni pancarte ni flèche ni rien pour nous indiquer où aller ; seules les traînées de sang sur le sol et les murs fournissaient une direction. Des mouches festoyaient bruyamment autour d'une poubelle ouverte remplie de bandages croûteux. L'odeur était si puissante qu'elle m'étourdit.

— Je sais que les hôpitaux publics de Thatcher, tu en as soupé, mais ça, c'est encore autre chose, déclara Leo d'un air sombre. Ne te fatigue pas à appeler l'ascenseur…

Il s'élança dans un escalier répugnant de saleté, grimpant les marches trois par trois. Je sentis sous mon pied quelque chose qui s'avéra être une dent. Elle gisait sur sa racine enroulée comme une méduse sur ses tentacules. Ce n'était pas tant la crasse et la désorganisation qui m'effrayaient que le vide apparent : partout des signes de maladie, de lésions, de traumatismes, mais personne dans les couloirs.

En entrant dans la salle, nous repérâmes immédiatement Rodica et, à la vue du sang sur ses draps, nos yeux cherchèrent son ventre. Elle était pâle et moite, plongée dans un sommeil à la fois profond et fragile. Leo prit sa main. Sans doute pour s'assurer qu'elle était encore en vie. J'aurais eu la même réaction, si je n'avais été paralysé de stupeur. Le drap se soulevait et s'abaissait légèrement sur sa poitrine. Une perfusion transparente était piquée dans son bras et un tube reliait son nez à un boîte carrée avec des cadrans, qui se trouvait sur la table de chevet. L'appareil était allumé mais la veilleuse éteinte.

Tout autour il y avait des femmes à divers stades de leur grossesse : certaines avec leur bébé vivant et en bonne santé à côté d'elles, d'autres comme Rodica dans des draps ensanglantés et l'incubateur vide, tandis qu'un troisième groupe attendait d'accoucher. Les futures mères observaient celles qui avaient perdu leur enfant et vice versa – nourrissons, mort-nés et fausses couches réunis. Par-dessus l'odeur pénétrante de la sueur et des déchets humains et médicaux, la salle sentait la peur et la tristesse, une tristesse accablante. Un infirmier faisait une réussite en fumant au fond de la pièce, une bouteille de tsuica à côté de lui. Leo s'approcha. Des voix s'élevèrent : il agitait les bras, tandis que l'autre se tournait pour allumer une cigarette avec la précédente, s'apprêtant à reprendre son jeu de cartes. Leo l'attrapa par le revers de sa blouse blanche et l'homme le repoussa. Il y eut une trêve, puis Leo sortit sa cartouche de Kent. L'atmosphère se détendit aussitôt.

Il m'apporta de l'eau minérale et un gant humide au chevet de Rodica. L'eau sortait du réfrigérateur. Je pressai la bouteille sur son front brûlant, puis imbibai le gant pour le passer sur son visage. L'infirmier se leva et cria quelque chose dans le couloir. Quelques minutes plus tard, une jeune femme médecin entrait. Elle adressa un signe de tête à Leo et s'approcha de Rodica, prit sa température et me posa une question en roumain. Je manifestai mon incompréhension et elle me demanda en anglais si j'étais de la famille.

— Non. Un ami. Un collègue de travail.

Elle se dirigea vers Leo, puis se retourna vers moi.

— Si elle se réveille, venez me chercher. Et continuez de faire ce que vous faisiez. Ce n'est pas inutile.

Cette double négation exprimait l'étendue de ses attentes : tout ce qu'on pouvait espérer, c'était que le pire n'arrive pas. Elle ne devait pas être bien plus vieille que moi.

Nous apprîmes peu à peu ce qui s'était passé. C'était terrible. La nuit dernière, seule chez elle,

elle avait commencé à perdre du sang. Elle vivait au huitième ; l'ascenseur était en panne et il n'y avait pas de téléphone. Malgré tout, elle s'était débrouillée pour descendre réveiller un voisin qui l'avait aidée à marcher jusqu'à la voiture d'un ami. Elle était arrivée à l'hôpital à trois heures du matin, inconsciente, en pleine hémorragie. Elle avait perdu le bébé, mais à six heures, son état s'était stabilisé. Elle s'était réveillée assez longtemps pour boire un peu et grignoter le chocolat qu'elle avait apporté. On avait averti son mari, un ingénieur envoyé à Cluj pour son travail, mais il n'avait pas pu obtenir de congé pour rentrer voir sa femme. Il n'avait aucune idée de ce qui était arrivé ensuite.

Rodica et son époux appartenaient à la « technocratie » roumaine, la classe moyenne instruite et affiliée au Parti, qui aidait à diriger ce qu'il restait du pays quand le régime en avait fini avec lui. Si on la traitait ainsi, je préférais ne pas imaginer ce que subissaient ceux qui se trouvaient en bas de l'échelle.

À dix heures du matin, deux hommes de la Securitate lui avaient rendu visite. Toutes les fausses couches faisaient l'objet d'une enquête, en Roumanie. Les interruptions de grossesse illégales et les auto-avortements atteignaient des chiffres effarants et se déroulaient dans des conditions encore plus effarantes, m'expliqua Leo plus tard. Nombre d'entre eux entraînaient la naissance d'enfants tragiquement handicapés qui remplissaient les orphelinats, ainsi qu'on le découvrirait peu après la chute du régime. Les membres du Parti, eux, avortaient dans des cliniques discrètes et sûres. Ceauşescu avait décidé que le pays, qui comptait actuellement vingt-trois millions d'habitants, passerait le cap des trente millions d'ici l'an 2000. Les femmes qui étaient capables d'avoir des enfants mais n'en avaient pas devaient payer une « taxe de célibat » et on leur envoyait des fonctionnaires pour les interroger sur leur activité sexuelle.

« Celle qui fait en sorte de ne pas donner la vie est une déserteuse », clamait Ceauşescu, annonçant la création d'un programme « Mama Eroica » pour récompenser les mères de cinq enfants ou plus. Mais il n'y avait ni lait ni nourriture, il était impossible de trouver des biberons stérilisés, et l'électricité était devenue aussi imprévisible et impénétrable que les catastrophes naturelles pour les anciennes civilisations.

Rodica, encore traumatisée, le corps douloureux, avait été emmenée pour subir un interrogatoire. Deux heures plus tard, on la relâchait dans la rue devant le poste de police et elle parvint tant bien que mal à regagner l'hôpital. Elle saignait abondamment. On avait diagnostiqué un syndrome du choc toxique. On avait refusé de lui dire si elle serait ou non « inculpée ». Leo chercha le délit dans le code pénal : « Crime contre l'intégrité de la famille roumaine. »

La jeune médecin n'avait pas honte. Elle n'était pas résignée, ni fataliste, ni désolée. Elle n'évitait pas notre regard. Elle était en colère, provocatrice, nous mettant au défi de l'accuser de quoi que ce soit. C'était la seconde fois aujourd'hui que j'avais l'impression qu'on me demandait des comptes pour quelque chose dont je n'étais pas responsable, même si c'était pour des raisons très différentes : d'abord Cilea qui se désintéressait des souffrances de son pays, et maintenant le Dr Ottilia Moranu qui vivait et travaillait en plein dedans.

— Elle va se rétablir. Vous ne pouvez pas faire grand-chose ici, sauf si vous pensez que la présence d'un visage ami peut l'aider. Ce qui n'est pas impossible.

Leo tenta de glisser une cartouche de Kent au médecin, mais elle refusa. Combien de temps tiendrait-elle ? Les gens les plus honnêtes n'offraient qu'une résistance symbolique. J'avais plus confiance en eux qu'en ceux qui cédaient sur-le-champ. C'étaient ceux qui ne fléchissaient jamais qu'il fallait craindre. « Ce salopard a la conscience propre ! » s'exclamait Leo les rares fois où il rencontrait quelqu'un qu'il ne pouvait ni acheter ni faire chanter. Mais il ne dit rien au Dr Moranu, se contentant de se gratter la tête et de la regarder d'un air implorant. Elle était jeune. Peut-être n'avait-elle pas encore compris que les pots-de-vin ne faisaient pas de vous une mauvaise personne, pas plus que de les refuser ne vous rendait meilleur.

Je pris les cigarettes et les lançai sur le lit de Rodica.

— Bon sang, prenez-les ! m'écriai-je, soudain écœuré par tout ce que j'avais vu ici. Gardez-les ou donnez-les-lui, ajoutai-je avec un mouvement de tête sec vers l'infirmier qui nous épiait de sa table. Peu importe, tant que vous aidez cette femme.

Le médecin me dévisagea, d'abord surprise de m'entendre, puis furieuse que je la présume corruptible. Leo n'intervint pas. Je le sentais qui m'observait, curieux d'assister à la suite. Le Dr Moranu se tourna vers l'infirmier puis de nouveau vers moi. *Je n'ai rien à voir avec lui*, disait son regard. Elle s'approcha du lit de Rodica et prit les cigarettes, tenant la cartouche à bout de bras comme si elle était contaminée.

— C'est comme ça que fonctionne votre système de santé privé dont on entend tant parler ? lança-t-elle en me foudroyant du regard.

— Quel diplomate tu fais, me souffla Leo alors que nous repartions. Je savais que tu serais parfait pour ce boulot.

Dans l'escalier nous croisâmes l'infirmier qui portait des cartons de médicaments et une perfusion saline neuve. Il nous sourit à travers la fumée de sa cigarette. À présent que nous l'avions acheté, il serait totalement à notre service pendant un court laps de temps. Au moins, on savait à quoi s'en tenir avec les gens corrompus, pensais-je en lui adressant un petit signe de tête énergique.

Le trajet de retour se déroula sans encombre. Il était vingt et une heures. Le soleil s'enfonçait rapidement dans le ciel moucheté d'une lumière poudreuse. Chez lui, Leo ouvrit une bouteille de vin rouge qu'il servit dans des verres à eau. Sans un mot, nous mangeâmes du pain, du fromage et du corned-beef, tandis que le jour faiblissait et s'éteignait progressivement sur les quartiers ouest.

Une heure plus tard, je rentrais à pied, traversant une ville privée d'électricité. Sur le balcon, je regardais autour de moi et je pensais à l'Angleterre sans nostalgie ni regret. Près du centre, le chantier de construction illuminé de la Maison du peuple embrasait le ventre des nuages qui flottaient au-dessus. Un éclair de soufre troua l'obscurité, tandis que quelqu'un sur le trottoir en bas de chez moi allumait une cigarette, dissimulant son rougeoiement derrière sa main. Comme une onde qui se propage, d'autres l'imitèrent dans la rue.

Je dormis bien, cette nuit-là. *Le sommeil du spectateur*, plaisantait Leo, à demi sérieux.

Six

Je me réveillai tôt le lendemain matin et je bus mon café sur le balcon. Il n'avait pas plu depuis mon arrivée et les relents de Bucarest étaient de plus en plus oppressants : gaz d'échappement et jus de poubelles, l'odeur âcre et vide de la poussière brûlante.

Il y avait un petit tas de mégots sur le trottoir, là où l'homme qui m'avait suivi de chez Leo s'était posté. Il était parti, et je ne vis que les gens qui allaient travailler sans hâte ou tuaient le temps entre deux tramways. Le vendeur de *Scînteia* se trouvait dans son kiosque, une tasse en fer-blanc à la main. Il me fit un signe, regarda à droite et à gauche, puis baissa les yeux vers le cercle de mégots. La concierge venait de rentrer du marché. Elle leva la tête puis la détourna aussitôt, cherchant les clés de la porte qui n'était jamais verrouillée. Rien n'avait changé et pourtant tout semblait légèrement plus appuyé du fait de se savoir observé – comme si la rue entière était soudain en italiques.

Dans les films, il règne une atmosphère de menace quand le héros est surveillé, une tension qui doit mener quelque part, à une résolution. Dans la vie, la relation entre le suiveur et le suivi n'a aucun but, c'est une longue histoire tortueuse sans début ni milieu ni fin. Elle n'a rien de spectaculaire, et une fois passé le frisson du clandestin, cela devient un de ces réconforts mineurs du quotidien, comme un bus régulier ou une météo fiable.

Les premiers temps, j'étais perturbé de me savoir filé. Ce n'était pas par maladresse que l'homme avait gratté une allumette sous mes yeux. Il voulait me montrer que l'obscurité était vivante. Mais il n'avait pas besoin de me surveiller continuellement. Bientôt, je m'en chargerais tout seul. C'était ça le principe : on finissait par faire le boulot à leur place. Je rentrai me préparer un autre café, soudain attentif à chacun de mes mouvements. Je commençais à chanter dans la cuisine, puis m'interrompis ; avant de prendre ma douche, je fermai la porte de la salle de bains et poussai même le verrou. La surveillance a cet effet : on cesse d'être soi-même pour vivre à côté de soi. La nature humaine ne peut être changée, mais on peut l'amener à un degré de conscience qui la dénature. Ainsi, je projetais sur la rue indifférente le sentiment de culpabilité et de dissimulation qui m'avait soudain envahi.

J'appelai Leo, mais personne ne décrocha. Il était sans doute ressorti après mon départ et il était rentré tard, ou il dormait chez Ioana, étendu sur le canapé, tout habillé.

Le téléphone sonna.

— Leo est chez toi ? Peux-tu me le passer ? Il devait m'emmener à la gare. Je vais rater mon train.

C'était Ioana, son amie.

— Je pensais qu'il était avec toi. J'ai appelé chez lui, mais ça ne répondait pas.

— Il n'est pas ici. Qu'est-ce que vous avez fait la nuit dernière ?

Je lui racontai, évitant d'entrer dans les détails.

— Pauvre Rodica. Il faudra que je lui rende visite à mon retour. C'est Leo tout craché, il aurait pu m'avertir. Mais peu importe, ce qui m'intéresse, c'est de savoir où il est maintenant.

— Ioana, je n'en ai aucune idée. Je suis parti de chez lui vers vingt-deux heures et je suis rentré directement. Je pensais qu'il était repassé voir Rodica et qu'il était allé se coucher.

— On ne dirait pas. Elle est à quel hôpital ?

Je n'en avais pas la moindre idée. L'endroit ne semblait pas avoir de nom, et j'aurais été incapable de le retrouver seul. Je tentai de lui décrire le bâtiment.

— Mmmm… ça réduit les possibilités. Merci quand même.

— Il a un cours à dix heures, il sera bien obligé d'être là.

— Obligé, tu plaisantes ? C'est de Leo qu'on parle. Et mon train ?

Je l'entendis fouiller dans des papiers. Sa voix était tendue, comme si elle avait coincé le combiné au creux de son épaule

— Je vais demander à mon voisin de m'emmener. Dis-lui de m'appeler chez mes parents cet après-midi. Il a le numéro.

À l'université, je frappai à la porte de Leo. Pas de réponse. Alors que je m'éloignai, Ionescu m'arrêta.

— Ah, vous tombez à pic ! lança-t-il d'un ton joyeux.

L'odeur de la tsuica matinale était discrète, mais très reconnaissable sous son eau de toilette qui sentait l'aérosol anti-mouches.

— Notre ami Leo s'est mis dans une situation délicate. Seriez-vous assez aimable pour venir avec moi le chercher dans ses quartiers actuels ?

— C'est-à-dire ?

— Il semblerait qu'il soit au siège de la police de Bucarest.

Ionescu appela une voiture officielle qui arriva au bout de vingt minutes, pendant lesquelles il resta à son bureau et m'ignora, absorbé devant l'ordinateur et engloutissant des strudels. Il décrocha le téléphone et il eut un bref échange saccadé dans lequel je reconnus seulement le nom de Leo. Son interlocuteur était sans doute un personnage haut placé, car il lui donnait du *Donmul* – Monsieur –, un terme employé pour s'adresser à un supérieur, officiellement remplacé par *Tovarăşul* – camarade –, mais qui pouvait encore rendre des services lorsque la vie vous mettait dans la position du suppliant.

— Alors, est-ce que vous allez me dire… commençai-je, une fois dans la voiture.

Il m'interrompit. Il porta un doigt à ses lèvres, puis à son oreille, et regarda avec un intérêt exagéré les camions dont on déchargeait des sacs de ciment.

— C'est fantastique de voir tous ces chantiers. Voilà ce qu'il faut à Bucarest : un métro digne de ce nom.

Bien qu'il n'y ait que le chauffeur et moi, il parlait comme s'il s'adressait à un groupe d'inconnus, ce qui n'était pas absurde, étant donné que le véhicule était sans doute sur écoute ou le chauffeur un informateur. Chacun ici maniait à la perfection cette voix privée-publique, utilisée pour faire des déclarations creuses, qui glissait sans laisser de trace sur son interlocuteur. Ce langage au second degré était transcendant dans sa banalité, aussi pur et vide de sens qu'une étendue d'eau. Nous l'employions tous. Flaubert rêvait d'écrire un livre sur rien, mais découvrit que c'était impossible, que la langue se cramponnait aux choses, qu'il ne pouvait pas briser les fers qui l'enchaînaient au monde. Ici, en Roumanie, on prenait à cœur le projet de Flaubert.

Devant la gare, un marbre blanc du Camarade dominait le peu qu'il y avait à voir, absurde et dérisoire dans ce décor de blocs de pierre cassés et de piliers incomplets. Un gitan sur un escabeau polissait le front pur du dirigeant. Les statues de Ceauşescu étaient toujours une fois et demie plus grandes que nature, si bien que celui qui se tenait à côté était écrasé, mais de manière plausible – diminué à une échelle fallacieusement humaine. Saddam Hussein et Kim Il-Sung faisaient sculpter des colosses de vingt mètres de haut à leur effigie. Pas Ceauşescu. Il donnait l'impression d'avoir été taillé dans un autre moule, une version supérieure de l'homme, ainsi qu'il seyait au chef d'un pays athée qui croyait au surhumain et pas au surnaturel. C'était la modestie de ses statues qui les rendait si excessives, si perturbantes quand on se comparait à elles.

Notre voiture pénétra dans l'enceinte de l'hôtel de police. Au contrôle, Ionescu se raidit et sa main se crispa sur l'accoudoir de la Dacia. Il avait besoin d'un verre, mais devait se contenter de fumer des Carpati à la chaîne. Il demanda au chauffeur d'attendre, me prit par le bras et avança vers la porte à deux battants.

Ionescu présenta sa carte d'identité à une succession de postes de garde. Je supposais qu'il avait appelé pour arranger la libération de Leo, mais ils parlaient trop bas pour que j'entende les négociations qui se déroulaient à présent. Je constatai néanmoins que nous franchissions sans mal ces différents barrages. Chaque fois qu'il montrait ses papiers, je voyais voleter les billets de banque, comme des papillons. Nous nous enfoncions à l'intérieur du bâtiment. Enfin, il fallut prendre un ascenseur si exigu qu'une seule personne pouvait monter à la fois. Là, j'eus une soudaine bouffée de frayeur à l'idée que c'était un piège, que je ne partirais jamais d'ici. L'ascenseur réapparut toutefois avec Ionescu dedans. Il donnait l'impression de connaître les lieux. Mais de quel côté des barreaux les avait-il fréquentés ?

Cette fois, nous étions arrivés : un long couloir qui en croisait d'autres, plus petits, fermés par des grilles – le décor d'un *Alice au pays des merveilles* soviétique.

Les tunnels se rétrécissaient devant nous. Ils étaient en brique, recouverts d'une laque beige, les voûtes éclairées par des lanternes électriques carrées qui se balançaient au bout de leur chaîne dans les courants d'air. Ils sentaient le propre et l'antiseptique, l'hygiène glaçante du nettoyage fréquent. Ce n'était pas un endroit où la violence éclatait, explosait, s'assouvissait, rien de ces verbes où priment l'émotion, l'énergie, l'élan. Ici, on administrait la violence. Des barreaux tintaient et résonnaient au loin, mais on ne percevait aucun son humain. Nous attendîmes à une table en plastique. Les bras croisés, les yeux sur ses chaussures, Ionescu respirait fort. Je me concentrais sur une efflorescence de moisissure qui escaladait le mur à côté de mon genou. Plus je la regardais, plus j'avais l'impression qu'elle bougeait, qu'elle grossissait à vue d'œil. Je me penchai pour la toucher et elle se réduisit en poussière sous mes doigts.

Nous entendîmes Leo avant de le voir.

— Oh oui ! Je souhaite parler à votre unité de sécurité gynécologique sur-le-champ !

Le claquement d'une gifle l'interrompit. Le bruit résonna dans le couloir, mais ne le fit taire qu'un instant.

— Je veux la police du cul. J'ai appelé le numéro d'urgence : pas de réponse. Peut-être qu'ils sont encore au pieu en train d'accomplir leur devoir patriotique.

Les hommes qui nous amenèrent Leo, et à qui il devait sans doute son œil au beurre noir et sa lèvre ensanglantée, semblaient plus exaspérés que cruels. C'étaient des fonctionnaires de la violence et, bien qu'ils en fussent les dispensateurs, ils paraissaient étrangement passifs à côté de leur victime. L'un d'eux tapota même l'épaule de Leo. Les jointures de son poing gauche étaient à vif. Son collègue gonfla les joues et soupira, soulagé de revenir à des relations de pouvoir plus simples. Leo leur adressa un salut, tandis qu'ils repartaient en secouant la tête. C'étaient eux qui avaient l'air usés, deux professeurs qui remettent un enfant indiscipliné à ses parents.

Leo débordait de vitalité. Si quelqu'un pouvait passer la nuit dans une prison roumaine et en ressortir en meilleure forme qu'il y était entré, c'était bien lui. Son odeur était épouvantable – un mélange de sueur et d'alcool avec un soupçon d'urine – et son apparence pire encore. La croûte noirâtre qui s'était formée sur sa lèvre fendue ne semblait pas en voie de cicatrisation. Son œil gauche était fermé. Une profonde entaille barrait son sourcil poisseux de sang et parsemé de débris de tabac là où il avait appliqué du papier à cigarette pour arrêter l'hémorragie. Il avait besoin de points de suture. Malgré tout, il bouillonnait d'énergie, dopé par l'alcool, la douleur et le manque de sommeil.

Il ouvrit grand ses bras :

— Camarades ! Vous n'auriez pas dû… Je m'apprêtais à partir…

Il s'essuya la bouche, laissant une traînée de sang sur sa main.

Le voyage de retour vers la lumière du jour me parut interminable. Cette fois, sans pots-de-vin, il nous fallut plus de temps pour franchir chaque point de contrôle, chaque poste de garde. Des hommes à qui Ionescu avait glissé de l'argent quelques minutes plus tôt se conduisaient comme s'ils ne l'avaient jamais vu. Ils fronçaient les sourcils et s'appliquaient à faire durer au maximum la transaction.

— Ils ne sont même pas foutus d'avoir un système de corruption efficace dans ce pays – Leo murmurant bruyamment comme s'il était sur scène.

Ils prenaient nos papiers et les emportaient pour les examiner. Dans la poche de ma veste, je trouvai un paquet de Kent avec deux billets de dix dollars. Je les donnai à Ionescu, qui les transmit à l'un des fonctionnaires. Lorsque nous nous retrouvâmes enfin à l'air libre, nous tressaillîmes tous les trois, abritant nos yeux du soleil.

— Où est votre voiture, Leo ? demanda Ionescu.

— Je l'ai laissée au parking de l'Athénée Palace. Si vous avez l'amabilité de me déposer là, je vais rentrer me refaire une beauté. Et si tout se passe bien, je serai à la fac pour mon cours de onze heures.

— Prenez votre journée, Leo. Je ne veux pas vous voir. On vous a remplacé.

Ionescu poursuivit en roumain d'un air grave. Leo écouta et répondit gaiement, s'efforçant de tourner à la dérision ce qu'il lui disait. Il me regarda et tenta de cligner de son œil valide.

À l'Athénée, Ionescu renvoya le chauffeur, déclarant qu'il terminerait à pied. Hors de portée d'éventuels micros, il assena une tape brutale sur l'épaule de Leo.

— Est-ce que vous vous rendez compte des risques que vous avez pris ?

— Vous m'avez bien regardé, professeur ? Je pense que j'ai eu l'occasion de me faire une idée assez claire des risques…

— Vous riez de tout ! Ce n'est pas un jeu. Être étranger ne vous permettra pas toujours de passer entre les gouttes. Être *vous* ne suffira pas toujours…

— Je m'excuse, chef, fit Leo avec une mine contrite caricaturale, avant de me regarder en levant les yeux au ciel.

— Je suis dans une situation délicate en ce moment. Ma position n'est pas assez sûre pour que je puisse prendre ce genre de risques et, de toute manière, je n'ai pas le temps de venir vous chercher chaque fois que vous vous mettez dans le pétrin... C'est à peine si j'ai le temps de me torcher le cul...

— J'espère malgré tout que c'est une zone que vous ne négligez pas. Pour votre entourage si ce n'est pour vous-même...

Ionescu secoua la tête, puis le prit dans ses bras. Leo se laissa aller contre lui et ferma les yeux. Ils étaient tous les deux exténués de tristesse et de soulagement, et, pendant un instant, Leo parut petit et vaincu. Je regardai ailleurs. Enfin, Ionescu s'écarta et réajusta ses lunettes.

— Au fait, monsieur O'Heix. Vous me devez cinquante dollars, ainsi qu'un paquet de Kent et vingt dollars à notre nouveau collègue !

Il s'éloigna, nous abandonnant sur le parking.

— Je vous envoie un chèque par la poste !

— Ah !

La main du Roumain se leva et balaya l'air avec une majestueuse insouciance.

Leo tapota ses poches et se rendit compte qu'il avait perdu ses clés et son portefeuille.

— Envolés. Clés de voiture, clé d'appartement, clés du bureau. Argent. Papiers. Tout. Merde. C'est sûrement mon compagnon de cellule, le faux ivrogne avec de la vraie tsuica. Appelle Ioana, elle pourra au moins m'ouvrir la porte de chez moi.

— Ioana est à Iaşi. Elle a téléphoné ce matin. Elle se demandait où tu étais passé.

— Alors, il semble que tu vas devoir héberger ton vieux pote Leo pendant quelques jours.

Il se dirigea vers sa voiture. Elle était garée en diagonal, sur deux emplacements, et on lui avait mis un sabot. Il se frotta le front, et s'élança pour lui donner un coup de pied, puis se ravisa.

— Allons plutôt prendre un verre, décida-t-il en repartant vers la terrasse de l'hôtel pour s'asseoir sous un parasol. Va commander, ils ne me font plus crédit et je n'ai pas un sou sur moi.

Le bar de l'Athénée Palace était le Capşa des buveurs : élégant et rétro, discrètement tamisé. Sa seule concession au XXe siècle était une longue rangée de lampes sous le rebord du comptoir, qui faisaient ressortir le motif ondoyant du tapis. Au bout de quelques verres, on avait le mal de mer rien qu'à le regarder.

Les lieux étaient déserts, à l'exception d'un groupe d'hommes d'affaires cubains qui négociaient un accord autour de club-sandwichs et de whisky. Ils me donnèrent faim et j'en commandai pour nous. J'avais toujours la fringale à Bucarest, constatais-je, alors que je ne manquais jamais de rien. J'absorbais la faim du pays sans avoir à en souffrir.

Une prostituée léthargique leva la tête au-dessus du cendrier où elle dessinait une pointe avec les cendres de sa cigarette, entre deux longues bouffées. Elle avait les yeux creusés et injectés de sang, et sa silhouette décharnée était à la fois crûment exposée et tassée, en retrait. D'habitude, les hôtels n'acceptaient pas les filles dans son état. Quand la maladie s'inscrivait trop visiblement sur leur corps et leur visage, on les emmenait ailleurs. Bientôt, elle soulagerait les ivrognes sur les chantiers en dehors des limites de la ville. Et elle ne resterait là que quelques semaines supplémentaires. Au comptoir, deux autres putains aux traits durs, mais à la beauté fatiguée et rusée, feuilletaient un magazine de décoration allemand. Elles levèrent la tête à mon entrée, comme des chevaux occupés à paître s'interrompant un instant, puis reprirent leur lecture.

— Bon. Est-ce que tu vas me raconter ce qui s'est passé ? demandai-je.

Leo était retourné voir Rodica, puis il s'était arrêté ici, au bar de l'Athénée, avait bu quelques verres et s'était disputé avec des hommes d'affaires allemands.

— Pour être honnête, j'ai oublié le motif de notre différend. Quelque chose que j'ai dit sans doute. Ou quelque chose qu'ils ont dit, va savoir. Quoi qu'il en soit, ce gros Chleu se jette sur moi et commence à me frapper la tête contre la table. Le problème, c'est que ce sont des clients de l'hôtel et pas moi, qu'ils ont deux ou trois putes avec eux, et qu'ils ont une addition longue comme le bras. Donc je me suis fait virer par une paire de malabars.

— Alors, tu t'es ressaisi et tu as fait ce qu'il y avait de plus intelligent à faire : tu es rentré chez toi ?

Bien sûr que non. Leo s'était retrouvé devant l'hôtel, où il avait repéré une Mercedes noire avec une plaque allemande. Il s'était aussitôt mis en tête de graver sur le capot *trou du cul*, ou plutôt *ARSCHLOCH,* puisqu'il avait des connaissances en allemand et voyait l'occasion d'en faire usage. Il aurait pu en rester là, mais il fallut qu'il retourne à l'intérieur pour tout raconter aux Allemands. Il fut un peu surpris de les voir rire comme si c'était une bonne blague. Lorsque deux policiers roumains arrivèrent, le traînèrent dehors et le tabassèrent à coups de matraque, il comprit que la plaisanterie était à ses dépens. La voiture appartenait à l'ambassadeur roumain en Allemagne, qui avait invité des ministres à l'Athénée. Leo avait de la chance de s'en être tiré avec une nuit en prison et une correction raisonnable. Il avait partagé une bouteille de tsuica avec son compagnon de cellule, un poivrot de bonne composition qui était sans doute une taupe de la Securitate, il avait somnolé quelques heures et revenait sur les lieux du crime.

— Oui, conclut-il, songeur. Ç'aurait pu être bien pire.

Les club-sandwichs arrivèrent, tours branlantes de volaille entre des toasts. Pourquoi Ionescu était-il si pressé de faire libérer Leo ? Et surtout, quel poids pouvait bien avoir un vieil universitaire dans ce genre de situation ?

— Ionescu est un brave homme. On peut compter sur lui. Si tu as des problèmes, de vrais problèmes je veux dire, va le voir.

La suite me laissa sans voix.

— C'est toujours bien d'avoir un colonel de la Securitate à la tête du département.

Il refusa de s'expliquer. J'insistai pour obtenir des détails, je voulais du contexte, des anecdotes.

— Je t'ai dit tout ce que je savais, se contenta-t-il de répondre, ce qui ici et maintenant signifiait : « Tu ne tireras rien de plus de moi. »

Je donnai mes clés à Leo et le regardai sauter dans un tram en direction d'Herastrau. Il avait laissé sa ceinture au poste et il grimpa en tenant l'avant de son pantalon d'une main, tandis que de l'autre il s'accrochait à la barre du véhicule en mouvement. On peut fréquenter des gens pendant des années.

Ils peuvent changer. Et malgré tout, on les associe toujours à la même image. Voilà ce qui me vient à l'esprit chaque fois que je pense à Leo.

De retour à l'université, je passai devant le bureau de Ionescu et je m'attardai devant la porte, comme si ces livres et ces meubles que j'avais déjà vus cent fois allaient me renseigner sur sa vie clandestine. Il était assis à sa place habituelle, la fenêtre ouverte derrière lui, les voilages battant comme des fantômes dans son dos. Il lisait, ses lunettes en équilibre au bout de son nez. Il leva les yeux vers moi, la tête parfaitement immobile.

— Oui ? fit-il d'une voix si neutre que je me demandai si je n'avais pas rêvé les événements de la matinée.

J'appelai Leo pour voir si tout allait bien. Lorsqu'il répondit, j'entendis de la musique hurler dans le fond et un bain qui coulait.

— Oui, très bien. Je fais un brin de toilette !

Il me promit qu'il préparerait à dîner. J'imaginai un repas composé de pain à demi décongelé, de *baked beans* et d'anchois – les seuls produits qu'on trouvait généralement dans sa cuisine. Et comme si cela ne suffisait pas, sa spécialité était le *poulet chaussure*. Je n'avais jamais eu l'occasion d'y goûter, mais Ionescu, si : « Si vous croyez que ce plat doit son nom au français approximatif de Leo, détrompez-vous. Une bouchée de *poulet chaussure*, et vous comprendrez que ce plat n'aurait pas pu s'appeler autrement. »

Une heure plus tard que prévu, Cilea entra dans mon bureau sans frapper. Une voiture attendait dehors, le moteur ronflant, un chauffeur en veste et casquette bleu pâle au volant. Il nous conduisit au jardin botanique et se gara juste devant l'inscription PARKING INTERDIT en lettres jaune criard.

Cilea prit ma main. Elle dut percevoir à quel point j'avais envie d'elle à la façon dont je tressaillis, car elle ôta ses lunettes noires, et m'adressa le sourire distant et modeste d'une femme habituée à repousser les hommes gentiment, puis elle me lâcha.

Elle avait apporté une bouteille de vin grec qu'elle déboucha et posa sur une couverture écossaise, au milieu du gazon. Elle s'allongea, ses lunettes sur son front, offrant ses yeux au soleil. Son tee-shirt remonté révélait son ventre et la taille de son slip noir au-dessus de son jean. Je n'avais pas vu grand-chose de son corps, mais je le désirais tout entier et, surtout, je voulais goûter sa peau, proche, moite, qui sentait le Chanel et la sueur, une peau si douce et si mate qu'elle semblait bronzer devant moi.

On venait d'arroser, et les dômes hexagonaux des serres étaient silencieux, hormis la succion discrète de la terre qui boit. Dans la palmeraie tropicale, les plantes étaient pâles, leurs feuilles comme des mains tournées vers le ciel pour supplier une entité au-delà de leur prison de verre. Beaucoup étaient frangées de brun : écarts soudains de température, trop d'eau ou pas assez. Elles mouraient lentement, le mal progressant vers l'intérieur. C'était moins une serre qu'un sanatorium peuplé de grands malades suffoquant. Le charbon s'était consumé et des chauffages à résistance électrique gisaient dans les coins, débranchés. La flore exotique résidente avait été envahie par des pissenlits d'une taille impressionnante, et des patiences sauvages, épaisses, boursouflées, proliféraient sur les tas d'humus, tandis que des torsades de liserons s'enroulaient autour des tiges et des troncs.

— Alors, pourquoi avez-vous décidé de venir en Roumanie ?

Cilea frotta une feuille entre ses doigts et inspira son arôme : exotique, mentholé, propre. Elle avait prononcé ces mots comme s'il s'agissait d'une question piège. Mais le seul piège se trouvait peut-être dans la réponse : parce que, en acceptant le poste, j'ignorais que je faisais le jeu de Leo, de Ionescu et de je ne sais quels comploteurs que je ne connaissais pas et ne rencontrerais sans doute jamais. Je lui racontai seulement que je souhaitais découvrir un pays dont je pouvais apprendre la langue, et que les idéaux du communisme m'attiraient, même si je ne pouvais pas, ou plus, en dire autant de leur application.

— Je crois que vous ne saviez rien, déclara-t-elle d'un ton neutre.

— C'est vrai, sinon, je ne serais jamais venu. Je suis content d'être là, malgré tout.

Cette seconde affirmation n'était pas totalement sincère, ou pas encore. C'était un essai, pour voir, et je me rendis compte que c'était plausible. À la fin, qui n'était pas si lointaine, je le penserais réellement.

— Personne ne sait rien de la Roumanie, de nous, de notre culture, de nos problèmes. Nous sommes le pays oublié. Nous ne sommes pas sexy comme les Tchèques ni courageux comme les Polonais. Nous n'avons ni Havel ni Walesa…

— Vous n'avez pas l'air d'avoir tant de problèmes que ça.

Je regardai Cilea, puis je songeai à Rodica à l'hôpital.

— Vous buvez du vin grec, vous portez des lunettes de soleil, vous vous habillez comme les gens de l'Ouest, que dis-je, mieux que la plupart d'entre eux… Vous conduisez votre propre voiture, non, pardon, *vous avez un chauffeur qui se charge de conduire votre voiture*… Vous, vous personnellement, vous n'avez pas besoin d'un Havel ou d'un Walesa. Mais pour la plupart de vos compatriotes, bien sûr, c'est une autre histoire…

— Je ne fais pas partie de tout ça… dit-elle avec un geste qui embrassait ce qu'il y avait autour de nous et dehors, au-delà du jardin. Si c'est ce dont vous parliez…

— Vous n'en faites pas partie ? Pas partie de quoi au juste ? Vous n'êtes pas responsable de la situation ou vous n'avez pas à subir le sort de la population roumaine ?

J'étais persuadé d'avoir mis fin à notre relation avant même qu'elle ait débuté.

— Vous ne savez pas – vous n'avez aucune idée de ce qu'est la Roumanie et je ne vais pas perdre mon temps à l'expliquer à un étudiant qui a choisi de faire du tourisme chez les sous-développés pendant son année sabbatique…

Jolie formule. Je me demandais si elle l'avait préparée. Elle avait rougi et j'avais l'impression que son odeur était plus forte quand elle était en colère : l'intime senteur épicée de son parfum et de sa chaleur corporelle.

— Vous êtes sûr que vous n'êtes pas venu ici pour faire l'expérience d'une chose que vous n'aurez jamais à subir ? poursuivit-elle comme si elle me plaignait – comme si je ne connaissais pas mes propres motivations.

Je ne répondis pas. Le soleil se cacha derrière les nuages et la température fraîchit aussitôt.

— Venez, je veux que vous voyiez ça...

Cilea me prit par la main et me conduisit vers un petit dôme de verre immaculé à l'écart, gardé par un homme en combinaison verte, avec un talkie-walkie et un revolver dans un étui. Même les gardiens du parc se donnaient des airs paramilitaires. Je savais que la nomenklatura avait ses magasins, ses boîtes de nuit et ses agences de voyages, ses écoles, ses spas et ses restaurants. Manifestement, elle disposait aussi de ses serres personnelles au jardin botanique.

À l'intérieur se trouvait une plante qui fleurissait toutes les décennies. Sa floraison touchait à sa fin ; elle se recroquevillait, se préparant à un nouveau cycle de sommeil. Il y avait des insectes dont l'existence ne durait qu'une demi-journée, une vie en miniature frénétique, et il y avait des plantes comme celle-ci qui vivaient un siècle, mais à raison d'une semaine tous les dix ans. Elle concentrait toute son énergie dans ses quelques pétales, serrés autour d'une délicate étamine. Je ne voyais pas là matière à s'extasier – un quart fleur, trois quarts réputation –, cependant, elle était assez rare pour qu'on ait vidé la serre de toute autre forme de végétation. Pendant les neuf années et les cinquante et une semaines à venir, les curieux devraient se contenter d'une image dans un cadre de bois. Une plaque à côté annonçait fièrement que l'on trouvait la même aux Tuileries et au jardin botanique de l'université d'Oxford. Dans une vitrine à droite, un cliché de presse pâli datant de 1979 montrait Nicolae et Elena Ceauşescu, penchés au-dessus du miracle végétal, et, sur une seconde photographie sépia, la reine Marie de Roumanie tenait la toute jeune plante, ou son ancêtre, dans un pot en terre cuite. La sueur perlait sur nos corps tandis qu'un gardien versait des louches d'eau sur un lit de charbon incandescent. Je me sentais emmailloté dans cette chaleur qui picotait la peau. Il flottait dans la serre une odeur musquée, l'odeur d'un lit après l'amour, cet air deux fois respiré.

Mes lèvres s'approchèrent des siennes. Elle se détourna.

— S'il vous plaît, n'essayez pas de m'embrasser.

Pas blessée ni offusquée ; elle avait simplement l'habitude de repousser les avances maladroites.

L'après-midi touchait à sa fin lorsque Cilea me ramena chez moi. Les yeux de son chauffeur, en partie dissimulés par sa casquette, m'examinaient dans le rétroviseur intérieur. La voiture se retrouva coincée derrière un embouteillage humain au milieu de Calea Victoriei : la longue file progressait lentement, encadrée par des soldats qui la dirigeaient à coups de sifflet. Des hommes et des femmes défilant d'un seul pas au son d'une fanfare invisible et muette, guidés par une hallucination collective, absents, asséchés par l'ennui. Certains brandissaient des bâtons, d'autres levaient et baissaient le poing à l'unisson. Une femme munie d'un chronomètre rugissait dans un haut-parleur, leur ordonnant de s'arrêter et de repartir, ou d'agiter les bras à intervalles précis. Vêtue d'un survêtement, elle tenait de la lanceuse de poids olympique et du sergent-major – ce qu'elle était sans doute.

— Ils répètent, expliqua Cilea. Pour le 1er mai.

La femme à mâchoire de taureau se dirigea au pas de charge vers la voiture et jeta un coup d'œil à l'intérieur. Le chauffeur lui montra un document et elle hocha la tête, fit demi-tour et cria quelques mots aux soldats, qui commandèrent à la foule de s'écarter pour nous. À notre passage, elle exécuta un salut. Je me retournai pour la regarder qui nous suivait de ses yeux remplis d'admiration et de dégoût.

Cilea me déposa devant chez moi avec un baiser sur la joue et un vague geste de la main. C'était fini. L'après-midi plein de promesses s'était clos sur une douche froide. Le vin m'avait donné la migraine et ma bouche était si sèche que ma langue clappait. Je pris une longue inspiration avant de rentrer chez moi.

Leo était vautré dans le canapé, vêtu de mon peignoir. Sa paupière était toujours luisante et fermée, mais sa lèvre était nettoyée. Il laissa échapper un long pet ronflant étouffé par le tissu éponge, et étendit la jambe pour se lever de profil. Par l'entrebâillement du peignoir, j'aperçus ses testicules enflés, couleur jambon bouilli, et un bleu en forme de botte à l'intérieur de sa cuisse. Il y avait deux cigarettes dans le cendrier et une cafetière à piston pleine de mouture détrempée, à côté d'une tasse de l'ambassade britannique.

— Il y a un sacré spectacle dans Calea Victoriei… dit-il en mettant de l'eau à chauffer. Avec une grosse bonne femme qui ressemble à Brejnev costumé en travelo, en train de faire marcher au pas tous ces pauvres bougres. On se croirait à une veillée funéraire.

— C'est pour le 1er mai. Ils répètent le défilé.

— Sans déconner ? Qu'est-ce que je ferais sans toi ! Tu es là depuis à peine quelques semaines et tu files des tuyaux à ce grand serin de Leo.

Il se servit un whisky.

— Tu devrais trouver un boulot au bureau roumain du ministère des Affaires étrangères avec ce genre d'infos top secrètes. Le 1er mai, tu m'en diras tant !

— Va te faire foutre, Leo. Enfile une tenue décente et rends-moi mon peignoir.

Je les regardai, lui puis le peignoir, et je m'imaginai soudain porter un vêtement où auraient macéré les rondeurs flatulentes de Leo.

— En fait, tu peux le garder. Je vais me doucher.

Je me souvins que je n'avais pas mangé. J'ignorais ce dont il était capable dans une cuisine, mais c'était une perspective terrifiante. Je lui proposai d'aller au restaurant.

— Je me suis occupé de tout, camarade. Tu es chargé d'ouvrir la bouteille pour l'apéritif. Le repas sera prêt d'ici une heure.

J'imaginais un dîner avec Cilea dans un univers parallèle : un établissement coûteux, des chandelles et du vin, suivi d'un trajet feutré en Dacia qui nous conduirait à son appartement, et à son lit incomplet sans moi.

J'allai prendre ma douche. Le sol était inondé et mon unique serviette servait de tapis de bain. Le savon était incrusté de poils pubiens et un pansement d'orteil délavé gisait recroquevillé sur le carrelage. Dans le salon, Leo écoutait le BBC World Service si fort que j'entendais vibrer le transistor.

Nouveau signe de Perestroïka en Union soviétique, où Mikhaïl Gorbatchev préconise une libéralisation contrôlée de l'économie et une plus grande liberté d'expression. Le Secrétaire général a indiqué qu'il était prêt à retirer les troupes russes des pays du bloc de l'Est. En Pologne, plusieurs villes ont décrété l'état d'urgence suite aux grèves sauvages. Le dirigeant de Solidarnosc, Lech Walesa...

— Ça bouge, ça bouge, cria Leo. Tu entends ? Accroche-toi. Ils disent que rien ne se passera jamais ici, mais attends un peu... Hé ! Tu écoutes ?

— Je bois tes paroles, Leo...

Je lui fermai la porte au nez.

Je m'allongeai sur le lit, somnolai et me laissai sécher à l'air. La sonnette me réveilla brutalement. Leo guida le nouvel arrivant jusqu'à la cuisine : le maître d'hôtel du Capşa, qui transportait deux mallettes et glissait dans sa poche arrière quelques billets en devise étrangère. Leo était habillé et avait remporté comme à son habitude une victoire chèrement payée contre sa barbe naissante, des petits bouts de papier toilette ensanglantés collés à ses joues et son menton.

— On vient cuisiner pour nous, expliqua-t-il. À la mode du Capşa. J'ai loué les services de Dumitru – enfin, ce sera seulement un de ses menus milieu de gamme : consommé, bœuf farci aux olives et crêpes Suzette. Maintenant, arrête de faire la tête et de me regarder avec cet air de chien battu, et prépare-toi à festoyer dignement.

Il me lança un tire-bouchon et montra une rangée de bouteilles.

Dans la cuisinc, le maître d'hôtel fit glisser deux tranches de viande de leur emballage, une double page de *Scînteia* sur lequel on devinait les Ceauşescu en costume traditionnel qui recevaient d'un groupe de paysans un genre d'hommage montagnard. Ses doigts poisseux de sang s'affairaient sur le bœuf qu'il assaisonna, puis fendit en deux comme une enveloppe pour le fourrer d'olives, de riz et d'oignon, avant de le ficeler. Afin d'alimenter le marché noir de la viande, des abattoirs de fortune avaient surgi dans les lieux les plus inattendus : arrière-salles de restaurants, sous-sols, et même dans les deux morgues de la ville – *après tout, l'équipement est sur place*, expliquait Leo. Dans les boucheries, on ignorait combien de temps la viande avait traîné. Alors que de cette manière au moins on savait qu'elle était fraîche, même si l'hygiène était douteuse.

Assister à la préparation du dîner m'avait un peu écœuré, mais la nourriture était délicieuse, et le service irréel de professionnalisme. L'homme du Capşa avait passé une cravate noire et il nous présenta un potage clair dans une soupière d'argent. Ensuite, il versa le vin, un verre puis l'autre, terminant à chaque fois par une vive rotation du poignet avant de redresser la bouteille enveloppée d'une serviette. Leo et moi étions assis chacun à une extrémité de la longue table, comme un couple de châtelains ruinés, contraints de s'éclairer à la bougie et de s'accommoder d'un seul serviteur.

Après les crêpes flambées, Leo gratifia notre cuisinier-majordome de quelques paquets de Kent en guise de pourboire et lui serra la main. L'homme s'éloigna avec ses deux valises pleines d'argenterie et de vaisselle qui tintaient dans l'escalier, pour rentrer chez lui ou aller à un autre rendez-vous.

— Alors, qu'est-ce que tu en dis ? Le Capşa à domicile.

— Très agréable, merci Leo. Mais tu aurais pu me demander mon avis. Ce type est sinistre et je ne suis pas sûr que j'avais envie de le voir fouiner dans mon appartement.

— Je crains qu'ici, on ne choisisse pas qui vient fouiner chez soi. Le mieux que tu puisses espérer, c'est encore de rester en bons termes avec celui qui s'en charge.

— Avec toi, par exemple ?

— Coup bas, coup bas, mais je mettrai ça sur le compte de ta virée au QG de la police : tu es fatigué et bouleversé.

Il vida les dernières gouttes d'une bouteille de tokay dans son verre et alluma un cigare cubain qu'il avait pris dans une boîte sur ma cheminée. Emprunté au stock inépuisable de Belanger. Le téléphone sonna. Quand on raccrocha à l'autre bout du fil, le dispositif d'écoute continua à tourner pendant quelques secondes avant que le déclic ne retentisse. Personne, une fois de plus.

Sept

Grâce à Leo, j'avais moins l'impression de vivre sous une dictature stalinienne que dans une incuritocratie véreuse : brutale et maladroite, parfois comique, souvent absurde. Notre conscience de la cruauté du système était tempérée par la croyance qu'il n'était pas assez organisé pour exercer cette cruauté. Nous avions tort, mais quand on connaissait quelqu'un capable de se tirer d'embarras comme Leo, on finissait par éprouver un dangereux sentiment d'impunité. L'idée ne m'effleurait pas que l'insignifiance puisse produire le même effet.

Que fuyait Leo ? Lui aussi avait été arraché à sa vie d'avant pour être transplanté ici – peut-être était-ce ce qu'il avait senti chez moi quand il m'avait choisi –, mais il était difficile de distinguer le Leo originel. Nous portons presque tous la cicatrice de ce que nous avons fui, une sorte de bas-relief de nos blessures, de nos erreurs, de nos regrets. Celle de Leo était plus profonde que la moyenne : des enfants dont il n'avait plus de nouvelles, un mariage raté, une belle carrière universitaire sabordée par l'alcool, les liaisons avec les étudiantes et un manque de fiabilité généralisé. Il avait écrit un essai sur la littérature de voyage que l'on continuait de réimprimer au bout de quinze ans : un petit classique du genre dont il tirait encore des droits d'auteur qui, bien que symboliques, représentaient un complément de salaire non négligeable en Roumanie. J'en trouvai un exemplaire à la bibliothèque de l'université. Il y avait une photo de Leo sur le rabat de la jaquette, âgé de quinze ans de moins, avec des cheveux sur la tête, l'allure soignée, la mise élégante. Rien à voir avec le Leo dont les traits se fondaient et s'estompaient, les joues flasques et l'air décadent, tantôt fin gourmet amateur de bons vins, tantôt dépravé qui avalait le jus de caniveau cul sec : le Leo d'aujourd'hui dont la vie n'était que péripéties secondaires, sans intrigue principale.

À l'issue de l'une de ses visites guidées à travers la ville en voie de disparition, je lui demandai comment il avait fini ici. L'emploi du verbe *finir* se justifiait pour quiconque devait expliquer sa présence au sein du département d'anglais de l'université de Bucarest en 1989, mais il prenait tout son sens dans la bouche de Leo.

— Un jour, je me suis réveillé dans mon lit, à East Molesey, et je me suis dit : « À part une épouse, deux gosses, un emprunt, une maison et un boulot, rien ne me retient ici… » Et maintenant, regarde-moi, camarade, regarde-moi !

Quelques années plus tôt, Leo avait commencé à manquer de place pour entreposer tout ce qu'il récupérait. À présent, il recourait aux sous-sols du muséum et du musée national des Arts. Ce qui signifiait une aide semi-professionnelle, des caisses pour l'emballage et même de la main-d'œuvre. Les directeurs y trouvaient leur compte eux aussi. Cela leur permettait de s'attribuer des objets de l'ère pré-communiste, avec le musée comme alibi. Telle ou telle pièce était cataloguée, puis rangée dans la réserve ou exposée, le nom de son véritable propriétaire inscrit au verso de l'étiquette, grâce à un code complexe inventé par Leo : un ministre ici, un général là, des membres du Politburo à la retraite, des artistes, des directeurs de théâtre et des écrivains. Lui seul savait qui possédait quoi.

Des gens haut placés se servaient de lui pour entreposer leur mobilier, leurs icônes ou leurs objets d'art de « l'ancien régime », et venaient les admirer de temps en temps. Le ministre du Travail, un homme obèse, qui avait les mains les plus grasses et les moins marquées par le labeur que j'avais jamais vues, passait chez Leo escorté de sa dernière maîtresse en date pour contempler les bijoux qu'il planquait là. Pansu, jovial, corrompu jusqu'à la moelle, il venait chaque mois avec une adolescente différente. Leo n'était pas très regardant en ce qui concernait les gens avec qui il était en affaires, mais après le départ de certains – principalement des ministres et des maquereaux –, il ne manquait jamais de se laver les mains.

Leo organisait des ventes aux enchères dans son appartement, où l'on venait autant pour acheter que pour observer ceux qui s'appropriaient ces fragments du vieux monde. Il étalait les pièces, chacune accompagnée d'un prix et d'une courte note explicative avec la date et la provenance, et il attendait les enchères, qu'on lui faisait toujours à l'écart, au cours de la soirée. Nul ne savait qui avait acheté quoi : « L'anonymat est inclus dans le service. » Les offres étaient maquillées en conversations, tandis que les petits autocollants rouges « vendu » se multipliaient sur la liste. Les objets intransportables étaient photographiés et les clichés exposés sur la table où on les tripotait et les faisait circuler comme des images pornographiques. La première fois que j'assistai à une de ces ventes, début mai, il proposait un paravent sculpté du XVe siècle, rescapé d'une église démolie. Il fut acquis par le ministre des Cultes responsable de sa destruction, qui le voulait pour sa chambre.

Leo connaissait un vaste échantillon de la société roumaine : Costanu, l'administrateur des musées, un homme mélancolique et cultivé qui lisait de la poésie et se réfugiait dans son sombre bureau exigu du musée national des Arts, où il pouvait imaginer qu'il vivait encore à l'âge d'or des années 30 ; le champion de tennis Nicolescu, à qui Leo procurait des pièces détachées pour sa Mercedes, des vêtements Burberry et du champagne ; Ilie, un mac impitoyable dont les bars sanctionnés par la Securitate fournissaient les étrangers en filles et en drogue de mauvaise qualité, puis embauchaient les photographes qui les prenaient en flagrant délit, permettant à la police secrète de les faire chanter. Leo pouvait réclamer des renvois d'ascenseur à toute une série d'ambassadeurs et d'émissaires roumains, qu'il avait aidés à importer des articles occidentaux grâce à ses contacts tsiganes et polonais, qui conduisaient des petites Fiat fabriquées en Pologne. Pour eux, les frontières n'existaient pas, aussi bien gardées fussent-elles. Les chaînes stéréo et les robots ménagers allemands ou autrichiens cheminaient sur les routes, tandis que les réfrigérateurs-congélateurs et les lave-linge se glissaient sous les barbelés. J'imaginais les « turbo-Polonais » de Leo convoyant des frigos de la taille d'un iceberg sur le toit de leurs minuscules voitures, des fourmis qui charriaient des dépouilles dix fois plus grosses qu'elles jusqu'à leurs salles de festin souterraines. Il supervisa même la migration d'un jacuzzi de dix mètres de long entre un magasin de luxe allemand et une villa de Snagov, à la sortie de Bucarest. Il avait cru comprendre que c'était pour la garçonnière de Nicu Ceauşescu, mais personne n'avait pu le lui confirmer. Dans le doute, ses hommes et lui s'étaient soulagés dedans, après avoir rempli la baignoire et l'avoir mise en marche. « Les Remous de l'Histoire », l'avait-il baptisé, alors qu'il vidait sa vessie gonflée par la bière.

Il y avait aussi celle qu'on appelait en français « la Princesse », le personnage le plus tragique que j'aie rencontré par l'intermédiaire de Leo : une aristocrate qui avait vécu à Paris pendant trente ans et dont on disait qu'elle avait été la dernière maîtresse de Paul Valéry. Elle était rentrée à Bucarest à la fin des années 60 pour découvrir qu'elle ne pouvait plus repartir. Sans le sou, elle habitait dans deux pièces de l'ancien hôtel particulier de sa famille, qui avait été transformé en logements ouvriers. Chaque mercredi, elle se rendait au petit déjeuner hebdomadaire de l'ambassade de France pour manger des croissants et mettre à l'épreuve la diplomatie des diplomates à qui elle racontait ses anecdotes sur le Paris des années 30 et le petit monde de la diaspora roumaine. Puis elle passait au consulat et demandait si son visa était arrivé. Le visa, coincé quelque part dans les conduits d'un ministère paralysé, était en cours de validation – le terme officiel était « actif » – depuis près de vingt ans. Toutes les semaines, elle s'arrêtait sur le chemin du retour à la pâtisserie de Calea Victoriei, où le gérant qui l'avait prise en pitié lui donnait une boîte luxueusement enrubannée contenant des gâteaux de la veille.

Elle était toujours invitée aux réceptions de l'ambassade, où elle se présentait dans ses plus beaux atours décatis – extravagants boas à plumes en été, tailleurs Chanel des années 40 et fourrures râpées pendant le reste de l'année. Ses visons, naguère somptueux, pendouillaient sur elle comme des chiens galeux. Les diplomates français et les attachés culturels continuaient de lui rendre visite, quoique de moins en moins – elle s'accrochait à eux, ses doigts secs serrant leur main trop longtemps, et les accablait de politesses désespérées. Avec les autres, elle se conduisait en aristocrate d'Europe de l'Est impérieuse. Et il y avait sa coterie : une escorte féodale de dévots et de rêveurs monarchistes. Ils n'étaient pas payés et faisaient leur délice de son dédain. Chaque année, elle organisait une réception pour l'anniversaire du roi que les autorités supervisaient et traitaient comme une manifestation folklorique : baisemains, révérences et signes de croix. Le message du roi Michel en exil, envoyé à son attention à l'ambassade de France, était lu à voix haute dans une ambiance solennelle, et suivi de prières. Son appartement était dédié aux icônes et au thé fumant, à l'encens et aux vieux livres. Même le français du Capşa était trop grossier pour elle. Le sien était élaboré, baroque, cérémonieux, l'équivalent d'un fauteuil Louis-Philippe : fragile, sans substance, trop rembourré.

À Paris, elle était *La Princesse Antoinette Marthe Cantesco*. Ici, elle était la citoyenne Antoaneta Cantescu, la seule personne de notre connaissance à avoir une servante, ou du moins à avoir quelqu'un ouvertement appelé ainsi, car les exemples de servitude ne manquaient pas autour de nous. Celle-ci, une dame presque aussi vieille qu'elle, dont la famille était employée chez les Cantesco depuis des générations, vivait dans une chambrette au sous-sol. Elle n'avait jamais l'air si heureux que lorsque sa maîtresse lui reprochait de ne pas se tenir droite, s'offusquait de sa laideur ou critiquait sa cuisine. La béatitude qui illuminait son visage quand la Princesse la traitait de paresseuse demeure l'unique manifestation de ravissement spirituel total qu'il m'ait été donné de contempler.

Nous allions voir la Princesse comme d'autres visitent des ruines, et elles avaient en commun une forme de permanence, l'indestructibilité de ce qui est déjà tombé. Elle vivait, brisée, pauvre et anachronique, sans jamais laisser paraître qu'elle le savait ni que chaque minute debout était une victoire de l'illusion consciente sur la réalité. Elle partageait sa folie avec ses courtisans, qui comptaient sur elle pour les nourrir – eux et leur chimère commune.

C'était Leo qui, enfin, en mai, lui avait obtenu un visa. Il n'avait lésiné ni sur les dessous-de-table ni sur les cajoleries, réclamant des faveurs dues ici et là, jusqu'à ce qu'il apparaisse, tamponné, daté et prêt pour la douane. Et c'était encore lui qui avait payé son aller simple pour Paris, sur un vol Air France.

Nous l'avions tous les deux accompagnée à Otopeni. Dans la voiture, j'observai l'incompréhension sur son visage tandis que nous longions les avenues bordées de tours et d'immeubles de bureaux neufs, la débauche d'échafaudages et de ciment. Peut-être ne les voyait-elle même pas ; peut-être ne voyait-elle que le Bucarest disparu de sa jeunesse, les fantômes de ses bâtiments. L'aéroport sidéra cette habituée de l'Orient-Express, dont la famille louait autrefois des wagons Pullman entiers pour ses voyages transeuropéens. C'était un vol du soir et on entendait les cigales, moteurs minuscules qui vrombissaient dans les arbres. Au contrôle des passeports, elle tendit ses papiers et laissa ses doigts gantés suspendus un instant pour le baisemain de rigueur. Le jeune préposé la dévisagea et éclata de rire. De l'autre côté de la vitre, elle se retourna et nous donna congé d'un petit geste. Serviteurs remerciés.

C'était du moins ce que nous croyions. Elle revint un mois plus tard, détruite et hors d'atteinte, elle qui jusque-là n'était que très loin, dans le temps et l'espace.

— Elle a bel et bien perdu la boule, cette fois, déclara Leo lorsqu'il l'aperçut, tanguant dans la file des arrivées, échevelée, le regard dans le vague qui contemplait quelque vaste étendue intérieure. Personne ne sut, et elle ne raconta jamais, ce qui s'était passé à Paris.

Nous la ramenâmes de l'aéroport. Elle était d'une maigreur effrayante, les yeux creusés, vêtue des mêmes habits que le jour de son départ, sentant l'urine.

Nous l'aidâmes à gravir l'escalier de son appartement. Sa femme de chambre fit la révérence et se redressa avec effort : par un phénomène de sympathie, elle aussi avait pris dix ans. Elle avait gardé les pièces dans l'état exact où sa maîtresse les avait laissées, continuant de polir l'argenterie, de nettoyer les icônes et d'épousseter les livres et les meubles. La princesse regarda autour d'elle comme si elle découvrait les lieux : l'escalier sordide dont les murs arboraient autrefois les portraits de sa famille, la rampe sur laquelle ses frères et elle – l'un mort pendant la Première Guerre mondiale, l'autre disparu pendant l'invasion russe – se laissaient glisser, le hall où elle avait porté des robes de bal à l'occasion de ses premiers pas dans le monde, aujourd'hui divisé par des cloisons en aggloméré et où s'alignaient des boîtes aux lettres forcées à la pince-monseigneur. Le vieux lustre était toujours là, fragile et dénudé, ses pendeloques de cristal depuis longtemps volées ou cassées. Trois ampoules de quarante watts s'efforçaient en vain d'éclairer cet espace trop vaste. Les mosaïques au sol étaient arrachées ou ébréchées, les trous maladroitement comblés avec du ciment, tandis que sous les moulures ouvragées, on entendait bourdonner et grésiller l'installation électrique précaire.

Paris, à présent qu'elle y était retournée, était plus inaccessible que jamais. La ville n'existait plus, même dans son imagination. Lorsqu'elle l'avait perdue, elle avait perdu en même temps la folie qui préservait sa raison. « La folie, disait Leo, ce n'est pas de vivre dans un monde d'illusions – elle a vécu dans le sien pendant des années sans problème, et nous aussi peut-être. La folie, c'est l'espace entre ce monde rêvé et la réalité, quand on se retrouve évincé de l'un comme de l'autre. On ne s'en remet jamais. »

Huit

Le 1er mai était jour de fête nationale dans tout le bloc de l'Est. En Roumanie, il était prétexte à un étalage de célébrations spontanées planifiées au millimètre près. Les répétitions avaient eu lieu la semaine précédente, trois soirées pendant lesquelles les travailleurs de Bucarest avaient peaufiné leur spontanéité sous l'œil malveillant de la police. Le jour dit, il n'y avait exceptionnellement aucun chantier en activité dans toute la ville. La matinée avait été consacrée à l'installation des affiches et des bannières tricolores ; les buvettes avaient fait le plein de Rocola, de bières et de saucisses ; les kiosques à journaux vendaient une édition spéciale de *Scînteia*. « Une véritable bacchanale », s'extasia Leo avec une admiration ironique, tandis que nous assistions aux préparatifs. Les banderoles proclamaient que le travail rendait heureux, que la population était épanouie et le pays respecté à l'étranger. Tous les slogans obéissaient à la règle de trois de la rhétorique : *Peuple, Parti, Ceauşescu ! Paix, Prospérité, Abondance !* et le préféré de Leo : *Époque de Lumière, de Dignité et de Joie !*

Leo, Ioana et moi buvions et fumions des joints sur le balcon. La télé était allumée, le son coupé, pendant que nous écoutions la parade dans la rue : la musique patriotique, une bouillie pompeuse et boursouflée qui semble interchangeable quel que soit le pays. Leo avait trouvé des chocolats à la liqueur qu'il avait dressés en pyramide sur un plateau, nous les présentant avec un geste d'ambassadeur. Il était déjà ivre et entonnait des chants communistes, un joint entre le pouce et l'index. Sur la table devant lui était ouvert le magazine littéraire *Luceafarul*, nommé d'après le héros du grand poème d'Eminescu, l'ange déchu devenu étoile du soir : Lucifer. En première page figurait une nouvelle « ode en hommage au couple de Lumière » par un membre de l'Union des Écrivains que Leo fréquentait.

— Je connais Palinescu depuis des années – ce n'est pas possible, c'est une blague ! Écoute : *La Lumière qui illumine notre époque a une source ! Deux soleils qui brûlent comme un seul !* Merde, j'espère qu'on le paie grassement pour ça...

— Palinescu est un trouillard. Et il vendrait sa grand-mère pour des bons d'essence, l'interrompit Ioana.

— *Phares jumeaux à la lumière desquels le navire de l'État*, *vaillant* – il a voulu dire *vacillant*, non ? –, *vogue sur les eaux périlleuses*... Ioana chérie, c'est ton pays, mais je ne devrais pas avoir à te rappeler que le monde ne se divise pas en trouillards et en héros. C'est plus compliqué que ça. Ni les uns ni les autres ne sont assez nombreux pour que cela change quoi que ce soit...

— Au contraire, c'est aussi simple que ça. Palinescu est une nappe de pétrole humaine : cette engeance se répand jusqu'à ce que plus rien ni personne ne puisse respirer.

— Ioana, ce ne sont que des vers de mirliton inoffensifs – et on sait tous que c'est de la merde : il le sait, son chef le sait, le magazine le sait, il n'y a que Nic et Elena pour y croire. Ils vérifieront qu'il a mentionné le bon nombre de tracteurs et évoqué Rome, et ils n'y penseront plus. Aucun de nous n'y pensera plus. La plupart des gens essaient simplement de survivre au jour le jour, sans s'interroger sur la rectitude morale de chacun de leurs gestes et de leurs paroles. Ce n'est pas répréhensible, et…

— Ce sont les mensonges, rétorqua Ioana, plus déprimée qu'en colère. Tous les mensonges. Ils nous grignotent jusqu'à ce qu'on ne croie plus en rien, ne sente plus rien. C'est ce que je dis – s'ils y croyaient, ils seraient idiots, mais au moins ils croiraient à quelque chose. Leur capacité à croire serait toujours là, toujours utilisée, pas en train de crever, bouffée par l'ironie et le cynisme.

Elle nous désigna, *Scînteia*, la télévision, elle-même.

— Mais non, nous n'écoutons rien, nous n'entendons rien, nous pensons résister en nous moquant de tout. Les mensonges nous usent… ils nous usent.

— Non, c'est faux.

Leo était sérieux à présent, et il n'aimait pas ça.

— C'est justement parce qu'il y a des mensonges et que nous le savons qu'ils ne peuvent pas nous atteindre. Si on doit subir un mensonge aussi énorme, autant en être conscient.

Ioana mit un terme à la conversation d'un geste et baissa les yeux. Pour Leo, le plus grand crime que l'on puisse commettre en société était de l'entraîner dans une discussion sérieuse. Il considérait que c'était une forme de guet-apens. Il pouvait se fâcher, s'indigner et argumenter avec passion, mais il avait du mal avec le sérieux. Il préférait l'exagération ou la litote ; voir les choses à leur véritable échelle le perturbait.

Ioana, elle, était du genre désapprobateur, et elle n'avait que l'embarras du choix ici, qu'il s'agisse de sa vie personnelle en particulier (Leo, essentiellement) ou de son pays en général. Il était malaisé de savoir lequel des deux était le plus facile à améliorer. Assis, Leo envoyait des bouffées de fumée vers le ciel et tapait du pied à contretemps, sa figure comme brûlée par les rougeurs de l'alcool. Ils formaient un couple improbable : elle, grande et mince avec les traits aussi tranchants que ses manières, lui, petit homme survolté et oisif au visage poupin. À travers cette relation, il montrait sa volonté de rester en Roumanie ; elle pensait affirmer sa volonté d'en partir.

On sonna à la porte. Je n'attendais personne. Quand j'ouvris, je découvris Cilea, un sac Burberry en bandoulière. Elle m'embrassa sur la bouche et entra d'un pas résolu.

Je la présentai à Leo et Ioana, mais c'était inutile. Ces gens se connaissaient, même si, pour moi, ils se saluèrent comme s'ils ne s'étaient jamais vus. Enfin, la désapprobation vague de Ioana avait trouvé un objet sur lequel se fixer. Cilea ne se formalisa pas du changement d'atmosphère. S'en rendait-elle seulement compte ? Elle s'assit et ouvrit son sac dont elle tira une bouteille de vin français et des olives italiennes.

Ioana partit la première, prétextant un rendez-vous à l'autre bout de la ville qu'elle n'avait pas mentionné jusque-là. Leo s'attarda un peu et échangea quelques amabilités guindées avec Cilea avant de prendre congé à son tour. Si elle se sentit offensée, elle n'en laissa rien paraître. Sans poser de question, elle alla chercher un bol et des verres à la cuisine. L'appartement de Belanger avait manifestement une longue tradition d'hospitalité. Le vin était si froid qu'une brume s'était condensée sur la bouteille.

Cilea me tendit le tire-bouchon et déchira le sachet d'olives avec les dents. Je remarquai un petit trait de rouge à lèvres frais sur leur émail qui fit remonter le souvenir de son goût carmin cireux, lorsque j'avais tenté de l'embrasser. Je débouchai, elle servit. J'avais la bouche sèche. Le cannabis de Leo était fort, mais pas autant que le tabac turc avec lequel on le fumait. Le vin s'avéra parfait, aussi bon qu'il en avait l'air. Un chablis grand cru qu'il était presque impossible de trouver ici, même dans les magasins diplomatiques et les hôtels occidentaux, et quelle que soit la devise utilisée, livres sterling, dollars ou deutsche marks.

Elle était d'une humeur différente. Je voyais qu'elle avait pris une décision à mon sujet, même si je ne savais pas encore laquelle. Néanmoins, son langage corporel invitait à l'optimisme. Elle était moins prudente, moins sur ses gardes. Pour la première fois, aussi, elle s'intéressait à moi. J'étais mi-soûl, mi-défoncé, mais ces deux moitiés semblaient constituer un tout plausible. J'avais l'esprit plus vif, la repartie plus prompte et je ne me laissais pas démonter par son regard inquisiteur.

Il était près de dix-sept heures. La parade durait depuis quatre heures. Quatre heures de musique, de parade et de défilé militaire aérien. De temps en temps, la télévision se délectait d'un gros plan sur un des dignitaires présents. J'identifiai le colonel Kadhafi pour l'avoir vu sur la liste des croque-mitaines du monde occidental ; Mugabe se tenait devant une rangée d'Africains en uniformes d'apparat ; Yasser Arafat, un fidèle de ces célébrations, était assis à côté du *Conducător*. Quelques mois plus tard, il serait l'invité d'honneur de l'ultime congrès du Parti. Derrière eux, je reconnus des gens du cercle diplomatique. L'ambassadeur avait son expression habituelle : à peine tendue, une légère crispation des yeux et de la bouche qui pouvait indiquer peu ou prou n'importe quoi, aussi bien un pet étouffé qu'un sentiment d'indignation morale. Les gros plans sur le visage de Ceauşescu étaient plus intéressants. Un homme toujours sur le qui-vive. Alertes, agités de tics paranoïaques, ses petits yeux noirs ne manquaient rien de ce qui se passait autour de lui.

La bouteille suivante, prise dans la réserve de Belanger, était tiède, sucrée et difficile à apprécier. J'y vis une confirmation que la consommation d'alcool diurne était régie par la loi des rendements décroissants – en d'autres termes, que le plus donnait le moins. Cilea n'avait pas l'air mécontente, mais je redoutais que l'après-midi finisse en eau de boudin, avec nausée et maux de tête avant dix-neuf heures, et tout le monde au lit à vingt-deux. Chacun chez soi. Cilea goûta le vin et son visage se renfrogna.

— Viens, on va rejoindre le défilé, on te trouvera une pancarte. En fait, on sera les seuls vrais manifestants spontanés.

Dehors, elle passa son bras dans le mien. Elle marchait d'un pas leste, m'entraînant à sa suite. Au coin d'Aleea Alexandru, nous nous retrouvâmes au milieu du défilé. Je dis « défilé », mais on avait plutôt l'impression d'une chaîne de forçats attachés les uns aux autres par des fers invisibles. Les gens avançaient comme si leurs chevilles et leurs coudes étaient reliés, la tête baissée ou le regard fixé sur les nuques devant eux. Beaucoup brandissaient des banderoles colorées, jaune, rouge et noir, et le symbole du Parti copié sur l'insigne militaire romain. Ils marchaient d'un même pas traînant et morose.

La plupart des pancartes représentaient Ceauşescu et sa femme. On voyait à l'occasion d'autres personnalités, sans doute des ministres, mais en nombre très limité, ainsi qu'un ou deux portraits de Marx et Lénine. Tandis que devant la musique continuait, la foule poursuivait sa route sans joie. Un arrêt brutal se répercuta jusqu'au bout de la file qui s'étirait sur trois kilomètres. Ce qui à la télévision semblait une progression mécanique parfaitement huilée n'était de près qu'un morne labeur forcé.

Cilea tapa un homme sur l'épaule et lui demanda sa pancarte. D'abord soupçonneux, il finit par s'en débarrasser sans plus faire de manières, trop heureux de pouvoir relâcher son bras. C'était une photo d'identité agrandie de Manea Constantin, dans le style baroque communiste : veste grise pratique et confortable, chemise boutonnée, regard pénétrant, l'ensemble encadré de marteaux et de faucilles. Il n'y avait qu'une ou deux de ces pancartes parmi la multitude de Nicolae et d'Elena, ce qui était bien compréhensible : aucun individu ne pouvait avoir meilleure allure ou apparaître plus fréquemment que le couple dirigeant.

Elle me la confia. Lorsque je reconnus le visage et compris qu'il s'agissait de son père, je me dis machinalement que c'était une drôle de coïncidence et continuai de marcher, ce qui prouve bien que, déjà, je ne voyais plus l'aspect grotesque des choses.

Nous suivîmes la procession le long de Calea Victoriei pendant une dizaine de minutes, main dans la main. Cilea, éméchée, rieuse et bien habillée, s'attirait des froncements de sourcils. Pour ma part, je n'avais jamais été très élégant, mais j'étais consterné de voir à quel point je me fondais dans la masse.

L'humeur générale était agressive et déprimée. Les gens se marchaient sur les talons, se donnaient des coups de coude dans les reins, crachaient par terre, bombaient le torse et se mettaient en garde pour finalement battre en retraite en grommelant de plus en plus bas. Le parfum de Cilea qui zigzaguait devant moi crevait parfois l'odeur de sueur et de crasse qui nous enveloppait. La procession s'immobilisa soudain et je me retrouvai projeté contre elle. Elle arqua le dos et pressa sa tête contre mon épaule, son cou contre ma bouche. Ses cheveux étaient tièdes et lourds.

— Quand ils arriveront au stade, ils devront s'arrêter et poireauter pendant trois heures de discours et de cérémonies, cria-t-elle par-dessus le bruit.

Elle n'avait pas l'air de les plaindre plus que ça. Le soleil cognait. La plupart des gens voyaient leur jour férié tout entier sacrifié à « cette journée de joie ». Beaucoup devraient rentrer chez eux à pied, une expédition entre les chantiers et les zones de désert urbain, pour regagner leur appartement en banlieue. Le défilé repartit, encadré par les soldats et la police. Si quelqu'un tentait de s'enfuir, de disparaître dans une rue de traverse, on le ramenait avec une bonne claque. Les gens étaient traités comme du bétail humain. Seuls Cilea et moi nous faufilions à travers la foule, nous glissant entre les rangs. À deux ou trois reprises, un homme en costume s'approcha pour nous faire réintégrer notre place, mais elle n'avait qu'à présenter sa carte d'identité et il la saluait. Quelques mois plus tard, ces mêmes jeunes hommes tireraient sur leurs compatriotes, pendant ces journées irréelles dans la ville asphyxiée. Je n'avais aucune idée du lieu où elle m'emmenait. Deux kilomètres plus loin, le portail roman du stade du Peuple était ouvert.

Sans crier gare, Cilea m'entraîna dans une rue perpendiculaire, puis emprunta une voie privé. Je n'avais jamais vu un endroit pareil : une rue bordée de cerisiers, leurs pétales éparpillés sur le sol. Il y avait un magasin avec une vitrine teintée, gardé par un militaire en uniforme ; on avait aspergé les rues pour rafraîchir l'atmosphère et l'air sentait le goudron mouillé. Des Dacia et des Mercedes noires étaient garées le long des trottoirs propres. Un jardinier était penché sur des tulipes parfaites, comme s'il prenait leur pouls. Tout respirait le neuf et l'opulence. Cilea me guida dans une cour ombragée avec une fontaine qui clapotait paisiblement et des balcons envahis de plantes aux feuilles épaisses. À l'entrée, un garde claqua des talons avant de la laisser passer. Je la suivis dans un escalier frais qui s'élevait en spirale. L'odeur propre du thé qui vient d'infuser planait dans le couloir. Elle habitait au premier.

Même si je ne me l'étais jamais formulé, j'avais toujours su confusément que Cilea était la fille d'un membre haut placé du Parti. C'était clair qu'elle semblait hors d'atteinte : elle avait – et que l'on soit dans un « État communiste sans classe » n'y changeait rien – cette aura d'insouciance qui caractérise les riches et les privilégiés de tous les pays. Des gens devant qui le monde matériel et l'air même semblent s'écarter. C'est à cela qu'on les reconnaît, à cette manière de traverser la vie sans être marqués par elle. Cilea était ainsi, elle appartenait à la communauté internationale de l'opulence. Mais j'ignorais jusqu'à cet après-midi que son père était plus qu'un simple membre de la nomenklatura. L'appartement aurait pu abriter deux familles. Le mobilier du salon semblait sortir d'un catalogue scandinave minimaliste ; les films et les magazines américains côtoyaient les livres britanniques et les appareils électroniques japonais. La cuisine était approvisionnée en olives, en *amaretti*, en vin français et en biscuits anglais. Il y avait des tableaux roumains aux murs et des photographies sur des étagères : Cilea et son père devant Big Ben, le palais Pitti, le centre d'aviron de Harvard. L'une d'elles montrait une fillette, Cilea à cinq ou six ans, jouant avec d'autres enfants sur une pelouse verte. Tout près, un groupe d'adultes étaient joyeusement attablés devant des victuailles. À une extrémité trônait Nicolae Ceauşescu, les coudes sur la table, Elena à sa droite. Derrière lui, deux gardes. Les domestiques, placés à la limite du cadre, avaient cet air féodal d'ubiquité discrète que l'on observe dans les marges des photographies royales du XIXe siècle. Ils auraient pu servir n'importe quel tsar, empereur ou sultan.

Au centre se trouvait un portrait d'une belle jeune femme qui avait les yeux marron et l'épaisse chevelure noire de Cilea, sa peau de bronze doré et sa bouche rouge. À la coiffure et aux habits, je devinai qu'elle avait été prise dans les années 70. Derrière elle, la mer bleue, le soleil et des ferries blanc brillant. Seuls le visage gris et le style vestimentaire déplorable des apparatchiks indiquaient qu'on était à Constanţa et non à Cannes. Elle tranchait sur son entourage autant que sa fille aujourd'hui. Elle avait au cou le même collier que Cilea ce soir, un croissant de lune en argent frappé, au bout d'une chaîne si fine qu'elle coulait comme un filet d'eau entre vos doigts. Nous avions un point commun : elle avait perdu sa mère jeune et elle en portait encore le deuil de cette manière vague et imprécise que je comprenais très bien, car elle contaminait aussi tout ce que j'éprouvais et tout ce que je faisais.

— Ma mère est morte quand j'avais huit ans. Si je veux me souvenir d'elle, je regarde cette photo. Mon père, lui, n'a qu'à me regarder.

Elle posa la tête sur mes genoux. Je reculai le buste et la caressai. Puis je soulevai son visage et j'embrassai ses yeux brûlants de larmes qui ne tombaient jamais.

Cet après-midi-là, elle coucha avec moi. J'ignorais ce qui l'avait fait changer d'avis, pourquoi elle était venue et même comment elle avait eu mon adresse. Si je lui avais posé la question, j'aurais peut-être été mieux préparé pour la suite, ou j'aurais su quelle était ma place dans cette histoire. Mais déjà j'avais appris à ne pas demander, à ne pas m'interroger, à ne pas creuser trop profond.

Cilea faisait l'amour avec franchise, exigence et sans pruderie. J'avais certains préjugés concernant la manière dont on baisait en Europe de l'Est, à cause des films tchèques diffusés sur la chaîne culturelle après minuit : l'odeur de la laque qui se le disputait aux effluves corporels et à l'alcool de prune ; les draps gris et les aisselles poilues, avec un arrière-fond d'ail. Mais Cilea me fit plutôt découvrir le sexe aguichant des magazines féminins – et c'était en Roumanie que je vivais ça, un pays où même les Bulgares préféraient importer leur propre nourriture.

Son passeport se trouvait sur la table de chevet, à côté d'une plaquette de pilules française : le voyage et la fertilité, deux choses étroitement contrôlées en Roumanie, côte à côte. Avoir un contraceptif chez soi était passible d'emprisonnement, mais elle n'avait rien à craindre. Je songeai à Rodica à l'hôpital, au chagrin et à la mort autour d'elle, et au Dr Moranu, à sa colère dérangeante. J'avais l'impression de ne pas être dans le même monde qu'elles, chez Cilea, et pourtant ces deux univers semblaient rattachés par je ne sais quel étrange lien. Je repoussai cette pensée. *Je ne fais pas partie de tout ça*, avait-elle dit. Je m'en contentai à l'époque, car je voulais m'en contenter.

Le fonds de commerce du régime était la contrefaçon : produits contrefaits, billets contrefaits, sentiments contrefaits. On vous donnait la solitude à la place de la vie privée, la foule au lieu de la communauté, la reproduction en guise de sexualité. C'était pourtant le seul acte susceptible d'exorciser les frustrations du quotidien, la seule sphère à laquelle l'État n'aurait pas dû avoir accès. Mais Rodica savait ce qu'il en était réellement. Dans les autres pays communistes, votre corps vous appartenait, c'était peut-être même l'unique propriété qui ne fût pas du vol. Baiser permettait de s'évader. « L'aspirine du pauvre », disaient les Roumains. En réalité, il n'y avait que les privilégiés pour baiser avec insouciance ; la majorité se contentait d'un soulagement furtif entouré de précautions.

Ailleurs dans le bloc de l'Est, l'avortement et la contraception étaient des droits. Ici, c'étaient des actes dangereux et illégaux. Le marché noir du préservatif était impitoyable et il était si difficile d'en trouver que les gens les réutilisaient, après les avoir lavés, séchés et roulés. Le sida était encore confidentiel et n'existait soi-disant pas, mais on savait qu'il rôdait, se renforçait, s'insinuait par les voies du déni et du secret officiel. Je l'avais vu : ÉPIDÉMIE, les lettres qui brûlaient comme une fièvre ; j'entendais le tintement de ses caisses enregistreuses la nuit, quand on échangeait des billets dans les hôtels et les boîtes où travaillaient les prostituées.

Sur la chaîne stéréo suédoise de Cilea, Joni Mitchell chantait : « Oh I could drink a case of you, Darling/ And I would still be on my feet », par-dessus le jet de vapeur d'une machine à espresso. Elle apporta deux cafés brûlants et une tablette de chocolat suisse qu'elle cassa en gros morceaux et posa sur le lit, avec son emballage de papier aluminium. Elle vivait dans un monde sans friction : elle traversait l'existence sans rencontrer ni frottements ni résistance ; il n'y avait pas d'obstacle. Lorsque je me trouvais avec elle, je vivais aussi dans ce monde-là, je me sentais sur un coussin d'air et les seuls moments intenses venaient des plaisirs que nous partagions : les nuits où, pendant qu'elle dormait dos à moi, je l'enlaçai et pressai mon visage contre ses épaules jusqu'à ce qu'elle se dégage dans un demi-sommeil et repousse les draps.

Ce premier après-midi, le vent sécha nos corps en sueur ; le bras de Cilea reposait sur ma poitrine, léger, tandis que le mien la serrait fort.

Nous somnolions lorsque retentit le finale : un chœur de centaines de personnes chantait – à l'aide de sous-titres opportuns – les exploits de Ceauşescu pendant la résistance antifasciste. Le karaoké totalitaire. Aujourd'hui, la spécialité du *Conducător* était les dirigeants du tiers-monde, toujours prêts à accepter ses invitations et à les rendre. Il multipliait les « visites d'État », ou, selon la formule de *Scînteia*, les « échanges fraternels entre timoniers ». La vitesse à laquelle ces régimes s'effondraient ou étaient renversés garantissait un apport constant de nouveaux timoniers au palais Cotroceni.

Désormais, les échanges officiels de Ceauşescu, qui à une époque frayait avec Nixon, Khrouchtchev et la reine d'Angleterre, s'étaient réduits à une rotation de mini-plénipotentiaires et de micro-dignitaires. Il était au pouvoir depuis près de vingt-cinq ans et ils tourbillonnaient autour de lui comme un ruisseau autour d'un rocher. Selon Marx, l'Histoire est une grande force animée par la logique et la nécessité, à laquelle on peut se préparer et que l'on peut enfourcher, mais que l'on ne peut précipiter ; Mao, de son côté, répondait qu'il était « trop tôt pour juger » lorsqu'on lui demandait si la Révolution française avait réussi. Comme la religion qui autrefois promettait compensation et récompense dans l'au-delà, le marxisme nous offrait un perpétuel prélude en guise de vie. Il était courant d'invoquer le long terme ici – quand on regardait autour de soi, que pouvait-on faire d'autre ? – mais l'Histoire n'avait pas de plan à long terme pour ces gens-là. Elle n'était pas en train de résoudre ses nœuds dialectiques sur plusieurs générations afin de parfaire les conditions de son accomplissement. C'était l'Histoire-chronomètre : on l'entendait dans leur dos, qui mesurait le temps qu'il leur restait.

Neuf

— Je me ferais bien un *Kojak*, annonça Leo.

La passion de Ceauşescu pour *Kojak* était légendaire, et tempérait la peur que son nom inspirait avec juste ce qu'il fallait de ridicule pour permettre un soupçon d'humour. Souvent, si la journée s'était bien passée, le *Conducător* regardait un épisode dans sa salle de projection privée, afin de savourer encore un peu sa propre grandeur. Et si elle avait été mauvaise, il appelait à la rescousse le policier gréco-américain au crâne doré pour adoucir ses tribulations quotidiennes. En d'autres termes, il avait la réputation de toujours avoir envie d'un *Kojak*.

« Je me ferais bien un *Kojak* » : c'était ainsi que Leo me proposait généralement de sortir. Lorsque plus tard nous nous retrouvions dans un restaurant ou au bar d'un hôtel, il ouvrait ses bras et lançait d'une voix traînante : « *Who loves ya baby ?* », puis sans me laisser le temps de répondre, il continuait, les mains tendues en une parodie d'hommage : « Ton Peuple et ton Parti ! »

Leo désirait me convier à l'un des temps forts du calendrier de l'économie parallèle. Deux fois l'an, il organisait des « soirées musée », où ses invités pouvaient visiter les expositions officielles, avant d'aller admirer, en secret, la collection officieuse que Leo cachait dans les réserves du sous-sol. Il avait une préférence pour le palais Sutu du boulevard Bratianu et pour le musée d'Histoire naturelle de la rue Kiseleff, dont les directeurs étaient tous deux des clients et des associés de Leo. La prochaine réception aurait lieu au palais Sutu.

Des invitations codées à l'en-tête du musée étaient envoyées. À la date et à l'heure annoncées, il fallait ajouter six jours et six heures. Si le carton indiquait lundi à quinze heures, il fallait donc se présenter le dimanche suivant à vingt et une heures. Les fenêtres étaient masquées et les salles éclairées au gaz et aux chandelles. Des serveurs qui arrivaient de l'autre bout de la ville se matérialisaient comme par magie, un phénomène courant ici : ils apparaissaient derrière vous, secs malgré la pluie, la main chaude même s'il gelait, frais et décontractés en dépit de la canicule, des pannes de tramway et des bus annulés. Dans l'ombre, le maître d'hôtel du Capşa jouait les chefs d'orchestre. Se rendre d'un point à l'autre de la ville était un exploit qui influait à peine sur son ubiquité. Pour moi, ce n'était pas quelqu'un qui arrivait ou partait, qui allait et venait, mais un homme qui, comme la lumière, s'allumait et s'éteignait. Dedans, dehors.

Et les invités : leurs voitures se garaient et ils remplissaient sans bruit le hall du musée. Tout le monde murmurait, moins par nécessité que parce que la situation s'y prêtait : furtive, fiévreuse, un peu dangereuse. Les manteaux étaient ôtés et accrochés, tandis que des plateaux chargés de verres de vin circulaient à travers la foule. Le maître d'hôtel récoltait discrètement les frais d'admission, dix dollars, le prix fort pour les apparatchiks et les trafiquants, quelques centaines de lei pour les artistes et les écrivains, ou pour les amis de Leo qui ne manquaient pas de devises roumaines, mais n'avaient rien à acheter. Un quatuor à cordes jouait en sourdine ; on servait des canapés, les invités bavardaient et admiraient les collections, les objets sous la lumière des lampes à gaz.

Ces assemblées se divisaient en deux groupes. Sobre, cultivée, bien élevée, la vieille bourgeoisie avait tout perdu avec l'avènement du communisme ; ses maisons avaient été réquisitionnées, son épargne nationalisée et ses réseaux détruits. La plupart de ses membres se voyaient refuser l'accès au Parti et subissaient un déclassement social en guise de purgatoire, gagnant chichement leur vie comme concierges, gardiens de musée ou ouvreurs, des emplois conçus pour les obliger à côtoyer au quotidien ce qu'on leur avait pris : leurs demeures, leur histoire, leur culture. Quelques-uns, dont Manea Constantin, se débrouillaient pour gravir les échelons du Parti en dépit de leur passif familial et devenaient des figures puissantes de la nomenklatura, ministres ou diplomates, occupant une position similaire à celle qu'ils auraient eue sous l'ancien régime. Et il y avait la nouvelle race, ceux qui devaient tout au Parti, et en particulier à Ceauşescu qui préférait les gens dont il se sentait proche : des êtres frustes, qui avaient reçu une éducation médiocre, mais qui étaient dotés d'une ruse sournoise, d'une loyauté sans faille et d'une corruptibilité totale.

Au fond de la salle, devant un tableau expressionniste représentant un nu à la peau jaune, Trofim n'avait pas réussi à éviter l'attaché économique britannique, Giles Wintersmith, lequel parlait et mastiquait des cacahuètes en même temps, si bien que le contenu de sa bouche ressemblait à un camion poubelle dont les mâchoires se refermaient sur leur magma hebdomadaire d'ordures. Modelés par des années de cocktails et de réceptions, ses doigts formaient une manière de cuillère effilée simienne qui lui permettait d'enfourner des pelletées d'amuse-gueules. À côté de lui se trouvait Franklin Shrapnel, son homologue de l'ambassade américaine, un civil corpulent fétichiste de la chose militaire qui avait un faible pour les tenues de combat avec un tas de fermetures éclair, de ceintures et d'étuis à pistolet. Il s'évertuait à ressembler à un garde du corps qui accompagnait un président en visite d'État : il tirait sur son lobe comme s'il écoutait une oreillette high-tech et ses yeux furetaient dans la pièce, démasquant partout des extrémistes. Leur amitié était une caricature des relations anglo-américaines pendant la guerre froide : Shrapnel admirait l'humour flegmatique de Wintersmith, lequel était impressionné par la posture d'homme d'action de son compagnon.

L'attaché britannique avait une obsession : trouver des « contacts » susceptibles de lui livrer des informations et d'interpréter les rumeurs. Il était en train de demander à Trofim s'il connaissait un mouvement dissident roumain capable de profiter des troubles qui agitaient l'Europe communiste. Je n'étais pas là depuis longtemps, mais je me rendais compte que ce n'était pas la bonne méthode. Dans un monde où il n'y avait pas de réponse directe, seuls les idiots posaient des questions directes.

— Quelle approche grossière, entendis-je Trofim déclarer en anglais, détachant chaque syllabe. Indigne d'un diplomate, quand bien même serait-il au service de Mme Thatcher, monsieur.

Monsieur... la manière dont il avait prononcé ce mot en le faisant siffler avec mépris donnait envie de disparaître sous terre. L'attaché se ratatina et battit en retraite. Shrapnel gonfla sa poitrine et marmonna une formule de superhéros macho.

— Cet homme se prend-il pour James Bond ? demanda Trofim lorsqu'ils furent partis.

— Il s'appelle Wintersmith. Giles Wintersmith, répondis-je en riant.

Je sentis une tape sur mon épaule.

— Ta petite amie, dit Leo en désignant l'autre bout de la pièce. Elle n'est pas sur la liste, pas sur la mienne en tout cas...

Cilea était à la porte, qui tendait son manteau au maître d'hôtel et lui glissait un billet.

— Je ne l'ai pas invitée...

Leo haussa les sourcils.

— Bien sûr que non. Mais ce n'est pas une raison, faisons en sorte qu'elle se sente la bienvenue.

Il lui porta un verre de « champagne soviétique » et elle lui adressa un sourire innocent.

— Comment as-tu su pour ce soir ? lui demandai-je.

— Les réceptions de M. O'Heix ? Le Parti ne raterait cela pour rien au monde. Tu ne prenais quand même pas au sérieux tous ces mystères de roman d'espionnage ? On ne pourrait pas faire une chose pareille sans l'aval de quelqu'un là-haut...

Elle pointa le doigt vers le plafond.

— Je suis prête à parier une Dacia neuve qu'un invité sur cinq est un informateur. Et un informateur sur cinq surveille les quatre autres. C'est d'eux qu'il faut se méfier. C'est la beauté du système.

La beauté du système… Où était la beauté dans cette mise en abyme de la paranoïa, cette procession infinie d'espions espionnés ?

— Mais peu importe, je suis là pour jeter un œil à quelques pièces de la collection familiale.

— Il y a des choses à toi ici ? demandai-je, regardant l'exposition avec un intérêt nouveau.

— Mon père est issu d'une lignée de diplomates. C'était du temps de l'ancien régime comme on dit aujourd'hui. Son grand-père et son père étaient ambassadeurs. Haute bourgeoisie, murmura-t-elle d'une voix théâtrale, son haleine sucrée par le rouge à lèvres, auquel se mêlaient des relents de vin et de cigarettes détaxées. La plupart de leurs biens se trouvent dans des musées. À l'occasion, il rachète une chose ou une autre, ou s'offre une nouvelle œuvre…

— Et comment est-ce qu'on rachète une pièce à un musée national ?

— Comment est-ce qu'on achète quelque chose ? rétorqua-t-elle sans se laisser démonter, tendant la main vers un bol d'olives vertes piquées sur des cure-dents.

Si l'indifférence est une armure, alors la nonchalance est une cotte de mailles légère, finement tissée. Cilea était *nonchalante*. La vie ne m'avait guère donné l'occasion d'utiliser ce mot jusque-là.

— Montre-moi.

Je pris son bras et elle me guida à travers la foule. Nous fîmes le tour des possessions de son père : un coffre paysan de la Renaissance, une paire d'épées ornementales, des tapis afghans, des peintures d'artistes roumains à la manière de grands maîtres occidentaux considérés comme « décadents ». Elle me mena devant une toile cubiste représentant une femme qui descendait d'un wagon de l'Orient-Express, ses mouvements décomposés rappelant le célèbre tableau de Duchamp : dans le sillage électrique de son passage, un déferlement de chapeaux et de fourrures, de nez et d'yeux, de jambes et de bras, de bracelets et de bijoux, qui tous laissaient leur marque dans l'air et accompagnaient sa progression.

— *Contaminé par la maladie de l'individualisme et du matérialisme bourgeois*, récita Cilea avec une sincérité parodique. C'est ce qu'on nous apprenait à l'école. Tout ça : *décadent et esthétisant, sans rapport avec les préoccupations du socialisme*... Mais elle est si belle, ajouta-t-elle en riant. Regarde cette robe, ce collier...

— Elle pourrait être la Princesse au temps de sa splendeur, dis-je, examinant le tailleur Chanel et le boa en fourrure, le pâle visage ovale et les yeux surmontés d'une frange noire très droite.

Cilea s'esclaffa.

— Bon sang, mais c'est vraiment la Princesse ! m'écriai-je, stupéfait.

C'était écrit, en doré, sur une petite plaque laquée en bas du cadre : « Portretului Contessa Antoaneta Cantesco ».

À cet instant, il y eut un mouvement à l'autre bout de la salle. La Princesse en personne. Comme d'habitude, elle avait remarqué un objet qui avait appartenu à sa famille et le réclamait. Leo parvenait en général à l'apaiser et allait parfois jusqu'à acheter la pièce en question pour la lui offrir.

— Il y a toujours un ancien aristocrate pour faire un éclat au sujet des redistributions, commenta Cilea d'un ton agacé, avant de prendre ma main pour m'entraîner à l'étage supérieur. Après la chaleur du sous-sol bondé, c'était un soulagement de retrouver le marbre froid du grand hall, de sentir le courant d'air circulaire dans l'escalier, tandis que la fraîcheur séchait la sueur qui me coulait le long de l'échine. Je la suivis sur le côté de la galerie jusqu'au bureau du conservateur. Nous nous embrassâmes pendant qu'elle déverrouillait la porte dans son dos, puis elle me tira vers elle en reculant, une main sur la boucle de ma ceinture. Elle se cogna contre une table, la débarrassa d'un geste sans se retourner et s'assit dessus, enroulant ses chevilles autour de mes mollets. Elle mouillait déjà. Je soulevai sa jupe et la baisai là, rapidement. Elle garda la tête tournée, les yeux sur la porte et, ma bouche contre son cou, je goûtai l'amertume de son parfum, que je trouvais si envoûtant et musqué un instant plus tôt. Lorsque je glissai ma langue dans sa bouche, elle était brûlante. Cilea me mordit la lèvre quand elle jouit et me retint en elle. Je saignai, mais elle ne bougea pas, passant sa langue sur la blessure pour que ça cuise.

Quelqu'un l'appela. Elle me serra fort, soupira et embrassa mon visage, puis se rajusta. Elle frotta une trace de sang sur sa lèvre supérieure.

— Laisse-moi cinq minutes d'avance, dit-elle en partant. Je te téléphone demain.

Dans le hall se tenait Titanu, le garde du corps de Manea Constantin, un Moldave massif à la tête ronde, ancien catcheur. Il était apparu quand nous avions commencé à nous voir – « Mon père a toujours un œil sur moi », m'avait-elle expliqué. Avertissement ou désir de me rassurer, je ne savais pas trop et ne me risquais pas à lui poser la question. Arrivée en bas de l'escalier, elle leva les yeux et m'envoya un baiser. C'était Cilea tout craché : j'ignorais qu'elle viendrait ce soir et maintenant j'ignorais où elle allait. Pourtant, elle donnait l'impression – et c'est l'impression qu'il me reste d'elle – qu'elle était capable de tout donner, puis de vous laisser seul avec.

— Te voilà ! s'exclama Leo dans l'obscurité, lorsque je sortis prendre l'air. Je te cherchais.

Il se tenait à côté de sa Skoda.

— Grimpe.

Quelques minutes plus tard, nous étions sur la voie extérieure du boulevard de la Victoire-du-Socialisme et nous nous garions dans une rue où se trouvaient quelques kiosques et un supermarché, la façade entièrement vitrée. Les rayons étaient remplis de conserves de carpe. Rien d'autre. L'obscurité était diluée ici et là par des réverbères si faibles qu'ils illuminaient seulement la nuée de phalènes et de moucherons qui vibrionnaient autour.

— Viens, dit Leo, en s'éloignant à pied. Il faut arriver par-devant, c'est le plus impressionnant.

Nous marchions à présent dans une avenue récente, large, bordée de magasins et de bureaux non aménagés. Des arbrisseaux étaient plantés à intervalles réguliers sur le trottoir, maintenus droits par des échalas. Des fils métalliques et des tuyaux sortaient du sol. Des enseignes de magasins, incongrûment neuves et brillantes, étaient déjà en place – boucheries, boulangeries, boutiques de vêtements et supermarchés –, mais les commerces en question demeuraient pour l'instant virtuels. Il y avait même – humour noir – une agence de voyages décorée d'affiches de lacs hongrois et de stations balnéaires sur les rives de la mer Noire.

L'avenue était plus qu'uniforme, elle était implacable : des appartements et des bureaux avec des portes et des fenêtres identiques sur huit étages, des façades funèbres identiques, toutes revêtues de marbre blanc. Leo s'immobilisa au niveau d'un énorme rond-point et attendit. Je le rattrapai et je vis des rues étroites inachevées, obstruées au bout de quelques centaines de mètres par une masse de décombres et de blocs. L'une d'elles s'interrompait devant un vieux monastère au milieu du passage, qui paraissait méditer sur ce qu'il était censé faire à présent. Un portail de bois peint, avec des piliers sculptés et un petit toit, le séparait d'un cimetière délabré où les pierres tombales étaient éparpillées comme des moutons qui paissaient dans l'herbe. Les fenêtres du monastère étaient allumées. Des pelleteuses et des tombereaux attendaient dehors, leurs griffes articulées sans vie, leur mâchoire ouverte se découpant contre le ciel dégagé. Je pensais aux squelettes de dinosaures du muséum : on avait l'impression qu'ils s'étaient réveillés pour prendre le contrôle des rues. Je retrouvai Leo au milieu du rond-point, où se trouvait un socle blanc qui ne supportait rien. Quatre larges avenues également en construction se rejoignaient là, ce monument dédié au néant marquant leur intersection.

Leo gonfla sa poitrine et déclama :

Et sur le piédestal apparaissent ces mots :
« Mon nom est Ozymandias, roi des rois,
Contemplez mes œuvres, ô puissants, et désespérez ! »
Rien de plus ne reste. Autour de la ruine
De ce colossal débris, sans bornes et nus,
Les sables solitaires et unis s'étendent au loin.

« *L'Ozymandescu* de Shelley… Une lecture incontournable ici…

— Très drôle, Leo. Et que fait-on dans ce jeu de Lego stalinien, au juste ?

En guise de réponse, il me prit par les épaules et me fit pivoter cérémonieusement à cent quatre-vingts degrés.

— Je te donne… le boulevard de la Victoire-du-Socialisme, et la Maison du peuple.

Vu de loin, le palais écrasait la ville ; il était la cible de tant de plaisanteries qu'on ne pensait plus à ce qu'il coûtait, en argent et en souffrance humaine. Il dévorait tout cela pour le restituer sous la forme de cette ridicule ampleur, de ce mauvais goût risible à une échelle titanesque. Quand on se retrouvait face à lui, il n'avait rien d'innocent : dressé sur l'avenue principale, c'était une agression, une masse de pierre criarde, brutale, une négation de l'humanité. Instinctivement, je levai les mains pour me protéger la tête : c'était une vision qui vous tombait dessus comme une pluie de coups.

Le boulevard de la Victoire-du-Socialisme, plus large que le Danube, haut de douze étages, était conçu avec ce mélange de paresse négligente et de hâte paranoïaque qui caractérisait les projets publics du bloc de l'Est. Çà et là sur l'immense chantier, des hommes et des machines étaient encore au travail, dans un vacarme assourdissant et sous une lumière blanche aride. Mais ici, à un kilomètre à peine, c'étaient les ténèbres. Des trous béants dégorgeaient une eau bileuse qui sentait la rouille, les exhalaisons métalliques et le délabrement industriel. Un peu plus loin, nous vîmes bouillonner un caniveau au-dessus de nous, tandis que des vagues bourbeuses dévalaient un escalier de marbre inachevé avec un concert de froissements et de succions. En nous approchant, nous découvrîmes de quoi il s'agissait à la lueur de la lampe électrique de Leo : un tapis vivant de rats dont les cris produisaient ce grésillement aigu des rongeurs paniqués qui trébuchent et se montent dessus. Il n'avait pas plu depuis des semaines, mais l'air était comme laqué d'une couche d'humidité fétide aux relents d'eaux usées.

À la suite de Leo, je pénétrai dans un bâtiment qui n'était qu'un squelette vide. Les murs suintaient et des stalactites gris-vert pendaient des plafonds. Cette pièce avait un carrelage de mosaïque, trois lustres imposants et des revêtements de marbre. Elle n'avait jamais servi, mais ressemblait déjà à l'intérieur moisi d'un vieux réfrigérateur. Leo se dirigea vers une boule de lumière : un feu de camp au loin.

— Ah ! Leo. *Salut !*

— *Salut ! Vintul, ce mai faceti ?*

Une torche enveloppée d'un linge imbibé d'essence brûlait à côté d'un groupe de jeunes gens qui fumaient une drogue nauséabonde. Ils étaient assis en tailleur, penché vers un feu âcre qui éclairait leurs visages par en dessous. C'était les pendants, les reflets distordus des politiciens que j'avais vus au Capşa le premier soir, leurs traits illuminés par les crêpes flambées. De plus en plus, j'avais l'impression que chaque chose ici avait son équivalent, son double, que tout était lié et se correspondait, même les opposés – surtout les opposés, peut-être.

J'attendis en retrait que mes yeux s'habituent à l'obscurité. Quatre hommes et trois femmes étaient assis autour du feu. Deux gros joints circulaient et un appareil stéréo passait les Grateful Dead. Tous semblaient jeunes et tous étaient vêtus d'habits peu courants en Roumanie. Une des filles avait un bandana, et des piercings dont la simple vue me piquait les yeux : ils crevaient ses sourcils, ses joues, et la peau tendue de sa gorge, au-dessus de son larynx. Elle les avait sans doute faits elle-même, avec les moyens du bord : une aiguille stérile à travers la peau anesthésiée avec des glaçons ou du déodorant. Tous avaient les cheveux longs et portaient des hauts fleuris et des pattes d'éléphant. Pacifistes à l'apparence agressive, ils me dévisagèrent d'un air soupçonneux. Leo avait enfreint le protocole en m'amenant ici. La fille aux piercings me dit quelque chose en roumain et ils se détendirent quand ils constatèrent que j'étais étranger. Elle me tendit son pétard.

— Mel. Melina…

Elle sourit en me voyant tressaillir à la première bouffée. Elle avait de grands yeux et des taches de son autour du nez, où brillait une pierre dont les facettes reflétaient la lumière du feu. Je fis passer le joint, sentant la fumée se répandre dans mes poumons et mes artères. Il avait un drôle de goût, comme s'il était coupé ou imprégné d'un produit chimique. Dans un pays où on mettait de la sciure dans la farine pour faire du pain, j'aimais mieux ne pas savoir à quoi on mélangeait la drogue. J'avais l'impression que mon cœur se vidait de tout son sang pour se remplir d'un coup. Ils entamèrent une conversation incompréhensible pour moi, tandis qu'on écoutait « Friend of the Devil » en musique de fond. Je crus deviner les premiers signes de faiblesse des piles en bout de course : les paroles qui s'étirent, les accords de guitare en spirale... ou alors c'était simplement l'effet nauséeux de la drogue. *Grateful Dead... Les morts reconnaissants : quel nom violent*, songeais-je, tandis que je m'affaissai contre le mur humide et laissai tomber ma tête entre mes genoux. *Mais quelle musique gracieuse, spacieuse.*

Le jeune homme qui le premier avait parlé semblait le plus vif du groupe. Il me donna un petit coup.

— Alors, tu es l'ami de Leo, hein ?

Caustique, détaché, de l'autorité naturelle.

— C'est une question ?

— Tu m'as dit que tu voulais te rendre utile, intervint Leo. Je t'ai pris au mot. Et pour ça, l'idéal, c'est de rencontrer Vintul – *le vent* – et d'écouter ce qu'il a à dire.

Le jeune homme était barbu, chevelu, le corps sec. Même accroupi par terre, il avait l'air puissant, prêt à bondir. Tout le monde autour de lui était camé, avachi, mais il respirait la tension et la résolution. Il posa sur moi ses yeux qui semblaient vouloir me porter. Soucieux de ne pas le décevoir, je m'assis pour secouer la torpeur de la drogue. Ma salive poisseuse avait un goût de brûlé.

— D'accord. Est-ce que quelqu'un va m'expliquer de quoi il s'agit ? demandai-je.

— On aide les gens qui veulent quitter le pays. Leo est avec nous depuis quatre ans, et Belanger nous a donné un coup de main aussi, répondit Vintul.

La mention de mon prédécesseur mit Leo mal à l'aise, et il tira goulûment sur son joint.

— On fait partie d'un groupe qui fait passer des Roumains en Hongrie ou en Yougoslavie. Mais on a besoin de gens comme vous pour leur fournir des papiers ou des lettres d'invitation à l'étranger… pour trouver quelqu'un qui s'occupera d'eux de l'autre côté.

— Et pour récolter les fonds quand il faut payer, intervint Leo.

Vintul le dévisagea avec répugnance.

— Comme l'a si bien dit notre ami, il ne faut pas négliger l'aspect financier, mais nous n'en tirons aucun profit.

Il ne faut pas négliger l'aspect financier… L'anglais de Vintul était étonnant : formel, précis, élégant, il ne cadrait pas du tout avec son apparence.

Le regard attiré par la poitrine de Mel, Leo jeta un coup d'œil furtif à son décolleté lorsqu'elle se pencha pour rouler un autre joint. Sur sa peau claire et laiteuse, ses piercings semblaient brutaux et incongrus – tout ce métal qui plongeait dans sa chair.

Leo prit le pétard et aspira une longue bouffée.

— Ils participent tous. Petrescu, par exemple, il ne se contente pas de peindre des icônes. Il trafique des passeports, fabrique des tampons et des visas ; la spécialité de Ionescu, ce sont les papiers à en-tête d'universités américaines... il en fait provision chaque fois qu'il est invité à une conférence. Costanu, au musée d'Histoire naturelle – il nous a filé quelques caisses d'emballage à l'occasion... quelques trous pour respirer, de la paille, et roule ma poule : un joli petit compartiment de première classe pour un couple d'amoureux en quête d'une vie meilleure.

Vintul n'appréciait pas sa légèreté ni son empressement à livrer des noms. J'examinai Leo et la poignée de jeunes aux regards vitreux autour du feu. Quel amateurisme : quelques hippies et une équipe disparate de peintres et de professeurs contre l'appareil sécuritaire le plus impitoyable au monde.

— Ça marche souvent ? lançai-je d'un ton désinvolte, m'efforçant de reprendre une place dans la conversation.

— Plus que tu l'imagines.

— Et quand ça ne marche pas, que se passe-t-il ?

— Ce n'est pas ton problème. Nous vivons une époque en phase terminale...

Un brusque hochement de tête en direction de Leo.

— Tu sais que c'est lui qui nous a apporté le capitalisme ? Comment dites-vous ? La loi de l'offre et la demande, tout a un prix et le prix change constamment – plus Leo pense qu'on désire quelque chose, plus c'est cher. C'est le nouveau monde auquel nous voulons tous avoir accès...

— C'est toi qui n'arrêtes pas d'appeler chez moi ?

— On a essayé d'entrer en relation avec toi, mais ton téléphone – ou celui de Belanger, plutôt – est sur écoute. Tous les téléphones sont sur écoute.

Maintenant, on va s'arranger autrement pour nos rencontres, si tu souhaites nous aider.

— Comment ?

— Tu peux écrire des références, vérifier des trucs, transporter des choses pour nous. On peut utiliser tes laissez-passer et tes devises étrangères. Il y a mille petites façons de nous aider, pas nécessairement dangereuses. Qu'est-ce que tu veux en échange ?

— Je ne veux rien. Je suis venu ici pour savoir ce que je pouvais faire…

— On veut tous quelque chose. De l'argent, de l'influence, une bonne conscience… Quelle différence ?

— Si je fais ça, c'est parce que je pense qu'il y en a une, de différence. Pas toi ?

— Si tu le dis.

Ce qui signifiait : *J'ai eu cette conversation avec des gens qui valaient mieux que toi.*

Leo passa un bras autour de mes épaules. C'était un geste protecteur et il détonnait : Leo prenant ma défense contre un adversaire plus fort que lui. Vintul ajouta qu'on me contacterait dans les semaines à venir et que tout serait prêt à ce moment-là.

Après, il avala une gorgée de vin rouge et roula un gros joint qu'il garda pour lui. Quelqu'un avait changé de cassette : on écoutait à présent une musique ethnique agressive, avec de violents éclats de musique folk sur des rythmes électroniques. Vintul hochait la tête en cadence et buvait au goulot. Je remarquai ses bras et son cou musclés, son visage mince et fort. Tout le monde ici était soit flasque, soit émacié, vague et imprécis, mais pas Vintul. Deux des filles s'étaient endormies et les trois garçons exécutaient une danse paysanne d'ivrognes autour d'un escabeau auquel ils avaient mis le feu. Dessus, ils avaient disposé des bouteilles vides rebouchées, qui explosaient bruyamment les unes après les autres.

Soudain, on vit s'entrecroiser les faisceaux de puissantes torches électriques à l'extérieur, suivis de cris et d'aboiements.

— Dehors ! Tout de suite ! lança Leo, me poussant brutalement vers le couloir.

— Non, intervint Vintul. Ils s'attendent à ce que vous sortiez. Il faut s'enfoncer dans le bâtiment. Venez.

Il se releva avec une agilité surprenante pour un homme qui avait fumé et bu toute la nuit. Les drogues avaient peu d'effet sur lui, mais les autres paraissaient abasourdis. Il les secoua, nous divisa en trois groupes et nous indiqua différentes directions. Je me sentais nauséeux et Leo avait le teint encore plus vert que d'habitude. Les battements de la musique continuaient de s'échapper du petit lecteur de cassettes sur le sol.

On entendit un grognement dans l'obscurité : une paire d'yeux tachetés de jaune brilla à la lueur d'une lampe torche, puis une deuxième. Des bergers allemands.

— Allez à droite, toujours à droite, quoi qu'il arrive. On se tient au courant ! lança Vintul en me regardant.

Leo éteignit sa lampe pour plonger dans les profondeurs du bâtiment.

Pendant ce qui me parut des heures, nous avançâmes vers la droite, à travers des couloirs et des salles, des aboiements et des voix derrière nous. Le temps s'était distendu : drogue, peur, adrénaline. En réalité, Leo et moi, nauséeux dans le noir, en compagnie de deux des filles, nous n'avions pas pu marcher plus de vingt ou trente minutes, mais j'avais l'impression d'une odyssée semée d'embûches. En cours de route, nous perdîmes les filles. Nous heurtions des pots de peinture et des seaux de ciment, nous trébuchions sur des câbles et des fils. De temps en temps, Leo s'arrêtait et s'appuyait contre le mur pour souffler. À un moment donné, il se laissa aller contre une cloison en contreplaqué qui s'écroula avec fracas. Il avait perdu la lampe de poche, si bien qu'on ne voyait rien d'autre que l'éclat furtif de la lune ou des réverbères à l'extérieur. Une salle de bal vide apparut devant nous et nous trouvâmes refuge dans un coin humide où Leo s'endormit. Je tendis l'oreille, mais il n'y avait que l'écho du vide.

Quelques heures ou quelques minutes plus tard, je me réveillai. Une aube grise se levait sur le revêtement de marbre qui semblait pâle et anguleux. Leo ronflait. J'avais vomi sur mes chaussures – les miennes ou celles de quelqu'un d'autre, je l'ignorais ou ne m'en souvenais pas. Nous étions revenus à notre point de départ. Vintul nous avait fait décrire un cercle, estimant qu'à notre retour, l'endroit serait de nouveau sûr. Son calcul était juste. Le feu était encore tiède, une poussière de cendres blanches et de brindilles à demi consumées. Où étaient passées les filles ? Le verre taillé du lustre reflétait les premières lueurs du jour qui pénétraient par ce que je découvris être une large baie vitrée donnant sur une terrasse aussi grande qu'un court de squash. Leo reprit conscience avec un grognement primal, son front barré d'une longue coupure séchée. Il la toucha, sentit la croûte.

— Zut… je suis trop vieux pour ça, dit-il avant de refermer les yeux.

Il s'installa plus confortablement contre le mur et un instant plus tard, il ronflait de nouveau.

Quelques rats s'affairaient dans un coin. Je m'efforçai de voir à quoi ils s'occupaient, sans y parvenir : un manteau étalé par terre ? L'image devint plus nette. C'était un sac de ciment vide. J'entendais les mâchoires des rongeurs claquer avec un bruit mouillé. Je me relevai en m'appuyant sur un rebord de fenêtre inachevé, enjambai Leo et traversai la pièce.

Deux bergers allemands étaient étendus côte à côte. On les avait recouverts, mais le sang s'était répandu à côté. Je les tâtai du bout de ma chaussure – ils étaient rigides – et écartai les sacs. Leurs yeux étaient ouverts, fixés sur la mort qui arrivait sur eux. Ils avaient la gorge déchiquetée et, sous le fouillis des viscères, le sang avait coulé, se mêlant à la poussière de ciment. Un monticule s'était formé. Je donnais un coup de pied dedans, mais il avait déjà pris : un petit tas de couleur rouille, veiné de rouge.

— Merde…

Je n'avais pas entendu Leo derrière moi. Il ravala un haut-le-cœur et détourna les yeux.

— Deux chiens policiers la gorge tranchée. Qui ferait un truc pareil ?

— Pas tranchée, Leo, regarde. Déchirée ou mordue, jusqu'à la trachée.

— Fichons le camp d'ici. Il y a plein de gens qui vivent à la dure dans ces bâtiments, Tsiganes, alcooliques, camés, sans-abri… C'est un vrai bidonville, et dangereux avec ça.

Les aiguilles lumineuses de la montre de Leo affichaient quatre heures du matin. Dehors, les grues démarraient et les camions déchargeaient des ouvriers sur le trottoir. Les hommes étaient maigres et faméliques, certains malades ou estropiés, d'autres avaient l'air de gangsters. Des gardes armés les divisaient en groupes et les emmenaient. Nous attendîmes qu'ils soient tous partis cachés derrière un camion de ciment.

— Des prisonniers, déclara Leo. Des fourgons pénitentiaires. Des plaques d'immatriculation militaires, sans doute de la prison de Jilava… Tu as vu : pantalon et chemise jaunes, numéro sur le dos et la poitrine. Du travail forcé. Ces bâtiments sont tous construits comme ça, à présent.

— Je ne suis pas sûr d'avoir saisi l'intérêt de cet interlude déplaisant, dis-je une fois dans la voiture.

— Patience, répondit Leo, vérifiant les rétroviseurs avant de démarrer. Patience.

Dix

Ma relation avec Cilea n'avait rien d'officiel : la plupart du temps, j'ignorais où elle se trouvait, qui elle voyait, si elle étudiait vraiment ou si elle n'était inscrite en fac de musique que pour la forme.

Quant à ma jalousie, qui s'emportait pendant les moments creux où Cilea était loin de moi et l'imaginait remplissant ce temps de mille manières, toutes plus cruellement libidineuses et infidèles les unes que les autres, je la dissimulais. Avouer que je l'avais suivie un jour jusqu'à chez elle pour surveiller son appartement, et que, n'ayant rien vu de suspect, je l'avais filée une deuxième fois et une troisième reviendrait à capituler, aussi bien devant Cilea que devant ma jalousie. De plus, le jaloux veut d'une certaine manière se prouver qu'il a raison. Investir dans le soupçon est un investissement comme un autre : à terme, on attend un retour.

Cilea et moi ne nous voyions que sur rendez-vous ; lorsque je n'étais pas avec elle, je n'avais aucune nouvelle et ne la croisai dans aucun des lieux que nous fréquentions ensemble. Parfois, j'arrivais quelque part et l'impression qu'elle venait de partir me transperçait : je me précipitais dans la rue, espérant la voir ou apercevoir sa voiture, ou même (cela m'aurait suffi) sentir son odeur.

Puis, un jour, elle m'annonça que son père souhaitait me rencontrer. *Souhaitait* : à la fois tellement plus élégant et tellement plus autoritaire qu'un simple *voulait*. J'étais ravi. Je pensais que cela officialisait notre relation, faisait de nous un couple. Nous allions à des soirées ensemble, je l'accompagnais au théâtre ou au concert, et le jour où elle chanta avec la chorale à l'occasion du spectacle d'été de l'Athénée roumain, elle me prit un siège au premier rang, réservé aux membres de la famille. Je ne la voyais toujours pas en dehors des moments où nous avions rendez-vous. Il n'était pas question de passer chez Cilea sans prévenir, et quand je n'étais pas avec elle, j'aurais aussi bien pu vivre dans une autre ville puisque je ne la croisais pas et ne rencontrais jamais d'amis communs (nous n'en avions pas, de toute manière). Mais je m'étais habitué à ne pas savoir grand-chose des gens que je fréquentais à Bucarest, qu'il s'agisse de Cilea, de Trofim, de Ionescu, et même de Leo. La connaissance partielle était une condition préalable à l'amitié, ici.

— Tu vas demander sa main à son père tandis que vous dégusterez un cognac et un cigare ? ironisa Leo lorsque je lui annonçai la nouvelle. Lui expliquer quel beau parti tu fais ? Orphelin, sans diplôme, et comment elle a dit ? *Un étudiant venu faire du tourisme chez les sous-développés pendant son année sabbatique* ? Ne te fais pas d'illusions : il sait très bien qui tu es. Il a sans doute déjà un dossier sur toi. Il veut te faire comprendre qu'il te tient à l'œil.

Lorsque le téléphone sonna, un matin de juin à quatre heures, je répondis comme si c'était parfaitement normal. Dans le couloir, je trébuchai sur une valise qui se trouvait devant la porte. Je devais aller en Angleterre le mois prochain, la première fois que je « rentrerais à la maison ». J'avais fait mon petit bagage dix jours avant le départ, espérant m'habituer à la crainte que m'inspirait ce voyage. La voix à l'autre bout du fil était hésitante, avec un fort accent roumain, mais une intonation américaine. Tout le monde ici avait appris l'anglais en regardant des séries policières des années 70, et mes étudiants connaissaient les insultes en vogue à l'époque ou lançaient avec conviction des phrases comme : « Ce quartier n'est plus ce qu'il était », bien avant d'avoir assimilé les raffinements de la conversation quotidienne.

— Bonjour… Monsieur Belanger ?

— Non, désolé.

— Dans ce cas, puis-je vous demander qui est à l'appareil ?

— Puis-je vous en demander autant ?

Il n'y eut pas de réponse. Pendant un moment, la ligne resta muette, comme si mon interlocuteur tenait le combiné contre sa poitrine et discutait avec quelqu'un à côté de lui. C'était de l'amateurisme, il ne savait plus quoi faire à présent, alors qu'il lui avait fallu trois mois pour trouver le courage de parler. J'étais sûr que c'était lui – nos silences sont aussi particuliers que la tonalité de notre voix ou nos tournures de phrases. Je reconnaissais cette manière qu'il avait d'être au seuil de la parole, le bruit de son inspiration, le sifflement imperceptible de ses poumons.

On raccrocha. Je ne m'attendais pas à cela, au moment où nous étions enfin entrés en contact. Je haussai les épaules et retournai me coucher : il y avait quand même du mieux. Je regardai Cilea endormie. Elle me tournait le dos, mais je la voyais dans le grand miroir appuyé contre le mur. La chambre était argentée au clair de lune et les draps froissés qu'elle avait repoussés avaient le lustre gris d'une coquille d'huître. Je l'embrassai au creux des reins, respirant l'odeur du sexe de la veille. Je touchai l'intérieur de sa cuisse et elle se retourna vers moi sans se réveiller.

Soudain, je compris. Je sautai du lit, sortis sur le balcon et regardai de l'autre côté de la rue. À quelques mètres en dessous de moi, je vis la cabine téléphonique. Dans certaines situations, la paranoïa n'est rien de plus que la capacité de lire les signes cachés de la vie, non un douloureux délire, mais un sixième sens. Je savais qu'on m'avait appelé d'en bas et que j'étais censé le savoir.

J'enfilai des vêtements et traversai la rue. Dans la cabine, l'annuaire enchaîné à la tablette était ouvert à la page d'un grand supermarché de la ville. Un signet fait avec la tranche d'un paquet de cigarettes était glissé un peu plus loin, à une page où le premier chiffre d'une adresse, le 5, était entouré. Si c'était le code, il était facile à percer.

Ainsi, le lendemain, à cinq heures de l'après-midi, sans avoir prévenu Cilea ni Leo, je me retrouvai à l'entrée d'un supermarché Monocom – un nom judicieux, puisqu'on y trouvait une seule variété de chaque produit. Parmi les clients qui traînaient là, grisâtres, un jeune homme se détachait du lot : cheveux roux aux épaules, chemise écarlate délavée et blouson en cuir marron clair près du corps. Il examinait un appareil photo russe qu'il pointait vers moi en riant. Il tournait l'objectif, changeait la mise en point, et faisait semblant d'appuyer sur le déclencheur. L'appareil couvrait ses yeux et son nez, mais le grand sourire en dessous était troublant : authentique, sincère, sans calcul. Ce qui en soi était suspect. Je le regardai et j'attendis qu'il fasse le premier pas – si c'était bien avec lui que j'avais rendez-vous.

Élancé, barbu, il paraissait trop maigre pour compter parmi les élus du système, cependant, rien n'indiquait qu'il appartenait à la catégorie des perdants. Dans un monde où régnait la conformité, il semblait savoir avec précision jusqu'où il pouvait se distinguer sans s'attirer d'ennuis. Il y avait de la mesure dans son petit air fanfaron ; il se faisait remarquer, mais pas d'une manière qui invitait à la suspicion. Il n'était pas négligé, portait des lunettes à la John Lennon et fumait une roulée. Sur sa chemise au col ouvert, son blouson en cuir des années 60 était élimé, mais élégant. Il avait un jean aux jambes évasées et ses hautes bottes de cosaque avaient un look à la fois militaire et bohème. Il reposa l'appareil sur le comptoir et sortit brusquement.

Son corps mince et agile était la seule tache colorée de la rue : on avait l'impression de pister un renard dans la neige, un sillon roux qui zigzaguait, s'engouffrait dans des immeubles et en ressortait, continuait jusqu'au croisement suivant, jusqu'au feu suivant. C'était l'heure de pointe et, en dépit du petit nombre de voitures, les trottoirs étaient noirs de monde, les tramways et les bus bouchonnaient dans Calea Victoriei. Quelques rues plus loin, les sirènes retentirent pour annoncer le cortège présidentiel, mais il poursuivit d'un pas vif, laissant derrière lui les ministères et les ambassades, en direction de Lipscani.

Lipscani me rappelait les vieilles photographies du Paris préhaussmannien : des maisons penchées d'allures et de tailles variées, un bric-à-brac vacillant de styles et de matériaux. Il y a cent ans, la rumeur, la maladie et le crime prospéraient dans un décor pareil ; de nos jours, c'était un lieu qui invitait à l'évasion, à la surprise et à la flânerie. Les pavés étaient inégaux et certaines voies dépourvues de trottoirs. Les voitures privées étaient rares et les tramways se faufilaient dans les ruelles, des étincelles jaillissant sous leurs roues.

C'était un environnement abrupt, chaotique, surveillé en permanence même si on ne croisait pas de policiers ; les rues grouillaient d'informateurs devenus indigènes, d'indigènes passés informateurs, ou de gens qui balançaient entre les deux – comme la plupart de ceux que je connaissais. C'était aussi le quartier tsigane. Ses vieux bâtiments majestueux laissés à l'abandon étaient remplis de Roms qui aidaient le gouvernement en saccageant leurs propres logements, préparant la démolition finale de Lipscani, prévue pour 1990 : des feux dans les salons, des chevaux dans les halls, des murs abattus, le plomb des toits arraché pour être vendu.

Debout ou assis, les Tsiganes prenaient le soleil, yeux fermés, bras écartés et paumes ouvertes comme s'ils recevaient une transfusion d'heures libres du Temps lui-même. Ils portaient la vie au grand air inscrite sur leur corps. Lorsqu'ils passaient sous les hautes entrées en voûte de leurs immeubles, ils se courbaient d'instinct, même s'il y avait plusieurs dizaines de centimètres entre leur tête et le cadre : tout intérieur, aussi spacieux soit-il, était un enfermement, une réduction, un repli qui n'était pas naturel. Ils sortaient à cinq heures du matin et rentraient après minuit. La journée était leur salon, leur lieu de travail, leur habitat ; et les logements qu'on leur avait attribués tout au plus un endroit où entreposer leurs corps pendant les heures nocturnes.

Le jeune homme avait ralenti ; on l'arrêtait pour le saluer, ou on lui faisait signe du trottoir d'en face. C'était son territoire. Dans une petite galerie d'art, il y avait un vernissage ou un événement quelconque. À en juger par l'air nerveux des invités, il n'était pas sanctionné par le syndicat des artistes – ce genre de rassemblement pouvait être dispersé d'un instant à l'autre. Si vous aviez de la chance, l'informateur du quartier attendrait d'avoir assez mangé et bu avant d'appeler la Securitate et la fête aurait le temps de commencer. Je vis Leo, un gobelet de vin rouge à la main, qui discutait avec Ioana et Petrescu, le peintre d'icônes. Celui-ci croisa mon regard par-dessus l'épaule de Leo, mais s'il m'avait reconnu, il n'en laissa rien paraître. Je repérai Campanu, le médecin légiste, qui fumait, une veste crème sur sa blouse bleue de la morgue. Dans la vitrine était accroché un grand tableau représentant des travailleurs qui partageaient du pain et du lait devant un décor de rouages et de poulies étincelantes.

J'avais perdu le garçon à la chemise écarlate. À quelques mètres, une enseigne d'auberge en fer forgé qui portait l'inscription « Le Sanglier des Carpates » pendait du linteau d'une porte. Je dus me pencher pour entrer et pousser le battant qui résistait. Je me retrouvai dans un bar bondé et bruyant, le plafond sang-de-bœuf si bas que je l'aurais touché en me dressant sur la pointe des pieds. Juste en dessous, masquant les visages des buveurs comme une brume de montagne, flottait une couche de fumée. C'étaient les émanations de Carpati, la cigarette qui vous lacérait les poumons à chaque bouffée : on n'inhalait pas la fumée d'une Carpati, on la mastiquait. Tout le monde, jeune ou vieux, avait l'allure bohème ici : des étudiants assis avec des retraités, des ouvriers avec des hippies. Il y avait même – chose rare – des Tsiganes attablés avec des *gadjos*.

— Vous avez raté l'exercice de surveillance de la Securitate, veuillez vous présenter à votre commandant !

Je me retournai. Le jeune homme était là, tenant deux bières mousseuses, ravi d'avoir joué à l'espion. Je lui serrai la main et nous nous toisâmes. Il me plut aussitôt, j'aimais ce mélange de malice et de sérénité. Il m'offrit une roulée dans un étui en étain cabossé : du tabac turc et des effluves de cannabis. C'était ce que Leo appelait une « dose de bureau », juste assez pour donner un petit élan à la journée sans la propulser en orbite. Son sourire était franc, plein de chaleur et d'amusement. Nous nous regardions avec une stupide grimace béate, deux inconnus face à face.

Ses ongles étaient longs et propres. Il vit que je les avais remarqués et fit le geste de passer ses doigts sur les cordes d'une guitare imaginaire. Dans la poche supérieure de son blouson, il y avait un Walkman, objet rare en Roumanie et relativement récent même à l'Ouest. Il sortit une cassette d'une poche intérieure :

— John Cale – *Paris 1919*. Tu aimes ?

J'aimais.

Nous bûmes tous deux une longue gorgée de bière.

— Pardon. Je m'appelle Petre et je suis enchanté de faire ta connaissance.

La lumière baissa et un petit ensemble de jazz se mit à jouer dans un coin de la salle.

— Tu aimes le jazz ?

Son anglais, comme mon roumain de débutant, reposait sur les élémentaires j'aime-je n'aime pas. Je connaissais la règle du jeu : les interlocuteurs se retrouvaient à proclamer des opinions extrêmes sur des sujets dont ils se souciaient peu, simplement pour entretenir la conversation. Respectant le protocole, j'exprimai un amour profond et éternel du jazz. Il hocha la tête, satisfait, et fit signe à une punkette au bar, vêtue d'un tee-shirt représentant Margaret Thatcher. C'était d'autant plus surprenant qu'ici, on ne percevait pas nécessairement tout de suite le sous-entendu ironique.

Petre étudiait la musique à l'université et jouait de la guitare classique. Il me parla de son prochain concert à l'Athénée roumain : Bach, Villa-Lobos et Federico Mompou. Est-ce que je voulais y assister ? Il déchira deux billets de leur souche. Je ne tardai pas à apprendre que Petre était aussi le guitariste et le chanteur de Fakir, un groupe de rock semi-clandestin qui était toléré par les autorités, mais surveillé de près. Leo m'avait fait écouter une cassette pirate du groupe. Tous leurs enregistrements étaient pirates : puisqu'ils n'appartenaient pas au syndicat des musiciens, ils n'avaient accès ni aux studios ni aux salles de concert. Je l'examinai : sa peau était lisse et ses mains délicates, ses cheveux brillaient, ses vêtements usés étaient propres. Une lourde croix celtique pendait sur sa chemise.

— Petre ! appela le contrebassiste.

C'était un jeune homme élégant en costume trois-pièces des années 50, coiffé à la manière des Teddy Boys de cette même époque, qui eux-mêmes s'inspiraient des dandys du début du siècle – le rétro dans le rétro.

— Reste ici. Je te vois après. On peut parler.

Petre se leva pour rejoindre le groupe.

J'écoutai donc leur pot-pourri de jazz, une série d'impromptus suaves. Après un bœuf de quarante minutes, Petre réapparut, ses cheveux hirsutes trempés de sueur.

Lorsque nous quittâmes le cabaret, il était vingt-deux heures. Lipscani était le seul endroit de la capitale où il y avait une vraie vie de quartier après vingt et une heures. Les hôtels et les bars du centre étaient soit des pièges à touristes, soit des lieux de distraction clinquants pour les apparatchiks. Ici, c'était animé : des ivrognes qui marchaient au bord du trottoir comme sur une corde raide, des *beer gardens* qui empiétaient sur la rue. Les gens vendaient et achetaient des articles invisibles et qui peut-être n'existaient pas – c'était moins l'objet que la transaction qui comptait. C'était ce qui symbolisait la vie, la subversion, la rébellion : une frénésie de marchandage autour de biens absents. De là musique tsigane s'échappait des cours et des fenêtres ouvertes. On entendait distinctement le BBC World Service, mais il était impossible de situer l'origine du son dans le labyrinthe des ruelles : les bips qui diminuaient pour céder la place à la *Marche du prince d'Orange*, le motif sonore qu'on associait immédiatement à la station, puis ses voix feutrées. Je songeai à Bush House, la maison de la radio sur le Strand, et à l'aspect que Londres devait avoir à cette heure : les métros bondés et les pubs bruyants, les lettres au néon qui estampillaient l'air, les salaires qui s'évaporaient dans la nuit.

C'était le moment que je préférais à Bucarest : les gens dehors pour une dernière promenade, l'ambiance crépusculaire à l'intérieur des quelques cafés encore ouverts qui entraient dans leur phase noctambule. Des phalènes aux ailes effilochées se heurtaient aux moustiquaires et, à mesure que la température tombait, les odeurs de la journée se condensaient et se séparaient : pollen, essence, fours, cigarettes, toutes distinctes à présent dans l'air piquant. Petre avait une manière de s'en imprégner, les yeux fermés, comme un connaisseur appréciant le bouquet d'une bonne bouteille, qui me rappelait Leo.

Je lui demandai où il vivait, mais il ne répondit pas. Je continuais de le suivre, mais j'étais bel et bien perdu. Nous débouchâmes sur une petite place et il s'assit pour se rouler une autre cigarette. Je reposai ma question et il mentionna un nouvel ensemble, au-delà des limites de la ville. Il n'y avait plus ni bus ni tramways et il était peu probable qu'un taxi accepte de s'aventurer aussi loin à une heure pareille. Où pensait-il dormir ? Il me présenta ses mains ouvertes pour signifier qu'il s'en moquait.

— Il fait chaud.

Je devais retrouver Cilea chez moi. J'étais tenté d'inviter Petre, mais je me rendais compte que c'était précisément ce qu'il ne fallait pas faire. De plus, il ne m'avait toujours pas dit ce qu'il attendait de moi. Puis je songeais : ils étaient tous les deux étudiants en musique à l'université… peut-être se connaissaient-ils ?

— Tu te demandes pourquoi je t'ai contacté ?

— Un peu, oui. Je suppose que c'est lié à ma rencontre avec Vintul, l'autre jour.

— C'est lié, oui.

— Tu veux partir ?

Il éclata de rire.

— C'est mon pays. Pourquoi est-ce que je partirais ? Je ne serais plus moi-même à l'étranger, et c'est pour ça que je reste malgré tout… même si c'est dur de vivre ici, de vivre bien. Mais j'ai envie de voyager. Je veux aller en Espagne, en Angleterre, au Canada, aux États-Unis… C'est difficile d'y aller et, en ce moment, ce serait impossible de revenir. Je veux revenir. Donc je ne pars pas. Ce qui ne signifie pas que je ne le ferai jamais. En revanche, j'ai beaucoup d'amis qui souhaitent quitter le pays. Beaucoup l'ont déjà fait. Je les aide et tu peux nous aider.

— Mais toi ? C'est la liberté que tu veux aussi ?

Il était déçu par ma question simpliste.

— Je sais ce qu'est la liberté. Ne fais pas l'erreur de croire que nous l'ignorons. J'ai connu la liberté, même si je n'ai jamais vécu dans une société libre. Et je peux attendre, car je ne serai jamais libre ailleurs que dans mon pays. Que connais-tu de la liberté ?

— Je ne sais pas trop.

C'était vrai. Je m'en faisais une certaine idée, mais cela restait une notion abstraite et j'avais peu d'exemples concrets où j'avais véritablement utilisé ma part de liberté. C'était peut-être cela, après tout : ne jamais avoir eu à la mesurer ou à la quantifier, ne jamais avoir eu à répondre de ce que j'en avais fait. Je décidai de m'en tenir à l'essentiel.

— Il s'agit de toi, pas de moi. Je suis libre, je peux voter, dire ce que je veux et voyager comme je le souhaite…

— Peut-être que tu as vécu dans une société libre, mais que tu n'as jamais été libre ?

— Peut-être. Mais si je savais ce que tu voulais dire…

J'étais las de ces conversations indirectes : interminables séances d'échanges nourris où les règles du jeu changeaient constamment, entre les gens de l'Ouest pour qui l'argent et le pouvoir étaient les seuls indicateurs de la civilisation et les Roumains qui défendaient leur dignité en prétendant que leur gouvernement, aussi lamentable fût-il, leur promettait un avenir meilleur, même si dans les faits, il avait renoncé depuis longtemps. Petre me rappelait Trofim en ce sens : il s'accrochait à l'idée que le communisme atteindrait un jour ses idéaux.

Je le regardai aspirer une longue bouffée de cigarette et s'appuyer contre le dossier du banc, le torse penché en avant, les fesses sur le bord des lattes de bois. Je sentais venir un discours et je jetai un coup d'œil à ma montre. Il fallait que je parte, que je rentre chez moi. Néanmoins, ses paroles restèrent gravées dans ma mémoire, pas parce qu'elles étaient pénétrantes et intelligentes, ni même vraies, mais à cause de leur extraordinaire pureté, de leur sincérité et, en fin de compte, de leur totale et héroïque fausseté.

— Je sais ce qu'est la liberté. Je vis dans un pays qui n'est pas libre, pourtant, j'ai eu l'expérience de la liberté. De brefs instants ici et là, mais réels. Ce n'est pas quelque chose qui m'est inconnu. À l'Ouest, vous faites l'erreur de croire que nous sommes uniquement des victimes, la tête courbée… de penser que nous ne préservons pas une part de notre vie où nous sommes normaux et heureux et devenons qui nous voulons. Beaucoup de choses sont similaires ici : l'amour, la mort, l'amitié, le plaisir, le goût de la bonne chère et du bon vin – quand on peut les obtenir, ajouta-t-il en riant. Et tout cela a la même valeur, le même sens…

— J'essaie de ne pas faire cette erreur…

— Toi, peut-être, et quelques autres. Pourtant, je vois comment vous nous regardez, parce que nous ne sommes pas libres comme vous. Mais libres de quoi ? D'acheter ? De choisir parmi vingt modèles différents d'appareils photo ? De donner à vos enfants six marques de céréales au petit déjeuner ? C'est ça, l'autonomie ? C'est pour ça que mes amis quittent la Roumanie ? Traversent la frontière au péril de leur vie pour vivre dans un pays où ils pourront choisir entre des Cheerios et des Coco Pops le matin ? Tu parles d'un choix.

— Petre, ce n'est pas à moi qu'il faut expliquer ça. Je ne dis pas le contraire. Je ne vais pas prétendre que tout est parfait à l'Ouest. Mais tu ne peux pas comparer ce que vous souffrez ici et ce que nous avons, même si on gaspille bêtement notre liberté avec des conneries. Ce sont des petits choix, mais il y en a des plus grands derrière : pouvoir choisir ceux qui nous dirigent, pouvoir dire, faire et croire ce que l'on veut. Peut-être que la possibilité de choisir ses céréales est la marque d'un pays où l'on peut aussi choisir son gouvernement.

— Mais ce n'est pas être libre, insista Petre. C'est être client. Vous êtes tous des clients. Vous êtes une nation de clients. Qu'est-ce que Mme Thatcher a dit déjà ? *Il n'y a pas de société...*

Il eut un rire dédaigneux.

— Ce sera peut-être le cas quand elle en aura terminé avec nous, mais ce n'est pas encore vrai...

— Je suis libre parce que je reste ici, pas parce que je pars. Je choisis de rester, c'est ce qui me rend libre – même si je ne peux pas dire tout ce que je veux, même si on me surveille constamment, même si on détruit ma ville, même si on m'empêche de jouer ma musique et même si je dois toujours faire approuver le programme de mes concerts à l'avance... Je suis libre parce que je *choisis* de ne pas m'enfuir.

Je n'avais rien à lui répondre. Petre croyait à l'intensité de la liberté telle qu'elle était vécue et non à sa quantité finement étalée sur une série de choix mineurs : quoi porter, quelle marque de lessive acheter, la « liberté » de décider où l'on va faire soigner ses hémorroïdes ou ses dents. Mais ici et maintenant, dans sa situation, il était bien obligé de penser ainsi. Je n'avais jamais entendu un raisonnement aussi convaincant et aussi indéfendable à la fois, si peu adapté aux genres de vie possibles pour lui. C'était une philosophie de l'extrême qui exigeait des conditions extrêmes pour exister. Elle n'était idéaliste qu'en apparence, car en réalité, elle était on ne peut plus pragmatique : quand on n'a pas la possibilité de s'étendre en largeur, on creuse. Et c'était ce qu'il avait fait : il avait créé une logique où l'intensité remplaçait la quantité. Petre s'était adapté, parce qu'il s'était taillé une théorie de la liberté sur mesure pour donner un sens à toutes les contraintes auxquelles il était soumis.

Il avait vingt-trois ans, deux de plus que moi ; il semblait ne rien savoir, mais croire déjà trop. Il avait dû en voir assez pour détruire toute foi en lui, de quoi le rendre cynique et dur, pourtant, il dégageait un calme que je n'avais jamais rencontré chez personne. Il était encore moins à sa place ici que moi et, en même temps, il était parfaitement en phase avec son environnement. On avait l'étrange sensation qu'il venait d'une version améliorée mais reconnaissable de ce lieu et de cette époque, elle-même peuplée de versions plus évoluées de nous-mêmes, non contaminées par les réalités grossières que nous avions créées et qui en retour nous avaient modelés. C'était une première impression, cependant, elle ne fit que se confirmer par la suite.

Il avait une demi-sœur médecin avec qui il partageait un appartement. Il avait perdu ses parents, eux-mêmes enfants de paysans transylvaniens devenus ingénieurs à Timişoara. Ses grands-parents travaillaient les terres d'un aristocrate avant d'être employés dans les premières fermes collectives. Petre était fier de ça : de cultivateurs illettrés à ingénieurs en l'espace d'une génération.

— Je suis petit-fils de paysans, fils d'ingénieurs, et je joue de la guitare. En moins d'un siècle, nous sommes passés du labeur absurde à l'efficacité technocratique pour déboucher sur l'art inutile, et tout ça dans une même famille. C'est le progrès. Faites-en autant dans ton pays !

Il écrasa le mégot de sa cigarette sous son talon en riant, et posa une main sur mon épaule.

— Il va falloir que j'y aille, maintenant. On aimerait que tu nous aides. Tu as parlé à Vintul, et bientôt on te demandera quelque chose. Nous avons un projet auquel on voudrait t'associer.

Petre m'étreignit et disparut, laissant derrière lui une faible odeur de cuir, d'extrait de patchouli et de tabac. Il était déjà dix-neuf heures – j'étais en retard et j'étais perdu. Cilea avait les clés, elle avait dû entrer et trouver de quoi grignoter dans le frigo. Il n'y avait plus personne sur la petite place, et j'entendais de l'eau à proximité, plus ou moins en direction de chez moi. Choisissant une rue qui m'inspirait, je me mis en route. Il faisait si noir à présent que seule la lueur occasionnelle d'une bougie ou d'une lampe à pétrole derrière une fenêtre me permettait de m'orienter. Il y eut le frottement de la pierre d'un Zippo. Une flamme s'éleva, éclairant un visage qui me regardait et qui s'évanouit aussitôt dans l'obscurité. Je sentis son haleine alcoolisée et j'entendis son souffle, je vis l'extrémité arrondie de sa cigarette scintiller quand il inhala, et la bordure noire brillante d'une casquette de policier.

En arrivant au croisement suivant, je distinguai des éclats de voix, et des vaguelettes de lumière qui léchaient les pavés. De la musique venait du bout de la ruelle.

Je débouchai dans un quartier chaud en modèle réduit. Des jeunes filles en minijupes et portant des chaussures en caoutchouc lisaient des magazines allemands froissés à la lueur d'un réverbère, assises sous une sorte de pont des Soupirs qui reliait deux édifices décrépits. À côté, des soldats ivres se disputaient, et des ouvriers du bâtiment buvaient à la bouteille ou dans des bocaux. Des hommes en costume fatigué, la cravate râpée, comptaient de l'argent, échangeant des liasses de billets contre des paquets de cigarettes. Un appareil stéréo neuf diffusait du disco occidental. L'une des filles se leva avec peine, étourdie par la drogue, s'appuyant à un rebord de fenêtre qui s'effritait, et tendit sa petite main sèche pour attraper la mienne. Elle n'avait aucune force ; ses doigts agrippèrent mon poignet et ses ongles au vernis craquelé griffèrent mon bras aussi superficiellement qu'un oiseau, puis son bras retomba comme je m'éloignai. Ses yeux étaient cernés, enfoncés dans leur orbite, des cercles rouges peints sur ses joues creuses. Elle ressemblait à une poupée cassée. Derrière elle, les filles assises par terre, le dos au mur, avaient l'air de pantins dans les coulisses d'un théâtre de marionnettes. Était-ce la prostituée que j'avais vue à l'InterContinental, la fois où j'étais avec Leo ? Oui, j'en étais sûr à présent : il restait un peu moins d'elle ; et ses yeux… ils brûlaient de fièvre encore plus qu'auparavant.

Des ouvriers en vêtements de travail poussiéreux jouaient aux cartes sur une caisse retournée. Deux putains se tenaient derrière eux, la tête appuyée sur leur épaule, comme des escort-girls dans un casino de luxe. Personne ne prêtait attention à moi : j'errais dans le rêve d'un autre. Les regards glissaient sur moi, alors que je traversais ce monde interlope, un quartier pauvre voué à la prostitution et aux trafics louches, où flottait l'odeur de l'ennui, de la maladie et de l'oppression. Puis la puanteur des excréments humains et du vomi, les grognements du sexe monnayé. Mes chaussures repoussaient les crottes et les bris de verre. Une ombre se plaça en travers de ma route : c'était le policier qui m'avait suivi et s'était débrouillé pour me distancer. Il prit mes papiers, nota quelque chose dans un petit calepin, puis m'adressa un salut ironique pour m'autoriser à poursuivre mon chemin, avec un regard qui me mit mal à l'aise, comme si nous venions de partager une expérience secrète qui nous liait l'un à l'autre.

Je laissai mes chaussures merdeuses à la porte et fonçai sous la douche. Cilea était pelotonnée sur le canapé devant la télé. Elle me sourit, une boîte de chocolats de luxe sur l'accoudoir, et se poussa. Elle s'était peint les ongles et l'odeur du vernis flottait encore dans l'air. Elle regardait le dernier James Bond et j'arrivais à temps pour l'inévitable scène du casino, dans laquelle 007 dépouille avec nonchalance le playboy psychopathe de son argent et de son amour-propre sous les yeux sidérés du public.

Taquine, Cilea nicha son pied contre mon sexe. Comme je ne réagissais pas, elle mit le film en pause et alla chercher du vin à la cuisine.

— Est-ce que tu connais tous les autres étudiants en musique ? lui demandai-je du salon.

— Je pense, mais je ne vais pas à tous les cours…

— Petre quelque chose, ça te dit quelque chose ?

— Il y en a quelques-uns… c'est un nom assez courant… Rouge ou blanc ? Je suis passée au magasin diplomatique ce matin…

— Rien, merci, j'ai déjà trop bu. Je suis sorti avec Leo.

Maintenant que j'avais parlé de Petre, j'allais peut-être devoir m'expliquer.

— Je ne connais pas son nom de famille. Cheveux longs, guitariste, l'air de planer un peu... Tu vois ?

Cilea se tenait dans l'encadrement de la porte. Quand elle s'était poussée sur le canapé, sa robe noire était remontée sur ses cuisses et elle n'avait pas pris la peine de la redescendre. Elle fronça les sourcils, s'efforçant de se souvenir – ou de ne pas se souvenir ?

— Ah, *le* guitariste ? Le Fakir en personne...

Elle eut un rire bref.

— C'est comme ça qu'on l'appelle apparemment. Toutes les filles lui courent après, mais on dit que ça ne l'intéresse pas... Je l'ai vu en concert l'an dernier. Pourquoi ?

— Oh... Je suis passé devant l'Athénée roumain et j'ai vu son nom sur le programme. J'avais envie d'y aller. En fait, j'ai acheté des billets... Un seul à vrai dire... J'ai pensé que ça ne te dirait rien.

— Non, sans doute pas.

Elle était de retour sur le canapé et James Bond était de retour sur l'écran, escaladant une falaise à pic en smoking. Je n'avais pas à m'inquiéter. Ma vie quand je n'étais pas avec elle ne l'intéressait pas, ce qui en soi suffisait à me gêner : alors que je me demandais tout le temps ce qu'elle faisait et avec qui elle était, elle ne manifestait qu'une curiosité polie à mon sujet. Pour le jaloux, la jalousie devient une preuve de passion, de l'authenticité des sentiments ; la jalousie non réciproque est presque aussi grave que l'amour à sens unique.

Je caressai sa cuisse pour voir si l'offre de tout à l'heure tenait toujours. Elle ouvrit légèrement les jambes et attira ma bouche vers la sienne, ses yeux rivés sur la télé tandis que je la portais dans la chambre.

Onze

— Tu es sûr ? demanda Leo qui s'était garé au bord du trottoir et fourrait mon maigre bagage dans le coffre de sa Skoda.

Je ne l'étais pas.

— Évidemment – pourquoi est-ce que je ne serais pas sûr ?

— Laisser les copains, la charmante Cilea, ce climat de station balnéaire… qui sait ? Il y aura peut-être une révolution en ton absence… Tout aura disparu à ton retour. On aura fait sauter ton immeuble. Ou sauté ta petite amie…

Leo fonçait sur le boulevard Otopeni, le compteur presque à cent vingt kilomètres-heure. À la vitesse du cortège présidentiel. Il faisait chaud et les pneus collaient au goudron. Ma valise rebondit contre les parois du coffre lorsqu'il pila devant un poste de contrôle, à la sortie de la ville.

— Tout va bien, déclara Leo. Tu es tellement maniaque qu'on a deux heures d'avance.

Je m'apprêtais à rentrer pour mon premier congé. J'avais deux semaines et je comptais finir de vider la maison de mes parents, la vendre et régler les dettes de mon père. J'avais fait mes adieux à Cilea la veille. Nous étions rentrés à pied de l'Athénée Palace à deux heures du matin, tandis que Titanu nous suivait discrètement au volant de la Dacia. Elle m'avait embrassé sur les marches de mon immeuble avant de remonter dans la voiture, sous prétexte que dormir avec quelqu'un avant son départ portait malheur. La nuit avait été lourde et humide, mais l'orage que la chaleur laissait présager n'avait pas éclaté.

Devant le terminal, il se gara sur un emplacement réservé aux voitures diplomatiques et plaça une carte officielle sur le tableau de bord. Elle annonçait en anglais, en français et en roumain : « Service de l'ambassade », et renvoyait toute demande au bureau consulaire de l'ambassade britannique de Sa Majesté, Strada Jules Michelet.

— Je ne resterai pas longtemps, expliqua-t-il. Les adieux, ce n'est pas mon truc.

J'avais deux heures devant moi. J'enregistrai ma valise et retrouvai Leo au « Bar du progrès ». Il n'y avait presque pas de voyageurs dans la structure de verre et de béton, et l'incontournable bataillon de fonctionnaires désœuvrés traînaient, assis ou debout avec un air d'inertie frustrée. On attendait un vol de Belgrade, et une file de limousines ministérielles patientaient sur le tarmac, les portières côté chauffeur ouvertes. Des chariots de nourriture et de vin entraient pleins dans le salon VIP et en ressortaient vides avec un fracas métallique. Les verres tintaient, les bouchons sautaient – et les dignitaires en visite n'avaient même pas atterri.

J'étais heureux que Leo me tienne compagnie, pourtant, je ne pus pas m'empêcher de faire une remarque.

— Je croyais que tu ne voulais pas rester. Les adieux, ce n'est pas ton truc, tu as oublié ?

— Je préfère accueillir les gens, tu me connais. En fait, je m'intéresse au prochain avion. Il y a une espèce de comité de réception et c'est toujours utile de se tenir au courant… On dirait une délégation yougoslave.

Leo commanda une bouteille de vin et nous servit chacun un verre : que pensais-je faire de mon congé ? Hormis la vente de la maison, je n'avais aucun projet. Je n'avais même pas très envie d'y aller, mais j'avais un programme et je m'y tenais, parce c'était quelque chose à quoi se raccrocher dans le chaos de ma nouvelle vie.

Je connaissais Petre depuis peu, mais nous ne nous étions pour ainsi dire pas quittés depuis notre rencontre. Il m'attirait. Alors que Leo consacrait son temps à inventer un monde différent et à le créer fugacement à grand renfort d'imagination, de nostalgie et d'argent sale, Petre vivait dans l'ici et maintenant. Et cela sans s'évader ni céder à la vulgarité et à la grisaille. Lui aussi avait son projet pour la ville : il voulait mettre en place un réseau unique qui en relierait tous les points. Mais pas avec des promenades disparues. Petre ne s'intéressait pas plus aux guides touristiques périmés de Leo qu'aux plans brutalistes des architectes de Ceauşescu. Il avait autre chose en tête. *Le Projet*, disait-il : *la Coopérative*.

En sa compagnie, je visitais le nouveau Bucarest avec ses usines et ses tours d'habitations, ses banlieues neuves toutes identiques. C'était l'antithèse de la vieille ville des guides et des Baedeker, cette ville que Leo s'efforçait de sauver des décombres et des souvenirs. Mais ce Bucarest avait sa beauté aussi, son héroïsme et sa dignité dont on faisait peu de cas : des gens qui essayaient de vivre normalement, qui envoyaient leurs enfants à l'école, et contrebalançaient l'endoctrinement d'État par des cours clandestins de science, de littérature ou d'histoire, des hommes et des femmes épuisés par un travail banal ou sous constante surveillance qui rentraient dans des bus aux horaires fantaisistes pour trouver des rayonnages vides et des coupures d'électricité, des vieillards qui vivotaient de leur retraite, tandis que les plus jeunes devaient lutter jour après jour pour remplir leur gamelle ou mettre un repas correct sur la table. Tous subissaient le tiraillement de la faim et le poids de l'ennui. Il y avait un monde entre leur quotidien et celui des chefs du Parti, des diplomates et des hommes d'affaires étrangers. Quant au Bucarest de Leo, élégant et louche, il était très loin de leurs préoccupations et ils ignoraient souvent jusqu'à son existence.

Ils avaient leurs réseaux citoyens qui s'occupaient de ceux qui avaient été frappés par le deuil ou la maladie, distribuaient des produits de première nécessité, en particulier des médicaments et du lait pour bébé. Petre rêvait de coordonner ces groupes pour former une contre-économie, unique et bien organisée, qui utiliserait les faiblesses du système sans contribuer au marché noir et à la corruption. Il mettait en place ce qu'il avait baptisé une « banque de talents », où des enseignants, des plombiers, des ingénieurs, des soignants et tous ceux qui exerçaient des métiers indispensables réuniraient leur temps et leur savoir-faire. Le professeur donnerait deux heures de cours contre deux heures d'un électricien ou d'un plombier. Il pourrait s'en servir, les échanger ou les garder en attendant d'en avoir besoin. Il n'y aurait pas de taux d'intérêt, pas d'économie basée sur l'argent ou les investissements : uniquement le temps et le labeur, sur lesquels l'administration centrale prélèverait un pourcentage afin de créer un système de sécurité sociale pour les malades, les sans emploi et les vieux. Le Fonds social, ainsi qu'il l'appelait. Ce dont il rêvait, c'était d'une société dans la société, un gigantesque réseau à l'échelle de la ville qui finirait par gagner tout le pays. Il existait déjà en version réduite dans des immeubles et des villages. Ce qui manquait, c'était une coordination nationale. Petre me montrait ses plans et ses cartes, mais dessus figuraient des gens, pas des rues et des bâtiments.

— Ça ressemble beaucoup au communisme à mes yeux, avais-je déclaré à l'issue de ses explications, la semaine précédente, dans la cour du Sanglier des Carpates. Il hocha la tête sans un mot, se contentant de tirer sur sa cigarette et d'exhaler sa fumée.

— Comme un monde avant l'argent, repris-je.

Cette fois, il me corrigea.

— Après l'argent. *Après*.

Puis il y avait les concerts de son groupe, dans des entrepôts obscurs, devant des centaines d'étudiants en nage, qui fumaient du mauvais haschisch et buvaient de la bière plate ; les livrets de chansons que l'on se passait sous le manteau et les cassettes clandestines qu'ils faisaient circuler, les copiant et les recopiant si souvent que la musique devenait de la bouillie et les paroles une ombre sur la page. C'était le

Bucarest qui restait quand Leo avait fini de l'idéaliser et l'État de le raser.

— C'est avec ça qu'il faut commencer, Leo, avec *ça*, lui avait dit Petre après un concert, indiquant la mêlée d'étudiants maigres et ruisselants de sueur, serrés sur la piste de danse temporaire qu'ils avaient dégagée dans l'abattoir où Fakir jouait ce soir-là.

L'endroit sentait le détergent et le sang.

— Il faut travailler avec ce qu'on a, avec ce qui existe. Sinon, qui héritera du vieux Bucarest que tu aimes tant ?

C'était trois semaines plus tôt. Depuis, les habitudes de Leo avaient changé. Sur ce que lui rapportait le marché noir, il prélevait une part pour Petre et ses amis, achetait des manuels scolaires et de vulgaires produits de base sans valeur ajoutée, comme de la farine, du sucre et des conserves. Ses associés se plaignaient – c'était lourd et pas cher ; il n'y avait pas de marge de profit. Pourquoi ne s'en tenait-il pas au whisky et aux montres, les biens de luxe faciles à transporter, faciles à vendre, pour lesquels les riches dirigeants du Parti étaient prêts à payer le prix fort ? Et quand il y avait des médicaments, Leo ne livrait pas tout à l'acheteur ou commandait un peu plus au fournisseur pour Petre. Ce dernier avait métamorphosé la manière dont il conduisait ses affaires, il avait canalisé sa bonté anarchique, chaotique, qui souvent manquait son but ou se perdait dans l'imbroglio des doubles jeux. Ils communiquaient par mon entremise, et c'était ce rôle d'intermédiaire qui pour la première fois me donnait le sentiment de participer à la vie de Bucarest. J'organisais les livraisons, transmettais les messages, veillais aux paiements et aux trocs. Le

Fonds social de Petre prenait forme. Pour l'instant, il avait besoin du trafic de Leo, de l'argent des transfuges et de toutes les manigances sordides inhérentes à un État policier. Mais cela ne durerait pas. C'étaient les coûts de démarrage, nécessaires pour acheter du temps et poser les fondations du projet, et c'était Vintul qui supervisait le tout : Vintul le banquier.

Je voyais Petre plus souvent que Leo. Il l'avait remarqué, mais s'il était blessé, il le cachait bien. Son monde divisé entre le Capşa et les cocktails, son Bucarest fin de siècle avec son luxe fané et sa grande vie usée jusqu'à la corde, tout cela m'oppressait. De plus, entre Trofim, Leo, Petre et Cilea, j'avais l'impression de me partager entre quatre Bucarest différents, quatre époques. Ils ne se rencontraient que par mon intermédiaire et, parce que je faisais en sorte de ne pas les mélanger, ma vie elle-même était dissociée.

Je vivais dans un isolement surpeuplé, passant de l'un à l'autre, compartimentant mes relations, mais menant tout en parallèle : le livre de Trofim, le lit de Cilea, le marché noir de Leo, les concerts de Petre... Je suppose que ce qui restait, lorsque je les avais tous retranchés de ma vie, ce devait être moi.

— Petre... il a quelque chose d'irréel, non ? déclara un jour Leo. Tu sais, quelque chose de temporaire...

Peut-être, m'interrogeais-je à présent à l'aéroport d'Otopeni, alors que je songeais à tout ce que je laissais. Peut-être. Il me paraissait on ne peut plus réel, néanmoins, je voyais ce que Leo voulait dire. Avec Petre, on avait le sentiment indéfinissable que, même si on le connaissait très bien, même s'il avait confiance en vous, on n'avait pas accès à tout – pas parce qu'il cachait quelque chose, mais parce qu'il était plus complexe que ce que l'on était capable de comprendre.

Puis il y avait Cilea. Mon statut auprès d'elle était précaire ; comment ces deux semaines d'absence nous affecteraient-elles ?

J'avais peur de rentrer, peur de ces jours qui m'attendaient dans la maison abandonnée : l'odeur de stase fermentée, de poils de tapis comprimés, les relents de tabac froid qui étaient tout ce qu'il restait du souffle de mes parents… Et leurs affaires : les coussins aplatis où s'asseyaient leurs corps à présent incinérés ; les pantoufles usées, poignantes sous le guéridon où se trouvaient le téléphone et le carnet d'adresses presque vide, chaque page une fenêtre sur le désert de leur vie. Ce poème de Larkin – comment était-ce déjà ? – « La Maison » : « Elle reste comme on l'a laissée, moulée au confort du dernier à s'en être allé… » La grande tristesse enveloppante de tout ça… Je sentais son odeur d'ici ; ou plutôt, c'était déjà en moi : l'avant-goût de ce qui appartient au passé.

— On hésite, hein ? fit Leo.

Je me rendis compte que je me taisais depuis plusieurs minutes.

— Il n'empêche, rentrer à la maison, c'est important, ajouta-t-il, sapant un peu plus ma résolution.

Lorsque l'avion de Belgrade fut annoncé, un groupe émergea du salon VIP, mené par un mastodonte en costume noir, les joues flasques, les muscles engloutis par la graisse, flanqué de quelques assistants et escorté par des gardes du corps vigilants, jeunes, le visage fin. Ils étaient habillés comme des agents de la Securitate, avec le renflement du pistolet au niveau de la poitrine à gauche. Ils portaient des pantalons à la coupe évasée, pas pour le clin d'œil rétro, mais pour pouvoir attraper facilement une seconde arme attachée à leur mollet. La sueur dégoulinant entre les replis de sa peau, l'homme qui ouvrait la marche donnait une impression de grande force physique et de malveillance féroce – et devait avoir l'occasion d'exercer les deux à loisir. Avec ses yeux rapprochés, n'importe qui d'autre aurait eu l'air crétin, mais chez lui, ils semblaient la marque d'une ruse cruelle et sournoise : les yeux d'un homme qui cherchait les motivations les plus viles chez ses semblables, et finissait toujours par les trouver. Ses cheveux coupés ras faisaient ressortir la taille de son crâne qui était relié au col de sa chemise non par l'intermédiaire d'un cou, mais par cinq rouleaux de chair comme une pile de pneus de bicyclette roses : un Mussolini slave.

— Stoicu, Ion Stoicu, le ministre de l'Intérieur. Le supérieur du père de Cilea. Un salopard de la pire espèce : un gros paysan fruste qui a oublié d'être bête, malheureusement. Le genre de gars qui inspire une telle frousse aux gens qu'il n'a pas besoin de tuer pour obtenir ce qu'il veut. Tuer, c'est un petit plus pour se faire plaisir. Il a transformé son ministère en un village bouffé par la haine… C'est pratique, il se purge tout seul, comme ces fours autonettoyants. C'est le plus fidèle lieutenant de Ceauşescu. Il lui doit tout et il lui voue une loyauté indéfectible.

Les yeux mi-clos, Leo parlait lentement, comme s'il lisait un dossier rangé dans un tiroir intérieur secret.

— Un petit malfrat dans les années 40, un fasciste persécuteur de Juifs qui a brûlé une synagogue à Iaşi, puis a été en prison en même temps que Ceauşescu, pour viol dit-on. La version officielle en a fait un camarade proche du jeune Nicolae, qui l'aurait aidé à déclencher la révolution. La vérité, c'est qu'il était en taule à se branler et à inventer mille et une façons de tuer les Juifs quand les communistes ont pris le pouvoir. On prétend que l'Histoire fait les gens qui font l'Histoire… *viendra l'heure, vient l'homme*, et toutes ces conneries. Tu parles. L'Histoire rampe sur le ventre et chope des parasites… Stoicu, Ceauşescu… tous autant qu'ils sont… Des morpions sur le pubis de l'Histoire.

L'avion avait atterri. Des employés accroupis déroulaient un tapis rouge en reculant, trébuchant à l'occasion. C'était un engin civil repeint, avec des taches vertes et kaki à travers lesquelles on distinguait encore le nom de la compagnie aérienne yougoslave, JAT.

Stoicu attendait la délégation, entouré de ses aides.

Leo vida son verre.

— Ceauşescu l'a repéré et l'a mis à la tête de la cellule de Iaşi. Il l'a fait maire. Stoicu a purgé le Parti, fermé les synagogues et entrepris de vendre des Juifs à Israël. Puis le Camarade l'a amené ici et nommé ministre de l'Intérieur. Un vrai fumier – un de ceux qui ont baisé ton copain Trofim qui, soit dit en passant, n'est pas un petit saint non plus… Stoicu a été chargé de la première « roumanisation de l'exécutif », dans les années 70. Son boulot était de chasser des postes gouvernementaux les Juifs et la population d'origine hongroise, allemande, moldave – en résumé, tous ceux qui n'étaient pas cent pour cent roumains. En 1972, il a pénétré dans la villa de l'un des chefs du Politburo anti-Ceauşescu, à Snagov, et l'a abattu de deux balles dans la tête. Il couchait avec sa femme, mais il a dit au grand patron qu'il l'avait fait pour lui, que le pauvre bougre complotait contre lui. Il a été promu, a récupéré la gonzesse et a fichu son ex dehors. Ou comment conjuguer les affaires et le plaisir... puis il l'a larguée à son tour pour épouser une nièce de l'ancien président Gheorghiu-Dej.

Je ne voyais pas comment les doigts boudinés de Stoicu pouvaient se glisser dans le pontet d'une arme à feu, mais ici on devait en fabriquer pour les gros gabarits.

En premier descendirent les gardes du corps paramilitaires, en treillis et lunettes de soleil miroir ; puis suivirent une dizaine de personnages officiels en costume communiste réglementaire, gris ardoise, sans cravate, la chemise boutonnée jusqu'au col, escortés de jeunes gens en jeans et blousons de cuir, les cheveux courts sur les tempes et longs sur la nuque, avec des montres de l'Ouest et des bottes de motard. L'un d'eux, son blouson sur l'épaule, exhibait un tatouage d'aigle au bras. Fermant la marche, apparut celui qui était sans conteste le chef : un petit homme aux cheveux acier hérissés, au visage rond et charnu. Tout le monde s'arrêtait pour l'attendre, le regardait pour savoir quand avancer, s'immobiliser ou serrer des mains. Stoicu fit quelques pas sur le tapis rouge et l'étreignit en premier.

Le drapeau yougoslave hissé pour l'occasion n'était pas celui que l'on avait l'habitude de voir : l'étoile rouge au centre avait été remplacée par un blason, deux aigles blancs face à face, identique au tatouage du jeune type.

— Des Serbes, déclara Leo, pour lui-même plus que pour moi. Ils mettent cet emblème partout depuis la mort de Tito... Je ne pense pas que ce soit une visite officielle, malgré tout, regarde – il n'y a personne de l'ambassade yougoslave.

On fit passer le groupe entre deux cabines de douane vides et tout le monde se dirigea vers le salon VIP. Aussitôt, deux chariots d'amuse-gueules et de petits gâteaux émergèrent du restaurant de l'aéroport pour disparaître à l'intérieur de la pièce.

— OK, j'y vais, je veux faire quelques recherches sur ces zigotos. Vérifier deux ou trois choses. Bon voyage !

Leo était soudain très sérieux, pressé de partir.

Je traînais des pieds à présent, m'efforçant de gagner du temps. Je lui proposai un autre verre – j'avais encore une heure devant moi et Otopeni était un lieu lugubre pour attendre seul, entouré de tous ces gens qui vaquaient à leurs affaires, leur vie ininterrompue s'arquant comme le trajet des vols autour du globe.

Leo sauta sur l'occasion.

— Tu n'as pas envie de partir, je me trompe ? Comme moi pour mon premier congé – je suis venu ici, je me suis enregistré, j'ai poireauté une heure et j'ai fait demi-tour.

— D'accord Leo, tu as gagné. Ramène-moi à la maison.

— À la maison ! *À la maison* ? Ça y est, tu l'as dit ! applaudit-il, ravi.

Je tentai de récupérer mon bagage, mais l'employé refusa de comprendre ma requête. Peu importe : ma valise à moitié vide serait bringuebalée avec une pagaille de sacs et d'autres valises et finirait en orbite sur le tapis roulant d'Heathrow. Au bout de quelques heures, quelqu'un la ramasserait pour la porter aux objets trouvés où elle resterait un temps avec ses semblables abandonnés. Je m'efforçai de la suivre en esprit. Où l'histoire se termine-t-elle pour les objets trouvés ? Serait-elle réutilisée, jetée ? Enfant, j'étais obsédé par le fait que rien ne disparaissait… jusqu'au jour où j'avais découvert que si, il y avait bien une chose : les gens. Leurs habits, leurs chaussures, leurs fausses dents, leurs valises et leurs sacs continuaient sous une forme ou une autre, enfouis, incinérés, compactés, déchiquetés ou récupérés. Mais les gens ? Ils n'étaient plus là.

C'était ce qui m'attendait en Angleterre, et Bucarest pouvait peut-être m'aider, sinon à surmonter l'épreuve, du moins à prendre de la distance en s'interposant, avec ses propres drames et ses chagrins, entre moi et ma vie. Ça avait marché pour Leo, pourquoi pas pour moi ?

J'avais les larmes aux yeux mais je les refoulai. Leo ne dit rien, il me raccompagna avec douceur à la voiture. Nous franchîmes le poste de contrôle, la route à présent embouteillée d'étrangers furieux et gesticulants. Ils avaient encore à assimiler la seule et unique loi à respecter quand on faisait la queue en pays communiste : comme dans les sables mouvants, plus on se débattait, plus on s'enfonçait.

Je me demandai si, en refusant de prendre cet avion, je m'étais révélé incapable d'affronter quelque chose d'important. Leo se gara devant l'université et se tourna vers moi.

— Non, ce n'est que du bla-bla psychologique : toutes ces conneries au sujet de faire face à son passé, de faire son deuil et je ne sais quoi. Il n'y a aucune règle qui nous oblige à toujours revenir en arrière, rien qui dit qu'on a besoin de regarder les choses en face. Tu n'appartiens pas à ton passé. Ce n'est qu'une manière de nous y enchaîner. Ce sont les psys et les gourous, les charlatans des talk-shows qui racontent ça. Non. Tu peux te tirer quand tu veux. Crois-moi : continue de courir tant que c'est possible, et si un jour tu *dois* t'arrêter, cours sur place.

Leo O'Heix, spécialiste du développement personnel.

Ionescu me permit d'utiliser son fax, le seul du bâtiment disposant d'une ligne vers l'étranger, pour annuler mes rendez-vous. Je laissai un message à l'avocat et à la société de liquidation, leur demandant de vendre ce qu'ils pouvaient et de jeter le reste.

Dans mon bureau, je déplaçai des papiers et allumai le ventilateur. Une bouffée d'air rafraîchit mon visage. Je regardai autour de moi. Au mur se trouvait le Post-it que j'avais ôté de mon téléphone le premier jour. Pour la première fois, je remarquai qu'un des numéros tracés de l'écriture compacte de Belanger était celui de Cilea. Bien sûr, depuis le début, je savais sans le savoir – c'était souvent le cas ici, l'équivalent informatif de la vision périphérique – qu'ils avaient été ensemble. Je ne m'en étais jamais soucié. Tout à coup, j'avais l'impression qu'on me faisait rejouer quelque chose, quelque chose qui ne faisait pas partie de la vraie vie, ni même de ma vie.

Je regardai le numéro de Cilea et décidai de ne pas l'appeler. Elle apprendrait bien assez tôt que je n'étais pas parti. Mon non-retour me pesait moins à présent. Leo avait peut-être raison. L'avion avait dû atterrir, et ma valise était abandonnée à son sort, prisonnière dans les limbes des objets trouvés. Et cette maison là-bas, qui irradiait le chagrin comme un réacteur endommagé… au moins, j'étais hors de vue, même si je ne serais jamais totalement hors de sa portée.

— Il vaut mieux que tu restes en dehors de tout ça.

D'un seul mouvement fluide, Leo avait frappé, était entré et s'était assis les pieds sur mon bureau.

— En dehors de quoi ?

Je levai la tête et me frottai les yeux. Le Post-it de Belanger collait à mes doigts.

— En dehors de… là où tu étais à l'instant.

— Qui était Belanger ? Mais vraiment, je veux dire ? Que faisait-il, à part travailler dans mon bureau, vivre dans mon appartement et baiser ma petite amie ?

— Si l'on veut être logique, chronologiquement, je pense que ce serait plutôt à lui de te poser ces questions…

Nous nous rendîmes à la cafétéria pour commander des « ersatz ».

— J'ai fait mon enquête, annonça Leo avec fierté. Ce n'était pas une visite yougoslave officielle, à l'aéroport, c'était bien une délégation serbe. Le nouveau président serbe, Milosevic, doit rencontrer Ceauşescu, salutations fraternelles et tout le tintouin. Mais je te parie un steak au Capşa que ça cache quelque chose. Ça ne va pas tarder à péter en Yougoslavie, le pays va se disloquer, morceau par morceau. Je suppose qu'il fait le tour des États socialistes amis pour s'assurer qu'ils ne vont pas s'en mêler. Il y a un vieux proverbe serbe qui dit : « Il n'y a que deux personnes du côté des Serbes : Dieu et les Grecs. » Peut-être qu'il faudrait ajouter la Roumanie. De toute manière, on ne les verra pas beaucoup.

Nous les vîmes plus que prévu.

Plus tard dans la soirée, j'accompagnai Leo à l'InterContinental. Ce n'était pas un endroit que nous fréquentions beaucoup. Leo considérait que c'était un territoire ennemi, cher et sordide, quartier général d'une organisation de marché noir rivale : la plus dangereuse et la plus puissante des bas-fonds de Bucarest, car protégée par le Parti, voire dirigée par lui. C'était de l'InterContinental que le fameux Ilie contrôlait la prostitution et le trafic de drogue.

Je m'étais arrêté à la faculté de musique, me souvenant que Petre devait être en train de répéter, et je l'avais invité à se joindre à nous. Son groupe devait louer la salle de concert en se faisant passer pour un ensemble de musique de chambre s'il voulait avoir l'autorisation d'utiliser les lieux. Tous les membres de Fakir faisaient également du classique, et au bout d'une heure de musique respectable, lorsque le concierge Micu avait fermé à clé et retiré sa prothèse auditive, ils sortaient les guitares et les synthés, la batterie et le saxophone.

À présent, dans la boîte de nuit presque déserte, je m'en voulais de l'avoir invité.

Cilea était là, avec des amis : Elena Ralian, la fille du chef du Parti de Bucarest, sa copie conforme – mêmes vêtements que Cilea, même coiffure, même parfum, une petite fille perdue qui avait construit son identité à partir de facettes empruntées autour d'elle ; le fils de Ion Stoicu, un garçon traumatisé aux yeux de furet, qui avait toujours l'air de préparer une vengeance, un plat qu'il comptait servir glacé, mais il ne savait pas encore à qui ; Nestor Postelnicu, un demeuré, fils du ministre des Affaires étrangères, qui avait pour surnom une expression idiomatique qu'on pouvait traduire par « la Bûche ». Ils étaient quelques-uns à porter des vêtements et du parfum de l'Ouest, mais on sentait qu'ils venaient d'un pays fermé. Hormis Cilea. Même Leo, avec son pantalon Monocom, sa chemise en nylon jaune et ses mocassins bulgares, ressemblait plus à un Occidental qu'eux. Ses habits étaient l'équivalent visuel d'un orchestre qui n'en finissait pas de s'accorder, mais il l'assumait.

La jeunesse de la nomenklatura était sortie en force ce soir, pour divertir les enfants sauvages des chefs serbes. Ils buvaient tous comme des trous et draguaient les filles. Au bar, les call-girls attendaient que l'alcool lève les inhibitions. Ilie, leur mac, avait soigné sa vitrine. Elles avaient l'air consommables, sensuelles, professionnelles. C'étaient les clients qui venaient les chercher. Elles ne racolaient pas.

Lorsqu'elle me reconnut, Cilea me regarda d'abord avec stupeur, puis avec colère. Elle secoua la tête pour me signifier que je ne devais pas m'en mêler.

Leo l'avait vue aussi.

— Mauvais plan, dit-il en essayant de me tirer hors de la salle. Allons faire un tour à l'Athénée Palace... c'est un peu plus classe.

Mais je me dégageai et me dirigeai vers le bar, indiquant notre table.

Stoicu, Constantin et les Serbes dînaient à l'étage, pendant que les fils et les filles à papa s'amusaient en bas. Une rangée de seaux à glace s'alignait devant eux. Dès qu'une bouteille était vide, ils la retournaient et en réclamaient une autre à grands cris. Cilea était assise avec le groupe, mais elle semblait ailleurs. Elle fumait, riait poliment, consultait sa montre. À côté d'elle, un Serbe, trop proche, lorgnait vers elle pour jeter un coup d'œil – plus que ça, un travelling voluptueux – dans son décolleté. Lorsqu'il lui alluma sa cigarette, il la regarda dans les yeux et toucha sa main comme elle essayait de stabiliser le briquet.

L'un d'eux traversa la piste et s'approcha de la petite scène où se produisait la chanteuse de la boîte, « Doina la Diva ». Elle avait tenu bon jusque-là, ignorant l'affront que représentait un tel manque de savoir-vivre. Leo la connaissait un peu – une femme robuste qui chaque soir se boudinait dans un pantalon en cuir et un haut moulant qui lui faisait une poitrine pigeonnante. Elle chantait « Total Eclipse of the Heart », « I need a Hero » et toute une série d'hymnes pop de ce genre, avec des musiciens qui ressemblaient à des croque-morts faméliques. Sa tartine de maquillage et sa perruque bouffante lui donnaient des airs de travesti, alors qu'en dessous, elle était réellement séduisante. Pouvait-on parler de « transtransvesti » s'interrogeait Leo, qui disait aussi qu'elle avait « la voix comme un sac de verre brisé ». Quoi qu'il en soit, Doina était une institution à Bucarest. Parfois, après la fermeture, on tirait les rideaux et une autre clientèle, composée de musiciens, d'étudiants et de nostalgiques venait l'écouter reprendre les vieux chants paysans qu'elle avait appris enfant à Banloc.

Le Serbe grimpa sur scène et la poussa. Elle se retira avec dignité, ses talons vacillants, sa chair si comprimée et le cuir si rigide qu'elle marchait comme un robot, mobile uniquement aux articulations. J'examinai le reste de la salle : hommes d'affaires étrangers, routiers allemands, touristes égarés et, ici et là, un Roumain qui était parvenu à passer entre les mailles du filet, curieux de voir comment vivait l'autre moitié de la population.

C'était l'heure où les hommes se rapprochaient insensiblement des prostituées ; l'un des camionneurs, un habitué du trajet Francfort-Bucarest, s'était déjà lancé. On l'appelait Norbert, « Norbert le baratineur » parce qu'il voulait croire qu'il était un séducteur, qu'il draguait les filles, et que l'argent qu'il leur donnait était un cadeau qu'elles prenaient si elles le souhaitaient, et non un paiement. Il les invitait à dîner et à finir la nuit dans un hôtel de luxe.

Le DJ s'écarta, tandis que deux Serbes s'installaient aux platines pour mettre une série de techno funk ethnique. Leurs camarades envahirent la piste et entamèrent une pantomime violente et atavique, à mi-chemin entre les coups de tête des hard-rockers et une danse folklorique frénétique. Ils terminèrent par un salut ; deux d'entre eux passèrent un doigt sur leur gorge.

Leo les regardait avec dégoût.

— De la musique à pogrom, murmura-t-il. Ou est-ce que ce sont les musulmans à présent ?

À l'autre bout de la salle, dans l'encadrement de la porte, Petre observait la scène, bouche bée. Depuis combien de temps était-il là ? Je me sentis gêné et coupable. Puis en colère : c'était son pays, pas le mien, pourquoi me sentirais-je responsable ? Cependant, il était évident que ce spectacle l'horrifiait ; il semblait voir au-delà un avenir qui le glaçait. J'aurais dû partir ou l'emmener ailleurs. Mais je voulais rester pour surveiller Cilea. Je fis signe à Petre de nous rejoindre et il obéit prudemment, rasant les murs pour éviter le centre de la salle.

— Pourquoi est-ce que tu l'as amené ici ? demanda Leo.

— Et moi, pourquoi est-ce que tu m'as amené ici, Leo ?

J'étais ivre et je sentais ma colère former une boule dans mon ventre, sans que je sache contre qui elle était dirigée.

La musique et les lumières trépidaient, comme si je me trouvais à l'intérieur d'une migraine ; l'alcool avait un effet souterrain maléfique. Un des Serbes avait coincé Cilea. Je la vis repousser la main du garçon sous la table, puis me regarder pour m'ordonner de garder mes distances.

À l'écart du groupe, assis tout seul, Titanu la surveillait. Il buvait son cocktail de jus de fruits à la paille et la rondelle d'orange qui ornait le bord du verre lui donnait l'air ridiculement maniéré.

Je me rendis aux toilettes, espérant que Cilea comprendrait le message et viendrait me parler. Je titubai un peu et je bousculai avec agressivité l'un des Serbes qui posa sur moi des yeux malfaisants, puis oublia l'offense et s'éloigna en vacillant. On entendait quelqu'un baiser dans l'un des WC. La porte s'ouvrit et l'un des Serbes me dévisagea avec un sourire moqueur.

— C'est cool, hein ?

Puis il se lava les mains. La prostituée qui était avec lui tira la chasse et le suivit, rajustant sa robe, du sang au coin de sa bouche.

Dans le hall, Cilea m'attendait. Elle m'embrassa et regarda d'un air nerveux autour d'elle.

— Je comptais passer demain, me dit-elle à l'oreille.

— Je ne suis pas censé être à Bucarest...

Quelque chose me traversa l'esprit, comme l'ombre d'un oiseau qui vole sur le sol, puis fila sans que je puisse l'arrêter.

— Mais oui, bien sûr. J'avais oublié. Quoi qu'il en soit, tu n'es pas parti. Je suis contente... Il faut que j'y retourne. Je ne veux pas qu'ils te trouvent ici. Je préférerais que tu t'en ailles, en fait.

— Pourquoi ? Tu as peur que je te fasse honte devant cette bande de voyous ?

— Non, parce que j'aimerais passer la soirée sans être épiée. De toute manière, je ne crains rien, Titanu veille sur moi.

— C'est horrible, putain, c'est une nuit horrible.

— Tu n'as encore rien vu, soupira-t-elle. Mais il n'y en a plus pour longtemps. S'il te plaît, va-t'en.

Derrière moi, Petre essayait de s'esquiver discrètement. Je l'appelai.

— Petre, Cilea Constantin. Cilea, je te présente mon ami Petre Romanu. Vous devez vous connaître. Vous vous êtes sûrement déjà rencontrés, non ?

J'étais ivre et agressif. Ils se dévisagèrent et se serrèrent la main. Je compris immédiatement que j'aurais mieux fait de m'abstenir. Petre avait pâli et il baissait la tête pour ne pas croiser ses yeux. Cilea était fâchée et gênée. Elle tenta de garder sa main un peu trop longtemps, mais il se dégagea et disparut. À présent, c'était elle qui voulait s'éloigner, fuyant mon regard.

— Qu'est-ce qu'il y a ? demandai-je brutalement. Un de tes ex ? Il a l'air de bien te connaître...

Elle secoua la tête avec tristesse.

— Je n'ai pas envie de jouer à ça. Tu t'imagines que tout doit être su, fouillé, dévoilé au grand jour. Ce n'est pas possible. Quand tu me demanderas pardon, n'oublie pas de t'excuser auprès de lui aussi.

Le pogrom rock se faisait plus bruyant. De retour à sa table, Cilea garda son sang-froid lorsque le Serbe qui la collait depuis le début de la soirée l'entraîna sur la piste. Je regardais la main de l'homme descendre vers ses reins, et elle la remonter à chaque fois. Il enfouit son visage contre son épaule nue, comme pour inhaler le parfum sous sa peau. Elle tenta de s'écarter, mais il était plus fort qu'elle ; il la plaqua contre lui jusqu'à ce que leurs visages se touchent. À la fin de la chanson, il ne la lâcha pas. Titanu les observait, totalement immobile, sans toucher à son cocktail.

J'en avais assez. Je me levai et fis mine de me diriger vers elle. Leo m'arrêta.

— Ne bouge pas. On ne déconne pas avec ces gens-là. Tu te calmes ou je t'emmène loin d'ici. Elle est capable de se débrouiller. Elle sait comment gérer ce genre de situation. Elle a fait ça toute sa vie.

Leo avait raison. Le jeune homme la serra un peu trop longtemps, puis d'un petit geste théâtral très maîtrisé, elle se dégagea et retourna à sa table. Il cracha par terre et dansa seul quelques minutes pour ne pas perdre la face, se tenant les couilles.

Stoicu et Manea Constantin descendirent en compagnie de Milosevic et de sa clique. La haine entre les deux Roumains était flagrante. Manea avait l'air de s'encanailler avec une bande de voyous et de gangsters. Non seulement le système le plus impitoyablement égalisateur n'avait pas réussi à gommer ses manières de grand bourgeois, mais, à côté de son chef trapu à tête de bouledogue, il ressemblait à un aristocrate. Il tiqua en pénétrant dans la discothèque : la musique épouvantable, la chaleur moite, les lumières qui clignotaient et les paillettes. Son regard fit le tour de la salle et s'arrêta sur notre table : Leo et moi, Petre au milieu. Ce dernier tressaillit et se détourna, son corps entier de profil. J'avais assez dessoûlé pour me rendre compte de l'erreur que j'avais faite en l'amenant dans cet antre nauséabond.

Stoicu, lui, était chez lui : liasses de dollars, serveurs affairés et caisses de Johnnie Walker. Il reluqua les filles au bar, mémorisant le portrait de chacune, prenant des notes dans un coin de sa tête pour plus tard. Il passerait sans doute la nuit à l'hôtel, comme la plupart des chefs du Parti quand ils sortaient, ou alors il avait une garçonnière en ville, pour l'adultère et les gueules de bois. « Les piaules à fornicuvation du Politburo », les surnommait Leo. Stoicu serrait sa flûte à champagne dans son poing et vidait verre sur verre. Constantin sirotait la sienne, qu'il tenait entre le pouce et le majeur. Il dit quelques mots à

Cilea. Elle l'ignora. Il posa sa main sur la sienne ; elle la repoussa sans ménagement. Il se leva, l'embrassa sur le front et sortit. Au centre, Milosevic le Serbe observait, son champagne intact.

— Pourquoi m'as-tu fait venir ici ? me demanda Petre. Cet endroit est ignoble. Ça me rend malade.

Il avait l'air réellement malade, et effrayé aussi. Leo lui-même, qui n'ignorait rien des aspects les plus sordides de Bucarest, avait du mal à trouver matière à rire ce soir.

— Je parie que tu regrettes de ne pas avoir pris ton avion, maintenant, murmura-t-il.

À la table des VIP, il était l'heure de la nuit où, par quelque loi animale de l'entropie, la horde commence à s'entre-déchirer. On taquinait la Bûche avec une cruauté croissante. Un de ses amis lui versait du champagne sur la tête, un deuxième laissait tomber sa cendre dans ses cheveux et sur ses épaules ; il opposait à cela un rire fragile et stoïque : les années d'expérience lui avaient enseigné qu'il ne participerait jamais aux plaisanteries d'un groupe autrement qu'en étant leur cible.

Ses humiliations s'interrompirent avec l'irruption d'un nouvel arrivant, une silhouette titubante et concupiscente. Le DJ éteignit les platines et le son se tut.

Nicu Ceauşescu vacillait à la porte comme un homme à la proue d'un navire battu par la tempête. Il se tenait les jambes écartées pour garder l'équilibre, le visage flasque d'appétits rassasiés, mais les yeux brillants de nouveaux désirs. Deux chaperons mâles l'escortaient, parodies des play-boys de l'Ouest : chemise Pierre Cardin à col ouvert, chaîne en or, baskets Adidas. Trois adolescentes nerveuses attendaient derrière eux.

— Merde – je suis là depuis huit ans et jamais je ne me suis retrouvé dans la même pièce que cette ordure. Et maintenant, grâce à toi, voilà qui est fait…

Leo vida son verre et le remplit.

— Grâce à moi ?

Ma voix mourut et je regardai Petre. Il était atterré.

La jeune fille qui accompagnait Nicu était une gymnaste célèbre, une enfant prodige qui avait remporté une médaille d'argent aux jeux Olympiques de Los Angeles cinq ans plus tôt, promise à la première marche du podium. Elle avait treize ans à l'époque. Tout en l'enlaçant, Nicu cherchait de la chair fraîche dans la salle. Il était censé sortir avec une chanteuse d'opéra de son âge, sa compagne officielle, mais tout le monde savait qu'il les préférait jeunes. La gymnaste, Paulina Iliescu, avait de grands yeux écarquillés ; son corps mince et tonique ne semblait pas à sa place dans ce lieu d'excès et de parure. Ses longues jambes à peine couvertes par sa minijupe oscillaient sur ses talons aiguilles. Elle ressemblait à un faon qui fait ses premiers pas. Son décolleté, devant lequel elle mettait constamment un bras protecteur musclé, soulignait son absence de poitrine.

— Je n'ose pas imaginer la vie de ces pauvres filles : bourrées de stéroïdes, enfermées dans des camps d'athlètes et réquisitionnées par ce type. Elles ferment les yeux et pensent à la Roumanie en espérant qu'il aura vite fini, ce qui, rendons-lui cette justice, est apparemment le cas. Au moins, les sportives ont le droit de prendre la pilule…

Leo les dévisageait, parlant dans sa barbe.

Nicu renifla et s'essuya le nez entre le pouce et l'index, puis frotta ses doigts contre son pantalon. Stoicu le conduisit au bar et commanda : champagne et Johnnie Walker. Nicu passa les prostituées en revue. Le ministre le présenta aux Serbes qui le saluèrent sans enthousiasme. Milosevic en particulier avait l'air tout sauf impressionné – là où les autres voyaient pouvoir et statut, il reconnaissait un rustaud, un petit viveur d'État policier incapable de tenir debout tout seul, le parasite d'une société en décomposition. Il lui serra la main et se rassit, oubliant sa présence.

Nicu ne tarda pas à repérer Cilea. Ils se connaissaient en dépit des vingt ans qui les séparaient, c'était évident. Il commanda une tournée générale, ouvrit les bras aux invités en signe de bienvenue, et proposa un toast. Il murmura quelques mots à l'un de ses gardes du corps qui s'approcha du DJ. Celui-ci, tremblant comme une bête traquée sur son estrade, commença à passer des slows des années 80.

— Ah, déclara Leo avec autorité. La série pelotage. Il m'arrive à l'occasion d'en réclamer une moi-même.

Nicu essaya différentes partenaires, usant d'un droit de cuissage féodal au son du disco des années 80. C'était ainsi qu'il se conduisait dans son fief, à Iaşi, où il était le chef du Parti et où personne n'osait sortir dans les boîtes et les restaurants de peur de tomber sur lui. Sa première danse fut pour Elena Ralian. Elle se leva, hésitante, glissa son joli corps contre lui, se mordant la lèvre et fermant les yeux. Les mains de Nicu la palpaient de partout, le dos, les fesses, qu'il pinça un peu ; elle eut un mouvement de recul, mais il la serra plus fort, appréciant la tension, cherchant la résistance pour se défouler. Cependant, c'était Cilea qu'il dévorait des yeux. Elena n'était qu'une mise en jambes. La gymnaste, qui tripotait la paille de son Coca-Cola, semblait soulagée – peut-être aurait-elle même droit à une nuit de congé. Au bout de trois chansons, Elena fut libérée et retourna à sa place, où le produit qu'on avait versé dans le verre de la Bûche commençait à faire effet. Il dormait, la tête sur la table, un petit tas de cendres dans ses cheveux mouillés.

Nicu s'approcha de Cilea. Comme il se glissait à côté d'elle, elle se leva pour s'asseoir plus loin. Il en fallait plus pour le décourager. Il la suivit et l'appela. Elle l'ignora. Tout le monde les observait. Même la musique semblait moins forte, le tempo plus lent. Il mit la main sur sa jambe, mais elle la repoussa avec une telle violence que son épaule parut se désarticuler. Il lui sauta dessus, la prit à la gorge et colla sa bouche contre la sienne.

Titanu agit si vite que personne ne vit rien venir. Ce n'est qu'après que nous reconstituâmes la scène : Nicu était coincé entre ses pattes d'ours, les bras plaqués contre son torse, les mains battant l'air. Il hurlait des obscénités tandis que Stoicu s'efforçait de desserrer l'étau du garde du corps. Le visage de Nicu était rouge et gonflé ; il toussait entre deux braillements, balançant sa tête contre la poitrine du gorille. Imperturbable, celui-ci attendit qu'il s'épuise tout seul, puis il se dirigea vers le hall et le lâcha sur le sol de marbre. Les jeunes filles qui l'accompagnaient semblaient terrorisées. Ce seraient elles qui paieraient pour l'humiliation de ce soir. Ses gardes du corps tournicotaient autour de lui, plus soucieux de le calmer que de s'attaquer à Titanu qui se tenait à côté de Cilea, comme un bloc de granit. Elle se frottait le cou, le souffle court, ravalant ses larmes. Ses amis s'étaient écartés, à l'exception de la Bûche, toujours inconscient. Je fis mine de me lever pour la rejoindre, mais Leo me retint. Et le regard de Cilea me confirma que je n'avais pas intérêt à m'en mêler.

Stoicu hurlait sur un Titanu impassible.

— Tu es foutu ! Toi et ton patron ! Finis !

Et à Cilea :

— Et toi, espèce de snob, sale petite garce, tu ne perds rien pour attendre. Vous êtes toutes les mêmes, les salopes de la haute, vous vous croyez mieux que nous.

Ses lèvres étaient mouchetées d'écume et ses postillons dansaient à la lumière des spots, tandis que derrière lui on entendait la voix étouffée de Nicu Ceauşescu, entre injures assoiffées de sang et sanglots infantiles.

Cilea réunit ses affaires et sortit quelques minutes plus tard par la porte de derrière, escortée de Titanu. Ils passèrent à côté de moi comme s'ils ne me connaissaient pas.

Leo secoua la tête.

— Eh bien, voilà un truc qu'on ne risque pas de lire dans le journal demain…

Les prostituées refermaient leurs sacs pleins de cigarettes et de préservatifs, et payaient leur addition. Plus personne ne ferait appel à elles maintenant. Doina la Diva leva le pouce en direction de Leo et se servit un verre généreux de Courvoisier au bar, où plus personne n'officiait. Le barman se trouvait dans le hall, avec un plateau d'argent et une bouteille de Johnnie Walker qu'un Nicu pantelant descendait au goulot.

Il avait toujours été un rustre, un violeur et un petit tyran, mais personne ne se serait avisé de le traiter ainsi dix ans plus tôt, ni même cinq. Ce qui s'était passé ce soir était un indice des rapports de force non dits en Roumanie, plus révélateur que des émeutes de la faim ou une manifestation. Dans le second cas, il s'agissait du trop-plein de frustration d'un peuple sans aucun moyen d'action, alors qu'ici, c'étaient les structures du pouvoir qui avaient été mises à l'épreuve. Je me rendais compte que le dirigeant serbe au regard d'acier avait fait le même constat, tout comme Stoicu qui avalait une tsuica, tout semblant de sophistication envolé : il ne restait que le paysan avec sa gnôle, projetant ses intrigues villageoises à l'échelle d'un pays.

Milosevic s'éclipsa, tapotant la clé de sa chambre contre sa jambe. Il commanda une cafetière à la réception et monta, sobre en dépit de tout ce qu'il avait bu, l'air d'un homme prêt à se mettre au travail. La Bûche se leva, sonné, une ligne sur le front là où il avait dormi contre le bord de la table. Il avait tout manqué, mais il serait le seul encore présent à l'arrivée de la Securitate, à qui il bégaierait avec une mine ahurie qu'il n'avait rien vu, rien entendu.

— Il est temps d'y aller.

Leo me prit par le bras et nous sortîmes par la porte du personnel. Dans une pièce, une femme racontait à ses collègues ce qui s'était passé d'un ton surexcité. La rumeur était en marche. D'ici demain matin, l'histoire serait sur toutes les lèvres, dans les bureaux et les usines, jusque dans les ambassades et les journaux étrangers.

Je me souvins de Petre. Je le cherchai du regard. Il avait disparu. J'étais soulagé – cela m'évitait de m'excuser, même si je devrais leur demander pardon tôt ou tard, à Cilea et à lui. C'était son pays, mais ce soir, j'étais en tort.

Douze

Petre et Vintul firent appel à moi plus vite que je ne m'y attendais. On me présenta l'opération et, une semaine après l'incident avec Nicu Ceauşescu, Leo et moi nous dirigions vers là frontière yougoslave. Nous devions retrouver Petre, Vintul et cinq autres personnes qui empruntaient un trajet différent. Nous nous étions arrêtés au bord de la route pour manger un repas sur le pouce composé de pain, de fromage et de Rocola. Leo, qui faisait pénitence depuis la soirée à la discothèque Madonna, refusait la bonne chère et l'alcool. Je n'avais revu ni Petre ni Cilea. Il se cachait, nul ne savait où, et maintenant il se trouvait dans une voiture volée, quelque part derrière nous. Au moins, je le retrouverais bientôt. Je m'expliquerais. Je m'excuserais. Quant à Cilea, elle n'avait retourné aucun de mes appels et je n'avais pas pu franchir le poste de garde à l'entrée de son immeuble. Les messages que je laissais sur son répondeur oscillaient entre une contrition abjecte et les accusations les plus éhontées. Elle ne décrocha qu'une fois. Pour reposer le combiné dès qu'elle reconnut ma voix.

C'était la fin de l'après-midi et, à la sortie de Bucarest, les terres cultivées se succédaient pendant des heures de part et d'autre de la route plate. Sur l'horizon sans nuage brûlait un soleil rouge. Il n'y avait aucun animal, rien ne bougeait ni ne broutait. Au nord-est, les tours pétrochimiques de Craiova dégorgeaient leur fumée. Elle semblait se dissiper, mais en réalité elle imprégnait l'air, s'y attachait, molécule par molécule, et le bleu métallique du ciel était en fait un écran de pollution. Les précieux couchers de soleil de l'été étaient également dus à la pollution : vapeurs d'essence, éclat du carbone... il ne pleuvait pas et les seuls arcs-en-ciel étaient ceux qui se reflétaient dans les flaques luisantes de pétrole sous les camions de construction.

La frontière yougoslave présentait un point faible : une étroite partie du Danube où il y avait des barbelés, des patrouilles, mais aucun poste de garde. La Roumanie comptait en tout cinq pays limitrophes, néanmoins, du fait de ses divisions actuelles, la Yougoslavie était la solution la plus intéressante. Et c'était un pas vers l'Ouest. Leo avait participé à trois de ces expéditions. Les transfuges donnaient rarement signe de vie une fois de l'autre côté : des cartes postales codées ou des messages transmis grâce au téléphone arabe.

Nous atteignîmes notre destination, une bourgade appelée Hinova à quelques kilomètres de la frontière, vers vingt et une heures. Leo avait réservé des chambres dans un hôtel dont nous étions les seuls clients. Il commanda du vin et demanda le menu, qui nous fut communiqué à l'oral et en cinq syllabes. Après un ragoût aqueux et des « ersatz », nous sortîmes faire un tour. La nuit tombait sur la petite place centrale. Le projet de modernisation nationale n'avait pas touché le village. Il respirait l'insignifiance : pelouses jaunies, fontaines taries, quelques bustes de grands hommes oubliés dont le calcaire s'effritait. À l'ombre de leurs socles, une meute de chiens paressaient et grognaient après le néant. Des vieux étaient assis sur des bancs, et de la musique folklorique s'échappait d'un café aux volets fermés. L'unique bâtiment contemporain était le siège du Parti, un petit cube en parpaings revêtu de béton gris, avec des drapeaux délavés et des slogans sur des panneaux rouillés.

Nous avions rendez-vous avec les autres sur un parking à la sortie de la commune. Vintul, Petre, trois jeunes hommes et deux femmes, parmi lesquels je ne reconnus que Mel, rencontrée ce fameux soir, boulevard de la Victoire-du-Socialisme. Aujourd'hui, elle s'appelait Ana. Ils avaient chacun un sac à dos enveloppé de sacs-poubelle. Ils étaient pleins de courage nerveux et de grands discours. Seuls Petre et Vintul semblaient calmes, Vintul parce qu'il était responsable et concentré, Petre parce qu'il planait au-dessus de tout. Il me serra la main et sourit.

— Je m'excuse pour la dernière fois, commençai-je.

— Pas maintenant. Et puis c'est fini, j'ai déjà oublié.

Notre amitié demeurait, j'en étais sûr, mais il avait mis un peu de distance entre nous, pour me protéger ou se protéger, je n'en savais rien. Mes relations avec Cilea le troublaient assez pour qu'il me demande si je connaissais son père. Lorsque je lui dis que non, il se détendit. De toute manière, il y avait peu de chances qu'elle me le présente, maintenant.

Notre groupe se divisa en trois. Je partis avec Leo en tête, tandis que Petre et Vintul emmenaient les autres chacun dans une direction. Après avoir marché pendant une heure sur un terrain qui me paraissait aussi anonyme que le bas-côté d'une autoroute, nous atteignîmes une chaîne de collines arides, sèches, qui nous mena jusqu'à l'orée d'un bois touffu.

Nous progressions avec prudence, nous arrêtant tous les vingt mètres pour tendre l'oreille. La forêt semblait faite d'ombres. Sous les arbres, la température chuta. Nos pas étaient désormais amortis par des broussailles souples.

— Attention aux pièges à renards, murmura Leo. Ils ne sont pas destinés aux renards.

Enfin, au bout d'environ deux cents mètres, il sortit une lampe torche. Il éclaira un sentier envahi d'orties, de ronces aplaties et de grands tortillons de liseron aussi épais que le poignet d'un enfant. Il y avait là des plantes qui vivaient dans l'obscurité permanente, comme ces poissons qui évoluent à des milliers de mètres de profondeur, charnus, remplis de ténèbres.

— Des crottes de loup.

Leo dirigea le faisceau sur un tas d'excréments blanchis, crayeux. À la lueur de la lampe, le sol oscillait entre nous. Je trébuchai et j'aperçus un piège ouvert et rouillé, la béance acérée d'une gueule de requin. Des gens étaient morts ici ou, s'ils étaient parvenus à se libérer, ils étaient rentrés en boitillant, les os broyés, les chairs cisaillées. Une main me rattrapa et se plaqua contre ma bouche avant que je puisse crier. Vintul qui avait surgi derrière nous planta son bâton dans le piège qui se referma avec un bruit sec. Il nous suivait depuis le début.

Enfin, la forêt s'éclaircit. Devant nous coulait le Danube, épais, sombre et huileux. Se détachant au clair de lune, à quelques centaines de mètres en amont, un mirador éteint. Entre la tour et le fleuve, un mur électrique de quatre mètres de haut. On l'entendait grésiller, un bourdonnement d'insecte ténu.

Vintul imita le cri de la chouette. Silence. Au bout d'un moment, une réponse nous parvint. Je vis l'éclat d'une lampe sur ce qui me parut être la rive opposée. Il y avait plusieurs centaines de mètres d'eau entre nous. Vintul lança un second appel, puis plus rien.

— Repose-toi un peu. On attend la prochaine coupure d'électricité. Reste près des arbres.

Leo haletait, plié en deux, les mains sur les genoux. Les autres étaient assis à l'orée du bois. Personne ne parlait, il n'y avait aucun mouvement. Que le bruit de la clôture traversée par un voltage mortel.

Enfin, le courant se tut et un frémissement parcourut les fils. Juste derrière, les fines pointes des barbelés rasoirs brillèrent un instant, puis se fondirent dans l'obscurité. L'endroit était bien choisi. Il était presque impossible de trouver un point moins surveillé. La clôture électrique avait été sectionnée et réparée par endroits, de manière à pouvoir être facilement ouverte puis raccordée après. Vintul se lança le premier. Avec de solides pinces, il entreprit de dénouer les fils.

— Il faut que les fils restent connectés entre deux opérations, car si le courant s'interrompt quelque part, ils sauront qu'on est passés par là. Et on ne pourra plus utiliser ce chemin, expliqua Leo. La moindre coupure sur le circuit déclenche une alarme.

Sans hâte, Vintul créa une ouverture de quelques dizaines de centimètres. Il se faufila de l'autre côté et s'attaqua au barbelé rasoir. La lune brillait au-dessus du Danube et se reflétait dans l'eau. Sa silhouette était dangereusement visible, mais il travaillait vite. Quelques minutes plus tard, il avait fait un trou assez large pour passer. Il rampa jusqu'à la rive, s'arrêta et se tourna vers nous. La voie était libre.

Le courant était fort. On voyait les tourbillons rapides, scintillant ici et là : le jeu des muscles du fleuve. Ils se lancèrent, d'abord les deux premiers garçons, puis les filles, et enfin le dernier. Les flots se refermèrent sur eux. Les deux jeunes qui nous avaient tapé dans la main semblaient terrifiés, toute bravade disparue. Nous les regardions s'immerger, retenant leurs cris, alourdis par l'eau glacée qui gonflait leurs vêtements et leurs chaussures. L'une des filles paraissait flotter plus que nager, se laissant porter par le courant. Puis ils s'évanouirent.

Vintul était de retour et réparait la clôture électrique. Ils avaient perdu quelques minutes et il fallait faire vite pour raccorder les fils coupés. Il y parvint juste à temps : il avait retiré ses mains depuis quelques minutes à peine lorsque le courant se rétablit, son chant lugubre noyant le bruit de l'eau qui battait la rive.

Petre sourit et m'étreignit.

— Ta première mission ! On trinquera bientôt à notre succès.

Ils disparurent, avalés par la forêt. Vintul et lui suivraient le fleuve qui décrivait une boucle vers l'intérieur du pays, puis ils continueraient en direction de Vânju Mare.

— Il y a un petit village où nous connaissons du monde. On se débrouillera pour rentrer, avait déclaré Vintul avant de nous quitter.

Leo et moi repartîmes pour Hinova. Le ciel blanchissait plus vite que nous avancions. Le temps d'arriver à l'hôtel, il était déjà cinq heures du matin. La réception était déserte lorsque nous regagnâmes nos chambres.

— Pourquoi voulais-tu que je vienne, Leo ? À quoi est-ce que j'ai servi ? J'étais simplement planté là…

— Tu as été parfait… tu étais planté là, soit, mais tu étais planté là à te compromettre, ce qui est bien plus utile pour eux, pour nous, que tout ce que tu pourrais faire… En plus, tu seras dedans jusqu'au cou bien assez tôt, alors profite de ta place de spectateur tant que tu peux.

Après le petit déjeuner, nous traversâmes les villages du comté de Craiova et les vignobles de Segarcea. Après les privations grises de Bucarest, c'était un choc de découvrir une telle fertilité. La nature explosait. Partout il y avait des tomates, du maïs, des choux ; les vergers croulaient sous les fruits et les légumes dans les champs avaient des couleurs éclatantes. La terre les poussait vers le soleil qui les mûrissait avec générosité. Dans les vignes, des grappes blanches renflées pendaient des ceps, le long de terrasses parfaitement alignées. Sur l'humus noir couraient les cordons ombilicaux de melons gros comme des ballons de football ; des serres et des tunnels s'étiraient à l'horizon.

— Tout est destiné à l'exportation, fit Leo, surprenant mon regard. La plupart des pauvres couillons qui travaillent dans les usines n'ont jamais vu de melon ailleurs que dans *Dynastie*. La terre est naturellement prodigue ici ; c'est cette fichue misère qui est artificielle.

Une semaine s'écoula sans que Petre ne se présente à notre rendez-vous au Sanglier des Carpates. Vintul ne contacta pas Leo, alors qu'il avait promis d'appeler dès le lendemain. Je cherchai Petre à ses cours de musique, sans succès. Il manqua la première répétition de Fakir, puis la seconde. Le concert programmé début juillet fut annulé.

Cilea refusait toujours de me voir. Quelque chose s'était passé ce soir-là, quelque chose d'autre que l'humiliation de Nicu Ceauşescu, mais je ne comprenais pas quoi. Une coïncidence les avait tous réunis dans cette horrible discothèque – les Serbes, Nicu, Stoicu, Manea et Cilea – et le hasard avait voulu qu'une décision de dernière minute m'amène là aussi, en compagnie de Leo et Petre. Ce regroupement fortuit avait-il mis en branle un processus dont nous ne mesurions pas les conséquences ? Cilea m'évitait, Petre avait disparu, Leo ruminait, terré chez lui.

Il entendit la première rumeur trois semaines plus tard : un routier allemand, collègue de « Norbert le baratineur », se vantait d'avoir passé trois nuits avec la même prostituée à Hambourg, une Roumaine. Cette Ana était une débutante, et il se targuait de l'avoir « dressée ». Leo réclama une description et obtint ce qu'il craignait : elle avait un bijou dans le nez et des piercings, et elle était sous la surveillance constante de son maquereau yougoslave.

— Mais non, ce ne peut pas être elle ! m'écriai-je. Il doit y avoir des centaines de ces pauvres filles dans chaque port. De toute manière, Hans ne ferait pas la différence entre une Roumaine et une Russe.

J'entendais ma propre voix : criarde, désespérée…

Nous décidâmes de nous rendre chez Petre. Il m'avait donné le nom de la cité, et Leo trouva l'adresse complète dans la base de données de l'université. Ce qui n'était pas plus mal, car il était impossible de distinguer les uns des autres les douze immeubles qui constituaient la « Cité 14 ». Un observateur averti aurait peut-être pu dire lequel avait été construit le premier d'après la prolifération des moisissures et l'effritement des façades, comme un connaisseur en fromages est capable d'évaluer la maturité d'un bleu, mais ces finesses étaient trop subtiles pour des profanes tels que nous.

Leo se gara en bas du bâtiment sept et sortit un salami au soja.

— Tu vas le voir briller dans le noir – les champs de soja se trouvent sur le trajet des vents qui viennent de Tchernobyl.

Il m'envoya en reconnaissance, agitant le salami moucheté de couleur chair derrière la vitre.

L'ascenseur attendait dans le hall, tapi dans sa cage. J'appuyai sur le bouton, mais rien ne se produisit. Je devais monter au huitième à pied. Le béton grossier pelait et l'escalier formait un vortex où tournoyaient des sons déconnectés et discontinus : des voix, des hurlements de bébés, l'écoulement d'une même émission télévisée qui se propageait d'étage en étage. Les murs étaient humides et j'entendais goutter de l'eau tout autour de moi. J'en reçus sur ma lèvre supérieure. Elle avait un goût de vinaigre et de craie.

Arrivé en haut, je fis une pause pour reprendre mon souffle. L'odeur du chou bouilli trois fois emplissait le couloir, mais c'était quand même mieux que les relents de crottes de chien et les ordures en putréfaction dans l'escalier. Je trouvai la porte. Sur un petit carton carré était tapé :

Romanu, P.

Moranu, O.

Personne ne répondit à mes coups contre la porte, alors je m'accroupis devant pour attendre. Dans le noir, j'entendis un cliquetis de clés et des bruits de pas qui montaient vers moi. Sur le palier, pâle et exténuée, vêtue d'une blouse sale qui avait été blanche, des chaussures plates aux pieds, apparut Ottilia Moranu, le médecin qui avait soigné Rodica à l'hôpital. Elle avait une lampe de poche et, quand elle me vit me lever maladroitement, elle la braqua sur mon visage.

— Qui êtes-vous ?

Elle s'approcha de la porte, sans cesser de m'éblouir avec sa lampe.

— On s'est rencontrés. À l'hôpital, répondis-je en anglais.

— Laissez-moi, répliqua-t-elle sur le seuil.

— Mon amie, ma collègue, Rodica… vous étiez de garde, cette horrible nuit.

Ottilia s'était déjà ressaisie.

— *Cette horrible nuit ?* Vous voulez dire cette nuit normale, habituelle, typique d'un hôpital roumain où vous avez mis les pieds une seule fois ?

L'appartement était minuscule, un salon-cuisine-salle à manger, avec une salle de bains et une chambre à côté. Ottilia alluma une lampe à gaz. À la lueur tremblante des flammes, le plafond tombait vers nous, les murs se resserraient. Elle appuya sur l'interrupteur, au cas où, mais il n'y avait pas de courant.

— Du thé ? proposa-t-elle. Ou de l'eau ?

Elle alluma un brûleur relié à une bouteille de butane. Une boîte de sardines nord-coréennes attendait à côté d'une demi-miche de pain couverte d'un torchon humide. Nous nous assîmes, elle sur un tabouret de bar devant son repas, moi sur le canapé-lit. Je poussais les draps pliés et l'oreiller qui étaient posés dessus. Il y avait un étui de guitare appuyé contre le mur, près d'un ampli.

— Il n'est pas revenu les chercher ?

Ottilia me tournait le dos, le coude sur la table, tandis que sa fourchette faisait des allers et retours entre la conserve et sa bouche. Le poisson formait une bouillie marine dont l'odeur avait envahi la pièce.

— Non. Non, pas un mot. Personne n'a de nouvelles. On croyait en avoir tout de suite après. De toute manière, il n'aurait pas quitté le pays, pas sans prévenir.

— J'étais là. Rien n'indiquait qu'il pensait s'enfuir. En fait, il est reparti vers la Roumanie.

Ottilia me dévisagea, surprise.

— Qu'est-ce que vous faisiez avec eux ? Vous n'êtes qu'un touriste ici. Pardon… un *visiteur*.

J'expliquai. Puis je lui demandai quelle était sa relation avec Petre.

— C'est mon demi-frère. Nous n'avons pas le même père. J'avais quatre ans à sa naissance. Nous avons grandi ensemble.

Elle me regarda dans les yeux.

— Il n'a jamais parlé de vous.

— Peut-être, mais nous sommes amis. J'espère que nous sommes amis.

Quelque chose m'avait empêché d'employer le passé. Néanmoins, Ottilia l'avait senti, ce passé sous-entendu, car elle s'arrêta de manger et cacha son visage dans ses mains.

— Je suis inquiète. Je n'ai aucune nouvelle. Pas de lettre, pas d'appel, rien. Il ne reste personne du groupe à qui parler. Petre n'a pas été en cours ni aux répétitions depuis, alors qu'il n'était jamais absent. Son ami Vintul a disparu, lui aussi.

— Qu'est-il arrivé, à votre avis ?

— Ils ont été pris. Le problème, c'est qu'on devrait être au courant, il aurait dû y avoir un message, un mot. Et surtout, des représailles contre les proches et la famille. Contre moi. Mais rien. En tout cas, une chose est sûre, Petre n'avait pas plus envie que moi de quitter le pays.

Elle attendit un moment avant de continuer.

— D'habitude, il me laisse toujours un message à l'hôpital…

La phrase resta en suspens. Elle n'avait nulle part où aller, si ce n'est dans les ténèbres qu'on essaie de faire reculer avec les mots. Ottilia posa sa fourchette, appuya sur la pédale de la poubelle et lâcha la boîte qui tomba dans le cylindre avec un tintement. Elle avait l'air vaincu.

— J'avais peur que ça arrive. Je lui répétais : « S'il te plaît, arrête, ou alors va-t'en, quitte le pays. » Mais il me disait de ne pas m'inquiéter, qu'il ne partirait jamais, qu'il était protégé. Selon lui, il y avait deux types de personnes – ceux qui se perdaient en exil et ceux qui se trouvaient. Il savait qu'il se perdrait, et je suis certaine qu'il n'aurait jamais quitté le pays.

— Comment ça, protégé ?

— Je lui ai posé la question, mais il n'a pas répondu. Qui l'aurait protégé ?

Je l'étreignis et je sentis ses maigres épaules sous son chemisier, la bride de son soutien-gorge qui mordait sa chair. Ses pieds étaient enflés et ses mains à vif à force d'être récurées. Je passai mes doigts sur les ongles rongés, la peau rougie qui pelait là où elle avait attaqué les envies. Son visage était émacié, tiré. J'essayai d'imaginer à quoi elle ressemblerait heureuse, reposée, bien nourrie. Elle avait quelque chose de grec avec ses grands yeux marron et ses pommettes hautes, ses épais cheveux frisés retenus par une barrette Monocom qui n'arrêtaient pas de lui tomber dans les yeux : une beauté brimée sans pitié.

Je lui présentai des images d'espoir : Petre caché par un mouvement clandestin, Petre hors du pays qui attendait de pouvoir la contacter, Petre qui achetait des guitares dans Carnaby Street… Elle eut la gentillesse de hocher la tête à une ou deux reprises, ses doigts se refermant autour des miens tandis que je parlais.

Je préparai du thé, le réflexe anglais. Pendant que l'eau chauffait, je la regardais sur le canapé. Sa tête était baissée, ses genoux serrés, ses mains crispées. Mais déjà elle s'était levée pour se rafraîchir, tandis que je servais le thé. Elle disparut dans la salle de bains et j'entendis le robinet crachoter. Elle revint quelques minutes plus tard, pieds nus et vêtue d'une robe paysanne en toile colorée qu'elle avait dû faire elle-même, ses cheveux libérés, ses joues vigoureusement frottées et éclatantes. Elle sourit – pure bravoure – et sortit une bouteille de tsuica, avala une gorgée tonifiante puis s'essuya la bouche du revers de la main.

— Il faut que je travaille maintenant : j'ai des choses à préparer pour demain, des notes sur des patients que personne ne lira, puis il faut que je dorme. Merci d'être passé. Je vous tiens au courant dès que j'ai du nouveau.

— Alors ?

Me voyant froncer le nez lorsque je m'installai dans la voiture, Leo ajouta :

— Désolé, j'ai pété comme une vache là-dedans. La faute au salami. Je vais aérer dès qu'on aura démarré.

Tandis que le vent s'engouffrait par les fenêtres ouvertes, Leo m'écoutait raconter ma discussion avec Ottilia en silence. Je ne cessais de répéter la même chose en employant des mots différents, comme si, à force, j'allais découvrir un sens nouveau à ce que je disais.

— C'est bon, c'est bon, m'interrompit-il enfin. J'ai compris. Laisse-moi réfléchir un instant.

Mais dix minutes plus tard, il se taisait toujours.

— Leo, qu'est-ce qu'il y a ? Je sais que tu penses à quelque chose. Alors, explique-moi !

— Ça ne va pas te plaire, mais tant pis, je dois me tromper de toute manière, et si j'ai raison, ce n'est pas vraiment ta faute, c'est ce fichu système. Enfin bon : tu as présenté Petre à Cilea, non ?

— Oui, mais ils ne se sont vus que ce soir-là, répondis-je, me demandant où il voulait en venir.

J'étais crevé et la fatigue me rendait obtus.

— Une fois suffit, ici. Donc, ils se croisent mais ne veulent manifestement pas se parler, à l'InterContinental, avec Nicu Ceauşescu, Manea Constantin, Ion Stoicu et va savoir combien de fouteurs de merde, de politicards, d'espions et de lèche-bottes autour d'eux. Elle est la fille d'un grand manitou du Parti, et lui, il est... quoi au juste ? Un étudiant impliqué jusqu'au cou dans des histoires louches. Quelques jours plus tard, Petre et Vintul partent en mission comme ils l'ont déjà fait dix fois, et soudain ils disparaissent.

Plus qu'une possibilité, c'était une probabilité maintenant. Mais surtout, c'était là, à l'intérieur, qui alimentait mon malaise, ce sentiment de culpabilité flou qui me taraudait depuis des semaines. À présent, il avait pris forme, une nausée qui me retournait les tripes : il était arrivé quelque chose et j'étais à l'origine du malheur, c'était plus que vraisemblable.

— Tu n'en sais rien. Personne ne peut être sûr de rien.

Leo faisait tout à coup marche arrière, ce qui signifiait qu'il pensait avoir mis le doigt sur quelque chose.

Il conduisait si lentement qu'un policier nous fit signe de nous arrêter et nous demanda nos papiers. Ni insolence ni bonhomie chez Leo, mais une simple coopération maussade. L'agent termina son contrôle et nous autorisa à repartir, déconcerté. Il connaissait sa réputation et s'attendait à une réaction plus vive, un pot-de-vin excessif ou une plaisanterie choquante.

— Je te dépose chez toi. Oublie tout ça pour l'instant. Mets cette histoire de côté. Et quoi qu'il arrive, ne va pas réclamer des explications à Cilea. Laisse-moi voir ce que je peux dénicher.

Treize

Tous les expatriés se réjouissaient à l'avance de la grande soirée organisée à l'ambassade française pour le 14 juillet. La Princesse, la seule à décliner l'invitation, envoya comme chaque année une lettre qui commençait ainsi : « Je remercie son Excellence l'ambassadeur pour son aimable invitation, mais il doit savoir que je ne considère pas le 14 juillet comme un jour de réjouissance... » Et s'ensuivait un récit long et détaillé sur les atrocités et les échecs républicains. Quiconque se serait promené sur Piaţa Republicii le 14 juillet 1989 lui aurait certainement donné raison. En dépit des queues et des restrictions quotidiennes, de la police et de la Securitate omniprésentes, la place semblait encore plus déserte et accablée que d'habitude.

J'avais presque atteint l'université lorsque je compris pourquoi. Partout dans la rue il y avait des gens qui transportaient des machines à écrire. Ce n'était pas une mince affaire : la plupart étaient de vieux modèles en fer, avec des touches en Bakélite au bout de longs doigts articulés, des véritables bijoux en parfait état de marche. Deux hommes sortaient du bureau de TAROM avec une machine électrique de la taille d'un éléphanteau. Des secrétaires aux ongles manucurés et aux cheveux impeccables se tenaient devant la porte, les regardant avec tristesse hisser la bête dans un camion.

Cette opération annuelle, nommée « jour de la machine à écrire », consistait à répertorier tous les instruments susceptibles d'être utilisés pour des publications dissidentes ou des textes qui circulaient sous le manteau grâce au *samizdat*. Cela pouvait sembler une mesure fastidieuse : envoyer des dizaines d'agents dans toute la ville afin de tester les machines à écrire devait coûter cher, en temps et en argent. Mais il s'agissait de prévention et non de répression. Leo m'avait parlé des « Archives nationales des écritures », un projet que l'on devait à Elena Ceauşescu. C'en était la version dactylographique. On consignait le type d'impression, la fonte de caractère et l'inclinaison des touches de toutes les machines à écrire du pays. À en croire une vieille blague, celle qui se prétendait professeur et docteur en chimie avait investi dans la recherche sur la télépathie afin d'archiver l'accent et la tonalité de nos pensées.

Je me rendis à la salle des professeurs pour faire du café, un réflexe hérité d'une existence antérieure, car je savais qu'il n'y avait jamais de café et que le réchaud était cassé depuis une éternité. La photocopieuse toujours en panne, un engin encombrant fabriqué en Allemagne de l'Est, avait choisi de se réveiller aujourd'hui. Un petit groupe en effervescence, pour qui l'éventualité que cette machine ait pu fonctionner un jour relevait de la légende urbaine, s'était attroupé autour. Elle cracha une feuille molle, hoqueta et s'arrêta.

Sur la porte de mon bureau, je trouvai un message du professeur Ionescu qui me demandait de passer le voir. Il était agité. Un carré bordé de poussière se dessinait sur sa table à la place de sa machine à écrire.

— S'il vous plaît, quelqu'un vous attend sur le parking de l'université, m'annonça-t-il.

— Qui ?

Sa sobriété était de mauvais augure.

— Vous avez un visiteur, le ministre délégué Manea Constantin veut vous rencontrer. Je ne sais pas à quel sujet et je ne resterai peut-être pas assez longtemps en poste pour le découvrir. Je risque de bientôt rejoindre l'équipe de nettoyage. Maintenant, veuillez me laisser.

Dehors, je trouvai une Mercedes noire avec une plaque du Parti. Il en sortit deux jeunes hommes souriants, d'apparence soignée, vêtus de costumes élégants et fleurant l'après-rasage français. Plus inquiétant encore, ils étaient polis.

— *Domnul*, seriez-vous assez aimable pour nous accompagner ? Quelqu'un souhaite vous voir, déclara le premier d'un ton ferme, mais sans l'ombre d'une menace, une attitude propre à ceux qui savent qu'ils n'en ont pas besoin. Je me demandais s'ils étaient conscients que la scène que nous étions en train de jouer correspondait à un cliché. Au vu du succès des films d'action américains et des sagas mafieuses vendus au marché noir, c'était fort probable : deux hommes de main dans une limousine noire me faisant une invitation que je ne pouvais décliner.

— J'en serais ravi, mais je travaille, hélas. J'ai un cours à donner.

— Tout est arrangé. J'ai parlé à votre supérieur. Maintenant, si vous le voulez bien, répondit l'autre, avec un geste indiquant la banquette revêtue de cuir. Nous vous ramènerons après le déjeuner.

Les vitres de la Mercedes étaient fumées et l'air climatisé glacé. La température de la morgue, songeai-je en claquant des dents.

Personne ne nous arrêta pour nous contrôler lorsque la voiture pénétra dans la cour du ministère de l'Intérieur. Elle se gara et nous franchîmes la porte du bâtiment avec la même facilité.

On me conduisit à l'étage, dans une vaste pièce aux murs nus, haute de plafond, les moulures ornées de faucilles et de marteaux. La table de travail était un immense plateau de verre trempé avec des pieds de marbre, placée devant une baie vitrée, et flanquée comme il se devait des portraits du couple Ceauşescu. Le personnage debout derrière le bureau me tendit la main : Manea Constantin, le ministre délégué auprès du ministre de l'Intérieur, portait un costume anthracite sur une chemise de Savile Row bleu profond, couleur ciel d'un bel après-midi d'hiver. Quelques papiers avaient été poussés au bout de la table et une machine à espresso trônait au centre, des magazines étrangers en pile désordonnée à côté. Un atomiseur de *Signor Ricci*, qui coûtait une trentaine de livres sterling en duty free, servait à la fois d'eau de toilette et de parfum d'ambiance.

Dans un bureau attenant, deux secrétaires tapaient à la machine. L'une était carrée et robuste, alors que l'autre, mince et ravissante, ressemblait tant à Cilea que je dus regarder une seconde fois pour m'assurer que ce n'était pas elle. Elle se retourna et sourit ;

tout en elle trahissait la maîtresse, la sexualité disponible mais inatteignable de la compagne d'un homme puissant.

— Appelez-moi Manea, annonça-t-il.

Il était d'une exquise politesse – comme si je n'étais pas encadré par deux sbires pas si discrètement armés, pensai-je, ma main moite dans la sienne.

— Je me suis dit que nous pourrions passer la matinée ensemble… faire connaissance. J'aime savoir qui sont les amis de ma fille.

— Anciens amis, rectifiai-je. Je ne lui ai pas parlé depuis un mois et elle ne m'a pas rappelé.

— Mais avant tout, le barbier, poursuivit-il, comme s'il ne m'avait pas entendu.

Je ne m'attendais pas à cela.

La voiture nous conduisit à l'InterContinental, sans se préoccuper de la circulation arrêtée pour nous, ni des feux. Je commençais à penser que l'hôtel était maudit, et moi avec, condamné à y retourner éternellement. À notre vue, le responsable laissa tomber les bagages qu'il portait pour nous mener au centre esthétique, où deux barbiers nous attendaient.

Nous nous assîmes côte à côte, tandis qu'on apportait des serviettes chaudes. Manea Constantin me parlait dans le miroir. J'essayais de me tourner vers lui, mais le barbier me tenait la tête fermement. Ce qui n'était pas plus mal : le rasoir était si aiguisé que je ne sentirais sans doute rien s'il me coupait – pas avant d'avoir vu le sang. La lame était tiède ; l'acier lisse glissait, fin et létal, sur la peau mouillée. Mes yeux piquèrent lorsque le rasoir remonta vers le nez et pénétra dans ma narine avec un crissement. Je retins un éternuement.

— Vlad l'Empaleur tranchait les narines de ses ennemis pour que leur nez batte au vent comme des chiffons, commenta Manea pour me mettre à l'aise.

Les barbiers aspergèrent nos visages et nos cous d'une lotion astringente mentholée et nous administrèrent un massage du crâne à la turque. J'avais l'impression qu'on me décollait la peau, qu'on l'étirait et la tannait. Je me sentais ivre de bien-être physique.

Constantin était rompu aux échanges par miroir interposé et il appréciait le symbolisme de la situation : tout était inversé, lui me parlant par l'intermédiaire de mon reflet et vice versa. Sa conversation était intelligente et élégante, et je me surpris à oublier qu'il était sans doute aussi corrompu que les autres, aussi cruel. C'était sans contredit le père de sa fille : il affichait le même détachement par rapport à ce qui se passait autour de lui, la même nonchalance concernant sa part de responsabilité. Mais si Cilea pouvait se distancier du système, il mettait en œuvre ses lois. Je l'interrogeai au sujet de la scène à laquelle j'avais assisté à l'université et de ce qui risquait d'arriver à Ionescu.

— La mascarade de cet après-midi ? Les machines à écrire ?

Il éclata de rire.

— C'est devenu une tradition, comme les danses folkloriques et la vannerie, mais cela n'a rien à voir avec moi. Ordres du sommet. Quant à la rétrogradation de votre chef, c'est l'œuvre du camarade Stoicu. Je ne me mêle pas de ses affaires. Comment dit-on chez vous ? Je ne marche pas sur ses plates-bandes.

— Les Archives nationales des écritures ? commençai-je.

Il me coupa la parole en riant.

— Oui, j'en ai entendu parler. C'est encore du ressort du ministre. Une initiative très coûteuse et très bête. Ne me dites pas que vous allez m'interroger aussi sur les recherches dans le domaine de la télépathie…

Manea se laissa aller contre son dossier et se détendit. La conversation s'interrompit jusqu'à ce que les barbiers époussettent nos cols.

— À présent, permettez-moi de vous inviter au restaurant du Politburo à Snagov.

Quarante minutes plus tard, nous étions arrivés. À la sortie de la ville, nous avions dû emprunter des routes jonchées de gravats. La Skoda de Leo nous aurait mis les membres en compote et les nerfs en pelote. Mais à bord de la Mercedes ministérielle de Manea, on avait l'impression d'être dans un décor de film des années 50, avec le paysage qui défilait de l'autre côté des vitres fumées.

Le « village socialiste » de Snagov était une enclave sécurisée de huit hectares pour les hauts fonctionnaires du Parti : clubs de remise en forme, salles de sport, sauna, centres de soins pour la peau et contre le vieillissement. Il y avait des magasins aux vitrines teintées où l'on vendait des appareils ménagers, des denrées de luxe et des vêtements de créateurs. Les épouses du Politburo venaient manger et faire du shopping ici, tandis que leur progéniture allait voir des films d'action américains sur des motos occidentales. À la différence de Bucarest, la ville était propre et organisée, quelque part entre la

Floride des retraités et la Suisse : la *Costa Geriatrica* du Rideau de fer.

Abaissant la moyenne d'âge, des garçons et des filles en uniforme marchaient deux par deux. Les « Pionniers », le mouvement des jeunes communistes, faisaient le pas de l'oie, havresac sur le dos, boussole et gourde autour du cou, reprenant des chants héroïques. Une phalange de Tintin communiste défilant au son de l'enfance conditionnée.

La Bûche passa à toute allure sur une Vespa rouge, en polo Lacoste, des Ray-Ban sur le nez.

— C'est l'enclave du comité central, expliqua Constantin. Même si certains préfèrent vivre en ville. Je recevrai ici une délégation du ministère des Affaires étrangères de votre pays en décembre. Je vous enverrai une invitation.

Trop aimable, pensai-je. Les fêtes de fin d'année idéales : jouer les figurants en costume tandis que les chefs du Parti roumain feraient la causette aux diplomates, aux industriels de l'armement et à un sous-secrétaire d'État conservateur à la lippe humide, préposé aux contrats de vente discrets.

— Je verrai si je peux me libérer, répliquai-je en roumain, m'essayant au sarcasme, une nuance difficile dans une langue étrangère.

Le pire, c'était que je savais que j'irais.

On nous conduisit à notre table dans une salle à manger moderne. C'était l'antithèse du Capşa : le lieu était petit, le décor ascétique, et le menu très varié avec une carte des vins prodigieuse. Et le restaurant avait tout ce qu'il proposait, des huîtres au sanglier, du Cheval Blanc au château Talbot. Les serveurs semblaient sortir d'une académie militaire. Ils cumulaient sans doute leur emploi avec celui de commando parachutiste, et ils étaient prêts à protéger les dignitaires du Parti en cas de soulèvement. Ou, songerais-je plus tard, à les arrêter en cas de coup d'État.

Dans un coin se trouvait un groupe d'officiers supérieurs. Ils parlaient fort, les verres versés et vidés si vite que les bouteilles avaient à peine le temps de toucher la nappe. Constantin commanda un gin tonic, qui arriva dans un haut shaker à l'emblème du Parti. Je demandai un Coca-Cola. La musique d'ambiance diffusée par les haut-parleurs évoquait un orgue d'enterrement à peine accéléré.

— Le Camarade a son palais ici, déclara Constantin, indiquant un point derrière l'imposante terrasse de pierre.

En contrebas, des petits pédalos et des barques dansaient sur un lac bleu cristallin. Au-delà de l'enclave, je distinguai une tourelle autour de laquelle tournait un hélicoptère.

— Il paraît que Nicu habite le coin, lui aussi, répliquai-je.

À la mention de ce nom, il reposa son verre et s'essuya avec une serviette brodée d'une faucille et d'un marteau. L'un des serveurs tressaillit et se reprit aussitôt, faisant un effort pour ne pas se retourner.

— Le fils préféré du Camarade, oui. Notre ministre des Sports et de la Jeunesse est un jeune homme perturbé, mais nous avons appris à gérer ses problèmes personnels. J'espère qu'il pourra un jour en dire autant…

Les gens s'approchaient pour saluer Manea. Je reconnus des visages croisés dans les magasins et les restaurants de la nomenklatura ou dans les boîtes de nuit fréquentées par les étrangers. Avec certains, il conférait à voix basse, ou notait une heure et une date dans son agenda du Parti. Il semblait apprécié et il était évident qu'il ne comptait pas seulement sur son pouvoir pour obtenir ce qu'il voulait, mais aussi sur un sentiment qui se rapprochait de la loyauté et de la camaraderie. Le nombre de subalternes qui s'adressaient à lui n'était pas anodin, tout comme la courtoisie avec laquelle il traitait le personnel, même s'il ne se départait jamais de son autorité, à la fois formidable et contenue.

Stoicu rejoignit la table des militaires, faisant un bref signe de tête dédaigneux à Manea et me toisant. Rien n'indiquait qu'il se rappelait m'avoir vu à la discothèque, mais il était impossible de lire dans ces yeux vifs et minuscules, deux épingles enfoncées dans des replis de chair qui engloutissaient toute expression avant qu'elle apparaisse sur son visage. Il proposa un toast :

— Au Camarade !

Cela signifiait que tout le monde devait se lever, car rester assis ferait jaser. Manea dut abandonner un instant son coq au vin. D'autres toasts suivirent : à Elena, aux Jeunes Pionniers, à la lutte contre le fascisme, si bien qu'à la fin, la salle se levait et s'asseyait toutes les deux minutes. Les clients s'empressaient de terminer leur repas pour partir.

Nous bûmes notre café sur la terrasse. Manea alluma une Sobranie et je m'en tins à mes Carpati.

— On a adopté le mode vie indigène, à ce que je vois, commenta-t-il.

À l'intérieur, le clan de Stoicu avait entonné un chant. Manea fit un brusque signe de tête dans leur direction.

— On peut abolir les différences de classe, mais curieusement, elles ressortent toujours à table, ne trouvez-vous pas ?

— Je croyais que vous aviez réglé le problème en abolissant les repas tout court, rétorquai-je. Pour les masses, je veux dire…

— Bravo, quel sens de la repartie ! Je me réjouis néanmoins de constater que la misère ambiante n'a pas entamé votre appétit. Le veau est passé tout seul, quant à la crème brûlée…

— Je l'admets, j'ai appris à compartimenter.

J'aspirai une longue bouffée de Carpati.

— Oh, je pense que vous saviez le faire bien avant la Roumanie… Cilea m'a raconté que vous l'avez aidée pour ce séjour à Londres. Je vous en suis très reconnaissant. Si je puis faire quoi que ce soit, dites-le-moi. Et j'espère que de votre côté vous prendrez soin d'elle.

— Elle s'occupe très bien d'elle-même toute seule, et d'après ce que j'ai pu observer, c'est tout ce qu'elle fait…

Manea posa sa tasse et rit.

— Oui, elle donne cette impression à beaucoup de gens. J'aimerais pouvoir le croire aussi, mais…

Il redevint sérieux.

— Elle dit que vous lui reprochez quelque chose qui est arrivé à vos amis. Je ne veux pas connaître les détails, cependant, je peux vous assurer que cela n'a rien à voir avec elle.

— Vous semblez très sûr de cela… cette chose dont vous ne savez rien.

Il termina sa cigarette et regarda au-delà de la terrasse. Passant un bras autour de mes épaules, il se rapprocha pour me parler.

— Je vais vous dire ce que vous imaginez, ou ce qu'on vous pousse à imaginer : Cilea découvre ce à quoi vous êtes mêlé ; elle se confie à moi ; alors je donne des ordres. Vous amis ont disparu. Mais pourquoi me soucierais-je de quelques hippies ? Supposons que j'étais déjà au courant, que je le savais depuis longtemps et que je ne suis jamais intervenu. Pourquoi agirais-je maintenant ?

— Vous le saviez ?

— Ce n'est pas la question – si tel était le cas, je n'ai rien fait.

— Vous avez peut-être transmis l'information à quelqu'un…

Avec leurs serviettes nouées autour du cou, la tête penchée sur leurs assiettes, les cheveux coupés ras, leurs petites oreilles et leurs visages roses flasques, Stoicu et ses sous-fifres ressemblaient aux cochons dans une adaptation en dessin animé de *La Ferme des animaux* de George Orwell. Je me tournai vers Manea qui, de bien des manières, était l'un d'eux.

— De toute façon, les gens ne disparaissent pas comme ça !

Il haussa les sourcils et gloussa.

— Ah bon ? Vous en êtes sûr ?

Il remua son café pendant quelques instants, puis reprit sur le ton de la confidence :

— Je vous dis cela – et je me mets dans une situation délicate, car même moi, je suis censé faire un rapport sur notre conversation –, je vous dis cela, donc, à cause de Cilea. Moi aussi, je regrette qu'elle ne soit plus avec vous. Je vous expliquerai pourquoi une autre fois. En attendant, écoutez-moi bien : vous pouvez penser de moi ce que vous voulez, mais elle n'a rien à voir avec tout ça. Aucun de nous n'est en sécurité en ce moment. C'est service contre service, ministère contre ministère. Chaque organisation, chaque cercle amical est infiltré. Tout est su. Après, la question est : qui va utiliser ces informations et quand – et pour quelle raison. Si vous découvrez pourquoi vos amis ont été arrêtés, s'ils ont effectivement été arrêtés, vous saurez qui est derrière.

Je hochai la tête. Je saisissais sa logique ; ou du moins je comprenais les contorsions de la paranoïa d'État qui sous-tendaient cette logique. Il y avait toujours quelqu'un quelque part qui savait ce que vous faisiez – un tas de gens, à vrai dire. Et que faisaient-ils de ce savoir ? Est-ce qu'ils l'utilisaient ? Est-ce qu'ils le vendaient, l'échangeaient ? Si plusieurs personnes avec des objectifs différents ou conflictuels étaient au courant, elles se neutralisaient peut-être, vous fournissant ainsi une protection presque aussi efficace que l'anonymat, qui de toute manière n'existait pas dans ce pays. C'était là-dessus que Leo comptait, profitant de cette cacophonie informationnelle pour mener à bien ses entreprises louches, tout comme ses actes de restitution et de commémoration.

Derrière nous, un groupe de ministres agitaient des plans de construction devant deux architectes en lunettes à monture noire et pulls à col roulé. Manea me prit par le coude et murmura :

— On resserre la vis. Cela arrive de temps en temps, parce qu'une partie du système se fragilise, ou simplement quand le Camarade panique. La situation se détendra peut-être dans quelques mois. Les choses devraient s'éclaircir. D'ici là, gardez un profil bas.

D'autres nous avaient rejoints sur la terrasse. Manea se tut et nous écoutâmes les architectes et les ministres. L'un d'eux expliquait qu'il fallait modifier le trajet du canal artificiel en construction dans le centre-ville. Un trait rouge brutal qui traversait plusieurs quartiers balafrait la carte ouverte sur ses genoux. L'un des architectes faisait remarquer calmement, mais fermement, qu'en plus de combler l'énorme et désormais inutile fossé qu'ils avaient passé les trois derniers mois à creuser, il faudrait démolir deux quartiers historiques. Une jeune ministre à l'air passionné lui opposa un slogan rebattu :

— Nous naviguons dans des eaux inconnues, mais nous avons un bon capitaine.

L'architecte défendit sa position, sans jamais hausser le ton, suivant du doigt l'épaisse ligne rouge qui divisait la carte de Bucarest. Il y eut un silence, de ceux qui s'installent quand quelqu'un est allé trop loin. La ministre changea de tactique et lui demanda sans ambages s'il était prêt à subir les conséquences de l'abandon du projet. Il répondit que oui. Il se leva et la remercia pour le déjeuner. Son collègue se tortilla sur son siège. L'un des adjoints, qui jusque-là observait sans un mot, posa son café, mit la main sur l'épaule de l'architecte et parla d'une voix lente et calme, chuchotant bruyamment comme s'il était sur scène.

— Écoute bien, sale bourgeois. Tu as le choix : tu peux partir, mais nous ferons ce qui est prévu de toute manière, sauf que ce sera toi et ton clan de youpins qui creuserez le nouveau canal sept jours sur sept. Et tu peux aussi dire adieu à tes horaires de bureau et à ton appartement à Herastrau. Désormais, ce sera travail de nuit et foyer ouvrier. Tes gosses… quel âge est-ce qu'ils ont déjà ? Quatre et six ans ? On les placera peut-être dans un orphelinat d'État – tu en as entendu parler ? Il y en a un à Iaşi. Si tu aimes tes pull-overs noirs et ton Johnnie Walker, si ta femme aime les tampons de l'Ouest, alors, tu donnes ton accord et on oublie ton moment d'égarement anti-socialiste.

L'architecte se retrouvait seul. Son collègue regardait ailleurs. La ministre examinait ses chaussures. Les autres faisaient mine de rien, mais comme nous, ils se souviendraient de chaque mot. Manea posa son café et secoua la tête, même s'il avait dû dire et sans aucun doute faire bien pire.

Soudain, une chose remarquable se produisit. L'architecte repoussa la main qui était sur son épaule, jeta sa serviette sur la table et partit. Son associé enfouit son visage dans ses mains. La ministre était sans voix ; elle ne disposait d'aucun slogan pour parer à ce genre d'éventualité. L'autre homme affichait un mince sourire cruel de sadisme humilié.

Je devais les observer avec une attention trop marquée, car Manea me prit par le bras et m'entraîna vers les jardins au bout de la terrasse.

— Ça alors, c'était un geste courageux. Qu'est-ce qu'il va lui arriver maintenant ?

— On va lui laisser le temps de se calmer, et s'il ne veut toujours pas jouer le jeu, un certain nombre des menaces de ce salopard seront mises à exécution. La plupart, sans doute. Mais ne vous inquiétez pas : pour être là où il est aujourd'hui, l'architecte a dû commettre lui aussi son lot de bassesses. Nous n'avons pas de héros. Ou si nous en avons, ce n'est pas ici que vous les croiserez.

J'imaginai le jour du jugement dernier et des règlements de comptes. En Roumanie, je voyais une série de procès où les juges déclareraient les accusés coupables, puis on inverserait les rôles. La suite devait prouver que je n'étais pas loin de la vérité, sauf en ce qui concernait le verdict.

Manea reçut un message sur son pager. Quelques secondes plus tard, la Mercedes noire roulait sans hâte sur une avenue de bordée de tilleuls. Sous leur ombre clairsemée, les Jeunes Pionniers piqueniquaient de salami au soja et de Rocola. Il devait y avoir quarante ou cinquante enfants assis en cercle, silencieux, le regard droit devant eux, la tête immobile et les mâchoires occupées à mastiquer comme des poupées mécaniques.

— Votre ami Trofim doit prendre plaisir à la rédaction de ses mémoires, reprit Manea. Il paraît que c'est le travail d'un bon communiste, mais que c'est un peu ennuyeux. Il souhaite peut-être qu'il en soit ainsi. Cependant, si tel n'est pas le cas, il va sans doute avoir besoin d'amis. Et je ne parle pas d'amis à l'étranger.

— C'est une menace ?

— Vous vous entêtez à tout interpréter de travers. Ce n'est pas une menace. Au contraire. Lui saura. Dites-le-lui.

Manea était exaspéré. L'apparatchik onctueux était blessé qu'on ne lui fasse pas confiance. Pendant le trajet du retour, je me demandais si mes petits commentaires insolents et ma propension à prêter à ses mots la pire signification l'avaient insulté.

Au moment de le quitter, je me tournai vers lui pour m'excuser.

— Pardon. Je ne voulais pas être cynique, c'est juste un réflexe. Je n'ai pas besoin de vous dire combien il est difficile de savoir à qui se fier…

Manea balaya mes doutes d'un geste de la main et une bouffée de son après-rasage me parvint, un parfum encore frais, propre et citronné malgré la chaleur.

Je transpirais, mal dans ma peau, conscient de mon odeur corporelle.

— Surtout, ne vous fiez pas à moi, mais peut-être devriez-vous me croire… Vous ne faites toujours pas la différence ? ajouta-t-il avec un sourire.

Je n'étais pas plus avancé en ce qui concernait Petre et Vintul, néanmoins, je comprenais mieux comment les choses fonctionnaient et je croyais Manea lorsqu'il me disait que Cilea n'avait rien à voir avec tout ça. Restait à découvrir ce que signifiait « tout ça ». Leo en saurait-il plus ?

En remontant à mon bureau, je m'arrêtai sur le palier du deuxième étage pour contempler la ville. Quelque part là-bas, l'architecte attendait de connaître le sort qu'on lui avait réservé. Ailleurs, Vintul, Petre et les autres étaient détenus – ou bien, l'espérais-je, se cachaient. Partout des grues se dressaient contre le ciel ; l'horizon tout entier était rempli de grues, hérissé d'échafaudages. La salle à manger de Snagov était le symbole du nouveau Bucarest : derrière les symétries monotones du communisme et les grandes surfaces mortes de marbre ou de granite s'épanouissaient des manœuvres sinueuses, toutes en circonvolutions, qui finissaient par s'entre-dévorer, et à engloutir ceux qui les avaient conçues. Manea, Stoicu, Trofim, Ionescu, les purgés et les purgeurs…

tous participaient à cette ronde paranoïaque, à cette frénésie policière qui se déchaînait à l'intérieur du monolithe inexpressif du Parti.

Je remarquai d'abord les cartons devant le bureau de Ionescu. Rodica emballait des diplômes dans des vieux *Scînteia* en reniflant, tandis que Micu, qui avec son uniforme décoré ressemblait à un soldat décrépit enterrant ses camarades tombés au combat, les rangeait dans d'autres cartons. À l'intérieur, Leo et Ionescu étaient assis autour d'une bouteille de tsuica, la mine funèbre.

— Comment est-ce que je vais apprendre la nouvelle à ma femme ? Je suppose qu'il vaut mieux lui annoncer toutes les couleurs.

Ionescu maniait toujours aussi bien son anglais un peu décalé, qui ne lui serait sans doute guère utile à son nouveau poste.

— Ce n'est pas une purge, pas vraiment. Voyez plutôt cela comme une mise au placard temporaire. Vous serez de retour plus vite que vous n'êtes parti. Et ça tombe même bien : au moins, vous ne serez pas là pour superviser l'informatisation du département ! ajouta Leo qui s'efforçait de lui présenter le bon côté des choses.

Mais l'expression de Ionescu trahissait son refus de céder à l'optimisme.

— Quand votre remplaçant arrive-t-il ? continua Leo. Et surtout : qui est-ce ?

— On ne m'a rien dit. Personne ne me dira rien, se lamenta l'autre homme avec un soupir tragique.

Je les aidai à charger ses affaires dans la Skoda. La rumeur s'était propagée jusqu'en bas de l'échelle hiérarchique si bien que même les chauffeurs des professeurs sur le parking de la faculté étaient au courant. Ses collègues détournaient le regard ou traversaient le couloir pour l'éviter. Certains lui rendraient peut-être visite une fois l'orage passé, mais dans un premier temps, tout le monde prenait ses distances. Il devenait invisible, ses contours s'effaçaient. La plaque à son nom aurait disparu de la porte avant dix-sept heures et ses livres seraient retirés des étagères de la bibliothèque d'ici lundi. Alors que nous lui disions au revoir, un homme en bleu de travail, celui-là même dont il avait pris la place à l'occasion de la précédente purge, vint lui serrer la main.

L'étape suivante serait la plus pénible pour Ionescu : il lui faudrait expliquer à son épouse pourquoi elle devait troquer son duplex à Herastrau contre un deux-pièces tout neuf et déjà décrépit en banlieue. Et encore, il pourrait s'estimer heureux s'il restait à Bucarest.

Ionescu connaîtrait sa nouvelle affectation lundi. Ce pouvait être n'importe quoi, gardien de parking en province ou commis de cuisine dans une cafétéria désolée.

— Assistant-bibliothécaire ! s'écria Leo d'un ton exultant dans le combiné. Il a été nommé assistant-bibliothécaire ! Ici !

C'était le samedi matin. J'étais seul, la radio allumée, et j'écoutais une émission du World Service sur le mouvement Solidarnosc en Pologne. Ma nuit avait été troublée de mauvais rêves et je m'étais réveillé à quatre heures en hurlant, mes draps trempés de sueur, pour aller vomir dans le lavabo, mon corps et mon esprit ébranlés par la violence du choc. Mon cauchemar récurrent, que je pensais avoir laissé à Londres, était de retour : mes parents, calmes et heureux ensemble, comme jamais ils ne l'avaient été au cours de leur vie, me faisaient signe à l'autre bout d'une grande pièce. Depuis mon arrivée en Roumanie, la scène se déroulait tantôt dans la grande caverne en marbre moisie du boulevard de la Victoire-du-Socialisme, tantôt dans la discothèque infernale, ou encore au restaurant de Snagov où m'avait emmené Manea. Lorsque je m'approchais d'eux, je me rendais compte qu'ils me conseillaient de m'éloigner, me suppliaient de m'éloigner d'eux. Ils se tordaient et s'accrochaient l'un à l'autre, se pliaient en deux de douleur, puis s'enflammaient comme des feuilles d'arbre, par les bords, et bientôt, de leurs visages qui hurlaient en silence, il ne restait que des os, puis des cendres.

Ce rêve m'avait hanté pendant des années, même à l'époque où mon père était en vie. Ici, à Bucarest, je pensais lui avoir échappé. Mais il avait simplement pris le temps de s'adapter à mon nouvel environnement pour revenir à la charge avec une violence redoublée. J'étais levé depuis plusieurs heures et il ne s'était toujours pas dissipé. Il y avait encore une odeur de brûlé.

Alors que pendant les premiers mois j'avais cru m'acclimater sans effort, tout ce que j'avais laissé derrière moi m'assaillait, profitant de mon sommeil pour m'atteindre. Cilea m'avait quitté ; j'étais coupable de quelque chose, je ne savais pas quoi, mais c'était lié à Petre et Vintul ; j'étais pris au milieu d'icebergs de corruption dont je ne voyais qu'une infime partie et, chaque jour à chaque instant, j'étais en danger à cause d'activités auxquelles j'étais mêlé sans être réellement impliqué dans quoi que ce soit. Pire, je n'avais nulle part où rentrer, rien qui m'attendait. *Et après, ce n'était pas ce que tu souhaitais ?* m'entendais-je dire.

— C'est ça, la bonne nouvelle ? demandai-je, incapable de partager l'enthousiasme de Leo.

— Réfléchis un peu, cela aurait pu être pire : on aurait pu l'envoyer récurer des cabinets à Turda…

Je me souvenais d'une ville de ce nom, quelque part dans le Nord-Est, où il y avait un vague établissement d'enseignement technique.

— Il pourra continuer à lire, il n'aura pas à quitter Bucarest, nous pourrons le voir. Crois-moi, c'est encore ce qu'il y a de mieux.

— Et la mauvaise nouvelle ?

— Le nouveau directeur du département : Popea. Une ordure. Un informateur. Un béni-oui-oui. Spécialiste des Brontë.

Ces vices, Leo les énumérait-il suivant un ordre croissant ou décroissant sur l'échelle de la perfidie ? Ion Popea était un apparatchik paranoïaque qui s'évertuait à chercher un sens caché derrière chaque mot, au point où il décortiquait les échanges météorologiques les plus anodins, persuadé qu'ils avaient une signification politique. Leo affirmait en plaisantant qu'il soumettait tout ce qu'il comptait dire à « l'Unité de conversation sur le lieu de travail » du Parti une semaine à l'avance.

— Mais tout va bien, j'ai quelque chose sur lui, ajouta-t-il d'un air mystérieux.

Je racontai à Trofim ce qui s'était passé lorsque je le retrouvai dans le parc cet après-midi-là. Mon cauchemar me hantait encore et je me sentais faible, épuisé.

— La première loi d'une bonne purge, c'est qu'elle doit être aléatoire ; la deuxième, c'est qu'elle doit aboutir à une promotion qui dresse les prétendants les uns contre les autres pour qu'ils ne se retournent pas contre le système ; la troisième, c'est que les gens doivent user plus d'énergie à tenter de comprendre la raison d'une éviction qu'à protester contre son injustice. J'ai l'impression que nous avons là un classique du genre. Beau travail.

Trofim l'évaluait d'un point de vue esthétique, un expert admirant un objet d'art.

— Mais pourquoi renvoyer Ionescu ? Il n'a rien fait de mal, c'est un professeur respecté, c'est manifestement un bon petit soldat du Parti…

— À sa manière, oui. Mais cela n'a peut-être rien à voir avec l'université, s'il s'agit d'une purge interne au sein de la Securitate. Ah, le bon vieux temps… Après la purge, l'interprétation de la purge.

Il s'assit sur le banc et alluma sa pipe.

— J'avoue que cela me manque, les intrigues, les pactes dans les arrière-salles, le jeu d'échecs de la politique du Parti… À mon avis, le problème de Ionescu, c'est qu'il est peu fiable, versatile, ou qu'il s'est servi de sa position à la Securitate pour l'avancée de sa carrière universitaire. Il vaut mieux faire le contraire. Il est devenu connu, apprécié, ses travaux ont été publiés à l'étranger. Mais il a négligé le plus important ! Les gens n'ont pas peur de lui, il est respecté, il dirige un département heureux, autant que faire se peut dans ce pays. Ces choses-là ne passent pas inaperçues…

— Tout le monde sait qu'il peut être dur quand il le faut. Je l'ai vu à l'œuvre. Il le cache bien, c'est tout. Cela signifie simplement qu'il n'est pas un salopard sur toute la ligne.

— Je me souviens de lui à ses débuts. Un jeune maître de conférences. C'était avant Ceauşescu, à la fin des années 50. Enthousiaste, vif, brillant, mais toujours poli quand il voulait convaincre. Il avait un chef et un mentor, un vieux gentleman gentil et cultivé, un membre du Parti docile. Il s'appelait Serafim, un Juif qui avait survécu à toutes les épurations des années 40 et 50. Il a aidé Ionescu à grimper les échelons, l'a placé dans des comités... il a lancé sa carrière. Il lui a obtenu un poste convoité dans son département, l'a encouragé, a parrainé son ascension. Un jour, pendant l'une des purges visant à « roumaniser » la société, le vieux bonhomme est arrivé au travail pour découvrir que l'on avait mis toutes ses affaires dans le couloir – c'était avant qu'ils aient la courtoisie de vous fournir les cartons. Sa première réaction a été d'aller voir son protégé. Il l'a trouvé devant son propre bureau, avec lui aussi ses affaires dehors. « Mon pauvre ami, lui a promis le professeur. Je m'excuse de vous avoir entraîné dans ma chute, mais je vais tout faire pour que vous soyez blanchi. » Ionescu n'a pas prononcé un mot, paraît-il. Il a pris les clés que Serafim avait encore à la main et s'est installé dans le bureau du vieux, refermant la porte derrière lui. Qu'en dites-vous ? Le brave homme pensait que Ionescu faisait partie de la charrette ! Mais en fait, il l'avait trahi pour récupérer sa place.

— Je n'y crois pas. Ionescu aurait au moins expliqué...

— Expliqué quoi ? Je vous raconte l'histoire telle qu'elle s'est passée. C'est ainsi qu'il a obtenu son premier poste à responsabilité. Plus personne ne l'a sous-estimé après ça... Mais ne montez pas sur vos grands chevaux. Des anecdotes de ce genre, la vie en est pleine, chez nous en tout cas. C'est chacun son tour.

Trofim me prit le bras.

— N'imaginez pas que je n'ai pas de remords. J'en ai, mais il y avait – il y a encore – un contexte chaque fois que nous avons mal agi. Je suis conscient qu'à vos yeux, je suis l'un de ceux qui ont fait de ce pays ce qu'il est.

Il me regarda. Je ne répondis pas. C'était à lui qu'il s'adressait – je n'étais qu'un prétexte qui lui permettait de parler à voix haute.

— Il y avait un prix à payer et à l'époque, cela en valait la peine, seulement, il n'était pas prévu que les choses restent ainsi. Une génération de répression, deux maximum. Et des morts, oui. Mais ce n'était pas un but en soi. Nous pensions avoir le temps, vous comprenez : nous pensions sur le long terme. C'était un jeu de patience. Sauf que ça n'a jamais été un jeu.

Il secoua la tête.

— Et il n'y a jamais eu assez de temps.

— Est-ce que vous allez écrire tout ça dans votre livre, en ces termes ?

— Oui, si vous vous en souvenez quand nous serons rentrés chez moi.

Il eut un rire triste et reprit mon bras.

La secrétaire de Trofim partait comme nous arrivions. Ses cheveux, véritable sculpture moderniste industrielle, semblaient pris dans du ciment et la pièce sentait la laque qu'elle utilisait pour les maintenir en place.

Il disparut dans la petite cuisine. Il avait cette habitude, caractéristique chez ceux qui possèdent un savoir-faire domestique limité, de s'emparer d'ustensiles et de les examiner avec intensité, comme si leur mode d'emploi allait se transmettre à ses facultés cognitives par osmose. Sur le rebord de la fenêtre trônait une nouvelle machine à café rutilante, d'un noir et argent très design, qui ne venait certainement pas de Monocom. Trofim jeta un coup d'œil à l'arrière de l'appareil, cherchant un endroit où verser l'eau, le café, voire les deux. Dix minutes plus tard, il me rejoignait sur le balcon avec son éternelle cafetière arabe à long manche, un cadeau d'une délégation de l'OLP, dont s'échappait un puissant arôme de café à la cardamome.

— Aujourd'hui, nous allons nous occuper de ce que j'ai dicté ce matin. Jusqu'à la fin des derniers jeux Olympiques. Je pense qu'il y aura encore un chapitre, mettons deux semaines de travail, puis nous pourrons réfléchir à la prochaine étape.

Je me souvins soudain du message de Manea et m'empressai de le lui communiquer.

— Je ne suis pas trop sûr de ce qu'il insinuait, mais ce sont ses propres mots, ajoutai-je sur un ton détaché, qui, je l'espérais, masquait ma curiosité.

— Très simple. Le ministre sait, ou croit savoir que je mijote quelque chose. C'est une manière de me faire comprendre que d'autres sont au courant, et qu'ils ne seront peut-être pas aussi, comment dire… tolérants que lui. Il m'offre quelque chose, en échange de quoi je dois à mon tour lui offrir quelque chose.

— Quoi ?

— Il ne le sait pas encore, et moi non plus. Mais oui, merci pour le message – c'est une bonne nouvelle, je suppose.

Nous passâmes l'après-midi à travailler sur son livre. Nous avions nos habitudes à présent : d'abord, je récupérais le dernier fichier dans la corbeille de l'ordinateur. Puis je faisais défiler les paragraphes un par un, tandis que Trofim, assis à ma droite, me dictait ses ajouts. Cela nous prenait en général deux ou trois heures. Ensuite, je le copiais sur une disquette avant de supprimer le document d'origine, et j'allais imprimer le tout à la bibliothèque du British Council, un préfabriqué défraîchi dans l'enceinte de l'ambassade.

Ce jour-là, Giles Wintersmith surgit derrière moi comme j'en sortais avec mon fichier imprimé. « Le courant d'air », le surnommait Leo, non seulement parce qu'il avait le don de refroidir l'ambiance, mais parce qu'on était parcouru de frissons avant même de le voir. C'était précisément ce qui m'arrivait et je me tournai pour lui faire face : des yeux gris délavé, une peau pâle et luisante, si souvent frottée qu'elle en devenait translucide, une fine barbiche en pointe et des cheveux qui semblaient se graisser à vue d'œil. Depuis que l'ambassadeur, qui se prenait sans doute pour un directeur de lycée privé, avait déclaré le début officiel de l'été et le port de la veste prohibé, Wintersmith arborait une chemisette blanche avec des auréoles de sueur brunes aux aisselles. L'intérieur de son col ressemblait au cercle de crasse dans une baignoire. Ses bras blafards mouchetés de taches de rousseur étaient croisés sur sa poitrine, coudes vers le haut comme des ailes de poulet congelées.

Nous en étions à la page 180 des mémoires de Trofim. J'avais avec moi le chapitre du jour, quinze feuillets, le seul exemplaire existant. Ainsi que la disquette qui contenait les deux premiers tiers du livre. Wintersmith remarqua que j'agrippais ma sacoche.

— Un verre ?

Il tenta de sourire, une mince grimace de vampire qui découvrait ses dents jaunes.

Je m'assis pendant qu'il allait commander. Le pub sentait la sueur, la fumée et la bière éventée. Sur les tireuses pendaient des serviettes de bar au nom de diverses marques de bière – Worthington's, Skol, Guinness –, qui gouttaient et ne séchaient jamais. Les tables étaient criblées de brûlures comme des impacts de balles, là où des cigarettes oubliées s'étaient consumées sur le vernis. Les fenêtres étaient ouvertes, mais l'air de la pièce semblait déterminé à ne pas se renouveler. Il y avait une cible avec une fléchette au centre qui menaçait de tomber, ainsi qu'un « Aunt Sally », un jeu d'adresse consistant à renverser une figurine avec un projectile. Ce coin servait aussi d'espace pour les enfants. Un calendrier avec des filles à la poitrine dénudée était accroché derrière le bar. On aurait pu se trouver dans n'importe quel pub au fin fond de l'Angleterre, et en même temps on avait l'impression d'un décor de film ; on s'attendait presque à ce qu'il s'écroule avec fracas. On y rencontrait une variété de Britanniques qui faisaient contrepoids à la gent diplomatique : des policiers et des militaires reconvertis dans la sécurité et employés à l'ambassade, des ouvriers du bâtiment ou des décorateurs envoyés ici pour rénover telle ou telle partie de l'enclave des expatriés ; des hommes en voyage d'affaires qui avaient envie d'une pinte au goût familier. À quelques tables de là, un artisan de la région de Newcastle en état d'ébriété avancée offrait une démonstration tapageuse du « baiser de Glasgow », plus communément appelé « coup de boule », à une file de clients qui attendaient leur tour. Au fond de la salle, une épouse de diplomate pâle et gracieuse, éthérée d'ennui, regardait ses enfants se chamailler à cause d'une revue de bandes dessinées : un *Beano* daté du mois dernier. Un vendredi après-midi dans le Kent ou le Sussex.

L'attaché s'assit.

— Vous vous êtes bien intégré, n'est-ce pas ? demanda-t-il, agitant ses longs doigts en direction du monde au-delà du portail de l'ambassade. On ne vous voit guère à nos soirées. Nous faisons de notre mieux, pourtant, nous essayons de créer un semblant de vie culturelle et sociale…

Si le vocabulaire était celui de l'excuse, le ton indiquait que Wintersmith pensait que j'étais arrogant et que je me croyais supérieur aux miens – quels qu'ils soient.

— Santé.

Je pris une gorgée de bière. Il faisait frais dans le bar, mais la sueur me piquait les yeux. J'essuyai mon front. Il hésita devant sa demi-pinte, m'observant. Un conseil de mon père me revint en mémoire, le seul qu'il m'ait donné : *Ne te fie jamais à un homme qui ne boit pas une pinte entière.*

— Tout va bien ? s'enquit-il, curieux sans être réellement intéressé.

Je hochai la tête et lui demandai de but en blanc ce qu'il voulait. Je n'obtiendrais pas de réponse franche, ni même brève, mais plus vite on aborderait la question, plus vite j'en serais débarrassé. La plupart des diplomates abusaient du style télégraphique, des segments courts, sans sujet, à un rythme saccadé. Pas Wintersmith. Ses phrases s'enroulaient comme des spirales.

— Je suppose que vous avez vu un tas de choses ici, en vous promenant avec Leo O'Heix ? Et il paraît que vous fréquentez... si c'est un terme qui s'emploie encore... la fille d'un personnage haut placé...

Il me regardait avec un petit sourire narquois.

— Pas tant que ça : je travaille, je vois Leo, j'ai quelques amis.

Je buvais vite. Plus que deux bonnes gorgées et je pourrais partir.

— Dommage pour Ionescu, quand même. Vous avez une idée de ce qui s'est passé ?

Je secouai la tête, tentai de me lever, mais j'avais des vertiges et je dus me rasseoir. Je n'avais pas déjeuné, tout ce café chez Trofim, la chaleur... Malgré tout, ce n'était qu'une bière. Wintersmith me regardait par-dessus son verre.

— Nous vous serions très reconnaissants si vous pouviez rester vigilant, nous tenir au courant...

— De quoi ?

Je jouais les obtus. Je comprenais très bien ce qu'il voulait. Il se figurait que j'avais accès à toutes sortes d'informations, que j'entendais des bruits de couloir. Alors qu'en réalité, je ne *savais* rien. Avoir une place privilégiée ne signifie pas nécessairement qu'on voit mieux – ou ici, elles étaient si nombreuses qu'elles n'étaient d'aucune utilité. Ionescu avait été victime d'une purge. Et après ? Est-ce que cela voulait dire quelque chose de particulier ? J'avais vu une beuverie déraper avec des Serbes. J'avais vu Nicu Ceauşescu se faire ridiculiser dans une discothèque. Quoi d'autre ? Des cancans – inintelligibles, indéchiffrables. Ce qui me préoccupait, c'était ce qui était arrivé à Petre et à Vintul. Wintersmith pourrait-il m'aider ?

Il n'était pas digne de confiance. J'y étais habitué, ici. Mais pouvais-je compter sur sa fourberie ?

— Vous entendrez certainement toutes sortes d'informations qui ne signifient rien pour vous. Toutefois, elles peuvent avoir du sens pour nous, si on les relie à d'autres. Vous n'auriez qu'à tout nous communiquer, sans faire le tri... votre prédécesseur, Belanger, il s'est montré très utile. Il a transmis des rumeurs et des potins à la direction des affaires roumaines pendant deux ans.

Belanger, encore.

— Et certains se sont révélés intéressants ?

— Parfois, le simple fait de savoir suffit. Pour donner du corps au récit, enrichir le contexte.

— Et j'y gagne quelque chose, ou c'est une relation à sens unique ?

— Que voulez-vous ?

Wintersmith avait soupiré avec dédain : un pro contraint de traiter avec un amateur.

— Pourriez-vous m'obtenir un renseignement ?

Je décidai de jouer le jeu de la confiance – ou plutôt d'une méfiance calculée. Mais cela signifiait que je lui serais redevable, et c'était une pilule dure à avaler.

Je lui parlai de Petre et Vintul. Je lui racontai où et quand l'opération avait eu lieu, sans mentionner ma participation ni celle de Leo.

— Qui veut savoir ? Est-ce vraiment vous ou est-ce que vous tâtez le terrain pour quelqu'un d'autre ?

Je ne tenais pas à impliquer Ottilia là-dedans. Ni Cilea. J'inventai une vague collègue liée à un des membres du groupe, sans plus de précision. Le diplomate plissa les yeux, se demandant si je mentais. Ma duplicité avait réalisé des progrès remarquables depuis mon arrivée à Bucarest, néanmoins, je n'étais pas sûr d'être capable d'abuser un professionnel.

Par chance, Wintersmith brûlait de me donner un cours de realpolitik et son examen passa vite au second plan.

— En ce moment, ces régimes s'effondrent partout en Europe. Mais pas ici. Nous avons une délégation commerciale qui vient avec le ministre des Affaires étrangères dans deux mois. Nous espérons leur vendre beaucoup d'avions et d'hélicoptères. Ce sera l'un des plus gros contrats en dehors du Moyen-Orient. Nous ne sommes pas près de nous débarrasser de Ceauşescu, croyez-moi, alors il va bien falloir travailler avec lui. Regardez ce qui se passe ici : la ville est rasée autour de nous et la Securitate est plus puissante que jamais. Il n'y a pas de dissidents. Personne n'a l'air prêt à agir. Les Roumains ne feront rien, ce n'est pas dans leur nature. Personne n'aide ceux qui ne s'aident pas. Ce pays est un cas désespéré, mais un cas désespéré où il y a de l'argent.

Ses histoires ne m'intéressaient pas. Je me levai.

— Est-ce que vous allez vous renseigner au sujet de ces deux jeunes hommes ?

— Et vous, vous me tiendrez au courant ? Ce qui se passe à l'université, les groupes étudiants, les flambées de mécontentement dont vous entendez parler ? L'information : c'est un produit comme un autre, un bien d'échange. Tout ce que vous découvrez…

Il lorgnait ma sacoche depuis le début de notre conversation. Je l'avais gardée sur mes genoux, un bras posé dessus.

— Vous écrivez un roman ? Je vous ai vu imprimer un document tout à l'heure. Il faudra me le faire lire à l'occasion.

Je m'efforçai de prendre un air détaché.

— Ce n'est rien. Une traduction à laquelle je travaille, un peu de poésie…

Je m'étais arrêté à la porte du pub. Je sentais monter la nausée, d'abord en petites vagues, puis en rouleaux de plus en plus forts.

— Ça va ? Vous n'avez pas l'air… dans votre assiette.

Il tendit le bras vers moi. Ses doigts blancs osseux étaient piqués de quelques poils noirs épais. Ses mains semblaient soudain désincarnées, les poils s'agitant comme des tentacules. Je fonçai aux toilettes pour vomir.

Lorsque je revins, Wintersmith inspectait sa main droite, la mine déconcertée.

— Vous feriez mieux d'attendre un peu, vous n'êtes pas en état de rentrer tout seul. Il se trouve que le médecin de l'ambassade vient ce mois-ci. Il est ici en ce moment même. Je peux vous arranger un rendez-vous pour demain.

Je m'éloignai d'un pas mal assuré, décidé à rentrer chez moi. Après cinq minutes au pas de course, je dus m'appuyer contre un mur, à l'angle de la rue. Quelque part, les sirènes du cortège présidentiel retentirent. Je m'assis devant la porte d'une boulangerie fermée, la tête posée sur les genoux.

Je devais avoir l'air d'un passant ordinaire, terrassé par l'alcool ou l'apathie, ou bien d'un ouvrier qui somnolait entre deux bus. Mais j'avais le tournis et des haut-le-cœur. Je suais à un tel rythme que mes vêtements étaient trempés.

Un coup violent dans ma cuisse me tira de mon engourdissement nauséeux : chaussures montantes à semelles épaisses, pantalon évasé. La Securitate. Un jeune homme en costume se tenait au-dessus de moi, masquant le soleil, le pouce en l'air, un signe qu'il avait sans aucun doute emprunté aux séries policières américaines où des flics à la mâchoire carrée rudoient des petites frappes du Bronx. Peut-être qu'il regardait *Kojak*, lui aussi. En tout cas, il avait les vêtements idoines. Je tentai de me relever, mais mes jambes tremblaient et le coup avait endormi le muscle. Il prit mon passeport.

— Ouvrir, lança-t-il en anglais, indiquant mon cartable.

— De la paperasse universitaire, dis-je en roumain.

J'étais sonné et étourdi par le tourbillon des sirènes.

— Ouvrir.

J'obéis, me débrouillant pour qu'on tombe d'abord sur le verso du manuscrit de Trofim. Il plongea la main à l'intérieur, fouilla et s'apprêtait à en extraire le document quand des cris s'échappèrent de son talkie-walkie. Il tâta les feuilles et répondit par une syllabe affirmative. Je serrai ma sacoche contre moi et fis mine de partir. Il me rattrapa par l'épaule. Il leva sa main droite et approcha son majeur et son index de ses yeux, puis les pointa vers moi : *on te surveille.* Il était mince, les traits anguleux, pas beaucoup plus vieux que moi, et mesurait quinze centimètres de moins. Le fantassin type de la Securitate : arraché à un orphelinat public à la fin de l'adolescence, entraîné au combat et à l'espionnage, il devait tout à l'État. Je n'avais aucune chance d'oublier qu'il était un tueur patenté : à cause de cette absence, de ce regard vide, à peine masqué par l'agitation brusque et paranoïaque qui passait pour de la vie.

Je m'éloignai aussi vite que possible dans la direction opposée, mes vertiges exacerbés par les battements de mon cœur. Ne s'était-il vraiment écoulé que dix minutes depuis les sirènes ? Le temps s'étirait ; je marchais dans de la mélasse, chaque pas lent, visqueux, irréel. Au carrefour suivant, rien, sinon la Securitate plus nombreuse encore, et les pavés polis par les pneus qui réverbéraient le soleil. La lumière usée de l'après-midi se désintégrait et, à présent, les couleurs se décomposaient à travers un prisme écœurant. J'étais lourd, déséquilibré, et je chancelais au bord du trottoir. Je me précipitai dans le renfoncement d'une porte de magasin pour vomir une fois de plus. En quelques spasmes douloureux, j'étais vide, essoré. Je sentais mon corps se déshydrater, ma peau se tendre sur mes os.

Je m'engouffrai dans une ruelle et j'accélérai ; ce n'était pas le trajet le plus court, mais au moins j'éviterais les contrôles. Les sirènes s'étaient tues, pourtant, je ne voyais aucun véhicule. Ils avaient dû barrer tout le quartier, au lieu d'interdire les seules voies empruntées par le Camarade ou ses sosies. J'entendis rugir des voitures derrière moi, leurs pneus collant sur les pavés de la rue à sens unique. Le cortège présidentiel. Quatre Dacia noires qui roulaient à soixante-dix ou quatre-vingts kilomètres-heure dans un concert de klaxons. Je fis un bond de côté et je tombai, la bride de ma sacoche appuyant sur ma gorge. Lorsque je me relevai, mon regard se trouva un instant au niveau de la vitre passager de la troisième voiture. Derrière le verre fumé, une paire d'yeux effarés, le visage froncé et la bouche pincée du Camarade. Il agita la main sans conviction, dissimulant en partie ses traits. Le vrai Ceauşescu ou son double ?

Quatorze

Ce fut Leo qui me découvrit sur le sol du salon, « étalé comme une étoile de mer desséchée », et qui fit venir Ottilia, laquelle s'inclina vers moi avec un thermomètre et une poche de liquide clair, une perfusion saline qui scintillait, opale sous les rayons du soleil couchant. Je voulus porter ma main à mes yeux, mais je sentis que quelque chose me retenait. J'étais branché à une multitude de tubes. Ma chambre s'était transformée en un hôpital de campagne.

— Bonjour. Leo ! appela-t-elle.

Il entra d'un pas lourd, les suppléments de la presse dominicale sous le bras.

— Rassure-toi – le docteur a tourné le dos pendant que ton vieux pote Leo enlevait ton pantalon et te vidait la vessie. On ne peut pas imposer ça à une dame.

Il déposa les magazines au pied du lit et me tapota la jambe.

— Et ne te mets pas ce thermomètre dans la bouche, pendant que j'y pense.

Il adressa un clin d'œil à Ottilia qui sourit et nous laissa seuls.

— Qu'est-ce que j'ai ?

Ma voix était rauque et ma gorge à vif à force de vomir de la bile. Sur le sol, je vis une bassine de merde liquide, marécageuse et bourbeuse, avec des mouchetures d'écume grise à la surface.

— Tu es prêt pour la grande nouvelle ?

Leo se pencha sur moi, ses lunettes perchées au bout de son nez, et fit semblant de lire une feuille médicale sur une planchette à pince, comme le gros médecin de *Toubib or not Toubib*. Son haleine chargée d'un ou deux apéritifs.

— Tu es alité depuis deux jours. Une touche de dysenterie amibienne. Ce n'est pas méchant, on y a tous droit. Mais heureusement que je t'ai trouvé. La charmante Ottilia t'a apporté tous les médicaments nécessaires pour t'éviter l'hôpital. Tu sais ce qu'on dit des hôpitaux au paradis socialiste : « Il y a toujours un lit, le problème, c'est qu'on n'en sort jamais… » En tout cas, tu es tiré d'affaire. C'était la bonne nouvelle.

Je m'assis.

— Ce qui est moins drôle, c'est que tu ne dois pas quitter la chambre avant une semaine. Ordre du médecin.

— Est-ce que Cilea est passée ?

— En fait, oui, rapidement, hier, mais tu avais un thermomètre dans le cul et tu délirais au sujet de Wintersmith. Elle a laissé ses vœux de prompt rétablissement et un bouquet de fleurs. Je n'ai pas l'impression qu'elle ait l'âme d'une garde-malade… Elle était à l'étranger, à Belgrade, elle vient de rentrer.

Son visage s'assombrit comme si un souvenir désagréable lui revenait soudain. Me voyant tendre le bras vers le téléphone, Leo secoua la tête.

— Pas maintenant. Attends un peu. Reprends des forces.

Grâce aux manœuvres de Leo, Ottilia avait le nécessaire pour me soigner à domicile, m'assura celle-ci, même si elle préférait ne pas savoir comment il se l'était procuré. Il y avait des inscriptions en grec sur les perfusions et les couches que je portais provenaient d'un carton du Croissant rouge qui contenait des emballages en arabe et en turc. Les boîtes et les flacons de médicaments venaient de tant de pays qu'ils auraient pu constituer une petite Organisation des Nations unies à eux seuls. Je me sentais résigné, choyé et impotent. Je voyais tout avec une étrange distorsion convalescente : les lumières scintillaient, le bord des portes et des fenêtres était flou, et la coupe de fruits rares sinon exotiques – oranges, pommes, abricots – composait une nature morte éclatante sur ma table de chevet.

La loupiote rouge du téléphone clignotait. J'écoutai le message : c'était Trofim ; sa voix, un rugissement qui me fit tressaillir. Je fermai les yeux et sombrai de nouveau dans le sommeil. J'entendis au loin Leo me parler lorsqu'il me trouva qui m'agitais faiblement sous mes draps brûlants, mes perfusions arrachées. Puis, au milieu de la nuit, j'entendis le BBC World Service et, plus tard, un bruit horrible, comme une rame raclant la caillasse au fond d'une rivière. Je cherchai l'interrupteur de la lampe de chevet et découvris Leo qui ronflait tout habillé dans le fauteuil. Je l'appelai, criai, lui lançai un stylo sur la tête, sans parvenir à le réveiller.

Le quatrième jour, on me libéra de mes goutte-à-goutte et on décida que j'étais assez solide pour aller aux toilettes sans aide. J'avais perdu six kilogrammes. J'avais les joues creusées et mes yeux cernés ne pouvaient s'enfoncer plus dans leur orbite. Ma peau était jaune et mes bras couverts d'hématomes dus aux perfusions. J'allai jusqu'au salon où Leo avait établi son camp. Je le trouvais en train de lire *Luceafarul* et d'écouter une émission en anglais sur Radio Moscou. Le téléphone clignotait toujours. Je réécoutai le message :

Mon ami, j'espère que vous allez bien. Je ne vous ai pas vu dimanche. Ni lundi. Je m'inquiète à votre sujet, et bien sûr à propos de notre travail. Tenez-moi au courant. J'étudierai différents coups d'échecs dans le parc, à l'endroit habituel. Sinon vous savez où me trouver. Je vous adresse mes vœux les meilleurs, votre ami Sergiu Trofim...

Ses messages téléphoniques étaient de véritables lettres : il commençait toujours par des salutations, s'exprimait avec soin et terminait par des vœux et son nom. C'était cela que, sous l'effet de la fièvre, j'avais pris pour un discours crypté et haineux. J'allai voir Leo.

— Il faut que je parle à Trofim. C'est urgent... Il n'a pas eu de mes nouvelles depuis près d'une semaine et j'ai quelque chose qui lui appartient.

Je remarquai ma sacoche qui pendait à la poignée de la porte, béante. Je regardai à l'intérieur. Les feuillets et la disquette avaient disparu.

— Je m'en suis occupé, intervint Leo d'un ton nonchalant. Où va-t-il organiser la fête pour la sortie du livre ? Au Capşa ? Dans la salle des banquets de son ancien ministère ? Ou dans une cellule pour huit personnes avec seulement deux banquettes à la prison de Jilava ? Après tout, il est diplômé de cet établissement…

J'étais pris au dépourvu. Trofim n'avait pas à proprement parler caché quoi que ce soit à Leo, mais même ses amis les plus proches ignoraient le contenu de ses écrits, leur avancée et ses projets de publication. Pour ce qui était du dernier point, je n'en savais guère plus qu'eux. J'avais seulement appris que quelqu'un à l'ambassade belge l'avait mis en relation avec un éditeur français. Il faisait en sorte de disséminer les informations : des pièces de puzzle éparpillées aux quatre coins de la ville, entre plusieurs langues, plusieurs réseaux.

Je découvris que Trofim m'avait laissé un vieux livre de Tudor Arghezi, son poète préféré et aussi celui de Ionescu, m'avait-on dit. Il était dédicacé par l'auteur, et il y avait une petite carte de visite des Nations unies à l'intérieur, adressée à Trofim. Tandis que Leo s'affairait dans la cuisine pour préparer à déjeuner, je le feuilletai. Ce n'étaient pas tant les mots qui retinrent mon attention – j'étais trop fatigué pour lire, incapable de me concentrer –, mais les pages jaunies, qui avaient commencé à se désagréger plutôt qu'à se déchirer. Elles avaient la texture du papier de riz, et leurs bords s'effritaient comme les ailes des papillons de nuit à force de se heurter aux lampes et aux fenêtres. Lorsque je les tournais, elles répandaient une fumée poussiéreuse, envahissante, qui m'irritait la gorge et me piquait les yeux.

Tudor Arghezi… collaborateur avec l'Allemagne pendant la Première Guerre mondiale, antifasciste pendant la Seconde, dissident pendant les années Staline et Poète national sous Gheorghiu-Dej. Après 1945, l'écrivain avait été dénoncé par les staliniens. Dans un article de *Scînteia*, intitulé « Poésie du déclin et déclin de la poésie », on le traitait de barde de la bourgeoisie, de chantre de la morbidité et de la décadence, une écriture « pathologique », « pervertie », « une conscience putréfiée... » J'avais appris tout cela grâce aux mémoires de Trofim. Il avait eu l'occasion de rencontrer Arghezi, qu'il avait persécuté avant de le réhabiliter, mais qu'il avait toujours admiré et lu avec avidité. Il connaissait ses poèmes par cœur, bien qu'il ait été le membre du Politburo responsable de la « réévaluation critique » d'Arghezi, réévaluation qui s'était soldée par son expulsion du syndicat des écrivains et l'interdiction de son œuvre.

Il y avait un chapitre dans les mémoires de Trofim – les authentiques, pas les faux destinés à l'éditeur officiel – où il racontait que, après la guerre, pendant sa traversée du désert, le vieil artiste gagnait sa vie en vendant les cerises de son jardin à Bucarest, dans Strada Martisor. Trofim lui en avait acheté un jour. Il l'avait trouvé assis sur un escabeau de bois, au bord de la route. L'homme ne pouvait pas savoir qu'il avait en face de lui l'un de ses tourmenteurs, puisque déjà on pouvait « télécommander » la calomnie, comme le disait lui-même Trofim. *Je me sentais méprisable*, écrivait-il. *J'ignore ce qu'il a perçu en moi – sans doute rien, comment aurait-il pu ? –, mais, avec ses yeux rusés et pénétrants, il a fait remonter à la surface toute ma culpabilité et ma haine de moi. Il a marchandé sans pitié : j'ai payé le double du tarif habituel. Il savait que j'étais coupable. Peu importe ce que j'avais fait. Il le savait.*

Trofim avait planté l'un des noyaux de cerise dans son jardin à Herastrau. L'arbre avait poussé et s'était épanoui, et depuis quarante ans, il accueillait le printemps avec une débauche prometteuse de fleurs. Mais jamais il n'avait produit un seul fruit.

La calomnie télécommandée, disait-il : bien sûr, il ne s'était pas abaissé à diffamer le poète lui-même. Il avait choisi un universitaire ambitieux pour faire le sale travail. C'étaient les chiens d'attaque du Parti, sous la direction d'un jeune professeur de littérature, qui s'étaient chargés de dénigrer Arghezi dans la presse et qui avaient contraint ses amis et ses lecteurs à le déserter. Quand Trofim avait supervisé sa réhabilitation, dix ans plus tard, il avait demandé au même professeur, qui n'était plus aussi jeune, de redorer le blason du vieil homme, devenu « Poète national et Trésor de notre vie littéraire ». Trofim ne nommait pas l'universitaire dans son livre et n'avait jamais évoqué son identité malgré ma curiosité. J'en avais déduit qu'il était mort ou anodin.

Mais, à la fin du recueil d'Arghezi, je trouvai une enveloppe remplie de coupures de presse jaunies. Elles étaient classées par ordre croissant, la diatribe de plus en plus brutale. La première, datée de mars 1965, était titrée : « La Poésie du repli bourgeois ». La suivante, quelques semaines plus tard : « Pornographie émotionnelle ». Après deux ou trois autres articles, le dernier, intitulé « Putréfaction et pourrissement : l'insulte à la vie d'Arghezi », réclamait l'expulsion du poète du syndicat des écrivains et son retrait du programme universitaire. Tous étaient signés Andrei Ionescu.

Ionescu ! C'était Ionescu, l'exécuteur des basses œuvres de Trofim. Dix ans après, le processus recommençait, mais dans l'autre sens : un premier article affirmait que le goût socialiste était désormais suffisamment établi pour s'autoriser à expérimenter avec « les caprices de la subjectivité en contrepoint aux vérités évidentes du matérialisme scientifique », et ils allaient crescendo, si bien qu'à la fin « un géant de la littérature mondiale émergeait de l'oubli où, du fait de sa modestie et de sa délicatesse, il avait trop longtemps végété ». C'était d'une hypocrisie à pleurer, comique avec le recul, même si la violence et la peur qui sous-tendaient le tout sautaient aux yeux. Leo me surprit en train de parcourir ces textes. Il les avait déjà lus.

— Génial, non ? Ce bon Ionescu détruit la réputation du pauvre vieux, et quelques années plus tard, il le sacre plus grand poète du siècle ! Ça ne s'invente pas ! Attends que je raconte ça à Ioana – à côté, les gens d'aujourd'hui ont l'air bourrés de principes.

Je refermai le livre et le replaçai sur l'étagère. J'étais triste et déçu. Pourquoi au juste ? À cause de qui ? Après tout, je savais tout cela – pas les détails, néanmoins, je savais. À propos de Trofim, Ionescu, Cilea, Leo, et tous les autres… Même moi, j'étais complice, et j'en étais conscient. Mais à présent, je me sentais à la fois envahi et seul, compromis et dans les limbes, dans un monde dont les données changeaient en permanence, alors que les règles restaient immuables.

— Je me moque de ce qu'il a fait, lança Leo, qui s'adressait à lui-même plus qu'à moi, car je n'avais rien dit. C'est un brave type, ce pauvre Ionescu. Il n'y a pas de gagnant ici. Même le vieux Trofim n'a pas gagné. Il a un chouette appartement. Le pouvoir, les maîtresses, le fric, les voyages à l'étranger, il a eu tout ça. Mais pour quoi ? Pour un système qui est à genoux dans une ville qui s'écroule autour de lui. Ce n'est pas le mal, ce gros nuage noir : la Securitate, le cortège présidentiel, le chien avec ses sosies… ce n'est pas le mal. C'est l'échec, rien de plus, l'échec. Un échec colossal et interminable. Goûte-le donc ! Ça a la saveur d'un pomerol hors de prix et d'un chateaubriand au Capşa, et en même temps le goût du pain aux patates d'hier avec des sardines coréennes en boîte. Que tu renifles le Chanel N° 5 de Cilea ou les aisselles de la clocharde de la gare, ça sent la même chose : l'échec.

Je ne répondis pas. Un peu plus tard, dans un demi-sommeil, je reconnus l'odeur d'Ottilia. Elle portait toujours ses vêtements de l'hôpital, mais elle avait une odeur de savon et la peau propre. Lorsqu'elle se pencha pour border l'autre côté du lit, ses cheveux caressèrent mon visage. Je décelai une légère exhalaison florale, bien que je ne puisse la rattacher à aucune fleur précise. J'entrouvris les yeux, un mouvement qu'elle parut entendre, comme si mes paupières avaient fait un tout petit bruit. Elle posa délicatement ses doigts dessus pour les clore et rétablir l'obscurité. Puis je perçus des murmures dans la pièce à côté et le verrou de la porte d'entrée qui se fermait avec douceur quand Leo la ramena chez elle.

Cette nuit-là, je rêvai d'une scène tirée du livre de Trofim comme si j'y assistais moi-même. Je me souvenais de chaque mot. Je l'avais tapée et j'avais dû l'archiver dans ma mémoire, parfaite au détail près, dans toute sa beauté triste et froide. C'était sa *révélation pragmatique*, pour reprendre l'expression qu'il utilisait, le moment où il avait décidé de se rallier au stalinisme. Il renia ses allégeances et ses amitiés, se déjudaïsa, se joignit aux purges et bénéficia d'une rapide promotion.

Ce fut sur le vol qui l'emmenait à Moscou voir Staline, en 1951, qu'il eut une illumination. *Je regardai par le hublot : le soleil mourant derrière son mur de glace, ces champs de nuages et de froid brûlant, la pression du vide, ce vide qui maintenait l'appareil en l'air et le protégeait, tout en menaçant de le détruire… « C'est tout ce qu'il y a, tout ce qu'il y a jamais eu : un néant régulé », me dis-je soudain. Et pendant les décennies suivantes, chaque fois que je montais dans un avion, que ce soit un vol intérieur TAROM ou un jet privé de Kissinger, cette vision était là pour me rappeler cette révélation […] « Il n'y a que ça. » Je le pense toujours, mais tout ce que j'ai fait en raison de cette croyance, j'aimerais le défaire ou le faire différemment si on m'en donnait l'occasion.*

Leo était de retour le lendemain matin à neuf heures.

— Je m'excuse, je n'ai pas pu repasser hier soir. J'ai été retenu. On a appris la démolition de l'église de Sainte-Parascève à Lipscani. Ottilia est venue aussi – elle voulait voir. Les boulets avaient achevé leur travail quand on est arrivés, mais j'ai réussi à faire quelques images.

Leo mit une vidéo : dans le lent crépuscule brumeux, des hommes arrachaient les bandes de cuivre d'une coupole. À l'aide de marteaux et de tenailles, ils attaquaient le dôme qui gisait parmi les décombres comme une tortue géante. L'image était floue et tremblotante, prise d'une fenêtre proche dont le montant en bois ne cessait d'entrer dans le champ, cadrant la scène un instant puis disparaissant. Des camions allaient et venaient en silence, tandis que le fantôme d'un soleil se levait derrière les ruines. Au bout de quelques minutes, une main surgissait par la gauche et couvrait l'objectif. C'était fini. Leo éjecta la cassette et la replaça dans son boîtier : Chuck Norris, *Portés disparus*.

Cilea me rendit visite pour la première fois une semaine plus tard. Je passais toujours la majeure partie de la journée au lit et Leo avait invoqué ma maladie pour s'installer chez moi. Ottilia s'arrêtait presque tous les jours, en général le matin, avant d'aller à l'hôpital. Trofim vint à deux reprises. Le retard que prenait son livre le frustrait ; on avait remplacé sa secrétaire à la coiffure cimentée par un fidèle du Parti plus au fait des subtilités informatiques : Hadrien (dit « le Mur ») Vintile supprimait tous les fichiers de l'ordinateur et emportait la seule copie en partant. Pour la première fois, le projet revêtait un caractère d'urgence, le temps semblait compté.

Cilea apporta des chocolats, des fleurs, un gros ananas avec des feuilles comme une explosion de dessin animé et un atomiseur du parfum de son père pour embaumer ma convalescence. Je lui demandai pourquoi il lui avait fallu dix jours pour venir me voir.

— On s'occupait de toi. J'aurais gêné plus qu'autre chose. J'ai constaté que tu étais entre de bonnes mains et j'ai attendu que tu ailles mieux.

Elle était assise au bout du lit, son odeur se mêlant aux émanations chimiques anonymes qui planaient dans la chambre. Elle avait les ongles vernis, remarquai-je quand elle alluma une autre Pall Mall, soufflant la fumée par la fenêtre, sa seule concession à l'environnement médical. Elle avait l'air plus bronzé aussi, dans son tee-shirt blanc propre et son jean, avec ses lunettes de soleil dans ses cheveux : la même tenue que le jour de notre première rencontre. Le centre esthétique de l'InterContinental n'avait pas chômé. Ou alors, c'était la canicule à Belgrade.

Je me levai avec peine et proposai d'aller au salon, loin des signes de maladie et de dépendance. M'enveloppant d'une ridicule robe de chambre écossaise, je m'assis dans le canapé et la laissai faire du thé. Lorsqu'elle revint, je lui touchai le bras. Elle se tendit.

À la froideur de sa peau, à la crispation de son corps, je compris aussitôt que c'était terminé. Elle était toute sollicitude et libido morte. Et c'était définitif, comme seul le corps peut en décider. Les inclinations de l'esprit, on peut encore les changer, les mécanismes rationnels peuvent toujours revenir en arrière, mais la prise de conscience du corps est irréversible. Je savais que c'était pour cette raison qu'elle m'évitait depuis des semaines, qu'elle ne m'avait pas parlé, pas appelé depuis la soirée avec Nicu et les Serbes. Il s'était passé quelque chose.

— Je suis venue voir comment tu allais.

— Et ?

— Et quoi ? Tu m'as montré ce soir-là ce que tu pensais vraiment de moi. C'était évident : tu me regardais comme si je t'appartenais, une partie de toi était excitée de voir ces salopards me toucher, et l'autre partie voulait les tuer… Je croyais que nous pourrions vivre quelque chose ensemble. Je sais maintenant que ce n'est pas possible. Tu n'as pas confiance en moi. Je me demande même si tu t'intéresses à moi. Oh, tu te persuades que si, mais une fois qu'on a baisé et qu'on a fait la fête, tu me méprises. Tu m'as suivie. Tu t'es renseigné sur moi. Tu imagines que c'est de l'amour parce que tu ne connais rien d'autre. J'ai pitié de toi. Mon Dieu, dire que tu m'as soupçonnée d'être mêlée à ce qui est arrivé à ces types…

Elle détourna les yeux.

— Et qu'est-ce qui leur est arrivé ? lançai-je aussitôt.

— Je n'en ai aucune idée. Comment le saurais-je ? Mais toi, tu te figurais que j'étais responsable.

— C'est faux. J'étais fou de toi. Je le suis encore. Tu le sais bien.

— Je le croyais. Mais je me trompais. Tu penses que j'aspire uniquement à être une femme de l'Ouest, que je ne suis pas aussi noble et pure que ceux qui souffrent, comme ta nouvelle petite copine, Ottilia.

— Il n'y a rien entre Ottilia et moi…

— Peut-être pas, parce qu'elle voit qui tu es vraiment. J'étais aveugle, c'est ma faute. Tes amis m'ont prise en grippe dès le premier jour. Leo, qui se cache derrière ses bouffonneries, ces « purs » qui se croient supérieurs à moi, Ioana et son CV parfait, Ottilia qui travaille à l'hôpital…

Cilea avala sa salive, voulut continuer, tira sur sa cigarette et me souffla la fumée dans la figure. Ses doigts tremblaient. Elle fermait les yeux. Il y avait autre chose.

— De toute manière, je sais maintenant que je ne suis pas libre. Je ne l'ai sans doute jamais été.

— Libre ? Ne commence pas avec ça. J'en ai par-dessus la tête de tous ces discours sur la liberté…

— Tais-toi – je veux dire libre d'être avec toi. Je n'aurais jamais dû commencer ça.

— Tu es sortie avec un autre ? J'en étais sûr !

— Non. J'étais avec quelqu'un avant notre rencontre – jamais pendant qu'on était ensemble. Tu sais qui c'est. Ici, dans cet appartement. Tu le sais, bien sûr. Je suis certaine qu'ils t'ont…

Elle parlait de Leo et Ioana.

— Belanger, reprit-elle avant de s'interrompre de nouveau. C'est compliqué…

— Je n'ai fait qu'un an de fac mais je pense être capable de comprendre les grandes lignes de l'histoire. Ma copine avait prévu de retomber dans les bras de son ex pendant que j'étais censé vendre la maison de mes parents décédés. Dommage que je sois resté ici. Dommage que je me sois pointé à l'Inter-Continental.

— Ce n'est pas ce qui s'est passé. Il m'a appelée. M'a demandé de retourner avec lui. Je ne lui ai rien promis. Seulement de le voir. Mon père le hait, c'est lui qui l'a obligé à quitter le pays, alors, je suis allée le retrouver à Belgrade. Je m'excuse. Je n'aurais pas dû te donner d'espoirs.

— Il t'a fallu six semaines pour concocter cette histoire ? rétorquai-je avec toute la dérision dont j'étais capable, sachant que j'avais déjà perdu. Ou est-ce entre quelques danses avec Nicu, une manucure et un dîner au Capşa que tu as pris cette décision ? Depuis un mois, je te supplie de me pardonner, je m'humilie sur ton répondeur, et toi, pendant tout ce temps, tu étais à Belgrade en train de te faire sauter par ton ex ?

Cilea se leva, ses yeux lançant des flammes.

— Tu me déçois. Mais en fait, tu me méprises tant qu'au fond, tu t'en veux d'être sorti avec moi. Eh bien, réjouis-toi, tu as vu ce que tu voulais voir et tu as obtenu ce que tu voulais. Je suis désolée. Maintenant, je m'en vais.

J'étais soudain lessivé. Je tentai de me lever pour l'empêcher de partir, mais je retombai dans mon fauteuil. J'entendis la porte d'entrée se refermer derrière elle.

Leo revint avec Ottilia plus tard dans l'après-midi. Je m'étais endormi sur le canapé, pour me réveiller baigné de sueur froide. Pendant les premiers jours, quand mon corps s'efforçait de chasser le mal, j'étais tordu de convulsions. À présent, c'était plus lent, une désintoxication glaciale qui ressemblait trop à la maladie pour me persuader que je me rétablissais. Ils étaient tous les deux chargés de sacs de provisions et de bouteilles, et d'une humeur radieuse que je ne pouvais partager. Leo avait réussi à traîner Ottilia dans un des magasins de la nomenklatura. Il avait fini par l'avoir à l'usure.

Ce soir-là, Ioana mangea avec nous, un dîner brouillon et désorganisé, préparé par Leo avec l'aide d'Ottilia, où tout ce qui aurait dû se trouver sur une même assiette arrivait séparément. Le repas se prolongea tard dans la nuit, tandis que des petits cris ravis et des rires s'échappaient de la cuisine par-dessus le tintement des casseroles. Il y eut aussi un hurlement qui débuta sur une note terrifiée pour tendre vers le soulagement et s'achever en hilarité. Je demandai à Ottilia ce qu'elle avait pensé du magasin du Parti. L'endroit l'avait horrifiée, mais au moins, elle pourrait désormais mettre une image sur les rumeurs : elle n'avait rien vu là dont elle n'ait déjà entendu parler et elle se sentait libérée de l'avoir constaté. Il n'y avait pas si longtemps, moi-même, un Européen de l'Ouest habitué à l'abondance dans les supermarchés et aux épiceries ouvertes toute la nuit, j'avais découvert avec effarement le luxe auquel avaient accès les privilégiés de ce pays. Ce devait être encore plus choquant pour quelqu'un comme elle.

Je n'avais jamais vu Ioana de si bonne humeur, même si elle avait d'abord considéré d'un œil soupçonneux la complicité entre Leo et Ottilia, complicité dont elle semblait me rendre responsable. Lors de sa seule visite, elle avait mentionné l'intérêt soudain de Leo pour la médecine, sous-entendant que j'étais un alibi commode pour leur idylle naissante. Elle avait tort, mais elle n'avait pas l'habitude d'admettre ses erreurs. Elle se contentait de les dépasser, simples obstacles sur son trajet vers la vérité. Car c'était toujours LA vérité avec Ioana : unique, indivisible, claire, pas les vérités multiples, floues ou partielles de Leo.

Je regardais Ottilia dévorer à belles dents : quelques bouchées expérimentales, une gorgée de bordeaux de l'ambassade française, puis elle s'était lancée. Elle me surprit qui l'observais, sourit, et piqua sur sa fourchette un morceau de longe de porc farcie.

— Je pense que je peux compter sur les doigts d'une main le nombre de fois où j'ai mangé de la viande comme ça.

Elle sauça son assiette avec le morceau.

— J'exagère, mais… à peine.

Ioana se tourna vers elle.

— Si tu traînes avec ces deux-là, tu vas devenir la pire carnivore de Bucarest. Quant à Cilea Constantin, la dulcinée de notre ami ici présent, elle est là pour nous rappeler pourquoi le reste de la population doit bouffer du chou bouilli et du salami au soja.

C'était sa façon d'alléger l'atmosphère, et elle m'adressa un bref sourire dur.

— Ex, rétorquai-je d'un ton que j'espérais chargé d'insouciance virile.

Je n'avais pas avalé de nourriture digne de ce nom depuis des jours, et le repas me pesait sur l'estomac.

— Ex-dulcinée.

— Ex ? s'écria Leo.

Je leur racontai sa visite et leur expliquai ce dont désormais j'étais sûr : Cilea n'avait rien à voir avec ce qui était arrivé à Petre et Vintul – s'il leur était arrivé quoi que ce soit. Une pensée me traversa néanmoins l'esprit : elle était pourtant au courant qu'il s'était passé quelque chose. *Ces types*… avait-elle dit.

— Tu sais parfaitement qu'elle est derrière tout ça, m'interrompit Ioana. Ce n'est peut-être pas sa faute, elle n'avait peut-être aucune mauvaise intention, mais elle s'est retrouvée dans notre cercle, la fille d'un chef du Parti…

Je regrettais déjà d'avoir abordé le sujet.

— Ce que tu veux dire, c'est que c'est moi qui l'ai amenée, je me trompe ?

Elle ne nia pas.

— Tu as fait ce qui te semblait le mieux. Tu as adopté ce qui pour toi était un comportement normal. Ce n'est pas ta faute à proprement parler.

À proprement parler… Il n'y avait pas meilleure preuve qu'elle me jugeait responsable. Mais je n'allais pas capituler.

— Je ne suis pas d'accord. Je pense que tu t'es trompée. Nous nous sommes tous trompés. Ce n'est pas logique. Il y a autre chose. Je ne sais pas quoi, mais la réponse est ailleurs. Pourquoi Cilea se soucierait-elle de ce que font Petre et Vintul ? Ça n'a rien à voir avec elle, elle ne s'en est jamais préoccupée. Pas une fois elle n'a posé de question. Ça ne t'étonne pas ?

Malgré tout, j'étais mal à l'aise. Je pensais toujours qu'elle n'était pas impliquée, mais elle en avait parlé d'une drôle de manière, comme si elle avait eu vent de quelque chose… Si je n'avais pas été consumé par le désir de l'attaquer, de piétiner tout ce qui restait de notre relation, je l'aurais interrogée.

— Ce n'est pas faux, déclara Leo. Qu'est-ce qu'elle aurait à gagner à se mêler à une histoire pareille ? Ioana, je croyais que tu détestais Cilea parce que rien ne l'intéressait hormis son confort personnel. Pourquoi irait-elle se compromettre maintenant ? De toute manière, elle a toujours été là, d'une manière ou d'une autre…

— Cilea n'est pas idiote. Elle regarde et fait son rapport, comme les autres. Elle traîne avec des enfants de dictateurs, va dans les magasins américains, fait son shopping dans les hôtels… Elle était avec Belanger, tu l'as oublié ? Vraiment, Leo, tu crois qu'elle n'est pas prête à se salir les mains pour protéger tout ça ? Il n'y a pas de coïncidences. Les communistes les ont abolies.

Je voulais en savoir plus sur Belanger, mais Ioana m'interrompit d'un grand geste. Ils n'arrêtaient pas de mentionner son nom, pourtant, ils ne parlaient jamais de *qui* il était réellement.

— Taisez-vous, s'il vous plaît, intervint Ottilia. Personne n'est sûr de rien. Toutes ces spéculations et ces récriminations ne me rendent pas service. Ça ne le ramènera pas et ça ne m'aidera pas à le retrouver.

Le lendemain, les images de la démolition de Sainte-Parascève passaient aux informations allemandes. Puis elles firent le tour des pays occidentaux : Italie, Espagne, France, États-Unis, Angleterre. Il y avait une nouvelle télévision numérique avec un écran géant pour suivre le journal au pub de l'ambassade, et la destruction paraissait encore plus sinistre à cette échelle. On distinguait mieux les actions aussi : les prédateurs qui déchiquetaient le dôme à terre, la Securitate qui surveillait et filmait les manifestants. Éparpillés sur le site dévasté que Leo avait filmé en grand angle, les bulldozers et les boulets de démolition attendaient, immobiles, leur mission achevée.

Cela durait depuis des années, mais pour les médias, un événement débute à l'instant où ils s'y intéressent. Peut-être en raison des soulèvements à Prague, en Allemagne de l'Est et en Pologne, les reportages sur la Roumanie avaient désormais le vent en poupe. Lorsque le mois d'août arriva, les destructions faisaient la une. Sur la BBC, un jeune poseur zozotant, membre du Prince's Trust for Architecture, condamnait le vandalisme du régime. On montra quelques plans aériens de la Maison du peuple, avec des commentaires sur la vulgarité et le mauvais goût des bâtiments. En revanche, rien au sujet de la tragédie humaine. Ceauşescu emprisonnait, affamait, brutalisait, trompait la population depuis presque deux décennies, la plupart du temps avec l'accord tacite de l'Ouest, mais son véritable crime était son mauvais goût.

L'ambassade était en effervescence. La Roumanie passait dans le journal ; nous faisions partie de la vague dissidente. Fini le royaume oublié, qui se situait quelque part entre l'Albanie et la Bulgarie sur l'échelle de l'insignifiance. À la BBC, on avait sorti le bureau roumain du placard à balais pour le placer sur le palier, clamait Leo.

— Si ça continue, ils vont même y mettre des journalistes.

Wintersmith avait pris du galon. Son chef de service avait été renvoyé chez lui en congé exceptionnel pour raisons de santé. Cet homme doux et anxieux avait passé toute sa vie à essayer de faire oublier les implications autoritaires de son nom : Jim Bossy. Il donnait la préséance à tout le monde, son chauffeur y compris, et son corps était la proie de tant de tics et de soubresauts qu'il marchait comme un robot en gelée. Il souffrait d'une longue et discrète dépression nerveuse depuis des années. Wintersmith était devenu premier secrétaire par intérim.

Ses expéditions à travers le pays occupaient de plus en plus Leo, qui filmait et photographiait les destructions. À l'aide de ses contacts à l'étranger, il créa une organisation permettant aux villes et aux villages de l'Ouest « d'adopter » des communes roumaines vouées à la « modernisation ». « SOS villages roumains » se développa. Début septembre, quarante localités avaient ainsi trouvé des avocats hors des frontières. Des maires, des politiciens, des écoliers et des sociétés historiques écrivaient aux journaux occidentaux pour alerter l'opinion au sujet de ce qui se passait dans leur village « jumeau » en Roumanie.

Leo avait délégué la gestion de ses trafics au Lieutenant et un petit diplomate polonais que Leo avait baptisé « l'Apprenti ». C'était dur de le suivre. J'avais dû remplacer deux fois l'écriteau « de retour dans quinze minutes » sur sa porte, parce que des étudiants l'avaient brisé. Pour finir, je le fis plastifier, puis me contentai d'effacer les graffitis tous les deux ou trois jours. Il manquait ses cours, ne venait plus aux réunions, ne rendait pas ses rapports. Sous la direction de Popea, l'ambiance dans le département était devenue mortuaire. Même les courants d'air faisaient la grève. Lorsque je me présentai à ma première convocation dans l'ancien bureau de Ionescu, je trouvai la pièce presque vide. La table de travail avait été placée dans un angle d'où l'on voyait à la fois la porte et la fenêtre, quant à la chaise, elle était coincée à l'intersection des deux murs. Le feng shui de la paranoïa.

Chaque fois que j'appelais Cilea, elle était sortie ou refusait de répondre. J'attendais en bas de chez elle, puisque la sentinelle ne voulait pas me laisser passer, et je cherchais à la distinguer à travers les vitres teintées des voitures noires qui entraient et sortaient. Un soir où je m'attardais, après une vaine surveillance, Titanu apparut devant moi. Il me regarda, regarda sa fenêtre et fit un signe négatif. Je me rendis compte que je ne l'avais jamais entendu parler, même quand il montait la garde pendant que nous baisions dans les loges au théâtre, à l'hôtel ou dans la Dacia qu'il conduisait. C'était un avertissement, un avertissement amical selon ses critères. Je hochai la tête et fis demi-tour. Il s'écarta et me tapota l'épaule, un geste si inattendu et d'une telle gentillesse réprimée que, un peu plus loin, je trouvai un coin sombre et tranquille pour pleurer dans mes mains.

Ottilia avait désormais sa chambre chez moi. Son appartement n'était plus sûr depuis qu'on lui avait imposé deux nouveaux colocataires. L'un était un informateur, l'autre un tordu qui lui avait fait des avances dès son arrivée. Elle nous avait appelés et, quand nous étions venus la chercher, elle avait un sac de sport avachi qui contenait quelques vêtements et deux photographies encadrées.

— On reviendra prendre le reste demain matin, dis-je.

— Il n'y a pas de reste, répondit-elle.

Le week-end, nous allions nous promener dans les parcs, puis je filais chez Trofim. Parfois, elle m'accompagnait. Au début, elle se méfiait de cet ex-cacique du Parti dans son appartement coûteux, entouré de biens capitalistes accumulés au fil des ans grâce aux privations communistes qu'il imposait à la population. Elle voyait en lui l'un des architectes du monde dans lequel nous vivions. Pourtant, ils finirent par se rapprocher. Tous deux avaient un don pour ces amitiés qui se passent de mots, qui se communiquent par des échanges imperceptibles de pensées et de sentiments. Elle lui donnait le bras lorsqu'ils se promenaient ou allaient au musée sans moi ; il lui mettait de côté des revues médicales et s'abonna même à *The Lancet*, une publication scientifique anglaise.

À la mi-septembre, le livre était prêt pour l'impression. Du balcon de Trofim, nous regardions le soleil se coucher, conscients de l'automne qui se refermait lentement sur nous. Nous célébrions la fin du manuscrit avec du champagne millésimé de l'ambassade belge, levant nos verres aux trois cents pages dactylographiées. Le vieil homme et Ottilia avaient choisi les photographies ensemble : Trofim enfant auprès de son père rabbin et de ses deux sœurs ; sa jeune épouse ; Trofim aux réunions du Parti en costume et cravate, complètement déjudaïsé. Le jeune Trofim en prison et, à quelques mètres derrière lui, Ceauşescu. Détenu sous les fascistes, puis sous les communistes (« même prison, même nourriture, changement de gardiens, c'est tout… »). Trofim en compagnie de Staline, de Khrouchtchev, de Kennedy… La dernière photographie le montrait avec son fil Ion, le rabbin de Tel Aviv qui avait pris le nom de Iacub, et ses petites-filles Sara et Rachel.

Le livre officiel était prêt également, images et textes « retouchés ». Celui-là fut fêté autour d'un verre de « champagne » soviétique tiède, le seul mousseux vendu à Monocom. La couverture de l'ouvrage était gris immeuble, le titre en caractères rouille, et il donnait l'impression qu'il était en train de se biodégrader entre vos mains. Hadrien était là pour partager son triomphe.

— Camarade, j'ai pris la liberté de rédiger en avant-propos la dédicace au président Ceauşescu et à son épouse. J'ai suivi le modèle, mais vous pouvez y ajouter quelques touches personnelles.

Trofim le remercia et lui demanda avec une pointe de sarcasme de rajouter les touches personnelles à sa place.

Il s'amusait beaucoup. Il s'était arrangé pour que les deux livres sortent le même jour : le 7 octobre.

— Qu'est-ce qu'on va faire, maintenant ? dis-je alors que je débarrassais les verres, après le départ d'Hadrien et de la joyeuse équipe du Parti.

— J'ai intérêt à m'entraîner aux échecs.

Le 20 septembre, Wintersmith m'appela.

— J'ai appris qu'il y avait eu un tir près de la frontière. Un mort.

Était-ce ce que je voulais ? Vouloir n'était pas le mot, lui répondis-je. Mais la date correspondait, à défaut du nombre.

— Un seul ?

— À notre connaissance. Et nos informations sont fiables. Les gardes-frontières côté yougoslave n'ont entendu qu'un coup de feu sur la rive d'en face. Ensuite, pendant une réunion de sécurité transfrontalière, les Roumains ont fourni une explication officielle : une tentative de fuite, un individu armé agissant seul qui a tiré le premier avant d'être arrêté. « Crime organisé », selon le rapport. Les Yougoslaves n'y croient pas un instant, mais ils ont d'autres chats à fouetter. Le bureau de Belgrade a mis du temps pour faire remonter l'info, néanmoins, c'est du solide. Notre homme sur place, Phillimore, s'est un peu trop bien intégré au pays, mais il a des contacts, on ne peut pas lui ôter cela.

— Un tir ? Ce n'est pas logique. Comment leur soi-disant fugitif a-t-il pu tirer le premier s'il n'y a eu qu'un tir ?

Wintersmith semblait très content de lui.

— Je n'ai jamais prétendu que l'histoire était logique. J'ai dit que notre source était solide. Même chose en ce qui concerne la seconde information…

— C'est-à-dire ?

Il avait vu trop de films : il ménageait ses effets en livrant ses révélations au compte-gouttes.

— Ils ont trouvé deux corps le lendemain.

Deuxième partie

« Dans l'histoire comme dans la nature, la pourriture est le laboratoire de la vie. »

Karl Marx

Un

Lorsque Ottilia rentra du travail à minuit, harassée, je ne lui dis rien et la laissai dormir. À son réveil, je lui portai son petit déjeuner et lui rapportai les paroles de Wintersmith avant qu'elle se lève. Au moins, elle ne tomberait pas.

Leo avait réclamé tant de renvois d'ascenseur, s'était endetté auprès de tellement de gens pour obtenir des informations sur les corps qu'il avait déjà tiré tout ce qu'il pouvait de ses relations. Il passa des heures au téléphone et dépensa des centaines de dollars dans l'espoir de trouver une piste, mais il n'obtint rien, sinon quelques impasses payées au prix fort.

C'est lui qui pour finir me suggéra de contacter Manea Constantin. Même si, après ce qui s'était passé entre sa fille et moi, il était peu probable qu'il accepte de me revoir.

— Tu es sûr que tu veux encore te compromettre avec lui ? demanda Leo, qui déjà faisait marche arrière.

— C'est sans doute notre seule chance d'apprendre quelque chose. Sans compter que, s'il est impliqué dans l'histoire et que j'ai tout déclenché, c'est la moindre des choses.

— Mais est-ce que tu supporteras la vérité ?

— En tout cas, moi, je ne suis pas certaine que je le pourrai, dit-on derrière nous.

Nous nous retournâmes tous les deux. Ottilia se tenait dans l'encadrement de la porte, son visage creusé et sillonné de larmes, les doigts en sang, là où elle s'était rongé les petites peaux.

— Je ne suis pas sûre de vouloir savoir, pas comme ça.

Ne pas savoir avait ses avantages. Pour moi, cela s'était toujours vérifié : ne pas savoir au sujet de Cilea, de Belanger, ne pas savoir tout ce que trafiquait Leo. Mais cela faisait deux mois que nous n'avions pas de nouvelles de Petre et Vintul.

— Quelqu'un passera vous prendre vous et la jeune femme demain matin.

La voix de Manea était brusque et ministérielle au téléphone. Il avait réagi rapidement : j'avais laissé un message sur le répondeur de Cilea et elle le lui avait transmis. Cela me réconforta un peu. Au moins, elle les écoutait.

— Soyez prêts à huit heures.

Personne ne dormit cette nuit-là. Leo avait réquisitionné le canapé, sous prétexte qu'il était trop ivre pour conduire, un scrupule qui ne l'avait jamais arrêté jusque-là. Nous regardions des vidéos silencieuses et la télé projetait ses gigantesques ombres bleues sur le mur. Ottilia alla se coucher tôt, mais sa lumière resta allumée. Je somnolai, lus, fis les cent pas, sortis sur le balcon pour écouter les bruits de construction et de destruction qui accompagnaient nos nuits. Une lumière couleur sang et jaune d'œuf apparut dans le ciel : les bâtiments s'élevaient et s'effondraient, un mouvement qui était toujours là à l'arrière-plan, comme la respiration, les battements du cœur ou le pouls qui maintiennent un corps en vie et le rapprochent aussi de la mort. Même les jours les plus lents, les après-midi de week-end languissants, il était là. Je l'entendais jusque dans mon sommeil et, les rares fois où il s'interrompait, je l'entendais dans ma tête, tant ce bruit faisait désormais partie de moi.

À cinq heures, j'étais debout. Leo dormait profondément devant la mire de la télé roumaine. Ottilia avait sombré elle aussi, tout habillée, étalée en travers du lit, livrée au sommeil dispensateur d'oubli. Elle ronflait doucement, une paupière tremblotante, l'œil entrouvert : un court-circuit qui continuait à grésiller quelque part dans son corps, alors qu'ailleurs tout était coupé. Je me penchai pour le fermer, m'attardant un instant pour effleurer ses cheveux. Son sac de sport gisait béant sur le sol, ses quelques possessions exposées. Une photographie de ses parents dans une vieille maison qui, je le compris tout de suite, avait été rasée : elle portait sa disparition inscrite sur elle. Un portrait de Petre vêtu de son blouson en cuir et d'un jean, qui fumait et souriait de ce sourire qui semblait croquer la vie. Une jupe était accrochée à une patère et un jean était plié par terre à côté d'une paire de chaussures de travail. Un réveil sur le rebord de la fenêtre marquait le passage du temps avec un bruit de frottement, broyant les minutes l'une après l'autre.

Dehors, le kiosque de presse ouvrait au son creux des gamelles à casse-croûte réglementaires qui tintaient contre les ceintures. Le nouveau slogan de *Scînteia* : « Une nation, un journal », resplendissait sur l'auvent. Le vendeur caustique m'indiqua l'inscription lorsque je descendis en acheter un exemplaire.

— Ils ont oublié d'ajouter « un lecteur », dit-il en buvant à petites gorgées le café que je lui avais apporté, se concentrant sur le goût.

C'était un homme de peu de mots et d'une seule blague, laquelle entrait dans la catégorie des plaisanteries qui se bonifient avec la répétition : chaque matin, au moment où je repartais, il agitait une série de billets de loterie et lançait : « Alors, on se sent en veine, *Tovarăşul* ? »

J'entendis la douche gicler contre les murs et le sol, et sans doute contre les interrupteurs de la salle de bains, puis le long grognement expectorant de Leo qui crachait dans mes toilettes.

— Qu'est-ce qui va se passer quand les types de Constantin vont venir vous chercher ? Tu as une idée de l'endroit où ils vont vous emmener ? fit-il.

— Tu étais à côté de moi. Il a demandé à ce qu'on soit prêts et j'ai dit oui. Tu en sais autant que moi.

— C'est toi qui as des amis haut placés…

— Un ami. Et c'est tout sauf un ami. En plus, c'est un peu gonflé venant de toi.

— Ah non. Moi j'ai beaucoup, beaucoup d'amis, et la plupart occupent des positions subalternes. Je trouve ça plus efficace.

Leo tourna le bouton de la radio grandes ondes, son oreille pressée contre le transistor comme s'il voulait ouvrir un coffre-fort. C'était difficile d'ignorer l'épidémie des révolutions de velours qui se propageait à travers l'Europe de l'Est : Pologne, Tchécoslovaquie, Hongrie… la *Perestroïka* et la *Glasnost* de Gorbatchev étaient peut-être entrées dans la langue courante à l'Ouest, mais elles semblaient encore très loin de la Roumanie.

Ottilia était désorientée. Elle avait dormi d'un sommeil lourd, mais insuffisant. Nos tentatives pour la convaincre de prendre un petit déjeuner n'eurent aucun effet. La radio bourdonnait dans le fond : l'option de retrait du Royaume-Uni en Europe, la parade amoureuse nucléaire de Thatcher et Reagan... Ottilia disparut dans la salle de bains.

— Tu vas devoir prendre soin d'elle, déclara Leo, tandis que nous guettions la voiture de Manea. Je ne sais pas comment ça va l'affecter. Une part de moi voudrait que ce soit lui pour qu'on fasse notre deuil. L'autre est terrorisée à cette idée.

— Qu'est-ce que tu crois que ça me fait ? Si c'est lui qui est mort, qu'est-ce que je devrai en conclure ?

— Il ne s'agit pas de trouver un responsable. Il ne s'agit pas de toi. Il s'agit d'elle et de la manière dont elle va réagir à ce qu'elle va, ou ne va pas apprendre...

Ottilia sortit de sa chambre lavée et habillée, d'une tout autre humeur. Elle s'était servie du maquillage que Cilea avait laissé dans la salle de bains. Elle avait mis du rouge sur ses lèvres, fardé ses paupières et souligné ses yeux au mascara. Elle portait son unique jean, avec des sandales et une de mes chemises qu'elle avait nouée au-dessus de sa ceinture. Elle paraissait différente, comme si, en adoptant une nouvelle personnalité, elle pouvait épargner le gros du choc à son moi véritable.

— Je suis prête, annonça Ottilia s'armant de courage.

Elle embrassa Leo et m'entraîna vers l'escalier, serrant fort ma main dans la sienne. De son kiosque, le vendeur de journaux leva les pouces en signe de soutien.

— Bonjour monsieur. *Buna ziua Tovarăşa.* Je vous en prie.

C'était le jeune homme qui m'avait emmené au ministère la première fois, poli, bien élevé, parfaitement à l'aise. Il devait savoir quelque chose au sujet de la situation d'Ottilia, car il la traita avec douceur et respect, ce qui la rendit plus nerveuse que s'il s'était montré brutal. Lorsqu'il la toucha pour l'aider à monter dans la voiture, elle tressaillit. Il lui présenta des excuses sincères. Manea dirigeait peut-être une section importante de l'appareil répressif, mais il employait des gens intelligents et humains qui semblaient capables d'empathie. Personne ne parla durant le trajet. Ottilia ne m'avait pas lâché. Je me dégageai pour l'enlacer et elle emboîta son corps dans le mien.

Au ministère, alors que nous traversions un vaste espace surplombé d'une verrière, Ottilia regardait autour d'elle, comparant la réalité à tout ce qu'elle avait pu entendre au fil des ans. En quelques semaines, elle avait visité les fameux magasins et goûté aux plaisirs de cette société dans la société qu'était le cénacle du Parti. Et maintenant elle s'apprêtait à rencontrer un homme d'État qui allait lui révéler si son frère était mort.

Chez Manea, on n'avait pas à subir l'attente qui était ici un élément incontournable du protocole d'intimidation et d'obstruction des puissants. Il me serra la main et se présenta à Ottilia chaleureusement et sans condescendance. Je sus alors qu'il avait une réponse définitive. Il la traitait comme une personne affligée, décidai-je en les observant alors qu'ils discutaient à l'écart, devant l'énorme fenêtre de son bureau. Elle lui faisait face et c'était lui qui regardait ailleurs.

— Je veux que tu sois là. Je veux que tu voies, je veux être sûre de ne pas me tromper.

Elle m'avait pris la main. Je devinais ce que pensait Manea : j'avais quitté sa fille pour elle.

— Je suis ici en tant qu'ami d'Ottilia, déclarai-je pour clarifier la situation. Pour l'aider à découvrir ce qui est arrivé à son frère. C'est mon seul lien avec tout cela.

— Votre seul lien… Comment pouvez-vous en être sûr ?

Manea semblait amusé. Puis il reprit, soudain sérieux.

— On a retrouvé deux corps en aval d'un poste frontière et du Rideau de fer. On les a amenés à la morgue et incinérés sur-le-champ. Heureusement – si vous me pardonnez l'emploi de ce mot –, des photos ont été prises, car on n'a pas réalisé d'autopsie. On a jugé que c'était inutile. J'ai obtenu qu'on m'envoie les photographies ici, ce qui n'a pas été sans mal. Les blessures qui ont causé la mort ont laissé des traces visibles sur les corps. J'aimerais que vous vous y prépariez.

— Camarade, je suis médecin dans un hôpital public depuis cinq ans. Il en faut beaucoup pour me prendre au dépourvu.

Manea sourit. Son assistant revint avec une enveloppe brune d'une minceur inquiétante. Quelle que soit l'histoire racontée par les photographies, elle devait être brève et sans ambiguïté.

Il y avait trois clichés. Le premier montrait deux cadavres gris gonflés d'eau sur une rive bourbeuse. Des ordures éparpillées autour : des sacs en plastique, des pots de peinture, une traînée d'écume noire. Aucun des deux corps étendus côte à côte n'était identifiable, leurs traits masqués par la fange et les plis de peau relâchée. L'un avait un manteau ou une veste ouverte, la figure en partie dissimulée par un carré de tissu sombre. Sur la deuxième photographie, le visage était découvert : il avait les cheveux courts et les yeux remplis de vase. Ce n'était ni Petre ni Vintul, mais en regardant de plus près, je reconnus l'un des jeunes hommes anonymes qui s'étaient élancés dans le fleuve après un ultime geste d'encouragement. Lorsque l'eau glacée s'était refermée sur lui, j'avais entendu son inspiration frissonnante. L'une de ses dernières, sans doute.

Les cadavres avaient été un peu nettoyés sur ce cliché. Pas tant par respect que pour les identifier : posé à côté d'eux se trouvait le seau qu'on leur avait vidé dessus, laissant leurs cheveux trempés plaqués en arrière. Une partie de la gadoue avait été emportée, révélant sur l'un des corps une large incision brouillonne, là où j'avais cru voir la glissière ouverte d'un manteau. C'était la chair entaillée par une profonde coupure dentelée, du cou à la base de la cage thoracique. On avait l'impression qu'il avait cherché à ôter sa peau, deux pans exsangues avec au milieu une crevasse remplie de vase. Les yeux étaient fermés et un morceau du visage avait été dévoré par des animaux ou des poissons. C'était le second jeune homme. Qu'était-il arrivé à Mel qui se trouvait avec eux ? Et aux deux autres ? Petre et Vintul n'étaient pas là pour répondre. Mais au moins, ce n'était pas leurs corps. Nous nous rapprochions quand même de la vérité.

Sur la dernière photographie, les deux cadavres étaient côte à côte sur une table de dissection à la morgue. Ce fut la texture de celle-ci qui retint mon attention : du béton inégal, grêlé et décoloré par les suintements. Une cigarette allumée en équilibre au bord de la table, à côté de l'un des visages. On les avait nettoyés avant de prendre une photo au flash. La peau était mate, elle avait absorbé le choc de la lumière éblouissante qui se réverbérait sur tout le reste : les surfaces planes, les ciseaux, un scalpel, le haricot pour les déchets médicaux, les vases à bec.

Bêtement, je tentai d'épargner Ottilia, mais c'était surtout moi-même que je protégeais. C'était son quotidien, alors que moi j'avais la nausée, j'étais assommé par la violence de tout cela, une violence que l'immobilité et l'inexpressivité de la mort ne pouvaient dissimuler. Elle se contenta de regarder Manea et de secouer la tête. À présent qu'elle s'était assurée qu'aucun des deux n'était Petre et que la convulsion du soulagement était passée, elle avait retrouvé l'attitude de la clinicienne qui examine son énième cadavre.

— Gonflement du corps, relâchement des tissus… C'est une noyade. Je ne vois rien d'autre.

Puis elle indiqua le plus abîmé des deux garçons.

— Celui-ci, c'est plus compliqué : on dirait une coupure irrégulière au niveau du sternum. Une entaille longue et profonde. Il a dû être traîné par un puissant courant au-dessus d'un objet tranchant et crénelé. Un centimètre de plus et il était éviscéré.

Il était vivant quand c'est arrivé. Pas pour longtemps. Il s'est vidé de son sang rapidement. Aucun signe de blessure par balle.

Elle écarta la photographie.

— Mais je ne suis pas venue pour vous apprendre la cause de la mort, ajouta-t-elle avec ce même sourire ironique que j'avais vu la première fois, à l'hôpital.

— Cela correspond plus ou moins à nos conclusions. Je me réjouis qu'il ne s'agisse pas de votre frère. Avez-vous une idée de leur identité ?

— Non, répondit Ottilia sans ciller.

Il n'y avait aucune raison qu'elle les connaisse. Petre compartimentait sa vie. Mais je découvrirais plus tard qu'elle mentait.

— Et vous ? me demanda Manea.

— Non, je ne les ai jamais vus.

C'était au tour d'Ottilia d'évaluer ma sincérité. J'apprenais : quand on ment, mieux vaut être simple, brusque et catégorique.

— C'est bien ce qu'il me semblait, reprit le ministre d'un ton las. Tant pis pour l'échange de bons procédés. Peu importe. Si vous aviez su leurs noms, je vous aurais demandé d'alerter la famille, rien de plus. Personne d'autre ne le fera. Cette affaire s'achève là : les papiers et les photographies seront détruits ou classés dans un endroit où personne n'ira les chercher. Officiellement, rien n'est arrivé, ils n'existent pas et nous n'en avons pas parlé, conclut-il en balayant l'air de la main.

Mais Ottilia, elle, n'avait pas terminé.

— La mutilation ventrale…

— Je crains que certains de ces emplacements soient barbares. « Dissuasifs », c'est le terme consacré, mais dans la mesure où ils restent secrets, ils ne peuvent pas dissuader grand monde ! On a installé des barbelés rasoirs, des piques en métal et des lames de scie de taille industrielle dans certaines parties du fleuve. Je suis désolé. Je ne vais pas essayer de le justifier. Disons seulement que leur utilisation demeure un sujet de controverse au sein même du département responsable.

— Vous pouvez appeler ça comme vous voulez, mais, en ce qui me concerne, il s'agit de meurtre d'État, ni plus ni moins, affirma Ottilia d'un ton égal.

La machine à écrire se tut derrière nous.

— Meurtre d'État est un terme à la mode dans certains cercles réactionnaires. Néanmoins, il ne faudrait pas oublier que ceux qui tentent de franchir la frontière illégalement enfreignent la loi. Cela ne va pas sans risques.

Manea récitait la réponse type du Parti sans conviction. Puis il se dérida et prononça une phrase si étonnante que je n'en crus pas mes oreilles.

— Cependant, ces dispositifs de sécurité seraient plus dissuasifs s'ils étaient révélés au public, ne croyez-vous pas ?

Ottilia comprit ce qu'il nous suggérait en même temps que moi : il nous invitait à tout divulguer.

Manea consulta sa montre. Presque neuf heures. La rencontre avait duré moins d'une heure.

— J'ai un petit déjeuner de travail. Je vous prie de m'excuser, mais je vais devoir vous laisser. Andrei vous conduira où vous le souhaitez. Cinzia vous accompagnera, car elle a des courses à faire.

Derrière nous, la jeune femme était prête à partir. Même dans l'uniforme égalisateur des dactylos du gouvernement, elle était superbe. Devant le bureau de Manea, un groupe de fonctionnaires mal habillés, obèses et dégoulinants, attendaient en silence, assis à l'écart les uns des autres, évitant de se regarder entre eux. Secrétaires régionaux, vice-ministres, chefs de province... Ils semblaient tous éprouver autant de peur qu'ils en infligeaient. Encore un mécanisme égalisateur du système.

Pendant le trajet de retour, Cinzia bavarda avec Ottilia. Je surpris des bribes de leur conversation et compris qu'elles se connaissaient. La secrétaire l'interrogea au sujet de Petre, et Ottilia, d'habitude si réservée, paraissait heureuse de répondre à ses questions. Envolées sa prudence, ses hésitations. Lorsque la voiture s'immobilisa, elle lui donna son numéro de téléphone en échange de son adresse. Dans ce pays, on comptait une ligne privée pour trois cents personnes. L'adresse qu'Ottilia lui communiqua était la mienne.

— Nous étions à l'école ensemble, expliqua-t-elle comme nous descendions du véhicule. Une copine. Pas une amie intime, mais une copine. C'est drôle. Quand on est gosse, on n'imagine pas que, dix ans plus tard, l'une sera médecin dans un hôpital public et l'autre maîtresse d'un ministre. C'était une fille intelligente. Elle aurait pu faire ce qu'elle voulait.

— Ce qui explique pourquoi elle est devenue la maîtresse d'un ministre, non ?

Ottilia sourit et m'enlaça. Nous ne savions toujours pas où se trouvaient Petre et Vintul, mais découvrir que ce n'étaient pas leurs cadavres nous emplissait d'une étrange euphorie. La mort de ces deux garçons était violente et inutile, mais il ne s'agissait pas de meurtre au sens propre, même si on pouvait voir les choses comme Ottilia. J'étais heureux pour elle, et mieux encore, les informations du ministre me disculpaient. Pour l'instant.

— J'ai l'impression que Manea n'y est pour rien, mais le plus intéressant, c'est qu'il semble prêt à nous aider, déclara Leo quand je lui rapportai notre conversation.

— Ce n'est pas tout. Il avait l'air de nous inciter à nous procurer des photos des pièges dans le fleuve et à entrer en relation avec les familles des victimes. Et il paraissait sincère.

— Stoicu est chargé de la sécurité des frontières, nous rappela Leo. La consigne est d'abattre tous ceux qui tentent de passer et c'est lui qui est censé la faire appliquer. Ces deux-là se détestent cordialement. Manea estime que son supérieur hiérarchique est un abruti de paysan stalinien. Et Stoicu n'est pas plus tendre avec lui. Il pense que c'est un bourgeois – un Juif – un homosexuel… rayer les mentions inutiles selon les circonstances. Je doute que Constantin soit prêt à renier les idéaux du Parti communiste roumain – après tout, ils ont bien servi ses intérêts jusque-là –, mais peut-être qu'il essaie d'attiser les dissensions.

— Et quel est notre rôle là-dedans ?

— On attise, mais avec un grand tisonnier.

À seize heures le lendemain, j'entendis qu'on glissait quelque chose sous la porte. Une enveloppe brune de format A4, en partie cachée sous le tapis. Elle était vieille et abîmée et l'étiquette où figurait l'adresse originale avait été arrachée. Je jetai un œil dans le couloir et tendis l'oreille. Rien, sinon l'écho de ce qui était peut-être un pas descendant le porche. Je me précipitai sur le balcon d'où je pouvais voir à une dizaine de mètres dans chaque direction. Là encore, rien.

Il y avait trois photographies en couleur de mauvaise qualité, et une en noir et blanc. Toutes les quatre concernaient les installations de sécurité mentionnées par Manea, et elles étaient on ne peut plus dissuasives. Sur l'une d'elles figurait une énorme scie circulaire sous l'eau, comme une lune dentelée. Rouillée et décolorée par la mousse, elle dépassait d'un mètre par endroits et faisait presque toute la largeur d'un étroit méandre. Les deux clichés suivants montraient une autre partie du Danube : ce qui ressemblait à un essaim de mouches s'avérait être en fait un enchevêtrement de barbelés qui tapissaient d'importantes sections du fleuve. Sur la dernière, trois piquets de métal s'élevaient hors de l'eau. Au dos, tapée à la machine, on trouvait la localisation précise de ces installations. Ces photos concernaient trois lieux différents sur la rive roumaine du Danube. Ils étaient séparés par une distance que j'estimais à environ deux cents kilomètres. La date et l'heure qui apparaissaient en petits caractères en bas des clichés révélaient qu'ils avaient été pris en l'espace de vingt-deux heures. Celui qui les avait réalisés disposait d'un équipement coûteux, sans parler de l'essence et des permis pour se déplacer.

Le téléphone sonna.

— Un *Kojak*, ça te tente ?

Une demi-heure plus tard, Leo étudiait les photos.

— On peut remercier notre copain Manea. Je vais les transmettre à la presse allemande. J'essaierai également les Anglais. Mieux vaut qu'on en fasse des copies, au cas où.

— Je pense que j'ai une dette envers Wintersmith, intervins-je.

Il me révulsait toujours autant, mais c'était lui qui m'avait mis sur la piste. Après tout, ces « emplacements », comme disait Manea, étaient secrets. Seuls les fugitifs et ceux qui étaient censés les arrêter pouvaient s'en approcher aussi près. Wintersmith pourrait peut-être en faire bon usage.

— D'accord, on ne sait jamais, acquiesça Leo sans conviction. Mais tu ne lui files pas les originaux. Raconte-lui que tu n'as que des photocopies et ne révèle aucun détail. En fait, avec un amateur comme toi, mieux vaut que je sois présent.

— Il y a un truc qui me chiffonne. Je n'ai pas très envie de faire les quatre volontés de Manea. Ce type n'a rien d'un philanthrope. Il cherche à mettre des bâtons dans les roues à Stoicu pour lui piquer sa place. Peut-être trouve-t-il que planter des lames de scie géantes dans le fleuve est répugnant…

— Voire inélégant, compléta Leo en nouant ses lacets.

— Je suis sérieux : qui te dit qu'il n'a pas en tête des méthodes plus propres, moins voyantes et au bout du compte plus efficaces ?

— Comme quoi ? Remplir le Danube de piranhas ? De requins d'eau douce génétiquement modifiés ?

— Je parle de techniques d'intimidation plus élaborées, la répression, la violence verbale ou physique… comment savoir s'il ne sera pas pire à sa manière ?

— On ne peut pas savoir. Tu connais le dicton : on ne choisit pas ses amis.

— Non, Leo : c'est sa famille qu'on ne choisit pas. Les amis, si. Ce fichu dicton n'a aucun sens, sinon.

— Allons bon. Je comprends mieux maintenant. Si j'avais su, ça m'aurait évité bien des erreurs.

Il me flanqua une bourrade avec un grand sourire et se dirigea vers la porte.

Nous nous rendîmes d'abord à l'université. Micu se redressa et salua Leo, tandis que j'avais droit à la flagornerie prudente réservée aux sous-fifres des puissants de ce monde. Rodica se leva et le félicita. Il balaya le compliment d'un ample geste de la main.

— Nous sommes tous égaux ici, Rodica, je ne veux pas que tu me traites différemment. Enfin, si, peut-être un peu, ajouta-t-il, avançant sa joue pour qu'elle l'embrasse. Le patron est ici ?

— Oui, oui, il est ici euh… professeur O'Heix.

Professeur ?

— Tu étais tellement obsédé par tes préoccupations futiles que tu n'as rien su de ma récente promotion. Il était temps.

— Une promotion ? Leo, tu ne mets pas les pieds à la fac. Tu ne donnes plus de cours. Tu n'as pas assisté à une réunion depuis des mois !

Nous avions verrouillé la porte et nous faisions nos photocopies.

— Il existe un dossier avec des comptes rendus et des notes de présence qui certifie que je suis un enseignant modèle. Si ça leur fait plaisir, je ne vais pas aller prétendre le contraire.

Les reproductions des photos étaient d'une qualité surprenante. Il était difficile de prévoir ce qu'elles donneraient dans un journal, mais l'atrocité de ces dispositifs n'échapperait à personne.

— Qu'est-ce que tu as sur Popea ?

— Secret professionnel, désolé. Mais pour un homme qui croit en une hiérarchie rigide au travail, il est d'une souplesse étonnante en ce qui concerne la différenciation sexuelle dans le domaine vestimentaire…

— Tu veux dire que c'est un travesti et que tu le fais chanter ?

Leo sourit.

— En fait, j'ai l'étrange impression qu'il aime ça : le chantage. D'une manière un peu perverse… C'est un pouvoir devant lequel se prosterner. Il y a des gens qui ont besoin d'avoir peur, qui ne peuvent pas vivre sans… Enfin, peu importe, je ne vais pas t'avouer comment j'ai découvert ça, mais disons qu'on a eu chaud tous les deux. J'étais un peu bourré, il faisait noir… En tout cas, il faut lui reconnaître une qualité : il fait une dame tout à fait sortable, plus que son épouse d'ailleurs.

Je secouai la tête. Je ne savais pas ce qui me choquait le plus : ce chantage minable ou la vision de Popea en travelo ? Pauvre homme : être un travesti dans un État policier tenait de l'impossible. Jusqu'à Leo, il s'était pourtant débrouillé. C'était sans doute pour cette raison que Ionescu travaillait à la bibliothèque de l'université au lieu de déboucher des canalisations sanitaires à Turda.

La plaque sur ma porte indiquait toujours *F. Belanger*, mais on avait déjà changé celle de Leo : *Professeur L. O'Heix*. Sur le bureau du maître, un fin duvet de poussière attestait qu'il n'avait pas acquis son titre par des moyens conventionnels. Il s'assit et l'épousseta de la paume, avant de glisser les copies et les photos originales dans différentes enveloppes. Sur la quatrième, il inscrivit en grosses lettres enfantines M. GILES WINTERSMITH. Puis il appela l'ambassade et me tendit le combiné.

Wintersmith attendait sur les marches, avec des lunettes de soleil d'espion derrière lesquelles ses yeux grisâtres s'étalaient comme des créatures marines dans un aquarium. Il était mal à l'aise avec Leo dont la poignée de main vigoureuse le fit se recroqueviller. Ce dernier s'était débrouillé pour que notre rencontre soit aussi peu discrète que possible. Je lui payais peut-être ma dette, mais Leo l'utilisait pour détourner l'attention de la Securitate.

— Vous êtes fou, s'écria-t-il. M'appeler à l'ambassade d'un téléphone sur écoute. C'est idiot. Quel amateurisme !

— C'est ce qu'on nomme le double bluff. Une des règles de base de l'espionnage, affirma Leo.

Nous nous assîmes à une table du pub, où Wintersmith examina les photographies.

— Intéressant. Merci. Je suppose que vous n'allez pas me révéler d'où vous les tenez ? Qui vous les a données ? Il faudrait que nous puissions nous assurer de leur authenticité.

— Vous doutez de leur authenticité ? Laissez-moi vous dire une chose, Giles, venez donc avec nous et nous vous jetterons à l'eau en amont de ce machin, rétorqua Leo en désignant la scie. Et quand vous recoudrez vos testicules, vous les authentifierez pour nous. Qu'est-ce que vous en pensez ? conclut-il, pointant son doigt vers le triangle de peau rouge délimité par le col ouvert du diplomate.

— On nous les a transmises anonymement, répondis-je. Je les ai trouvées sous ma porte.

— Des photocopies ? fit Wintersmith, dubitatif.

— Des photocopies, rétorqua Leo. Et si vous ne les voulez pas, nous les porterons ailleurs, pas de problème. Mais si vous les prenez, vous avez intérêt à vous en servir.

Wintersmith les glissa aussitôt dans son attaché-case.

— Je vais voir ce que je peux faire. Nous n'aimons pas travailler avec du matériel non authentifié. Voilà pourquoi nous aurions besoin de votre source.

— Vous avez besoin de notre « source », comme vous dites, pour lui extirper un tas d'informations inutiles concernant le pétrole ou la vente d'armes et aider vos petits copains des missions commerciales à négocier des contrats juteux.

Wintersmith l'ignora.

— Est-ce que ce sont les seules copies ?

— Les droits de l'homme ? poursuivit Leo en se levant avec son verre vide pour aller en chercher un autre. C'est un truc de pédés... On va pas chercher des noises aux camarades quand ils s'apprêtent à nous acheter des chars !

— Autant que je sache, répondis-je. Toutefois, dans la mesure où ce sont des copies, il doit y avoir des originaux quelque part. Mais où, c'est une autre histoire.

— Et vous n'en avez pas fait d'autres ?

Leo était au bar. C'était un mensonge que je devrais donc assumer seul.

Je le regardai dans les yeux et fronçai les sourcils d'un air déçu et blessé, à la manière des politiciens à qui l'on prête de viles intentions.

— Non. Vous m'avez donné une information sur les deux corps retrouvés, je vous devais bien ça.

— Ah oui, c'est vrai, les deux corps… Alors ?

Leo ayant entamé une partie de fléchettes, je continuai à mentir en solo.

— C'était une fausse piste. On s'est renseignés, Leo a fait son enquête. Deux trafiquants tsiganes qui venaient de Yougoslavie. Ils voulaient faire passer un chargement de chaînes stéréo sur un bateau…

Wintersmith vida sa demi-pinte et se leva. Il avait accepté nos informations à contrecœur, mais il s'attribuerait tout le mérite qu'il était possible d'en tirer. Il irait trouver son supérieur et prétendrait avoir reçu un tuyau de l'un de ses contacts, quelqu'un de son réseau, se décrirait lui-même comme un fin connaisseur de Bucarest, avec des yeux et des oreilles dans toute la ville…

— Il ne va rien en faire, décréta Leo après son départ. Il tentera peut-être le coup, montrera les photos à son chef. Ils se tâteront, se feront peur, puis décideront de les soumettre à l'échelon au-dessus, puis encore au-dessus et ainsi de suite, jusqu'à ce qu'elles disparaissent dans les nuages, comme par magie. Wintersmith leur rappellera qu'il ne faut pas trop faire de vagues en prévision de la prochaine mission commerciale et l'enveloppe finira dans le dossier marqué « Ne rien faire ». Tout ça pour ça.

Au portail de l'ambassade, Leo me montra l'homme de la Securitate qui nous dévisageait sans se cacher de l'autre côté de la rue.

— Nous étions bien suivis, tout compte fait, dis-je.

— Naturellement.

Leo haussa un sourcil, façon James Bond.

— Le triple bluff. La règle de base. S'il y a une chose que j'ai apprise au sujet du bluff, c'est qu'il faut toujours finir sur un nombre impair.

Je découvris quelques jours plus tard que Wintersmith avait un arrêt de travail d'une semaine. Il avait été agressé brutalement le lendemain soir de notre rencontre alors qu'il rentrait chez lui. Son appartement avait été cambriolé et vandalisé. À présent, il ne pouvait plus faire un geste sans un agent de la Securitate pendu à ses basques et son laissez-passer diplomatique lui avait été retiré.

Deux

De son appartement d'Herastrau, Trofim avait commencé à envoyer des invitations au syndicat des écrivains pour fêter la sortie de ses mémoires. *Une vie de service* : c'était le titre raisonnable, en accord avec la ligne du Parti, qu'on avait choisi à sa place. La préface soulignait les pas de géant accomplis par la nation sous Ceauşescu, passée du stade de bourg paysan sous-développé à celui de pays « scientifique » modèle. C'était son nègre Hadrien – « le Mur » – qui donnait son aval à la liste des invités. Trofim le laissa faire sans protester, comme chaque fois qu'on l'avait humilié pendant la rédaction de son manuscrit.

Il s'était arrangé pour que les deux fêtes se déroulent en même temps. Tandis que nous boirions à la santé d'*Une vie de service* au syndicat des écrivains le 7 octobre, on célébrerait la sortie de *Mémoires d'un idéal trahi* en l'absence de l'auteur au Club des Belles Lettres, à Paris, un lieu qui avait été choisi parce qu'il se trouvait à trois numéros de l'ambassade roumaine. L'éditeur français de Trofim avait déjà envoyé les invitations, sans spécifier de quoi il s'agissait, une tactique qui avait piqué la curiosité plus que l'ouvrage lui-même ne l'aurait fait. Selon Trofim, tout le beau linge (ou le linge sale, comme il le disait lui-même) de l'intelligentsia roumaine serait présent : le dramaturge du théâtre de l'absurde Toninescu ; le philosophe pessimiste Ciulan, l'historien du mythe Elianu, et même le surréaliste nonagénaire Tristan Isoldou. Ce serait comme dans une pièce de Toninescu : la sortie d'un livre à Paris avec un auteur absent, pendant qu'à des milliers de kilomètres à Bucarest, ce même auteur célébrait la publication d'un livre qu'il n'avait pas écrit.

De temps en temps, Hadrien remarquait la présence d'un écrivain ou d'un politicien en disgrâce sur la liste et demandait à Trofim de réfléchir.

— Camarade, M. X est un réactionnaire bien connu, impliqué dans des activités anti-socialistes... Mme Y aurait noué une amitié étroite avec des cadres contre-progressistes, quant à Petrescu, le peintre d'icônes, tout le monde sait que c'est un cubiste et un trafiquant de bondieuseries.

— Hadrien est le correcteur idéal, dit Trofim d'une voix douce et indulgente. Maintenant qu'il a fini de corriger mon livre, il a entrepris de corriger mes amitiés !

Celui-ci leva la tête de son travail, arborant son mince sourire de défi habituel.

— J'ai un peu aidé le camarade, certes, déclara-t-il avec fierté. Je lui ai rafraîchi la mémoire ici et là, j'ai rectifié le ton lorsque nécessaire et biffé les opinions subjectives regrettables, car il vaut mieux laisser ces choses-là au jugement objectif de l'Histoire.

Jamais je n'avais entendu le discours du Parti récité avec autant de conviction.

Je feuilletai l'ouvrage. J'avais l'impression de mâcher du carton. Les huit années de Trofim à l'ONU étaient réglées en neuf pages, dont trois dédiées à la visite de Nicolae et Elena Ceauşescu. C'était assommant, tout ce qui aurait pu avoir de l'intérêt ayant été supprimé. Ses rencontres avec Nixon, Kissinger, de Gaulle étaient résumées en une phrase. La crise des missiles de Cuba, la guerre du Viêtnam, la révolution de 1956 en Hongrie, Mai 68 à Paris : autant d'événements auxquels Trofim avait participé ou assisté, et dont il ne restait pas trace. Staline n'apparaissait qu'une fois, alors que je savais grâce aux mémoires de Trofim qu'ils entretenaient des rapports étroits et compliqués. Certains ajouts venaient comme un cheveu sur la soupe : au détour d'une page, on tombait sur un paragraphe vantant la productivité roumaine ou une citation d'un dirigeant du tiers-monde qui rendait hommage à Ceauşescu. La seule photographie où l'on ne voyait pas Trofim auprès du Camarade le représentait bébé, et encore, elle avait été retouchée pour faire disparaître son père rabbin à côté du berceau.

— Ce sera un livre majeur, un témoignage historique essentiel.

Hadrien s'était levé pour faire sa déclaration, puis s'était laissé retomber sur son siège comme un lapin mécanique dans une publicité pour les piles qui durent plus longtemps.

Nous vivions dans un monde d'ombres et de faux-semblants : les doubles et triples bluffs de Leo. Ce livre mille fois censuré et écrémé était un leurre, le jumeau séparé à la naissance d'une publication autrement plus explosive et dangereuse.

Trofim les voyait côte à côte dans son esprit : le premier pensum guindé, le second audacieux et truculent qui allait sans doute lui valoir des représailles sévères.

— Oui, je pense qu'il va faire du bruit. Je l'espère. Je suis ravi de la manière dont l'éditeur s'occupe de la publicité : les journaux les plus importants vont le recevoir et je vais être invité pour la promotion.

Hadrien hocha la tête, perplexe, incapable de se rappeler quels événements particuliers la maison d'édition nationale avait prévus.

— Ma foi, la signature à la librairie Luminea, le mois prochain, attirera sans doute les membres du Parti, et j'ai lu les critiques qui vont paraître dans *Scînteia* et *Săptămîna*. Dithyrambiques.

— J'espère bien, marmonna Trofim. C'est lui qui les a écrites.

— Avez-vous pensé à ce que vous allez faire une fois le livre sorti ? lui demandai-je alors que nous nous promenions dans le parc, après le départ d'Hadrien. On va vous retirer vos privilèges, vous allez peut-être être arrêté, perdre votre appartement et votre retraite du Parti.

— J'en suis parfaitement conscient. Je ne suis pas hors d'atteinte, c'est certain, mais il y a une limite à ce qu'ils peuvent me faire sans me transformer en martyr. De plus, cela ne fait que commencer. Je ne pense pas que je serai le seul à élever la voix. J'ai observé ce qui se passait en Roumanie. On serre la vis parce qu'en dessous, toute la machine branle. J'ai donné ma vie au Parti et au socialisme. Aucune autre vision ne me semble envisageable ni supportable. Mais c'est le Parti qui doit agir.

Cela ressemblait à une déclaration préparée.

— Vous êtes un bon communiste et vous souhaitez un coup d'État… C'est avant tout une question de tactique, n'est-ce pas ? ajoutai-je en désignant les tables d'échecs désertes.

— Rien de ce que j'ai pu voir ici ou au-delà de nos frontières – en Angleterre, aux États-Unis, en Europe – n'a ébranlé ma conviction que l'État socialiste est la forme de société la plus évoluée et la plus équitable qui soit. Rien. Je ne suis soutenu ni par un magnat américain, ni par le pape, ni par des politiciens libéraux, et je ne tiens pas à ouvrir mon pays au grand capitalisme.

— Vous pensez réellement qu'une fois Ceauşescu parti, le socialisme fonctionnera de nouveau dans ce pays ?

— De nouveau ? Il n'a encore jamais fonctionné. Mais vous vous méprenez quand vous pensez que l'État capitaliste libéral marche. Pour qui marche-t-il ? Pas pour vos pauvres ni pour vos chômeurs, ni pour votre main-d'œuvre du tiers-monde et leurs ressources pillées. À qui profite l'essence pas chère ? Pas à ceux qui la produisent. La nourriture pas chère ? Les biens manufacturés pas chers ? Non, rien de ce que j'ai vu n'a changé ma foi. Ni Staline, ni Ceauşescu, ni ça… ni ça…

Il désignait le mot ÉPIDÉMIE, peint de frais sur le mur du musée d'Histoire naturelle.

— Croyez-vous que dans les pays capitalistes, le droit au travail, à un salaire correct, aux soins et à l'enseignement gratuits iraient de soi, si nous ne vous avions pas ouvert la voie ? L'État providence ? La Sécurité sociale ? Le socialisme vous a montré que ce que vos employeurs et vos patrons vous accordaient au compte-gouttes, par paternalisme ou sous l'effet d'un accès de mauvaise conscience, était en fait le nécessaire vital, le minimum. Vous considérez que ce sont des droits uniquement parce que le socialisme est passé par là. Avant, ce n'étaient que des privilèges, de la charité ou de la chance. Et je n'ai pas encore abordé la mobilité sociale ! Sans le socialisme, sans Lénine, sans Trotski et Victor Serge, ce serait inimaginable. Le capitalisme nous doit le meilleur de lui-même.

— Et sans Staline ? demandai-je pour tempérer son soudain accès d'idéalisme.

Trofim me regarda d'un air blessé, puis un sourire rusé, évasif apparut sur ses lèvres.

— Que dit votre ami Leo depuis des mois ? Accrochez-vous ou décampez vite fait ?

— Quelque chose dans ce goût-là...

Nous regardions un chien errant pelé, sa peau d'un rose jaunâtre, fasciné par un filet de pisse laissé par l'un de ses congénères. Il fourra son museau dans le gravier trempé, inhala, puis battit en retraite dans les buissons.

— Il a peut-être raison, mais pas comme il le croit. Personne ne me prendra pour un champion du capitalisme. Je me suis sali les mains pour le Parti, vous le savez et beaucoup ne tarderont pas à l'apprendre. J'ai exclu et j'ai discrédité. J'ai imposé et j'ai réprimé. J'ai même tué, avec mon stylo au moins... avec ma signature. Je ne veux pas la révolution.

— C'est ce que je disais tout à l'heure, un coup d'État...

— Je veux une transition sans effusion de sang. Il n'y aura pas de révolution ici. Les Roumains ne sont pas comme ça.

— Et s'il y en a une ?

— Le Parti interviendra et je le soutiendrai. Gorbatchev a raison : notre survie dépend d'un minimum de libéralisation et d'ouverture, mais il faut aussi garder le contrôle. Les Ceauşescu passent. Ils sont remplaçables. Le Parti reste.

Il était redevenu sombre. Un esprit agile, subversif, un sens de l'humour, un intellect brillant… Trofim possédait tout cela, mais il restait chez lui un substrat, une foi dans la justesse de la cause qu'aucun questionnement rationnel ne pourrait ébranler. J'avais tort de le prendre pour un dissident. C'était un fondamentaliste – pragmatique, peut-être, mais néanmoins fondamentaliste, qui mettait tous les échecs de son idéal sur le compte d'une mauvaise application, et pour qui la barbarie du système était étrangère au système, secondaire.

— Pur sophisme, affirma Leo un peu plus tard. Ou, pour employer le terme technique : foutage de gueule. Trofim sait que s'il y a une révolution, il se fera lyncher. Il ne sera pas en première ligne, mais il finira par y passer.

— Je n'en suis pas si sûr. À mon avis, il est conscient qu'il ne lui restera rien s'il renie les croyances sur lesquelles repose toute sa vie : il n'a ni famille, ni œuvre ni travail en dehors du Parti, rien que l'ici et maintenant. Ce n'est pas sa vie qui le préoccupe, c'est ce à quoi il l'a consacrée. Le Projet.

— Mouais… Les communistes ont aboli Dieu, mais ils ont gardé la théologie. Ils savaient que ça pourrait servir quand ils auraient tout foiré. Au moins, Dieu a une excuse pour ses erreurs : il n'existe pas. Ces salopards, si…

— Bien sûr, mais il faut bien qu'il se protège : la meilleure défense, si on l'accuse de dissidence, c'est de proclamer sa foi dans le Parti, pas de l'attaquer.

Leo s'interrompit pour réfléchir.

— Il a peut-être autre chose en tête…

— Genre ?

— Genre un retour au pouvoir ?

Le 5 octobre, l'hebdomadaire allemand *Die Zeit* publiait les photographies que Manea nous avait fait parvenir. Elles apparaissaient en pleine page dans la rubrique internationale, à côté d'un récit sur les « deux décennies de mauvaise administration » de Ceauşescu. « Le dernier staliniste » titrait le journal. Avec le gros grain monochrome des photos de presse, nos clichés apparaissaient encore plus effrayants, comme le décor d'un film d'épouvante de série B.

Leo lut l'article à voix haute deux fois, insistant sur tel ou tel aspect, modifiant parfois l'éclairage sur une nouvelle information en fonction de ce que nous savions déjà. Manea l'avait-il vu ? C'était son œuvre, après tout, et il devait s'intéresser à ses retombées. Je l'imaginais au ministère, *Die Zeit* ouvert devant lui, guettant les rugissements qui s'échapperaient du bureau de Stoicu, après le savon administré par le Camarade et Elena. C'était un scénario plausible. Il y en avait un autre : Manea arrêté, sa confession qui n'attendait que sa signature. Qu'était-il arrivé à son prédécesseur, le général Anton, quelques années plus tôt ? La défection de son fils qui s'était réfugié aux

États-Unis l'avait placé dans une position impossible. Il avait tenté de prendre ses distances et l'avait même publiquement désavoué. Mais ce n'était pas suffisant. Après une visite de Stoicu, il s'était enfoncé dans la forêt avec un pistolet et s'était tiré une balle. Pas de meurtre, mais un suicide forcé.

La Maison des écrivains, la Casa Monteoru-Catargi, se trouvait dans Calea Victoriei. Un porche de marbre abrité par un auvent de verre et de fer permettait d'accéder au bâtiment, qui se trouvait en retrait de la rue, contemplant un jardin de taille majestueuse mais à présent desséché.

Il y avait quarante ou cinquante personnes dans la Sala Arghezi, où des exemplaires d'*Une vie de service* s'empilaient sur les tables. J'admirai la photographie de l'auteur au dos : Trofim étudiant à Moscou, le menton orné d'une barbiche à la Lénine, sûr de lui. Il avait cet air que Leo avait baptisé : « Je vais dans le sens de l'Histoire, et vous ? » Un air qu'on ne voyait plus que sur les vieilles photographies.

En dépit de son nom, la Sala Arghezi était dominée par deux immenses portraits des Ceauşescu. En dessous, on pouvait lire des vers du poète de la cour, Adrian Palinescu, où il appelait Nicolae « le Danube de la pensée », une métaphore qui me donnait des frissons quand je songeai à ce que j'avais appris récemment au sujet de ce fleuve mortel. Ses poèmes étaient atroces : il n'y avait aucun espoir pour l'art de la parodie dans un monde où on pouvait écrire sérieusement ce genre de choses. Leo avait un jour parlé de faire un sketch allégorique : c'est l'histoire de la Parodie qui plie bagage et ferme boutique, laissant une pancarte sur la porte : « Fermé. Pour toute question, veuillez contacter la réalité. » Les poèmes de Palinescu auraient été la goutte d'eau qui aurait mis la Parodie à la retraite anticipée. Ottilia les lut et rit, un gloussement aigu et incongru que je ne lui connaissais pas. Les gens autour d'elle se tortillèrent et émirent des petits sons réprobateurs, gardant leurs distances.

Les tapisseries de soie or et écarlate qui ornaient les murs étaient poussiéreuses, usées jusqu'à la corde par endroits. Une rangée de vitrines exposaient les manuscrits d'Arghezi. Sous les portraits des Ceaușescu se trouvait une page écrite à la main de son célèbre poème, « Blesteme », *Malédictions* :

Que les taupes et les vers grouillent
Sur les cadavres des morts glorieux.
Que les souris couinent par centaines
Parmi les robes pourpres
Que les insectes et les mites étranges
Nichent dans les effets précieux
Cousus de perles et d'or.
Sur les cordes des violons et des guitares
Que les araignées tissent leurs fils silencieux…

Qui avait réussi à placer ce poème ici – subversif non par l'intention, ni même par le contenu, mais simplement par hasard à cause du contexte – sans créer de scandale ?

Le rire d'Ottilia avait signalé notre présence. Manea m'adressa un signe de l'autre bout de la salle, tandis que Trofim, éméché et le visage rouge, se dirigeait vers nous. Comme dans une immense garde-robe, tous les murs étaient tapissés de miroirs. Où que l'on se tienne, on voyait les gens placés derrière et à côté de soi : la Maison des écrivains devait être l'un des rares lieux du pays où il n'était pas nécessaire de regarder sans cesse par-dessus son épaule. Ici et là étaient posés des meubles dépareillés : élégantes chaises et consoles aux pieds graciles, qui de près se révélaient écaillées et rayées, leur rembourrage aplati, leurs jointures branlantes. Les cendriers fumaient sous des monticules de mégots. De temps en temps, comme on isole les notes d'une musique au sein du brouhaha ambiant, je captais les effluves d'un parfum de l'Ouest, venant tout droit du duty free ou d'un magasin du Parti. Il dominait un instant les relents de vieilles nippes, d'antimite et d'ail, puis s'évanouissait. Je reconnus le Chanel de Cilea et suivis les maillons de sa chaîne aromatique à travers la salle, jusqu'à une grasse épouse du Parti qui s'empiffrait de feuilletés.

Les diplomates échangeaient des civilités avec les autres invités, leur ennui si intense qu'ils semblaient en lévitation. Je savais d'expérience que l'ennui pouvait donner la sensation de sortir de son corps, donner accès à une manière de transcendance. Mais les diplomates pratiquaient cette discipline en professionnels et le doyen du zen diplomatique était sans conteste le consul général Ozeray, un Belge bon vivant qui avait dédié sa vie à travailler le moins possible. Quelques années plus tôt, il avait été piégé par un agent de la Securitate qui s'était fait passer pour un homosexuel. La police secrète roumaine les avait pris en flagrant délit et photographiés. On racontait qu'Ozeray avait tenu à terminer son coït, puis, quand on avait exigé qu'il devienne un agent double, il avait remis ses chaussettes et son pantalon, avant de filer chez l'ambassadeur pour lui expliquer la situation. Son ministère des Affaires étrangères l'avait laissé en poste pour montrer que l'on pouvait refuser le chantage. Il vit que je le regardais, sourit et leva son verre dans ma direction.

Wintersmith papillonnait – c'est du moins le terme qu'il aurait utilisé pour qualifier cette manière qu'il avait de rôder autour des gens. C'était la première fois que je le voyais depuis que nous lui avions remis les photos. Il avait encore des traces de contusion d'un côté du visage et des points de suture sur l'arête du nez.

— Est-ce qu'on peut parler ? Devant elle ?

Il nous avait rejoints furtivement et il regardait Ottilia. Les yeux de la jeune femme le traversèrent comme s'il était transparent, au point où je fus surpris qu'il ne se pince pas pour s'assurer qu'il existait toujours. Elle alla rejoindre Trofim et Ozeray. Lorsque ce dernier lui baisa la main, elle eut un mouvement de recul, rougit, puis se laissa envelopper par sa courtoisie d'un autre âge.

— Vous n'avez rien fait de ces photos, n'est-ce pas ? demandai-je à Wintersmith.

— Eh bien, non, voyez-vous… Je le souhaitais… personnellement. Mais nous avons eu une réunion et il a été décidé que, d'un point de vue stratégique, ce n'était pas viable. Les éventuelles répercussions…

— Vous voulez dire que ça aurait menacé la prochaine foire aux contrats ?

— Il faut regarder les choses en face, les Allemands et les Français ne sont pas en odeur de sainteté ici, à cause de ces photos. Leurs ambassadeurs ont été convoqués et j'ai appris que les Boches ont perdu au moins un gros contrat pour un hélicoptère.

Il m'adressa une grimace qui se voulait un sourire conspirateur.

— Mais le malheur des uns fait le bonheur des autres. Nous sommes en bonne voie de le récupérer.

— Par nous, vous voulez dire UK Aerospace ou British Defence Systems, je présume...

— Je veux dire des sociétés britanniques respectables qui emploient des centaines de personnes et dont des villes entières dépendent.

— Depuis quand l'ambassade est-elle la branche diplomatique de l'industrie privée ? Si vous voulez voir des villes et des villages entiers dépendant d'industries qui se passent des aides du gouvernement ou du soutien du ministère des Affaires étrangères, allez faire un tour chez les mineurs et les métallos...

Je n'aurais pas dû laisser Wintersmith me mettre en colère. Je me retrouvai rouge et furieux sous son regard satisfait.

— Ou les ouvriers de l'imprimerie ? compléta-t-il en souriant.

Encore quelqu'un qui connaissait mon histoire.

— Vous devriez savoir qu'il y a les choses qu'on peut changer et les autres. Choisissez vos batailles. Mon travail ne consiste pas à approuver ou à désapprouver. Si je laissais mes sentiments prendre le dessus, je n'aurais plus qu'à changer de métier.

Puis, pour montrer son indépendance d'esprit, il ajouta :

— Je n'approuve pas tout, loin de là. Mais la politique est devenue indissociable de l'économie. Les décisions politiques sont économiques. C'est un fait. Et on n'y peut rien.

— Ah, monsieur Midwinter ? Gilbert, c'est bien cela ?

Ozeray avait surgi entre nous et refermait ses doigts sur la main de Wintersmith.

— Euh… Wintersmith, Giles.

Il était coincé. C'était un bel exemple de technique de combat diplomatique.

— Mais oui, où ai-je la tête. Toujours est-il que je n'ai pas pu m'empêcher d'écouter votre judicieuse analyse. Cela m'a rappelé mes débuts dans la carrière.

Ozeray s'interrompit et ferma les yeux, nous invitant à remonter le temps avec lui pour retrouver une époque antédiluvienne où les diplomates et les dinosaures hantaient les mêmes salles de banquet tapissées de glaces.

— En l'espace d'un demi-siècle, mon mentor, le baron Henri Nivarlais – grand diplomate s'il en est –, a assisté aux changements les plus radicaux que le monde a connus sans remuer le petit doigt. Ce bon baron me disait : « Jeune homme, il y a deux sortes de problèmes diplomatiques : les petits et les grands. Les petits se résoudront d'eux-mêmes et vous n'aurez aucune prise sur les grands. Les réelles difficultés qu'il vous faudra surmonter viendront de la tentation d'agir. Il s'agira d'y résister noblement : c'est ainsi que vous ferez vos preuves. » Un excellent conseil, monsieur Midwinter, vous devez être d'accord avec moi ?

— Mais ce n'est pas ce que je voulais dire, pour être honnête… bredouilla Wintersmith, mal à l'aise.

Je veux dire… voyez-vous… le diplomate peut quand même beaucoup…

Le sourire d'Ozeray lui coupa toute envie de continuer. Lorsque le Belge le libéra enfin, il recula et se fondit dans la foule, vaincu.

— Merci. Cette conversation ne nous menait nulle part et je commençais à perdre mon sang-froid.

— Tout le plaisir était pour moi. Cet homme est épouvantable. Mais je crains que, dans votre pays du moins, il représente l'avenir.

— Le pensez-vous réellement ? Ce que vous disiez au sujet de résister à la tentation d'agir ?

Il fut sauvé par un coup bruyant sur la table. Au bout de la salle, un dignitaire grisonnant maniait un petit marteau.

— C'est avec un immense plaisir que le syndicat des écrivains fête aujourd'hui dans ses locaux la sortie des mémoires de Sergiu Trofim. Cet ouvrage offre un éclairage sans précédent sur les pas de géant accomplis par notre nation sur la scène mondiale depuis quarante ans, et en particulier au cours des deux dernières décennies d'accomplissements.

Un claquement sonore retentit derrière lui : au fond de la salle, un Leo vêtu avec élégance entrait par la porte-fenêtre, saluant quelqu'un que je ne voyais pas. Il trébucha et cogna son pied contre le cadre. Derrière lui apparut Ioana, pompette et resplendissante de gêne. L'orateur se tourna pour regarder derrière lui. Leo lui fit signe de poursuivre.

— Et maintenant, je vais avoir l'immense plaisir de vous lire un message de vœux du président académicien, notre *Conducător* Nicolae Ceauşescu, connu autant pour son amour de la littérature que pour son expertise dans d'autres domaines. Un homme de la renaissance au sens le plus vrai du terme, qui conjugue véritablement tous les talents…

Il s'interrompit, prit une longue inspiration. Il y eut un grognement d'approbation générale et quelques extrémistes applaudirent.

Le préambule dura encore vingt bonnes minutes. Les gens titubaient d'ennui. Leo ressortit sur la pointe des pieds avec une bouteille de vin, tandis qu'Ozeray était gagné par une sorte de transe qui ralentissait son métabolisme comme celui d'une tortue en hibernation. Ottilia me donna un petit coup dans les reins et étouffa un gloussement. Je tendis la main derrière moi pour la prendre par la taille. Elle se laissa aller contre mon dos. C'était à Trofim de parler. Il se dirigea vers le lutrin orné de l'emblème du Parti. Il le baissa de quelques centimètres et se lança dans son discours. Une demi-heure d'euphémismes, de poncifs communistes et de jargon gélatineux. Ni plaisanterie ni trait d'esprit, aucun des commentaires raffinés ou érudits attendus. Petrescu et plusieurs de ses amis du parc se grattaient la tête, sidérés. Leo aussi se grattait la tête. Il me regarda en arquant les sourcils : que se passait-il ? Je l'imitai, non moins décontenancé. Ioana haussa les épaules. Seule Ottilia semblait sur le qui-vive. Elle pressait ma main, désireuse de partager avec moi une bonne blague dont elle seule connaissait la chute. Je sentais le sourire qui s'élargissait sur son visage sans avoir besoin de le voir. Un long soupir expressif s'éleva au fond de la salle, s'achevant sur un grognement de baryton retentissant. Tout le monde se tourna vers Leo.

Trofim le faisait exprès : son discours était si ennuyeux qu'il en devenait subversif, non pas parce qu'il piétinait les conventions ou attaquait qui que ce soit, mais parce qu'il coulait les membres du Parti avec le poids mort de leur propre logique de plomb : la subversion par la docilité à outrance.

Après le départ des invités, il se munit d'une lampe de poche et me conduisit dans une cave où un vieux réfrigérateur bourdonnait et tremblait au milieu d'une flaque de couleur rouille. Autour s'entassaient des piles de livres et de papiers, leurs pages rongées, trempées ou couvertes de moisissure verte.

— Les archives, glousse-t-il, un peu ivre.

Il ouvrit la porte du réfrigérateur. Six bouteilles de champagne français luisaient sur l'unique clayette. Je les montai dans un carton aux rebords étroits, marqué du nom en partie effacé d'un auteur oublié ou en disgrâce.

— Un cadeau des Belles Lettres, par l'intermédiaire du consul général belge, pour fêter la sortie parisienne du livre.

Ozeray, altruiste de l'inaction, était donc notre troisième homme, celui qui s'était occupé du versant français de l'affaire, qui avait négocié avec l'éditeur au nom de Trofim ? Avant d'atteindre la salle de réception, le vieil homme m'attrapa le bras.

— Il n'y a plus de retour en arrière possible à présent. Je ne contrôle plus rien… Buvons, car il n'y aura plus guère l'occasion de fêter quoi que ce soit à partir de maintenant.

Je rentrai à pied avec Ottilia. Nous étions devenus un couple sans qu'il soit nécessaire de le formuler. Nous couchâmes ensemble ce soir-là, en silence, les yeux fermés, avant de nous retourner pour dormir chacun à une extrémité du lit, toujours sans un mot.

Avec Cilea, faire l'amour avait toujours un aspect pornographique : je me regardais en train de la baiser ; elle me regardait regarder. Il fallait que j'en sois conscient, de cette insoutenable jouissance, avant de pouvoir l'éprouver dans mon corps. Le charnel devait d'abord passer par le mental et par les yeux ; il avait besoin de leur autorisation. Nos corps étaient ceux, désincarnés, du sexe offert en spectacle. Et même lorsque nous étions ensemble, quand nous marchions, mangions, faisions des choses ordinaires, tous nos gestes semblaient se dérouler à l'intérieur d'un cadre, comme si nous nous observions. Cela nous excitait, doublait le plaisir. Peut-être était-ce parce que nous vivions sous surveillance, mais, pour moi, c'était aussi une facette de mon absence à moi-même, de ce sentiment d'être le locataire de ma propre conscience.

Avec Ottilia, il n'y avait que nous deux et les ténèbres, puis des sanglots violents qui me tirèrent du sommeil et qui, je m'en rendis compte alors, étaient les miens. Le bruit l'avait réveillée, elle aussi, et quand elle se tourna vers moi pour me couvrir de son corps et faire taire ma bouche avec la sienne, je sentis quelque chose se briser en moi. C'était très lointain et minuscule, un lac longtemps gelé qui se fendillait le long de la rive.

Trois

Ottilia prenait son service à sept heures, néanmoins, elle comptait deux heures pour se rendre à l'hôpital. À présent que les matins s'assombrissaient, seul le faux lever de soleil du chantier, son aube artificielle rasant les toits, dessinait son profil devant la fenêtre : un mince corps pâle qui s'habillait dans la pénombre. À l'autre bout de l'appartement, la bouilloire sur le gaz entamait son chant étouffé.

J'appuyai sur l'interrupteur, mais rien ne se produisit. Une nouvelle coupure de courant ou toujours la même ? Lorsque je la retrouvai dans la cuisine, elle tenait le sac de sport qui renfermait ses possessions. Elle le posa sur la table.

— Tu veux bien transporter mes affaires dans ta chambre ? Ça ne devrait pas te prendre longtemps.

Lorsqu'elle sourit et serra ma main, puis m'embrassa encore sur la bouche, je me laissai aller entre ses bras. Je craignais qu'hier soir n'ait été qu'un excès d'émotion et de promiscuité, une manière d'évacuer la tension ; j'avais peur qu'Ottilia s'éloigne de nouveau, fuie mon incomplétude. Elle sentit que je perdais l'équilibre et me fit asseoir à la table.

Sur le chemin de l'université, je décidai de m'arrêter chez Trofim. Il devait avoir une sacrée gueule de bois, mais il devait aussi se préparer aux retombées de la sortie parisienne des *Mémoires d'un idéal trahi*. Je l'emmènerai déjeuner, lui parlerai d'Ottilia ; nous irions marcher, profitant de cette journée d'automne ensoleillée pour réfléchir à la conduite à tenir lorsque son livre ferait les gros titres...

Sa rue était bloquée, avec des barrages à chaque bout. Je franchis le poste de contrôle. La police avait l'air sur les dents. Je traversai pour voir la porte de Trofim et son balcon. Les fenêtres étaient fermées, les rideaux tirés. Comme je m'approchai, deux policiers sortirent de l'immeuble, accompagnés de trois agents de la Securitate qui se mirent en travers de ma route. Je leur demandai ce qu'ils désiraient, mais on ne me répondit pas. Je leur tendis mes papiers avec un air de lassitude peu convaincant. Ce n'était pas une inspection de routine.

— Messieurs, puis-je savoir de quoi il s'agit ? Je passais saluer un ami, un camarade haut placé, l'ancien ministre Sergiu Trofim. Je l'aide dans son travail...

Personne ne dit rien. Ils examinèrent mes papiers et les gardèrent. L'un des hommes en civil me poussa dans une Dacia noire. Je continuai de parler. J'étais un citoyen britannique, un visiteur ordinaire, je ne faisais rien d'illégal... Je regardai la fenêtre de Trofim derrière moi et vis un rideau trembler. Les occupants de la voiture étaient des intimidateurs professionnels, issus de la même chaîne de montage que Stoicu. On les disait « en civil », mais leur tenue était un uniforme et ils n'essayaient pas de passer inaperçus. Ils étaient là pour être remarqués, leur présence sentie, pour distiller le poison de la surveillance ouverte dans chaque pièce, chaque rue, chaque rassemblement spontané. Ils avaient tous un costume marron ou beige identique, la veste gonflée par l'étui du pistolet, le pantalon évasé, les souliers renforcés, la coupe de cheveux réglementaire. Leo aurait peut-être tenté de se moquer d'eux, il aurait lancé une plaisanterie au risque de se faire tabasser. Pas moi. Pour la première fois depuis notre visite boulevard de la Victoire-du-Socialisme, j'avais peur. Pas la peur qu'on éprouve face à un danger spectaculaire ou un acte malfaisant inconcevable, mais la peur de l'individu qui s'est aventuré par erreur dans la machine.

Ils ne m'emmenèrent pas au quartier général de la Securitate. Je me retrouvai dans un appartement en demi-sous-sol, sombre et exigu, près du siège de la police. La tapisserie se décollait des murs humides. On m'indiqua une petite table avec deux chaises. Vingt minutes plus tard, un homme calme, d'allure professorale, me rejoignit. Il sourit et ouvrit une chemise. J'avais déjà un dossier de cinq centimètres d'épaisseur. Si j'arrivais au bout de mes deux ans, il en ferait au moins quinze et il faudrait le ranger dans deux boîtes d'archivage Monocom, comme celles que j'utilisais à l'université.

— Votre séjour chez nous n'a pas été très confidentiel jusqu'ici, dit-il. Ce dossier contient tellement d'informations qui nous ont été transmises par vos amis et vos collègues que nous aurions pu nous dispenser de vous surveiller…

Il me montra des photographies de moi : sur le balcon, la première fois où j'étais allé au travail à pied, à la cafétéria du personnel, sortant du Capşa en compagnie de Leo le premier soir. Avec Trofim sur un banc. Les voitures qui quittaient le musée après l'une des réceptions de Leo, rentrant de chez Trofim au bras d'Ottilia. Ottilia encore, devant chez moi. Leo se curant le nez alors qu'il échangeait des devises avec un maquereau. Wintersmith en train de me parler devant l'ambassade. En revanche, je ne voyais ni Petre ni Vintul, mes seules fréquentations réellement dangereuses. Pas trace de Cilea et Manea non plus. Ce qui devait signifier quelque chose.

— Pensez à me les donner quand j'écrirai mon autobiographie. Ma période roumaine constituera un chapitre bref, mais essentiel de l'histoire. Et sans doute le mieux documenté. Maintenant, dites-moi ce que je fais ici.

— Ah, l'humour anglais, répliqua-t-il d'un ton égal, sans se départir de son sourire. Nous verrons si vous en avez l'emploi dans cette nouvelle situation... Nous avons un gros dossier concernant vos activités, dont certaines pourraient être jugées contraires aux intérêts de l'État. Beaucoup sont purement et simplement illégales : trafic de devises, tentative de corruption de fonctionnaires, association avec des malfaiteurs, utilisation de prostituées...

— Des prostituées ? Je n'ai jamais « utilisé » de prostituée de ma vie, comme vous le dites si bien. Quant aux « tentatives » de corruption, je crains que ce ne soit pas le terme approprié, car j'attends encore de voir la moindre de ces tentatives repoussées...

— Ne perdez pas votre temps. Nous parlons de délits de droit commun. Si vous êtes inculpé, vos grands discours ne serviront à rien. Votre ambassade refuse d'intervenir dans les affaires de délinquance et de criminalité. Vous serez seul.

— Je ne peux rien faire pour vous. Si vous avez des preuves contre moi, inculpez-moi, sinon laissez-moi partir.

— Inculpez-moi, sinon laissez-moi partir. Vous avez vu trop de séries policières. Personnellement, ma préférée est *The Sweeney*.

Il rit, ôta ses lunettes, et de l'autre main me balança un coup de poing que je reçus en plein visage. Je sentis ma lèvre se fendre contre mes dents et mon nez se tordre avec un bruit d'écorce d'arbre arrachée. J'avais le goût métallique du sang dans la gorge.

Mon interrogateur continua d'étudier mon dossier comme si de rien n'était. Il cocha une case sur son procès-verbal et nota l'heure – dix heures trente-huit – avant de signer. Je m'efforçai de déchiffrer son nom, mais il était volontairement illisible. Plus tard, lorsqu'on ouvrirait les archives policières dans les anciens pays communistes, ici et ailleurs, on trouverait ces parodies de signature sur la plupart des rapports, un gribouillis générique pour un nom qui n'appartenait à personne en particulier, et qui était le symbole de la complicité collective.

— Nous nous reparlerons. Vous finirez par nous aider. Vous n'aurez pas le choix, annonça-t-il d'un ton convivial, comme si nous venions de poser les fondations d'une joyeuse amitié.

Il me tendit la main avec laquelle il m'avait frappé, puis quitta la pièce. J'avais la tête qui tournait, le visage couvert de sang et de morve. Une de mes dents ne tenait plus que par un lambeau de gencive. Les deux agents de la Securitate qui m'avaient amené m'escortèrent à la Dacia. Quelqu'un avait placé une housse en plastique sur le siège pour le protéger des épanchements post-interrogatoires des prévenus.

Je trouvai la porte de mon appartement ouverte, la serrure brisée – un geste gratuit puisqu'ils avaient les clés. Toutes les pièces étaient sens dessus dessous, les placards vidés, les tiroirs retournés. Les tableaux et les posters avaient été déchirés. Le téléphone avait été arraché, mes livres jetés par terre et les étagères elles-mêmes saccagées. La cuisine était jonchée d'éclats de verre. Dans ma chambre, les habits étaient éparpillés sur le sol, lacérés. Le sac d'Ottilia éviscéré d'un simple coup de couteau.

Je me nettoyai le visage dans la salle de bains. Ma lèvre inférieure était enflée et une croûte se formait déjà. Je tirai une fois sur ma dent et elle se retrouva dans ma paume. J'enfilai ce qui me tomba sous la main et je sortis. J'appelai Leo du musée d'Histoire naturelle. Il n'y avait personne chez lui ni à son bureau. J'essayai de joindre Ottilia mais la ligne de l'hôpital était en dérangement. Je reposai le combiné après avoir essuyé le sang sur le microphone. J'avais la tête qui bourdonnait comme la télévision après l'arrêt des programmes.

Aucun taxi ne voulait s'arrêter. J'avais l'air d'un ivrogne qui s'était battu et qui venait de sortir en titubant de sa cellule ou des toilettes du poste de police. Mes vêtements étaient froissés et juraient : un tee-shirt rouge avec le logo « The Champ », un jean vert, des baskets chinoises et une écharpe écossaise pour dissimuler ma bouche. Je continuai jusqu'à Calea Victoriei en agitant des dollars en direction des voitures, mais aucune n'osa s'arrêter.

Un klaxon retentit derrière moi et la Skoda bleue de Leo se gara le long du trottoir.

— Eh ben, c'est du propre. J'ai bien pensé qu'ils ne rigolaient pas quand j'ai vu l'état dans lequel ils avaient laissé ton appartement.

— Je ne sais pas ce qui s'est passé. Ni pourquoi. Je me rendais tranquillement chez Sergiu avant d'aller au travail. Quand je suis arrivé devant chez lui…

Leo me tendit les deux journaux qui se trouvaient à l'arrière.

L'*International Herald Tribune* affichait en première page une photographie de Trofim, au-dessus d'un article intitulé : « La lettre des "Cinq" : les détracteurs de Ceauşescu sortent de l'ombre ». Il s'agissait d'une lettre ouverte, signée de cinq communistes proches du pouvoir réclamant la démission du président, et envoyée aux principaux organes de presse à l'Ouest. Puis il me montra le quotidien français *Libération*, où figurait un article sur le livre de Trofim et son très médiatisé lancement parisien. Le journal annonçait qu'il allait le publier en plusieurs parties à compter de la semaine suivante, tout comme le *Washington Post*.

— Trofim est assigné à résidence. Toute la ville ne parle que de ça. Ozeray a appelé ce matin.

La lettre accusait Ceauşescu d'avoir sapé l'économie, institué un culte de la personnalité stalinien, émasculé le Parti et imposé au pays des conditions de vie dignes du tiers-monde. Elle exprimait son soutien aux grèves et aux manifestations, exigeait la démission de Ceauşescu, avant de conclure avec éloquence : « La mégalomanie d'un seul individu a pris des proportions terrifiantes. Non contente de déshonorer le communisme, elle menace de détruire la culture d'une nation tout entière. » Trofim en était le principal signataire et il était sans nul doute l'auteur de ce texte qui appelait la Roumanie à s'engager derrière Gorbatchev sur la voie de la réforme. Si son discours au syndicat des écrivains était une blague, cette lettre en était la chute. Il avait tout chorégraphié, avec l'aide d'Ozeray et de quelques autres.

— Quel roublard ! s'écria Leo. Il y en a pour tout le monde : la libéralisation économique, le socialisme à parti unique histoire de s'assurer le soutien russe, la perestroïka, et juste la bonne dose de bravoure dissidente pour que les Ricains et les Européens le hissent sur un piédestal. Je te parie qu'en ce moment même, il y a des gens à Washington et à Moscou qui sont en train de se dire : « Sergiu Trofim, voilà quelqu'un avec qui on peut discuter… » Le vieux renard stalinien transformé en héros réformateur. C'est la meilleure de l'année.

— Mais il est fini, non ? C'est un suicide politique. Il est déjà en résidence surveillée. Qu'est-ce qu'ils vont lui faire d'autre ?

— Pas grand-chose. Réfléchis : cinq figures du Parti rédigent une lettre à la presse internationale. Ce soir ce sera sur toutes les radios : le World Service, France Culture, Radio Free Europe, Voice of America, Radio Moscou. Tout Bucarest en parle, et ce doit être pareil dans les principales villes du pays : Cluj, Braşov, Timişoara. Les ambassades, les consulats, les universités… Ils vont le secouer un peu, peut-être l'envoyer dans un bled ouvrier avec des restaurants merdiques, lui faire peur, mais ils sont coincés. Si on le met en prison, il devient un martyr. Il a soixante-treize ans, ce qui est jeune pour un dirigeant communiste, et c'est un membre connu du Parti. Il a encore quelques belles années devant lui.

— Et les autres, qui sont-ils ?

— Quatre anciens ministres, de haut rang, mais marginaux. Stanciu, Ralian, Slavnicu, Apostol... Apostol est le seul à qui j'ai eu l'occasion de parler. Un brave type, dans son genre.

Leo klaxonna et doubla un camion de ciment.

— Le successeur désigné de Gheorghiu-Dej dans les années 60. Du jour au lendemain, il s'est retrouvé dans les limbes, tandis que tous ses vieux copains se ralliaient au camarade admirateur de *Kojak*. Condamné à passer le restant de sa carrière dans des ambassades obscures, au Venezuela ou au Bangladesh. Et je connais plus ou moins la fille de Ralian. Sinon, ce ne sont que des noms.

Les informations du soir ne parlaient que de ça. Sur le BBC World Service, une partie du journal était consacrée à la lettre de Trofim. Radio Free Europe proposait un « Coup de projecteur sur la Roumanie » d'une heure, avec une brève biographie des signataires et une succession de commentaires d'experts de la question communiste. Voice of America se joignit au concert général avec une « Émission spéciale » à vingt heures au sujet de la Roumanie de Ceaușescu. Le scoop revenait cependant à Radio Moscou : une interview de Trofim en russe, enregistrée trois jours avant la publication de la lettre, dans laquelle il réitérait son opposition à Ceaușescu et sa profession de foi de communiste dévoué, mais ouvert au changement. C'était pour l'instant le signe le plus explicite qu'il avait le soutien de Moscou.

— Merde. Je vais te dire ce qui se passe…

Leo tournait le bouton de la radio, cherchant toutes les informations concernant l'affaire sur les ondes, mais il n'eut pas le temps de terminer. Ottilia prit la parole à sa place.

— Cette interview a été réalisée la semaine dernière chez Trofim, par le chef du bureau de la *Pravda* à Bucarest, en présence de l'ambassadeur russe.

Leo et moi la dévisagions, sidérés.

— Comment le sais-tu ? Tu le connais depuis quelques semaines à peine.

Je rougis de jalousie, puis parce que ma jalousie était flagrante, une couche de fard recouvrant l'autre.

Elle sourit et embrassa ma bouche enflée.

— Trofim est intouchable, maintenant. Ils peuvent l'assigner à résidence et le surveiller, mais Ceauşescu est conscient que s'il lui arrive quoi que ce soit, les Russes agiront. Il faudra bien qu'il le laisse en paix.

Leo applaudit, admiratif.

— C'est génial ! Ce vieux brigand est malin comme un singe. Je te l'avais dit. Il veut revenir sur le devant de la scène !

Il alla chercher une bouteille de mousseux.

— Allez, on fait péter le champ' russkof. Va chercher des verres et arrête de faire cette tête de chien battu ! ajouta-t-il en se tournant vers moi.

Ce soir-là, nous retrouvâmes Ozeray à l'Athénée Palace, où il terminait un long repas en compagnie d'un cercle de diplomates gastronomes. Un cigare à la main, il étudiait la table jonchée de restes et les convives enivrés, comme un commandant évaluant l'état d'épuisement de ses troupes.

Ottilia et moi étions au bar, tandis que Leo et Ioana, qui connaissaient un rare moment d'harmonie, dansaient au son d'un slow langoureux dans la salle voisine.

Ozeray s'excusa auprès de ses amis pour nous rejoindre.

— Trofim a été déplacé. Nous ignorons où. Je viens de parler à Maltchev. Ils l'ont emmené à vingt-deux heures ce soir.

Maltchev, le chef du bureau de la *Pravda*, était assis tout au bout du comptoir. Il nous adressa un bref signe de tête lorsque Ozeray prononça son nom, comme s'il l'avait lu sur ses lèvres – un talent qu'il avait dû acquérir au cours de ses années d'espionnage.

— Ils vont le retenir dans un endroit inconfortable et difficile à trouver. Mais pas une prison. Apostol et les autres ont été embarqués à midi.

— Toutes ces informations, elles viennent des Russes ?

— Nouvelle situation, nouvelles alliances, répliqua Ozeray en levant son verre en direction de Maltchev, qui fit de même.

Ce qui était d'abord apparu comme un acte de bravoure désintéressé s'avérait un plan impeccable que Trofim avait exécuté de main de maître pour reprendre sa place sur l'échiquier politique – les manœuvres d'un stratège professionnel. Ottilia l'avait compris bien avant moi. Trofim avait essayé de me prévenir, à sa manière : ses histoires au sujet d'Arghezi, les complots et les purges, les trahisons multiples. Il ne m'avait pas menti ; au contraire, il m'avait donné autant d'indices qu'il le pouvait sans se mettre en danger. Mais j'avais préféré voir en lui un idéaliste déçu, un vieil homme d'État poussé vers la retraite. Il avait éveillé en moi un instinct protecteur, j'étais même jaloux de ses confidences. Il avait mystifié ses amis comme ses ennemis. Une voix dernière moi souhaita bonne nuit au concierge de l'hôtel. Maltchev partait avec son escorte.

L'entrée de l'Athénée Palace était une porte-tambour dont les compartiments ne pouvaient accueillir qu'une personne à la fois. Ce qui attirait tous ceux qui se croyaient filés ou qui voulaient exhiber leurs multiples gardes du corps : comme on ne pouvait la franchir qu'un par un, c'était un système de filtrage idéal dans un État surveillé. Elle fonctionnait à la manière d'un prisme : tout était ralenti et décomposé. Le Russe était suivi par deux sbires de la Securitate repérables entre mille, sans doute fraîchement débarqués de leur province, car ils tentèrent de passer le tourniquet ensemble. Derrière eux, un agent du KGB avec manteau et couvre-chef. Puis, une femme plus discrète, et enfin un individu en mackintosh marron coiffé d'un chapeau mou. Tout un écosystème de surveillance prospérait sur le dos d'un journaliste soviétique.

L'homme à l'imperméable, dont je distinguais à présent le profil à travers la vitre, émergea dans la rue. Il avait la barbe et des cheveux courts, des lunettes et portait son chapeau enfoncé sur son front. Quelque chose chez lui refusait pourtant l'anonymat. Ou était-ce ainsi que, plus tard, je justifierais à mes propres yeux l'impression d'avoir vu Vintul, d'avoir reconnu son profil, alors qu'il n'avait pas bronché quand j'avais frappé à la vitre et appelé son nom ? N'importe qui d'autre aurait au moins tressailli. Était-ce lui ? Je tapai encore. Tout le monde autour de lui s'était arrêté pour me regarder, mais il poursuivit son chemin.

Un embouteillage s'était créé à la porte. Une vieille dame avait coincé sa valise et elle se retrouvait piégée avec son caniche couleur eau de vaisselle qui jappait de panique. Lorsque je débouchai enfin dehors, il n'y avait plus personne.

Je courus à l'angle de Strada Episcopiei. Il avait disparu. Je pouvais continuer jusqu'au boulevard Magheru, mais le temps d'y arriver, il se serait volatilisé. Je fis demi-tour et hélai un taxi. Je ne dis rien à Ottilia. Les yeux fixés sur la vitre couverte de gouttes de pluie, j'étais de moins en moins sûr de moi. Un homme sans aucun signe particulier qui se hâtait dans un hall d'hôtel mal éclairé et dont le profil m'avait rappelé, pour une raison que je ne comprenais pas moi-même, quelqu'un que je cherchais. Déjà son image s'évanouissait : de quelle teinte était son manteau ? Portait-il un chapeau ? Une mallette ou un sac ? De quelle couleur étaient ses cheveux ? Ses yeux ? Le temps que je regagne mon appartement dévasté, il ne restait de l'incident que l'ombre d'un loupé.

Ils avaient emmené Trofim, Apostol et les autres en banlieue. Slavnicu s'était effondré lorsqu'on était venu l'arrêter : il avait signé une rétractation et prétendait avoir agi sous la pression de Trofim et d'Apostol. On lui laissa sa maison de ville à Herastrau. Stanciu était diabétique et Ralian marchait avec difficulté : on les plaça donc dans des immeubles sans ascenseur, ni gaz ni électricité. Selon Ozeray, Trofim se trouvait dans une pièce au sommet d'une tour d'habitation inachevée, où il n'y avait en guise d'eau courante que celle qui coulait du toit, et où les bourrasques qui pénétraient par les trous destinés aux fenêtres faisaient office de climatisation.

Trofim était devenu une vedette : les ambassadeurs américain et soviétique exigeaient de le voir, et dans ces deux pays on convoqua les diplomates roumains au ministère des Affaires étrangères pour leur transmettre des protestations officielles. Le ministre des Affaires étrangères français fit un discours demandant à Ceauşescu de relâcher les dissidents. L'éditeur de Trofim intervint à son tour et déclara que l'absence de l'auteur lors de la sortie du livre, qui s'était déroulée en grande fanfare médiatique et en présence d'activistes des droits de l'homme, de ministres, d'exilés politiques et d'une brochette de philosophes, de poètes et de dramaturges absurdistes grincheux, avait créé une telle sensation que le premier tirage était déjà épuisé. Le *Sunday Times* publiait un extrait de l'ouvrage traitant de l'ascension du président roumain, où Trofim révélait qu'il avait été chargé de modifier les états de service du Camarade pour en faire un héros antifasciste de la Seconde Guerre mondiale. Il ne ménageait pas Elena Ceauşescu non plus, « laborantine quasi illettrée et plagiaire professionnelle », et il nommait tous les scientifiques dont elle s'était attribué les travaux au cours de ces dernières années. Un autre journal livrait les photographies de la visite officielle du couple en Angleterre : le Camarade et son épouse en compagnie de la reine, chassant avec un ministre conservateur dont le tour de taille rivalisait avec celui d'Obélix, et Elena recevant un doctorat *honoris causa* de l'Institut de technologie de West London. Selon Trofim, huit universités avaient rejeté sa demande. De son côté, elle avait refusé dans un premier temps de serrer la main du président honoraire parce qu'il était juif.

Les autres signataires furent vite oubliés. Trofim était le héros du jour, le politicien dissident avec lequel il fallait compter. Soudain, les secrétaires d'État américains et les ministres britanniques, les représentants du gouvernement français et les porte-parole russes n'avaient pas assez de mots pour vanter son illustre carrière. Le *Washington Post* publia un portrait dans lequel Kissinger le décrivait comme un homme « réaliste, vif, humain, un gentleman européen à l'ancienne ». La *Pravda* l'appelait ni plus ni moins « le choix du Parti », ce qui était loin d'être le cas, mais le deviendrait très vite lorsque « le Parti » lirait le journal. C'était un pari risqué de la part de Trofim, car les Roumains détestaient encore plus les Russes que Ceauşescu. Il s'avéra pourtant payant. L'Union soviétique était désormais un moindre mal : Gorbatchev représentait l'unique perspective de changement démocratique, et les apparatchiks voyaient en lui une chance de sauver leur peau si Ceauşescu tombait – ce qui semblait de plus en plus certain.

Il nous fallut dix jours pour découvrir où Trofim était retenu, et l'information nous parvint par l'intermédiaire d'Ozeray. Personne ne lui demanda comment il l'avait obtenue, mais tout était exact, jusqu'aux habitudes de ses gardiens. Nous avions une demi-heure au moment de la relève, quand l'équipe de quatre était réduite à un seul homme. J'assistai à la remise du plus gros pot-de-vin que j'avais jamais vu : deux sacs de steaks surgelés, six bouteilles de Johnnie Walker, une dizaine de cartouches de Kent, trois walkmans et cent dollars. Le garde risquait l'exécution pour cela, si bien que dans mon esprit, ce colis hétéroclite représenterait désormais le prix d'une vie en Roumanie. Je savais qu'il existait d'autres pays où elle valait encore moins cher, mais c'est la seule fois où je l'ai vue payée aussi crûment.

Le garde terrifié nous retrouva dans le hall sombre de l'immeuble, un grand édifice penché, tout en ciment humide et torsades métalliques rouillées. Bien qu'il fût loin d'être achevé, les bétonnières, les camions et les grues étaient déjà sur le chantier suivant.

— Quatorzième étage. Appartement six. Voici la clé. Faites vites, s'il vous plaît. C'est très dangereux pour moi.

Nous montâmes. La lampe de Leo creusait des tunnels de lumière, qui éclairaient des crottes de chien, des bris de verre, la carcasse plate et desséchée d'un chat mutilé. Au huitième étage, un animal tremblait dans un coin de la cabine d'ascenseur : une chienne qui allaitait des chiots minuscules. Elle leva les yeux, rassembla l'énergie qu'il lui restait pour se battre et montra ses crocs dans le faisceau. Leo claqua la grille de l'ascenseur sur elle. Les couloirs étaient semés de flaques et d'ordures. Au quatorzième, un grattement révéla un coq sauvage qui avançait la tête avec des petits mouvements saccadés. Il braqua un œil sur nous, puis l'autre, avant de se précipiter dans le trou où il avait élu domicile. C'était sans doute la deuxième ou troisième génération d'animaux de ferme urbanisés qui apprenaient à survivre dans les banlieues nouvelles.

Leo déverrouilla la porte. Un rideau placé devant une fenêtre sans vitre se gonfla. C'était un squelette d'appartement, avec des murs sans plâtre et du béton brut par terre. La pièce principale était un fouillis de fils électriques et de tuyaux non connectés. La puanteur de W.C. pleins nous parvint d'une pièce voisine. Le sol était trempé. Trofim était allongé sur un matelas dans un coin. Nous l'avions réveillé. Leo dirigea sa lampe sur lui et il se frotta les yeux, s'asseyant.

— Qui est là ? cria-t-il.

Il n'avait pas pu changer de costume depuis qu'on l'avait emmené. On ne l'avait pas autorisé à prendre quoi que ce soit. Ni livres, ni journaux ni radio. Il nous étreignit, les mains tremblantes. Il était tombé dans le noir et s'était coupé à la tête. Il se ressaisit, nous présenta la seule chaise de l'appartement et alluma un réchaud de camping. Leo sortit des provisions : bougies, biscuits, whisky, *baked beans* et soupe Heinz, salamis allemands. Et l'apothéose : trois bananes qu'il brandit avec un geste théâtral. Trofim semblait maigre et déguenillé. Il avait une toux caverneuse qui faisait peine à entendre. Je me souvins qu'il avait purgé deux ans de prison pendant la guerre, suivis de six mois d'isolement. Il était sans doute plus apte à supporter ce traitement que la plupart des septuagénaires, mais il accusait le coup. Il parlait d'une voix lente, essoufflée.

— Quelles sont les nouvelles ? Je ne sais rien. Je passe mes journées seul. Ni violence ni torture, rien que la solitude. Je me débrouille.

Ottilia s'avança et remonta la manche de Trofim. Elle vérifia sa tension, examina ses yeux et écouta sa poitrine. Elle tira deux inhalateurs de la poche de son manteau, un flacon de protéines en comprimés et des sachets de poudre de réhydratation. Pour la première fois, je remarquai qu'elle avait apporté un sac, elle aussi. Elle sortit trois bouteilles d'eau minérale. Elle en versa dans un verre, ajouta de la poudre, et le tendit à Trofim.

— Dormez, couvrez-vous, faites toujours bouillir l'eau avant de la boire. Essayez de faire un peu d'exercice tous les jours.

Il acquiesça et plaça ses mains sur les siennes.

— Et voici des antibiotiques. Vous avez une infection pulmonaire. Trois par jour pendant une semaine.

— Et les autres ?

— Slavnicu et Ralian se sont rétractés. Ils prétendent que vous les avez manipulés. Stanciu tient bon, mais il est malade. Nous ne savons rien sur Apostol, sinon qu'il serait quelque part à Băneasa.

Il hocha la tête.

— Apostol ne cédera pas s'il pense qu'il peut gagner. Stanciu est différent. Un brave homme, obstiné, maladroit avec tout le monde, amis ou ennemis. Il est capable de résister par pur entêtement. Il ne voulait même pas signer au début. Mais maintenant, il ne se dédiera pas !

Son rire s'acheva en quinte de toux.

— Et que disent les journaux ?

— Ah, camarade ! s'exclama Leo. Je me demandais quand vous en viendriez au fait ! J'ai préparé un dossier que vous aurez tout loisir d'étudier dans votre luxueuse garçonnière, tandis que votre fidèle coq montre la garde dehors.

Leo lui tendit un album avec les coupures de presse. Trofim le feuilleta – le *Washington Post*, le *Times*, la *Pravda*, *Libération* – et parut satisfait. Il éplucha une banane et la dégusta lentement, les yeux fermés, concentré sur le goût. Ensuite, il prit deux gobelets en fer-blanc, une tasse ébréchée, et il rinça une boîte de conserve avant de servir le whisky.

— Aux amis, en Roumanie et à l'étranger, lança-t-il en levant sa tasse. Je serai bientôt chez moi. Ce n'est pas tenable pour eux. Ils ne peuvent pas me garder éternellement. Puis-je vous demander un service d'ici là ?

— De quoi s'agit-il ?

— Trouvez où ils retiennent Stanciu et sa femme, et rendez-leur visite. Avec des provisions. Vous voulez bien ?

Il y eut un coup violent contre la porte et le garde entra, hors d'haleine, terrifié.

— C'est fini. Ils arrivent. Il faut y aller, maintenant.

Il regarda les vivres.

— Cachez ça. Sous le matelas, dans les toilettes, n'importe où. Mais surtout qu'ils ne le voient pas. S'il vous plaît, *Domnul*...

Domnul : un signe que même ici, même parmi ses geôliers, Trofim avait réussi à s'imposer.

Avant de partir, je lui donnai ce que j'avais apporté : un petit transistor ondes courtes avec des écouteurs. J'avais pensé à mettre des piles dedans. Il me remercia d'une étreinte. Il avait les larmes aux yeux. C'était la première fois qu'il manifestait une telle vulnérabilité. D'habitude, c'était un mot d'esprit, une poignée de main ou un au revoir nonchalant. Lorsque je passai mes bras autour de ses frêles épaules, respirant l'odeur des vêtements trop portés, de la sueur, de la crasse et de l'urine que ses efforts pour rester propre et présentable ne parvenaient à dissimuler, je me sentis protecteur et respectueux. C'était, pensais-je, ce que j'aurais éprouvé pour un père, si le mien avait vécu assez longtemps pour devenir vieux et s'il avait été… s'il avait ressemblé à un père. Il était facile de vaincre le corps fragile de Trofim, en revanche son esprit calculateur anticipait toujours : un marionnettiste qui menait le jeu, et pas seulement dans les coulisses, mais ici, dans cette cellule humide et sale.

Contre un demi-chargement de vivres supplémentaire, le garde nous révéla où Stanciu était retenu.

— On ne va pas y aller maintenant, quand même ? demandai-je à Leo.

— Pourquoi pas ? On est tout près. Et on ne risque rien : il n'est pas gardé la nuit, car il ne peut pas s'enfuir.

Ottilia regarda dans sa trousse médicale et trouva des seringues et des ampoules d'insuline.

— Il sera content de voir ça.

— Boulevard Stalingrad, tour neuf, sixième étage, appartement treize, récita Leo.

L'ascenseur marchait et l'immeuble était propre. On avait épargné le pire à Stanciu, même si sa nouvelle résidence ne soutenait pas la comparaison avec son appartement d'Herastrau. Le hall était allumé, l'ampoule réglementaire de quarante watts luttant comme elle pouvait contre l'obscurité. On entendait l'ascenseur qui descendait en grinçant, mais nous ne voulions pas tenter le diable.

Personne ne répondait chez Stanciu. On frappa encore. Après une ou deux minutes, Leo glissa un message sous la porte. Il y eut un frottement de pantoufles contre le sol, une voix masculine qui haussait le ton, puis celle d'une femme, apaisante. La porte s'ouvrit timidement, la chaîne de sécurité en place. Une vieille dame aux joues flasques et aux cheveux en désordre nous lança un regard méfiant.

— Oui ?

Une peur lasse dans sa voix.

— Monsieur et Madame Stanciu ?

Leo avança la tête. Elle battit en retraite et referma. Ottilia le poussa et approcha sa bouche de la porte.

— Madame Stanciu, je suis médecin et j'ai des médicaments pour votre mari.

Il y eut un silence, puis on défit la chaîne.

— C'est Sergiu Trofim qui nous envoie.

— Partez. Il nous a causé assez d'ennuis comme ça. Mon mari ne savait pas ce qu'il faisait. Il n'a rien à voir avec tout ça. Il regrette de tout son cœur.

Un grondement féroce retentit derrière elle.

— Bon sang de bonsoir, est-ce que tu vas les laisser entrer ?

La porte s'ouvrit grand. M. et Mme Stanciu se tenaient devant nous : elle, une matrone communiste à la chair tendre couleur de saindoux ; lui, un vieux soldat en forme de tonneau doté d'un triple menton, goutteux et court sur pattes, s'appuyant sur une canne. Il avait le teint jaune et les yeux humides. Il transpirait et sa peau était moite. Je devinais qu'Ottilia recensait ses différents maux et les divisait par ses conditions de vie actuelles pour calculer le temps qu'il lui restait à vivre.

— Qui êtes-vous ? demanda-t-il d'un ton autoritaire. On a déjà eu droit à toutes ces conneries. Je m'en fiche maintenant. Je ne me rétracterai pas. Je me suis assez rétracté. Toute ma vie : *signe ça, abjure ça, confesse ça, nie ça, exclus-le, réhabilite-la*. J'en ai par-dessus la tête. Allez tous vous faire foutre.

Il se laissa choir lourdement sur le canapé, le premier de ses mentons pointé en avant dans une attitude de défi.

Leo se montra apaisant.

— Camarade, je respecte ces paroles combatives, mais nous ne sommes pas venus vous interroger. Votre ami Trofim…

Stanciu se racla la gorge avec mépris à la mention du mot « ami », cependant, il ne le reprit pas.

— Votre *camarade* Trofim nous a demandé de vous rendre visite et de voir si nous pouvions faire quoi que ce soit pour améliorer votre quotidien.

L'appartement où ils étaient détenus était correct, quoique dépourvu de confort. Un paquet de farine et des fruits étaient posés sur la table de la cuisine et il y avait un téléviseur dans la pièce. Mme Stanciu ne faisait plus ses courses dans les boutiques hors taxes, mais elle se débrouillait pour obtenir l'essentiel.

— Mon amie médecin a de l'insuline, qui pourrait vous être utile.

Stanciu regarda Ottilia et hocha la tête. Son visage s'était éclairé. Elle lui tendit sa trousse médicale avec les flacons et les seringues. Il était sur le point de la remercier, puis il se ravisa. Leo reprit :

— J'ai aussi quelques petites choses dont votre épouse et vous-même pourrez disposer comme bon vous semble.

Il sortit des cigarettes, du jambon en conserve et du salami, une demi-bouteille de whisky et quelques tablettes de chocolat. Stanciu ne bougea pas, mais sa femme sauta dessus et cacha les provisions dans un placard. Nous prîmes congé.

Stanciu nous arrêta.

— Qu'est-ce qui est arrivé à Trofim ?

On lui répondit. Il se racla la gorge de nouveau, fit tourner dans sa bouche une petite boule de mucus et cracha une masse gélatineuse kaki dans un mouchoir.

— Il a toujours été un vieux Juif rusé. Le seul homme capable d'entrer par une porte-tambour derrière vous et d'en ressortir devant, c'est Trofim.

Leo rit. Stanciu le foudroya du regard. Comme nous nous apprêtions à partir, il ajouta :

— Si vous croyez que je vais vous remercier pour votre pitié capitaliste et vos aumônes de luxe…

Leo leva des mains pacificatrices, tandis que nous battions en retraite.

— Oui, je sais, je sais…

— Vous pouvez allez vous faire foutre !

La porte claqua derrière nous.

C'était Stanciu. Impoli, vulgaire, gros et malade, il était le héros que personne ne célébrait. Il avait renoncé à tout sans rien gagner et, maintenant, il refusait – par courage ou par entêtement – de reculer. Trofim avait raison : amis ou ennemis, il ne voulait plus rien avoir à faire avec personne. Lorsque journalistes et historiens écriraient leur récit du communisme, je me demandais ce qu'ils feraient de Stanciu et de ses semblables. Pendant que des gens comme Trofim déployaient leurs hautes stratégies politiques et que d'autres descendaient dans la rue, poussant d'en bas, il y avait les Stanciu qui enlisaient le système dans sa propre absurdité par des actes de bravoure ou de perversité. Quelle place leur accorderait l'Histoire, obsédée par les exploits individuels de grands hommes ou par le mythe de l'action collective ?

On relâcha Trofim une semaine plus tard. Après deux jours à la clinique du Parti, il regagna son domicile. Stanciu et Apostol furent également libérés, néanmoins, c'était chez lui que tous se pressaient : un cortège d'ambassadeurs russes, français, allemands, belges, américains, porteurs de messages de leurs ministères respectifs. En théorie, Trofim était assigné à résidence avec un contrôle très strict des visites, mais les gardiens censés faire barrage ne tardèrent pas à devenir ses secrétaires. Un jour, alors qu'Ottilia et moi déjeunions avec lui, l'officier de police responsable du détachement affecté à sa surveillance entra.

— Je m'excuse de vous déranger, *Domnul*. Le chargé d'affaires canadien est ici. Je lui ai dit qu'il était en avance. Est-ce que je lui demande d'attendre dans le vestibule ?

Quatre

Trofim s'adaptait à sa célébrité semi-clandestine comme un homme qui retourne au travail après de longues vacances. Il arborait des costumes neufs et des vestes élégantes, qui visiblement ne sortaient pas de chez un tailleur de Bucarest. Le gouvernement continuait ses tentatives d'intimidation – surveillance d'une maladresse intentionnelle, effractions, écoutes téléphoniques – tout en lui laissant une grande liberté d'action pour ne pas se mettre les Russes à dos. Il pouvait voyager. Ainsi, il passa une semaine à Moscou début novembre et, huit jours après son retour, il était invité à donner une conférence à Paris. Les autorités roumaines s'empressèrent de lui accorder un visa. Elles lui souhaitèrent bon voyage et eurent la déception de le voir revenir à la date prévue.

Deux semaines plus tard, Trofim apprit que Stanciu avait eu une attaque et il m'emmena au centre de santé du Politburo de Strada Mihalache. Le malade était dans un fauteuil roulant, une vieille couverture paysanne sur ses jambes. Son visage était couleur de cendres et sa main gauche agitée de tremblements. Un cendrier aux armes du Parti débordait de mégots de havanes. La bibliothèque de la salle des visites était bien pourvue en littérature édifiante : Marx, Engels et Ceauşescu mari et femme – discours pour lui, traités scientifiques pour elle. Placés symétriquement de part et d'autre de la bibliothèque, deux lutrins métalliques portatifs exhibaient un des ouvrages sur les polymères qu'Elena avait signés, à défaut de les écrire, et un livre de Nicolae intitulé *Le Socialisme et la Nouvelle Société*. Un roman de Gorki en russe était ouvert sur les genoux de Stanciu. Une infirmière se tenait à côté de lui, les yeux et les oreilles grands ouverts.

— Encore toi ? Tu ne crois pas que tu m'as causé assez d'emmerdes comme ça ?

Stanciu laissa échapper un gloussement poussif, toussa, essaya de cracher et ne parvint qu'à faire couler un épais filet de bave sur son menton, qu'il essuya de la manche de sa robe de chambre.

— Est-ce que tu es bien traité ? demanda Trofim, du ton guilleret mais plein de tact que l'on emploie avec les mourants.

— Je n'ai pas à me plaindre. Je n'ai rien à faire, à part écouter mon corps qui se déglingue et le tintement des tasses de thé. Parfois, je sens que mes jambes sont mouillées et je dois vérifier si je me suis encore pissé dessus ou si j'ai juste renversé mon verre.

Il prit une gorgée d'eau.

— Et ce putain de Gorki : quand on ouvrira les archives du KGB, je te parie qu'on découvrira que Staline s'est débarrassé de lui parce qu'il était trop chiant.

— Est-ce que je peux faire quoi que ce soit pour toi, camarade ? C'est moi qui t'ai entraîné là-dedans…

Stanciu se pencha en avant et baissa la voix, comme pour nous faire une confidence.

— Saul, j'ai toujours regretté qu'on n'ait jamais fini le travail entrepris par le maréchal Antonescu, s'esclaffa-t-il. Mais si tu veux me rendre service, reviens la semaine prochaine. Et rapporte-moi d'autres cigares...

Il agita une boîte vide de havanes et appela l'infirmière pour qu'elle l'emmène.

— Sacré sens de l'humour, dis-je une fois dehors. Cette blague à propos de Ion Antonescu. Très drôle. Je suppose qu'il n'a rien à voir avec le pogrom de Iaşi ?

Je parlais de juillet 1941, quand dix mille Juifs, dont les parents et la sœur de Trofim, avaient été assassinés par les troupes fascistes d'Antonescu. Stanciu avait utilisé le véritable prénom de Trofim, Saul, son nom juif, qu'il avait troqué contre un Sergiu aux intonations plus latines. La « roumanisation » de Trofim était complète, même si pour certains il resterait toujours Saul Trofinsky. Le fils du rabbin de Iaşi appartenait à un autre monde, une autre époque.

— C'est sa blague préférée. Il sait très bien de quoi il parle... il était là et pas du côté des justes, je le crains... Stanciu était caporal-chef dans l'armée d'Antonescu, aux côtés des fascistes. Nous venons du même village. Nous nous connaissions. Pendant la guerre, j'étais le responsable du Parti à Iaşi, mais j'étais en prison : communiste et juif, une double condamnation à mort. La seule question était de savoir pour quoi on m'exécuterait en premier. En fin de compte, j'ai eu de la chance. À ma sortie, j'ai été nommé dans l'équipe du procureur qui s'occupait du procès d'Antonescu. J'ai placé Stanciu dans le peloton d'exécution et j'ai déchiré tous les documents concernant ses états de service pendant la guerre. Il a échappé aux représailles et s'est inscrit au Parti. Être parmi ceux qui avaient fusillé Antonescu l'a bien aidé, et ce très vite après la guerre. Il avait une dette envers moi.

Trofim s'appuya à la rambarde de la vieille église de Strada Monetariei et reprit son souffle. Les portes étaient ouvertes et une odeur d'encens flottait dans l'air frais et immobile. Il renifla et grimaça, puis se redressa et brossa le devant de son manteau, de peur d'avoir été contaminé par la religion.

— C'est Stanciu qui a logé les trois dernières balles dans le corps d'Antonescu après que les soldats ont raté le cœur. Il a resservi cette histoire pendant des décennies : chaque fois qu'il pressait la détente, le corps sautait « comme s'il était branché sur du 220 volts ». Au moment de la seconde série des purges juives, à la fin des années 50, mieux valait l'avoir de son côté. Il n'est pas antisémite, pas réellement… mais la plupart de ceux qui ont essayé de nous tuer ne l'étaient pas non plus. Ils me font encore plus peur que ceux qui revendiquent leur haine des Juifs.

Nous marchâmes en silence pendant une dizaine de minutes, puis il déclara de but en blanc, comme s'il poursuivait un dialogue intérieur :

— D'accord, je vous emmène…

Trofim avait besoin de ma présence pour pouvoir se parler à lui-même.

Nous fîmes demi-tour pour regagner Strada Mihalache, repassant devant la clinique en direction de Piaţa 1er-Mai. C'était une longue promenade pour Trofim, encore fragile après les semaines pénibles passées dans cette carcasse d'appartement. Il s'appuya sur mon bras et je vis la peau de son cou qui pendait, le cercle d'ombre entre sa gorge et le col boutonné de sa chemise sans cravate. À l'angle de Strada Neculce, je découvris un haut mur couvert de plâtre craquelé, surmonté de bris de bouteilles incrustés dans le ciment. Nous étions face à un lourd portail à deux battants hérissé de pointes, avec une chaîne mais pas de cadenas. Je regardai Trofim qui lut la question dans mes yeux. En guise de réponse, il souleva une poignée de lierre qui masquait une plaque de cuivre sale à gauche du portail et sur laquelle on lisait : *Cimitirul Israelit Filantropia*. Le cimetière juif. Il leva sa canne et la fit courir le long des barreaux : un bronze sonore qui s'accordait étonnamment bien avec l'or rouge des feuilles. Le timbre d'un jour moribond. On était au faîte de l'après-midi ; le soleil rassemblait ses derniers feux et se déversait en bandes de lumière sur le trottoir.

Un petit homme boiteux sortit de la loge du gardien et s'approcha, finissant de boutonner sa veste.

— *Shalom*, dit-il à Trofim.

Celui-ci lui serra la main brièvement à travers les grilles.

— *Tovarăşul.*

C'était leur rituel : salutation religieuse contre formule communiste, aucun des deux ne voulant céder à l'autre.

Le portail s'ouvrit avec un grincement rouillé. Au-delà, une nécropole enchevêtrée : des pierres tombales de guingois qui s'affaissaient parmi les herbes et les ronces, effritées, cassées ou vandalisées. L'inscription pâlie des graffitis lavés et repeints et relavés, jusqu'à leur donner un aspect de bas-relief : slogans nazis, swastikas, l'insigne fasciste de la Garde de fer. Les antisémites venaient toujours ici pour haïr et profaner, tandis que l'État, qui ne reconnaissait que les cimetières orthodoxes, laissait l'entretien à la charge des bénévoles. Les sentiers étouffés par des mauvaises herbes qui vous arrivaient à la taille n'étaient repérables qu'à la végétation piétinée, marquant ici et là le pèlerinage solitaire d'un parent ou d'un ami qui s'était frayé un chemin jusqu'à une tombe. Il n'y avait ni ornements, ni fleurs, ni formules euphémiques : des noms et des dates en hébreu ou en roumain. Si on plissait les yeux, le sommet des pierres tombales ressemblait à la crête des vagues sur une mer turbide.

Devant le pavillon du gardien, la photocopie froissée d'un plan signalait les allées, les tombes des Juifs roumains célèbres, numérotées et indexées en bas de la page. Il n'y avait pas meilleur symbole du sort qu'avait subi cette population au cours des cent dernières années : les tombes, ensevelies, envahies, penchées ou s'enfonçant dans la terre, abritaient des hommes et des femmes dont les descendants vivaient aujourd'hui en Israël, en France ou en Amérique. Pour les plus chanceux d'entre eux. C'était un lieu mort, pas à cause de ses morts, mais parce que les vivants n'y venaient plus. Je regardai les noms : des noms juifs, comme Avram, Gerschom, Binyamin, tous les noms de la diaspora, tronqués et uniformisés en roumain soi-disant classique. *Trofinsky* en *Trofim*, *Saul* en *Sergiu*...

Le gardien jeta un coup d'œil craintif vers le portail, l'oreille tendue. J'imaginais ces ancêtres, ou, à en juger par son âge et sa faiblesse, lui-même petit garçon, guettant le fracas des sabots qui apporteraient le prochain pogrom ou le grondement des moteurs de la prochaine déportation. Tout cela appartenait au passé, disait-on, mais lui, parmi ses tombes, il savait bien que ce n'était pas si simple.

Trofim demeura un peu à l'écart. C'était un lieu de religion, sa religion, cependant, il serait enterré dans l'un des cimetières du Parti, avec leurs carrés de granit et leurs insignes émaillés représentant le marteau et la faucille, leurs sculptures réalistes socialistes qui répliquaient, sans jamais l'admettre, la forme de la croix. Je savais : j'avais vu celui de Snagov, ses pelouses strictes, ses allées perpendiculaires et, au centre, l'immense avion de bronze. En dessous, un aviateur, les jambes écartées et les bras à angle droit avec son torse, se débarrassant de son parachute comme on retire un linceul. Le Christ en pilote – toute cette religion répudiée qui s'insinuait dans les images censées la remplacer.

— Allez faire un tour.

Trofim agita sa canne en direction du cimetière dont les coins les plus reculés disparaissaient déjà dans l'ombre, tandis que la première rangée de tombes resplendissait sous les derniers rayons du soleil. J'obéis. Les lieux ressemblaient à une ville évacuée, dalles brisées et caveaux de famille béants, portes arrachées, tombes forcées. Des chats bondissaient parmi les pierres ; des squelettes de pigeons et de petits animaux gisaient étalés sur les éclats de marbre. J'entendis un froissement derrière moi, le crissement du gravier et des brindilles sèches. Le gardien me rejoignit, hors d'haleine après un parcours laborieux.

— Il vient toutes les semaines, mais ne s'aventure jamais jusqu'aux tombes… il s'assoit sur un banc, c'est tout. Ça fait trente ans que je lui ouvre le portail. Toujours pareil : il me serre la main, s'assoit une demi-heure et s'en va.

Nous repartîmes en sens inverse.

— Où sa famille est-elle enterrée ?

Je sus tout de suite que c'était une question idiote. Tant pis, il était trop tard pour la retirer.

Le vieil homme secoua la tête.

— Enterrée ? Non, tout ce que vous voulez, mais pas enterrée…

Il resta silencieux quelques minutes, puis il parla de nouveau.

— Son fils est venu une fois dire le *Kaddish* pour un ami d'enfance. Le rabbin. Il vit en Israël. *Domnul Trofinsky* était à sa place habituelle, sur le banc. Il a dit que l'entendre lui suffisait, qu'il avait un joli rectangle de marbre qui l'attendait à Snagov, « propre et rationnel, pas de tralala… ». Malgré tout, je sais qu'il est fier de son fils, ajouta le gardien en baissant la voix.

Il s'interrompit, pris de panique.

— Regardez !

Trofim s'était effondré. Nous accélérâmes le pas. Nous sentions grandir une peur qui se passait de mots. Sa canne était tombée par terre et sa main pendait par-dessus l'accoudoir du banc.

— Sergiu, criai-je.

Pas de mouvement.

— Sergiu !

Je m'élançai sur le sentier de gravier, et, grâce à cette soudaine dilatation de l'espace mental créée par l'adrénaline qui profite aux détails insignifiants, j'aperçus un petit panneau métallique bleu, à hauteur de chevilles, enfoncé dans l'allée. Bulevard Gala Galaction. Une cité pour les morts, avec ses voies de circulation, ses noms de rues en blanc sur fond bleu. Une autre ville des promenades disparues.

— Saul !

Trofim sursauta et émit un étrange cri étouffé. Il regarda autour de lui, désorienté, cligna des yeux et se frotta les paupières.

— Je suis désolé. Je me suis assoupi…

— J'ai cru que vous…

Je m'interrompis. Il avait l'air si frêle, si pâle, que le mot « mort » semblait plus une invocation qu'une conjecture dans un lieu pareil.

— Non, pas ça. Je m'entraînais seulement…

Il rit et toussa, se penchant afin de reprendre son souffle.

Je l'aidai à se lever ; il s'appuya sur moi un peu plus lourdement pour rentrer.

Le mois de novembre laissait présager un hiver impitoyable. Leo sortait le matin, écarquillait les narines, reniflait l'air.

— Sens-moi ça… Prends-en une bonne bouffée… L'odeur de la déroute.

Les arbres perdirent leurs feuilles en une nuit. Tandis que les chantiers grignotaient les derniers parcs, les gens arpentaient les terrains vagues, cherchant du bois de chauffage, des brindilles, des déchets à brûler. Un soir je les vis, illuminés par la lune suspendue dans un ciel froid d'une pureté clinique : vingt ou trente glaneurs équipés de haches qui fendaient les souches et tronçonnaient les arbres abattus. Seul le chuintement régulier de la lame qui taillait dans la chair du bois perçait le silence. C'était une vision médiévale, en dépit des gratte-ciel et des grues, une scène d'un tableau de Brueghel. Elle rendait bien le mystère triste et absurde de l'endroit, mieux, à mon avis, que les photographies brutales dans les dossiers de Leo.

La ville était prête pour le quatorzième congrès du Parti. Le gaz et l'électricité fonctionnaient par intermittence dans la majeure partie de la ville. Et quand les coupures n'étaient pas erratiques, le courant marchait par segments de deux heures, quartier après quartier, du centre vers l'extérieur, pour arriver tard dans les faubourgs. Cela créait des scènes surréalistes. Des immeubles illuminés en pleine nuit, dont s'échappaient des odeurs de cuisine et le bruit des douches et des bains. Ces poches de vie nocturne étaient éparpillées à la périphérie. C'est pourquoi, au moment du soulèvement, de nombreux groupes – surtout parmi ceux qui étaient le plus affectés par l'incurie et la brutalité du régime – seraient debout, prêts à se mobiliser. Beaucoup seraient même lavés.

On entendait courir des bruits : des hommes et des femmes qui dormaient dans la cuisine, les brûleurs allumés, mouraient d'empoisonnement au monoxyde de carbone quand le gaz se coupait puis se rallumait pendant leur sommeil. Partout en ville flamboyaient des braseros, où brûlaient du caoutchouc et du plastique dont la fumée âcre vous irritait les yeux et la gorge.

La semaine précédant le congrès, je me résolus à avouer à Leo que j'avais vu Vintul à l'Athénée Palace le soir de la sortie du livre de Trofim. Je pensais le surprendre, mais j'aurais dû me douter qu'il avait une longueur d'avance sur moi.

Nous l'avions vu tous les deux et tous les deux nous n'avions pas voulu en parler à l'autre. Sauf que lui avait mené son enquête.

— Je me suis adressé à Manea. Il m'a dit avoir vu un dossier destiné à Stoicu qui laissait penser que Vintul était une taupe du ministère de l'Intérieur, un agent de la Securitate, et ce depuis toujours. Il était chargé de surveiller les activités étudiantes, en particulier leur aspect clandestin. Il organisait les défections et les fuites pour le compte de Stoicu.

— Stoicu ? Tu veux dire qu'on était manipulés par Stoicu ? Depuis quand le sais-tu ?

— Quelques semaines. Après ta visite à Manea avec Ottilia. Je l'ai rappelé. Il n'était pas sûr de l'identité de la taupe, mais il avait restreint les possibilités à quelques personnes, qui toutes avaient disparu. Deux sont mortes – tu as vu les photos – et par ici, être mort signifie généralement qu'on est innocent. Petre figurait sur la liste, mais dans la mesure où tu as reconnu Vintul et moi aussi, on peut en déduire que c'est lui. Il y a encore une chance que Petre s'en soit sorti, même si je dois avouer que je n'y crois pas.

— Que s'est-il passé ?

Leo me conseilla de m'asseoir.

— C'était une belle arnaque. Maintenant, j'en suis certain. Les évasions, les défections, les aventures nocturnes. La plupart échouent, les fugitifs se font prendre ou finissent comme ces deux pauvres bougres, déchiquetés dans l'eau. Parce que ça fait partie d'un plan semi-officiel. Ça ne réussit que s'il y a de l'argent à la clé. On fait passer les filles à l'Ouest pour les mettre sur le trottoir. Elles n'ont pas de passeport, elles ne connaissent pas leurs droits quand elles arrivent à l'étranger. Les hommes, s'ils ne réussissent pas à échapper à ceux qui sont censés les aider, sont ramenés et condamnés aux travaux forcés dans les mines ou les prisons. Ceux qui parviennent quand même à s'enfuir rejoignent les gangs, le marché noir, les réseaux de passeurs... Tu vois le topo : des réfugiés venant d'un peu partout affluent à l'Ouest. Puis tu apprends que la fille qui avait bâti une nouvelle vie ailleurs – croyais-tu – taille des pipes sur le bord d'une autoroute allemande.

Je pensais à toutes les rumeurs, à l'ami de Norbert et à un autre routier qui prétendait s'être tapé des Roumaines dans la cabine de son camion, deux à la fois. Ottilia tenait le coup parce qu'elle pensait que ces gens avaient réussi, qu'eux au moins s'étaient échappés, qu'ils avaient pu recommencer ailleurs. Tout s'expliquait à présent : l'absence de lettres ou de coups de téléphone, les opérations sans heurt où les gardes-frontières étaient toujours absents et le courant toujours coupé à l'heure. Le système ne tolérait pas les évasions : elles en faisaient partie, elles permettaient au système de s'exporter ailleurs. C'était épouvantable, quand on y pensait : on avait l'impression d'être prisonnier d'un jeu de société géant, dont le plateau s'étendait à l'infini et dont les joueurs ne quittaient jamais la table. C'était déjà effrayant en soi, mais ce que Leo dit ensuite expliquait bien des choses – et les noircissaient au-delà de ce que j'aurais pu imaginer.

— Il m'a fallu un moment pour comprendre. Je me suis laissé embobiner par Vintul. Mais comment pouvais-je deviner ? Je le connais depuis des années et jamais il n'a baissé sa garde. Tu te souviens, ce soir-là, boulevard de la Victoire-du-Socialisme, quand la police a débarqué avec les chiens... il a failli être démasqué, il aurait été démasqué si on s'était fait prendre. Il nous a éloignés le temps de régler les choses à sa façon : tuer les chiens, se débarrasser des flics. Ils nous auraient rattrapés s'ils l'avaient voulu. Même des lourdauds comme la patrouille de nuit peuvent mettre la main sur deux ivrognes et des gamines défoncées. Mel...

Leo secoua la tête au souvenir de la jeune fille.

— Le salaud s'est sans doute fait connaître des policiers, leur a dit de foutre le camp, qu'ils dérangeaient une opération... et il a tué les chiens juste pour leur montrer ce dont il était capable.

Ces bergers allemands, la gorge déchirée, le sol poisseux de leur sang. Pas de couteau. Ses mains et ses dents uniquement.

— Et ça ne s'arrête pas de ce côté de la frontière, ça continue de l'autre côté. Depuis des années, ils vendent des gens. Ils ont commencé avec les Juifs qu'ils vendaient à Israël – d'une pierre deux coups, on fait du nettoyage ethnique et on encaisse la monnaie. La spécialité de Stoicu. Les Ceauşescu l'adoraient pour ça, surtout Elena. Puis ils ont continué avec la minorité allemande. Mais aujourd'hui, quelques individus haut placés ont compris qu'eux aussi pouvaient se remplir les poches. Les choses changent. Ils savent que ça ne va pas durer éternellement. Ils ont besoin de mettre un magot de côté pour le jour où ça va péter. Vintul avait un petit boulot au noir pour arrondir ses fins de mois : il prenait le fric, aidait ceux qui voulaient partir et les faisait arrêter de l'autre côté. Mais lui aussi travaillait pour quelqu'un.

— Qui est de l'autre côté ? Il faut un minimum d'organisation pour que ça marche. De l'argent, des réseaux…

Avant même d'avoir terminé ma phrase, je savais. Belanger. Belanger était partout, il m'avait précédé partout. Même parti, il était plus présent que moi.

— Belanger a commencé ici, avec moi, il y a quelques années. Ça marchait bien. Il s'est tout de suite pris au jeu. Un peu de marché noir par ici, d'activités louches par là. Acheter, vendre, échanger. Il avait ça dans le sang. Un visionnaire… enfin, à sa façon… il avait un sixième sens. Il a été le premier à faire des copies pirates de CD et de vidéos : films d'action, porno, ce que tu veux… il a très vite trempé dans des trafics auxquels je ne voulais pas toucher. La drogue – coupée avec tout ce qui lui tombait sous la main, des trucs plus mauvais pour la santé que la came elle-même. Un lot a tué plus d'une dizaine de personnes, en a aveuglé je ne sais combien. Les prostituées. Il fricotait avec Ilie et les autres maquereaux… Il avait une emprise étonnante sur eux. Il a acheté une BMW. Il a noué des contacts à l'étranger – des gens qui jusque-là vendaient de l'essence et des clopes au marché noir se retrouvaient à trafiquer de la drogue et des putes. Du jour au lendemain, c'est devenu dégueulasse…

— Oui, bien sûr, parce que toi tu ne faisais rien de sale, n'est-ce pas ? lançai-je sarcastique.

J'étais en colère. Je tentai de me persuader qu'il s'agissait de la juste fureur de l'indignation, mais il y avait de la jalousie aussi.

— Je ne sais pas quand Stoicu a décidé de s'en mêler. En tout cas, ses copains et lui voulaient leur part du gâteau. C'est peut-être même Belanger qui est allé le trouver. Quoi qu'il en soit, ils se sont mis en cheville. Le ministère et la Securitate ont toujours eu un pied dans l'économie parallèle. Je traite aussi avec eux, depuis des années, mais pour des bagatelles : acheter des laissez-passer, changer des dollars... Belanger le savait et il s'en est servi, à la différence près qu'il a poussé le jeu un peu plus loin. Il ne se contentait pas de les soudoyer, il a commencé à les employer. Un « actionnaire », c'est ce qu'il disait de Stoicu. Échange de bons procédés : il faisait le boulot de Stoicu à l'occasion : récolte d'informations, traquenards policiers, un tas de saloperies. Pour finir, je lui ai balancé ses quatre vérités. Ici même, ajouta-t-il en désignant le salon. Je lui ai dit que j'étais au courant de ses magouilles et que je voulais qu'il arrête tout.

Leo regarda sa bière en fronçant les sourcils, puis avala une longue gorgée.

— Je lui administré une petite correction, rien de violent, simplement pour que le message rentre bien. Il m'a laissé faire, n'a pas résisté, ne s'est pas battu. Il s'est contenté de sourire. Il aurait pu me massacrer, mais c'est son rire qui m'a fait fuir.

Leo frissonna à ce souvenir et pointa le menton vers l'intérieur de l'appartement.

— Je l'entends chaque fois que je monte cet escalier, le rire de quelqu'un que rien ne peut blesser. J'ai quand même essayé... J'ai essayé de le blesser. Je suis allé trouver quelqu'un qui me devait une faveur.

— Manea ?

— Oui. Je voulais qu'on lui donne une leçon. Tu sais, le genre : « On t'a à l'œil. » Ça se fait bien en Irlande du Nord, des corrections pour les voleurs et les petites frappes, avec les compliments de votre milice paramilitaire locale.

Il rit sans conviction, puis son visage se rembrunit.

— Manea ne demandait pas mieux : ce salopard fréquentait sa fille. Ça nous arrangeait tous les deux. Quelques jours plus tard, quelqu'un a coincé Belanger et lui a brisé les jambes. L'une des deux pour de bon. Il ne s'est pas démonté : il a pris ses béquilles et il a quitté le pays, mais maintenant il orchestre tout de l'étranger, et c'est pire. Il a des gens dans sa poche d'ici à Vienne. Le fait est que j'ai vu sa petite entreprise se développer, et ça n'a plus rien à voir avec les magouilles du début : c'est plus dur, plus dangereux, la drogue et les putes ne représentent plus un à-côté, c'est devenu son business principal. Ce que je fais, c'est de la roupie de sansonnet à côté...

Belanger était l'apprenti originel, l'étudiant ambitieux diplômé de l'école de la contrebande créée par Leo. Et l'élève avait dépassé le maître.

— Tu es sûr qu'il est derrière tout ça ?

— Certain. Belanger a mis en place des réseaux, il a patiemment construit son empire depuis que les structures du bloc de l'Est vacillent. C'est lui qui a commencé à faire sortir des gens du pays, et au départ, je suis sûr que c'était sérieux. En tout cas, l'argent n'était pas son principal moteur. Mais ça n'a pas duré. Vintul était son contact ici, et la piste remonte jusqu'à Stoicu, en passant par tous les réseaux de prostitution, les filières de la drogue, les

CD et les vidéos pirates… La plupart des gens qui travaillent pour moi travaillent aussi pour lui… Bon Dieu, quand je pense que j'ai bossé pour lui sans le savoir… Nous tous…

— Et Petre, dans tout ça ?

— Mon avis n'a pas d'importance, mais je pense qu'il est mort.

— Et son fonds social, toutes ces marchandises, cet argent qu'il mettait de côté ? Qu'est-ce que ça va devenir ?

— Il ne reste rien de ce qu'il a pu construire, si ça a jamais été autre chose qu'un mirage. Souviens-toi, Vintul était le banquier, l'homme qui avait les noms et les lieux. Il s'est sans doute approprié l'argent et ce qui avait de la valeur pour Stoicu et Belanger, pendant que Petre croyait que tout était distribué à ceux qui en avaient besoin. Ça n'a sans doute jamais existé. La seule chose de réelle, c'étaient les noms sur la liste de Petre, et ils sont sans doute entre les mains de la Securitate, à présent. Et l'argent, bien sûr. Il a existé, pendant quelque temps au moins.

— Et tu m'as laissé croire que j'étais responsable, que j'étais celui qui avait amené Cilea et qu'elle les avait trahis ?

— Je suis désolé, mais que voulais-tu qu'on pense ? C'était logique. Cilea était la petite copine de Belanger, et l'est encore, tu étais le seul à l'ignorer. Bien sûr qu'on croyait qu'elle était impliquée.

Leo baissa les yeux et secoua la tête.

— De toute manière, s'il y a une personne à blâmer, c'est moi. C'est moi qui ai amené Belanger, qui lui ai tout appris. Tu peux comprendre pourquoi je ne préférais pas affronter la vérité…

Je quittai la pièce, le laissant parler dans le vide.

Nous voulions nous-mêmes annoncer à Ottilia que Petre était mort, mais elle l'apprit de la manière la plus brutale qui soit. J'avais laissé Leo dans le salon se consoler avec une dose impressionnante de Johnnie Walker, quand, vers vingt-deux heures, le téléphone sonna.

— C'est moi, cria Ottilia, sa voix à peine audible par-dessus le vacarme des moteurs et des hélicoptères.

— Où es-tu ?

— À la morgue. Petre est ici. Viens me chercher s'il te plaît.

Elle raccrocha ou il y eut un problème sur la ligne – difficile de savoir. Leo s'était déjà levé et mettait ses clés de voiture dans sa poche. Nous ne nous étions pas adressé la parole depuis que j'avais quitté la pièce, et à présent c'était inutile : il savait.

Il nous fallut une heure pour effectuer un trajet qui aurait dû prendre vingt minutes. Après le boulevard Aviatorilor, il y avait un ciel de sang et de fumée, et des barrages tous les deux cents mètres. La morgue était sous la garde de la police, sa cour déserte. La cabine téléphonique d'où Ottilia avait dû appeler était vide. Si elle n'avait pas pu attendre ici, elle avait dû rentrer à pied. Nous prîmes une autre route au retour, espérant la rattraper.

Vers l'est, l'usine MetalRom flambait, ses cheminées austères contre le brasier du ciel. À l'entrée du boulevard de la Victoire-du-Socialisme se trouvaient huit véhicules blindés dont le moteur tournait, les portières ouvertes. À l'intérieur, comme des capsules contenant des œufs extraterrestres prêts à éclore, des membres des forces paramilitaires armés jusqu'aux dents, avec casque, masque à gaz et lunettes de vison nocturne, étaient penchés sur leurs fusils automatiques. Totalement immobiles, ils attendaient qu'on les libère dans les rues, fatals et impersonnels. À proximité attendaient deux fourgons noirs équipés de groupes électrogènes sur le toit : des camions réfrigérés de la morgue.

Soudain, de l'usine en flammes parvint le son des balles : pas le bruit plein, rond que l'on entend dans les films, mais le craquement mat de l'acier qui fend l'air.

Cinq

Lorsque nous arrivâmes chez moi, Ottilia n'était pas rentrée. Les rues grouillaient d'agents de la Securitate. Il se passait quelque chose dans la zone industrielle. Leo alluma la radio juste à temps pour entendre Trofim sur le BBC World Service. Présenté comme le « dissident roumain le plus respecté », il était interrogé au sujet de l'intervention de l'armée à MetalRom. C'était la première manifestation de résistance digne de ce nom dans la capitale, expliquait-il : l'occupation des locaux s'était transformée en émeute et, à présent, la révolte avait gagné l'usine automobile voisine.

Trofim condamnait la violence de la répression, le grésillement de la ligne téléphonique en bruit de fond. Il y avait des dizaines de morts, et les agents de la Securitate avaient envahi les hôpitaux pour traquer les blessés : « Ce à quoi nous assistons en Roumanie est une parodie de socialisme. Alors que nos voisins de l'Est prennent les mesures nécessaires pour libéraliser le régime, ici, les autorités mènent une guerre contre le peuple : contre les travailleurs que notre gouvernement est censé servir. »

La communication s'interrompit. Le présentateur s'excusa et passa à la nouvelle suivante : l'ouverture des frontières en Bulgarie.

Leo et moi étions si absorbés par le journal que nous ne vîmes pas Ottilia plantée devant nous. Elle était rentrée à pied, franchissant les barrages et les contrôles policiers, avec l'image de Petre imprimée dans son esprit. Cette fois, c'était bien lui.

Campanu, le légiste, l'avait appelée en fin d'après-midi après avoir trouvé les papiers de Petre sur l'un des corps amenés par dizaines. Il était différent des autres. D'abord, il était froid, aussi froid que les cadavres de la morgue. Pour le médecin, il n'y avait aucun doute : il était mort depuis des semaines, on l'avait conservé au frigo et on venait de l'en sortir. Ensuite, il avait reçu une balle dans le crâne, comme s'il s'agissait d'une exécution ; les manifestants, eux, étaient tués à distance, au hasard. Enfin, il avait ses papiers sur lui, alors qu'on prenait systématiquement ceux des autres victimes. Quelqu'un voulait qu'on l'identifie. Le ton d'Ottilia était descriptif, un récit clinique qui n'omit même pas le cercle de peau brûlé au niveau de la tempe. C'était le sang-froid qui précède l'effondrement.

Les vêtements de la jeune femme étaient trempés. Elle avait trébuché et elle était tombée parmi les blocs de glace brisés utilisés pour garder les corps pendant les coupures de courant. Campanu, sombre et minutieux, avait fait de son mieux pour l'aider, en dépit des cadavres qui continuaient d'arriver de MetalRom. Il lui avait donné une boisson chaude et une chaise pour qu'elle s'assoie, le temps de se ressaisir. Puis elle était simplement rentrée chez elle, sans que les soldats et les policiers tentent de l'arrêter, comme un fantôme passant au travers du tumulte.

Campanu n'avait pas su lui dire la date exacte de la mort de Petre. Tout ce qu'il pouvait affirmer, c'était qu'il avait été préservé au froid et amené avec cinq autres corps, des hommes tués dans la soirée par un escadron du ministère de l'Intérieur.

Je remarquai soudain qu'elle tenait un sac en polythène depuis le début. Elle le serrait de toutes ses forces. Il était épais et transparent, mouillé à l'intérieur : des gouttes d'eau s'étaient formées autour du col, là où se crispait son poing. Elle le lâcha et il tomba sur la table avec un tintement de pièces de monnaie étouffé par le papier humide. Elle nous dévisagea.

— Allez-y, ouvrez-le.

Leo me regarda et je secouai la tête. Il soupira et s'assit, vidant précautionneusement le contenu du sac sur la table. La montre de Petre, une Glashütte est-allemande, ce qui se faisait de mieux de ce côté du Rideau de fer. Je la pris. Elle était froide et lourde dans ma main, en parfait état de marche, malgré une tache de condensation à l'intérieur du cadran. Je la reposai, bien à plat. Il y avait aussi des pièces et le carnet où il notait ses paroles de chansons avec un petit crayon attaché par un élastique. Un porte-clés Havana Club vide et une carte d'identité que Leo tripotait nerveusement, la frottant du pouce. Et rien d'autre. Il regarda Ottilia.

— Ouvre-la, ordonna-t-elle.

Il obéit. Glissé à l'intérieur de sa carte d'identité roumaine en papier cartonné mouillé, se trouvait un rectangle plastifié de la taille d'une carte de crédit. Je ne savais pas de quoi il s'agissait, mais Leo et Ottilia si. Ils en avaient déjà vu. Il le lâcha comme s'il lui brûlait les doigts. Ottilia détourna les yeux. Le morceau de plastique resta où il était tombé, côté face, la photographie de Petre en uniforme contemplant le plafond : un laissez-passer du ministère de l'Intérieur au nom du commandant Petre Romanu.

Ottilia éclata en sanglots. Je serrai contre moi son corps agité de tremblements convulsifs. Ses vêtements sentaient la fumée et la glace à cadavres ; ils avaient introduit la morgue chez nous : le formaldéhyde masquait l'odeur de la mort avec une telle puissance qu'il la renvoyait en négatif, dévastatrice, et que maintenant elle emplissait la pièce. Aucun de nous n'était capable de parler : Petre, commandant dans la police secrète ?

Leo tenta de trouver une explication ou une excuse : la carte avait été placée là exprès, on avait forcé Petre, c'était un coup monté. Je ne pense pas qu'il y croyait, mais c'était sa méthode habituelle : esquiver la crise, s'en sortir au culot et attendre la suivante, en changeant les données du problème dans l'espoir qu'il se dissiperait tout seul.

— Non, Leo, assez : assez d'hypothèses, de rumeurs, de suppositions gratuites. Assez de doubles et de triples bluffs ! l'interrompit Ottilia.

Elle se rendit dans notre chambre et prit des somnifères. Lorsque je fus sûr qu'elle était inconsciente, je la rejoignis, laissant Leo à ses ruminations. Une sonnerie à la porte me réveilla, et j'entendis la voix basse et flegmatique de Manea Constantin. Il était huit heures du matin. Nous avions dormi trois heures. Je me levai et m'aspergeai le visage. L'eau était glacée, si froide que j'avais l'impression de me frotter avec du verre brisé. Je me regardai dans le miroir : la peau rouge et irritée, les yeux cernés, le teint cireux, les joues mal rasées.

Manea s'était garé un peu plus loin. Même lui préférait passer inaperçu quand il venait ici.

— Je suis désolé pour ce qui est arrivé, expliquait-il à Leo. Je n'étais au courant de rien avant la nuit dernière. Vous devez me croire. Ce ne sont pas mes procédés et ce n'est pas de mon ressort. Asseyez-vous, ajouta-t-il en me voyant. Je pense que nous nous comprenons si je vous dis que Stoicu et moi avions tous les deux des agents dans les groupes d'opposition. Nous trichons tous les deux si nécessaire. C'est normal, c'est notre travail. Chacun veut être au courant de ce que mijote l'autre. Il m'espionne, je l'espionne. J'avais quelqu'un dans l'équipe de Stoicu. Je savais que de son côté il avait noyauté le milieu musical étudiant et le *samizdat*, et que son agent était membre d'une filière qui faisait passer des gens à l'Ouest. Il a été démasqué et il a dû se retirer du jeu. Mais ce soir-là, le soir où les deux jeunes garçons ont été tués, il y a eu une bagarre et il a laissé un cadavre derrière lui. Une balle dans le crâne tirée à bout portant, près de la frontière. Cela correspond aux rapports qui signalent un seul coup de feu. La victime était l'homme au sujet duquel vous étiez venus vous renseigner. Petre. Mais je l'ignorais à l'époque. Ils ont ramené le corps à Bucarest dans l'intention de le faire passer pour la taupe de Stoicu, ce qui lui aurait permis de reprendre ses activités sans risque. Le reste, vous le savez ou vous vous en doutez : cet agent, que vous connaissez sous le nom de Vintul, a été reconnu à l'Athénée Palace. Par Leo et vous, même si aucun de vous deux ne l'a mentionné à l'autre…

— C'est pour ça que Petre a été tué ? demanda Ottilia qui se tenait dans l'encadrement de la porte. Pour protéger les activités d'une ordure de la Securitate ? Pour *prendre la place* de son assassin, afin que vous puissiez tous continuer tranquillement vos petites luttes de pouvoir ?

Elle serrait son bras gauche avec sa main droite, les ongles enfoncés dans la peau.

— Non. Petre a été tué parce qu'il en savait trop sur Stoicu, Belanger et les autres. Parce qu'il travaillait pour eux sans s'en douter et qu'il leur faisait gagner de l'argent, qu'il participait à un réseau de trafic humain alors qu'il pensait aider des gens à se bâtir une vie nouvelle. Mais cela ne pouvait pas durer éternellement, il devait découvrir le pot aux roses… Le malheur a voulu que le coupable soit la seule personne qu'il ne soupçonnait pas. C'est pour ça qu'il lui a fait confiance jusqu'à la fin.

Manea s'approcha d'Ottilia. Elle leva la main pour lui signifier de ne pas aller plus loin. Il présenta ses paumes ouvertes en signe de capitulation.

— Petre travaillait pour moi. C'était mon agent infiltré. Sa mission était de retrouver les responsables du racket et de bloquer leur argent, leurs liaisons avec l'étranger, de débusquer les éléments corrompus dans la Securitate. Il devait découvrir qui était derrière tout ça, et il l'a découvert…

Il regarda Leo.

— Bien sûr, je ne vous apprends rien, vous savez qui dirige l'opération, parce que c'est vous qui lui avez mis le pied à l'étrier…

Leo commença à protester, puis détourna les yeux. Une fois encore, on s'était approché tout près de ce nom – *Belanger* –, mais on s'était ravisé avant de le prononcer.

Manea se tourna alors vers Ottilia.

— Quand vous êtes venue me voir, j'ignorais ce qui s'était passé. Je ne connaissais pas les détails de ses relations avec Vintul, et si vous aviez fait moins de mystère, nous aurions appris la vérité plus vite. J'attendais que Petre me contacte. Je pensais qu'il se cachait et qu'il réapparaîtrait, reprendrait sa double vie. Il ne s'est jamais manifesté. C'était quelqu'un de bien, il était meilleur que la plupart d'entre nous. Il n'a jamais dénoncé personne, n'a jamais participé aux opérations de répression. Il a aidé beaucoup de gens et il utilisait sa position pour améliorer les choses. Vous le savez tous. Mais c'était aussi un socialiste. Il représentait ce que le Parti aurait pu être s'il était resté fidèle à ses origines et à ses principes. Nous ne sommes pas tous comme Stoicu et ses acolytes. Petre exécrait la corruption et la violence, il exécrait ce que faisaient Stoicu, Belanger et tous ces gens-là. Si cela peut vous apporter un quelconque réconfort, nous sommes maintenant en position d'agir. Les preuves réunies par Petre nous permettront de confondre Stoicu.

Il ouvrit la porte, s'immobilisa, puis se tourna vers nous. Il sortit quelque chose de la poche de son manteau. C'était le dossier relié rouge qui contenait les noms de Petre : tous les gens qu'il avait recrutés pour son réseau d'entraide, leur adresse, leur profession, les détails de chaque contribution, en temps et en argent.

Il tapota la couverture.

— Ce document doit être détruit. La Securitate va le chercher. Vintul connaît son existence, et je suis censé en faire une copie pour engager des poursuites contre tous ceux dont le nom figure ici. Mais je vous le confie. Officiellement, cette liste est quelque part au fond du Danube. Brûlez-la.

Personne ne bougea. Nous étions trop abasourdis pour parler, pour le suivre dans l'escalier et lui poser d'autres questions. Au bout de quelques minutes, je sentis une odeur de fumée. Leo avait allumé un feu dans ma poubelle métallique et, sur le balcon, il déchirait les pages avant de les jeter dedans. Le papier s'enflammait, brunissait, puis se dispersait en pétales noirs dans l'air. Enfin, il fit brûler la couverture, tandis qu'Ottilia et moi nous tenions au-dessus de ce bûcher de fortune.

La chute de Stoicu fut rapide, sans effusion de sang et discrète. Si j'avais été Trofim, je l'aurais admirée d'un point de vue esthétique, d'autant plus que Manea, nimbé de sa nouvelle aura de dénonciateur de la corruption, fut promu ministre. Du jour au lendemain, Stoicu se retrouva privé de ses soutiens politiques et son équipe fut dispersée. L'étendue de la gangrène sidéra même la nomenklatura qui en avait le plus bénéficié. Mais ce qui l'avait perdu, c'étaient les preuves méticuleusement réunies par Petre qu'il était à la tête d'un vaste réseau : traite des êtres humains, prostitution et trafic de devises au profit « d'intérêts étrangers ».

— « Intérêts étrangers » signifie Belanger, expliqua Leo. Stoicu s'en va et Manea récupère son boulot… joli, hein ?

Était-ce cela que Cilea avait découvert lorsqu'elle s'était rendue à Belgrade pour rejoindre Belanger ? Lui avait-il fait des confidences ? Était-ce pour cette raison qu'elle semblait savoir quelque chose, mais ne pouvait m'en dire plus sans paraître impliquée ?

Dans une société qui repose sur le secret, la déchéance publique reste relative. Cependant, Stoicu connut le sort qui s'en rapprochait le plus : on le relogea en banlieue où il fut nommé concierge, et quelques jours plus tard, sa femme demandait le divorce. La corruption chez Manea était d'une autre classe. Il n'avait pas de robinets en or, pas de kimonos cousus de fils dorés ; pas de pyramides de boîtes de caviar empilées dans son cellier comme les sardines coréennes à Monocom. Manea ne s'essuyait jamais la bouche avec le dos de la main, ne rotait pas après avoir vidé une chope de Krug et un verre de tsuica à la « discothèque Madonna ». Ne baisait pas d'adolescentes qu'il exhibait aux fêtes du Parti, ne s'aspergeait pas de trois après-rasages français différents. Et ses ongles étaient propres.

Et il régnait désormais sur le ministère, mais aussi sur le réseau souterrain des agents et des informateurs qui l'alimentaient.

— Nettoyer le ministère, ah oui ? ricana Leo, vexé de ne pas avoir participé à cette machination, « un bain bulgare », pour utiliser une expression locale :

on pulvérise un peu de déodorant, et hop, les affaires reprennent comme si rien ne s'était passé.

Ottilia dispersa les cendres de Petre dans le lac d'Herastrau, murmurant sans bruit pour lui, pour elle-même ou leurs parents morts, pendant que Ioana, Leo et moi attendions, en retrait. Trofim était assis avec Campanu sur un banc derrière nous. Même le policier en civil, la moitié de la paire qui escortait désormais Trofim toute la journée, avait ôté son chapeau. C'était un jour bleu immense, le ciel grand ouvert, les branches noires et nues enracinées dans l'air transparent.

Manea eut la générosité de garder secret le rôle de Petre dans cette affaire. On fit courir le bruit qu'il était mort alors qu'il aidait des fugitifs à franchir la frontière. Ce qui était vrai, d'une certaine manière. J'aimais bien Manea et je lui étais reconnaissant, mais j'étais sans illusion : pour les gens de sa sorte, il est toujours bon d'avoir des informations en réserve. C'est une marchandise qui se stocke comme l'essence, l'argent ou les devises.

Petre était la seule personne que j'avais crue épargnée par la barbarie et les mensonges dans lesquels nous baignions tous. Et à présent, Ottilia qui estimait avoir été trahie voyait en moi le complice de son frère : complice par ignorance, et plus précisément par ignorance volontaire, l'esprit qui se bouche les yeux. Nous avions cru en Petre et cette foi nous avait empêchés de succomber au cynisme et à la suspicion qui nous auraient protégés de sa duplicité. Pour s'élever au-dessus des mensonges, il fallait cesser de croire en l'existence de la vérité.

Au fond de moi, je savais que Petre était mort depuis le jour où j'étais entré dans leur appartement. La guitare abandonnée avec son étui, l'ampli encore branché dans la prise sans courant : je connaissais le langage des objets abandonnés – je l'avais appris chez moi – et je l'avais reconnu à ce moment-là. Je n'avais pas pu l'admettre ni en parler à Ottilia. Elle m'en voulait pour cela aussi.

À mes yeux, ce que Petre avait fait ou non n'avait aucune espèce d'importance. Il croyait sincèrement à son projet, comme Leo croyait au sien. Mais celui de Petre n'était pas un moyen pour s'évader, pour fuir la réalité, il voulait la changer, s'en servir de base pour construire quelque chose de mieux. Selon Manea, la relation qu'il entretenait avec le socialisme était plus compliquée que ce que nous pensions. Pas plus que Trofim, il ne pouvait y renoncer. Le *Projet* en était la preuve, même s'il était chimérique, même s'il n'en restait presque rien. La plupart des Roumains étaient des dissidents refoulés. Lui était un communiste refoulé. Le bien qu'il avait fait autour de lui était réel, et tant pis si lui ne l'était pas vraiment. Je m'efforçai de l'expliquer à Ottilia. Je lui dis que sa double vie n'invalidait pas ce que nous savions et pensions de lui. Elle me regarda d'un air apitoyé, presque méprisant.

— Trouve-toi une religion. Ou inscris-toi au Parti.

Elle se figurait qu'elle survivait pour prendre sur elle la honte. Elle punissait Petre en se punissant. Dès que quelqu'un encensait son frère, louait sa musique et ce qu'il avait fait, elle l'interrompait ou quittait la pièce. Le chagrin, croyait-on. Depuis qu'elle avait découvert la vérité, elle m'adressait à peine la parole et notre vie commune était faite de silence.

Elle rentrait à l'appartement à n'importe quelle heure, elle s'abrutissait de travail, un travail salissant et dangereux. Elle faisait des heures supplémentaires non payées, dormait à l'hôpital, allait bénévolement une fois par semaine à l'orphelinat ou au service des cancéreux : sa pénitence pour racheter Petre. Les nuits sans elle, je les passais dans la peur et l'inquiétude, mais je les préférais encore à celles où elle était là. Je l'entendais vomir aux toilettes ou sangloter dans l'obscurité, et quand je tâchais de la consoler, elle repoussait toutes mes tentatives, tressaillait à la moindre caresse. Allongé, incapable de dormir, je guettais le bruit de la douche tard dans la nuit, lorsqu'elle se lavait des horreurs de sa journée.

Un jour où je m'étais réveillé avant elle, à cinq heures dans la lueur métallique bleue d'un matin d'hiver, je remarquai sa blouse blanche couverte de boue ou de cambouis. Je l'emportai à la cuisine pour la nettoyer dans l'évier ; j'ouvris les robinets et je la grattai avec mes ongles. La crasse se détachait et maculait mes doigts. Ottilia me rejoignit et alluma. Je vis alors mes mains plongées jusqu'aux poignets dans une eau rouge, mes ongles incrustés de sang, les traînées rouille sur les parois du bac.

Autour de nous, les préparatifs du congrès battaient leur plein. On s'entraînait pour le défilé aérien et le cortège militaire, les soldats paradant au rythme d'une musique martiale. Les avions fonçaient dans le ciel strié de kérosène gaspillé, pendant que, en dessous, les bus restaient au dépôt en raison de la pénurie d'essence et que la population crevait de froid chez elle. Même quand les journées de travail étaient bouleversées et qu'on ne pouvait pas se rendre dans les usines et les bureaux privés d'électricité, les objectifs continuaient d'augmenter : plus d'acier, plus de voitures, plus de blé, plus de maïs. *Scînteia* annonçait des records de production battus, un effort collectif prodigieux pour conduire le pays jusqu'au seuil – *aux contreforts* – d'une nouvelle ère radieuse. *Époque de Lumière !* clamait le titre.

— Époque des ampoules de quarante watts de mes deux, ouais, gronda Leo, jetant le journal à travers la pièce – car les ampoules aussi étaient rationnées à présent. Je vais voir si je peux atteindre mon objectif en ce qui concerne le whisky. Qui veut m'accompagner ?

Il s'assit pour entreprendre une lugubre expédition en solitaire jusqu'aux tréfonds de la bouteille de scotch qu'il venait d'ouvrir.

Mais l'alcool ne remplissait pas son rôle, les dîners du Capşa ne le divertissaient pas. Leo se désintéressait de ses trafics, perdait des clients ici, oubliait des livraisons là. Ce qui était arrivé à Petre et l'histoire avec Belanger avaient tout gâché. Seul son travail le motivait, son livre des promenades disparues qui devenait de plus en plus épais alors même qu'il y avait de moins en moins à décrire.

La destruction de la ville était si rapide à présent que des terrains vagues apparaissaient là où, quelques jours avant, il y avait encore des habitants et des bâtiments. Il n'était pas rare de passer devant un lieu que l'on connaissait et de découvrir qu'il s'était évaporé, comme si le sol l'avait avalé. Je me rappelais ce film muet de Chaplin, où un homme retrouve sa maison démolie et ne remarque pas qu'elle a disparu. Il va jusqu'à la porte absente, insère sa clé dans le souvenir de la serrure, ouvre et entre, sans oublier de s'essuyer les pieds sur le paillasson inexistant. Ce n'est qu'au moment où il veut s'asseoir dans son fauteuil favori – mi-air, mi-mémoire – qu'il tombe sur les fesses et se rend compte qu'il ne reste rien.

Un délégué du ministre des Affaires étrangères britannique vint en visite officielle pendant la semaine du congrès. C'était le ministre lui-même qui était attendu, mais, en raison de l'isolement croissant de la Roumanie, il avait été jugé préférable d'envoyer un émissaire de moindre importance. Trofim et Leo refusèrent d'assister à la réception, et Ottilia m'ignorait. Je m'y rendis donc seul. Wintersmith, au plus mielleux de sa forme, jouait les maîtres de cérémonie. Il m'adressa un clin d'œil conspirateur lorsque je passai devant lui et m'indiqua Cilea qui, malgré le froid, fumait sur la terrasse, à l'écart. Elle était de dos, mais elle me salua sans se retourner.

— Est-ce que tu veux bien m'emmener au Ship and Castle ? demanda-t-elle en regardant de l'autre côté de la cour de l'ambassade. J'aimerais m'expliquer avant qu'il ne soit trop tard.

Elle prit mon bras. Nous étions redevenus des étrangers, Cilea renouant avec l'intimité insouciante et superficielle de nos premières rencontres. Quant à moi, j'étais encore sensible au pouvoir de sa sexualité et je retrouvais la solitude qui me hantait quand j'étais en sa compagnie. Mes moments les plus pleins avec elle avaient toujours eu le goût du manque.

— Trop tard ? Est-ce qu'il n'est pas déjà trop tard ?

— Non, ce n'est pas fini. Ce n'est jamais fini…

Nous nous assîmes dans un coin, elle, en robe de cocktail noir, moi, dans mon costume informe. Tout le monde la regardait : ses longs cheveux bruns, sa bouche rouge, la peau au bronzage irréel sans un défaut. Ses yeux étaient noirs et brûlants, ses joues rougies par le froid.

— Tu savais, n'est-ce pas ? Ce qui est arrivé à Petre...

— Oui, mais pas depuis le début, et seulement lorsque Florian a mentionné qu'un de ses hommes – un des hommes de Stoicu – avait réglé son compte à l'agent de mon père à la frontière. Ça couvait depuis des mois, à cause de la lutte de pouvoir au sein du ministère. Ce n'est pas Belanger qui en a donné l'ordre, si c'est ta question... ça lui a compliqué la vie plus qu'autre chose. Quand Manea a fait tomber Stoicu, la moitié du réseau de Florian à Bucarest est tombé avec lui... et tu n'as rien à voir avec sa mort, si ça peut te consoler.

— Alors, me voilà consolé, répliquai-je d'un ton sarcastique. Et c'est ça l'homme que tu es allée retrouver ? L'homme que tu aimes ?

Cilea me regarda, surprise.

— Oui, je sais qui est Florian. Je sais qui est mon père et je l'aime.

— Parle-moi de lui... de Belanger, pardon, de Florian...

Ses doigts tremblèrent, la cendre au bout de sa cigarette frémit et se dispersa sur la table. Elle souffla dessus pour la faire tomber par terre et tira une longue bouffée avide.

— Par quoi faut-il commencer ? De toute manière, tu ne tiens pas vraiment à entendre...

C'était vrai.

Ils s'étaient rencontrés en 1984. Il venait d'arriver, un jeune maître de conférences frais émoulu de son université anglaise, désireux de découvrir le pays de ses ancêtres. Il connaissait la Roumanie par ses grands-parents, des Roumains de Bucarest francophiles – des « bonjouristes » – qui avaient émigré après la guerre. C'était sa première visite, mais tout de suite il avait eu l'impression d'avoir accès à un vécu familial enfoui en lui. C'était comme s'il avait habité là autrefois. Il parlait d'un sentiment de déjà-vu pour décrire ce qu'il avait éprouvé à son arrivée à l'aéroport d'Otopeni, quand la ville s'était pour ainsi dire ouverte devant lui. Au début, la facilité avec laquelle il s'intégrait l'avait déconcerté. Puis il avait appris à apprivoiser ce don. La carte était déjà dans sa tête ; il lui suffisait de parcourir les rues pour qu'elle se déplie. Il commença avec Leo. Ils se promenaient la nuit, ils étaient inséparables. Il disait que chaque pas était comme un interrupteur qui réactivait les lieux où il passait. Leo était là depuis trois ans. Il avait eu le temps de s'installer, de prospecter le terrain. Il avait établi son réseau de contrebande. Mais c'était Belanger qui *connaissait* réellement l'endroit. Il savait d'instinct jusqu'où il pouvait aller, ce qui se vendrait, à quel prix, combien de temps garder un produit et quand le mettre sur le marché. Leo était un amateur. En outre, il y avait des choses auxquelles il ne voulait pas toucher et dont Belanger était ravi de s'occuper. En l'espace de six mois, il était… Cilea cherchait le terme… *il était aux commandes*…

— Comment vous êtes-vous rencontrés ?

— Par mon père. C'est lui qui nous a présentés, même s'il n'a pas tardé à le regretter. À une réception à l'ambassade française. Le 14 juillet. Belanger était présent. Il était déjà à son compte, il gérait ses propres réseaux. Leo lui en voulait, parce qu'il ne respectait pas ce qu'il aimait : l'art, l'architecture, les livres. Belanger se moquait de ce qu'on faisait à la ville. Ça crée de l'espace : voilà ce qu'il disait. Ça rend les choses vendables, déplaçables. Leo répétait toujours qu'il fallait rendre les choses transportables, que c'était cinquante pour cent du travail... *transportables* ! Il l'a pris au mot, c'est tout...

Cilea sourit à ce souvenir.

— Tout était démonté, dévissé, désossé. Belanger en faisait des colis qu'il vendait. Le premier soir, il m'a emmenée faire un tour en voiture. Il avait une suite immense à l'InterContinental, on se serait cru dans un film américain. Il s'est approché de la fenêtre, il m'a montré Bucarest dans la semi-obscurité et il m'a dit qu'un jour, la ville serait illuminée comme New York ou Londres. Il y aurait des magasins et des boîtes ouverts toute la nuit, des restaurants, des théâtres et des cinémas qui fonctionneraient vingt-quatre heures sur vingt-quatre, des néons clignotants. J'ai ri. Je ne croyais pas qu'il existait des endroits pareils, en ce temps-là.

Ce que Belanger lui offrait, c'était le Bucarest du futur.

— Il m'a emmenée à Paris, Madrid, Rome. Mon père était furieux, il le traitait de criminel... il a essayé de le faire arrêter et expulser, mais entre-temps, Belanger avait commencé à travailler pour Stoicu, et Stoicu était son supérieur hiérarchique. Il était protégé. Manea se sentait humilié. Puis quelqu'un a agressé Florian, lui a brisé les jambes. On a menacé de le tuer s'il restait. Il n'a jamais pu remarcher comme avant. Et un jour, il est parti.

Je me taisais. Qui que soit Belanger, Cilea l'aimait alors et l'aimait encore aujourd'hui. Jamais elle ne parlerait de moi ainsi.

— Ce n'était pas un gangster. Il n'était ni louche ni violent. On a raconté un tas de choses à son sujet, mais je n'ai jamais rien vu…

Je l'interrompis.

— Le Belanger que la plupart d'entre nous connaissent était un trafiquant de drogue et d'êtres humains, qui tirait de l'argent de la prostitution. Il vendait en pièces détachées une ville qui se désintégrait et il fricotait avec la Securitate. Il achetait la misère humaine à bas prix et la refourguait avec un maximum de profit.

J'étais surpris par ma propre véhémence. Je haïssais Belanger, à cause de Leo, à cause de Cilea… Je vivais avec ses restes, j'avais emprunté des morceaux de sa vie pour créer la mienne.

— La plupart d'entre nous ? Comment oses-tu ? Tu n'es pas l'un de nous ! Tu ne fais partie de rien, tu n'as rien à voir avec tout ça. Tu regardes, c'est tout ! Tu te laisses porter par le courant, tu suis le premier qui se présente : Leo, Ottilia, ce vieux stalinien de Trofim, ce fumier là-bas.

Elle avait désigné de la tête Wintersmith qui était au bar avec le représentant du ministre des Affaires étrangères. Sentant qu'on parlait de lui, il nous adressa un signe.

— Florian faisait bouger les choses, il changeait le monde. Il n'était pas mauvais, il en voulait plus, comme nous tous. Il n'a pas choisi le système, mais il en tirait ce qu'il y avait à en tirer. Il n'a pas construit ce monde. Il n'est pas Ceauşescu ni Stoicu. Il n'est même pas Manea Constantin. Il n'a pas à être jugé par des voleurs, des meurtriers et des collaborateurs.

— C'est une logique dégueulasse. Une logique tordue.

Je n'avais pas de portrait de Belanger, mais dans mon esprit je voyais une photographie avec une tache blanche à la place du visage, et cette tache blanche concentrait toute ma haine.

— Où est-il, maintenant ?

Une humidité froide derrière moi, comme la bouffée de moisi qui s'échappe quand on referme la porte d'une cave, me signala la présence de Wintersmith. Cilea enfila ses gants.

— Je suis ravi que vous ayez pu venir, déclara-t-il, s'efforçant de lui baiser la main – un salut, qui, s'imaginait-il, seyait à sa promotion.

— Il faut que j'y aille, répliqua-t-elle, m'étreignant sans chaleur, avant de traverser la salle bruyante.

— Je vais vous chercher un verre, décréta Wintersmith, haussant les sourcils. Vous pourrez tout me raconter…

Pendant qu'il était au comptoir, je sortis et je rentrai chez moi à pied. Il y avait un relent de gel dans l'air. L'hiver montrait les dents.

Six

Cette nuit-là, je rêvai que j'étais assoupi dans un train. Je me réveillais et le train avançait toujours, le wagon bringuebalant, le grincement des freins et le bruit du métal qui frottait contre le métal. Le crépitement des étincelles, l'odeur du soufre. Des vêtements et des valises tombaient du porte-bagages. Dehors, un croissant de lune se balançait, comme le bord de la montre d'un hypnotiseur.

Un peu plus loin, mes parents décédés étaient imperturbables. Ils flottaient au-dessus du sol, calmes en dépit du chaos. Ballotté par les oscillations du wagon, je m'efforçais de les rejoindre, mais ils s'enfonçaient dans l'obscurité. Leur expression était neutre ; alors, à mesure que l'ombre gagnait leurs visages, je les voyais se tordre d'horreur et de douleur, tandis qu'ils fondaient, les os cédant la place à l'obscurité. Ils levaient les mains vers moi, consumés par les ténèbres comme la bobine d'un film qui s'enflamme. Lorsque je tentai de les retenir, ils n'étaient plus là. Il ne restait que des cendres chaudes sur mes doigts.

Je me réveillai pour de bon et le rêve s'interrompit. Pourtant le décor bougeait toujours. Je regardai autour de moi. Le bâtiment était pris de convulsions.

Il tremblait des fondations jusqu'au sommet, une longue vague qui se propageait, et ensuite le fragile tintement du verre brisé. Puis ce fut le silence, le calme particulier de l'après : l'air en suspension, le temps déchiré qui se répare.

Il était tôt le matin. La tringle du rideau était tombée et les draps étaient couverts de poussière de plâtre. Le châssis de la fenêtre s'était déboîté. Les étagères étaient de guingois. Je me levai et constatai avec surprise que le sol était toujours ferme sous mes pieds. Il faisait froid et des courants d'air cinglants s'engouffraient dans la chambre. Je sentis le balcon s'affaisser un peu lorsque je sortis : l'immeuble se replaçait sur ses fondations.

Dehors, le monde s'était fissuré : entre la rue et le trottoir, le trottoir et les façades, les fenêtres et les cadres. À chaque jointure, il y avait du jeu. La ville avait les entrailles à l'air : eau, conduites éclatées avec leur cargaison de merde et de boue, décombres et terre tassée. Les bouches d'incendie crachaient des geysers qui jaillissaient vers le ciel et s'écrasaient sur le bitume. Refoulé des égouts, un monstre des profondeurs pressait contre chaque crevasse sa masse gélatineuse brun luisant, qui se dilatait au contact de l'air.

Je m'habillai et je descendis aussi vite que possible. La rambarde branlait, le lustre de l'entrée ne tenait plus que par ses fils électriques. Le courant était coupé, ce qui n'était pas plus mal, vu le nombre de câbles qui traînaient dans l'eau et la vase. Il y avait une large fissure en forme d'éclair par laquelle on sentait le vent pénétrer, l'obscurité et le froid pousser et écarter les briques.

On n'entendait ni cri ni sirènes, ni agitation ni panique. Seul le vent qui chantait dans les brèches récentes. Il y eut une autre secousse. Cinq heures quinze. À l'extérieur, ce n'était pas tant un spectacle de désolation qu'un vacillement qui s'éternisait : des blocs perchés sur le point de basculer, des murs penchés appuyés sur l'air, des balcons suspendus à des cordes d'acier. L'endroit était le même, en plus délabré, comme s'il avait subi une décrépitude accélérée.

Je remontai chercher mon appareil photo avant de me rendre chez Leo. Lipscani était à dix minutes à pied et je tomberais certainement sur des scènes dont il aurait l'usage.

Le séisme avait eu lieu environ vingt minutes plus tôt. Vers le bas de Calea Victoriei, j'entendis de l'activité : sirènes au loin et voitures de police qui fonçaient vers le centre-ville, phares éteints. Je passai devant la rue de Trofim, en grande partie intacte, où la peur avait vite cédé la place à une curiosité intéressée. Un homme se demandait si le tremblement de terre avait détruit la nouvelle monstruosité qui défigurait la capitale – et bon débarras si c'était le cas. Quelques rires prudents lui répondirent, suivis d'un *chut* lorsqu'on me vit, l'étranger à l'appareil photo.

Lipscani était en pleine effervescence. Un groupe informel s'était constitué et maîtrisait déjà la situation. Deux Tsiganes distribuaient des bandages tandis qu'un membre de la cellule du Parti circulait et faisait l'appel à l'aide de la « liste électorale », un terme que l'on employait même en Roumanie. Devant chez Leo, trois matrones attisaient un feu sous un chaudron de thé arrosé de tsuica. Les voisins attirés par ses effluves faisaient la queue avec les récipients qui leur tombaient sous la main – conserves vides, tasses en plastique, faïence brisée – pour une louche de breuvage. Il n'y avait pas d'électricité, mais les braseros dégageaient des ondes bouillantes. Je demandai à l'une des femmes si elle avait vu Leo. Elle me donna deux gobelets en carton de thé alcoolisé et m'envoya un peu plus loin où je le trouvai en train d'engloutir des cachets d'aspirine comme des cacahuètes à l'apéritif.

— Ça fait des années qu'on annonce un autre tremblement de terre. On a eu de la chance que ce ne soit pas pire. Le dernier s'est produit en 1977 ; il a tué deux mille personnes. Je n'ai pas l'impression que celui-ci est trop grave, mais il faut attendre de voir ce qui s'est passé en banlieue. Avec le genre de cochonneries qu'ils ont construit là-bas, on peut s'attendre au pire…

Il but une gorgée de thé, puis sortit un flacon de tsuica de sa poche pour en rajouter une giclée.

— Lipscani ne s'en tire pas trop mal. Deux ou trois toits se sont effondrés, des cheminées ont été arrachées… une grande fissure dans Strada Lipscani, mais rien de méchant, un peu de goudron et plus rien n'y paraîtra.

Il remarqua mon appareil en bandoulière.

— Tu as vu des choses intéressantes ?

J'avais photographié le convoi de voitures de police qui se dirigeait vers le centre, mais il n'y avait peut-être pas assez de lumière. Je n'avais pas voulu attirer l'attention avec le flash. Par une fenêtre ouverte, une radio diffusait des chansons folkloriques et, à l'étage en dessous, chez Leo, le transistor était réglé sur le BBC World Service. On ne mentionna pas le séisme. Curieusement, il n'y avait aucun policier ici non plus : le quartier de Lipscani était livré à lui-même.

— Ils sont sans doute tous dans le centre pour s'assurer que le palais n'a pas subi trop de dégâts. Va savoir ce qui se passe en banlieue. Je ne voudrais pas être au dernier étage de l'un de ces immeubles, ce matin, tu imagines ? Les pauvres.

À Bucarest, les vieux bâtiments avaient bien résisté. Dans la rue de Leo, la seule maison endommagée avait été coupée en deux par la chute d'une grue. Ne restait que le mur du fond, avec ses tableaux bizarrement indemnes et des braises qui rougeoyaient encore dans l'âtre. Même les bibelots sur le rebord de la cheminée étaient intacts, drapés dans leur manteau de poussière de plâtre, exhibant une invincible fragilité.

— Ce sont toujours les petites choses qui survivent : le superflu, les décorations. Les frivolités. Quand on fait des fouilles archéologiques, on retrouve quelques bijoux en or martelé ou des fragments de poterie. Une boucle d'oreille, un flacon de parfum, c'est ainsi qu'on recrée les civilisations mortes. Tout ce qui est construit pour durer disparaît... s'effondre ou s'efface. Aucun lieu ne raconte son histoire comme prévu... Regarde : une grue de quarante tonnes se casse la figure, tandis que le petit chien en porcelaine sur l'étagère n'a pas bougé...

La théorie de Leo avait des failles, mais il ne voulait rien entendre. Il avait décidé que ce séisme était un châtiment pour les horreurs infligées à Bucarest par Ceauşescu. Autour de nous, les vieilles églises et les maisons étaient toujours debout, alors que les immeubles voisins, plus récents et plus imposants, s'étaient fissurés des fondations au toit. Il était difficile, même sans l'animisme urbain saugrenu de Leo, de ne pas penser aux fléaux de l'Ancien Testament. Je m'attendais presque à voir des nuées de sauterelles s'abattre sur la ville.

Du nouveau bureau de Ionescu, sous la coupole de la bibliothèque universitaire, nous contemplions le désastre, pendant que l'ex-directeur du département préparait du café arrosé de tsuica. L'horizon de Bucarest se reconstituait dans le jour naissant. Du côté du centre, tout avait l'air normal, la flèche du siège de *Scînteia* se dressait vers le ciel, ainsi que les clochers des trois cathédrales. En dessous se massaient les toits et les dômes irréguliers de la vieille ville, éminences mineures entourant des pics resplendissants. C'était à la périphérie qu'apparaissait la véritable destruction, là où Bucarest cédait la place aux anneaux saturniens du vide périurbain à perte de vue.

— Tu as remarqué ce qui manque ? demanda Leo, indiquant un immeuble dont les deux derniers étages n'en formaient plus qu'un.

— Le bruit ? Les gens et le bruit ?

C'était généralement ce qui manquait ici.

— D'accord, mais encore. Regarde bien. Regarde ces appartements. Regarde le béton cassé. Il n'y a pas de charpente métallique : à partir d'une certaine hauteur, ils se sont contentés de poser les étages par-dessus. Ils ne se sont pas embêtés avec des poutrelles. Ils ont empilé les niveaux, un parpaing puis un autre. Au-dessus du deuxième ou du troisième, il n'y a plus rien qui les tient.

Pendant les semaines suivantes, on assista à une frénésie de démolition à laquelle même les bulldozers les plus endurcis n'étaient pas préparés. La Direction des bâtiments utilisa le séisme comme excuse pour raser des pans entiers du vieux Bucarest. À Lipscani, Dudesti et Dorobanti, on expulsait les habitants afin de les reloger dans des immeubles qui trouvaient le moyen d'être à la fois inachevés et déjà délabrés. Depuis le tremblement de terre, beaucoup de ces tours avaient l'allure de ruines, le romantisme en moins, coincées entre un passé aboli et un avenir qui refusait d'arriver.

Leo et moi continuions de filmer ou de photographier les destructions, mais tout allait trop vite. Je pris une dizaine de pellicules, et j'aurais pu en prendre dix de plus. Leo les faisait développer et les envoyait, accompagnées de comptes rendus, à *Reuters*, au *Soir* et au *Figaro*. Les diplomates de Bucarest, sous l'impulsion d'Ozeray, commencèrent à élever la voix. Ce qui se passait ici n'était qu'une partie du problème : en province, autour de Sibiu et de Timişoara, et dans la région moldave, des zones où vivaient des minorités, on éradiquait toutes les traces d'autres cultures. C'était la désolation : des villages vieux de plusieurs siècles étaient rasés en une matinée, pour être remplacés par des tours d'habitation entourées de broussailles ou de complexes industriels qui ressemblaient à des colonies pénitentiaires intergalactiques laissées à l'abandon. La Roumanie ne serait bientôt plus qu'un immense no man's land sans passé.

— Tu as vu ça ? demanda Leo, désignant la Maison du peuple, un horizon tout entier de béton, d'acier et de marbre. On dit que c'est le plus grand édifice du monde. Le plus grand mausolée, plutôt. Quand il sera terminé, tout le communisme va s'y engouffrer, fermer les portes et crever. Ils pensent bâtir la ville de demain. Mais ils ont construit leur propre tombeau. La Mégalo-Nécropole, la nouvelle cité des morts qui attend l'arrivée de ses résidents.

Le 1er novembre, on assista à la plus grave des démolitions, celle qui resterait dans les mémoires comme le symbole du vandalisme, de la vulgarité et du ridicule qui caractérisaient cette « rénovation urbaine ».

Le monastère Saints-Cyrille-et-Méthode se dressait depuis des siècles sur la rive sud-ouest du canal. Mais le clocher vieux de quatre cents ans gênait, c'était une injure au nouvel horizon. Après avoir résisté aux tremblements de terre, aux incendies, aux termites, aux Turcs, à la pourriture et à la négligence, il devait céder la place au « parc de loisirs du peuple », un parc d'attractions communiste, avec des salles de jeu mal éclairées et des manèges immobiles, de la barbe à papa grise et de la musique édifiante qui dégoulinerait toute la journée. Les plans étaient exposés au siège du Parti : des piliers néoclassiques pour servir d'écrin à une énorme cloche de verre, un palais de cristal dédié aux loisirs totalitaires.

C'était une démolition inhabituelle. Le clocher serait dynamité – une nouvelle mesure, le but étant de pulvériser les pierres au lieu de simplement les désassembler. Ainsi, il ne serait pas question de le rebâtir un jour. Quand les « rénovations » avaient débuté, quelques années plus tôt, les édifices importants étaient démontés et mis à l'abri. Ils attendaient dans des réserves, comme des morts-vivants dans leurs tombes, le jour où ils reviendraient hanter

Ceauşescu. Aujourd'hui, la destruction était plus agressive : on faisait exploser les édifices, on les écrasait au rouleau compresseur, puis on les jetait au fond d'une grande fosse pour servir de lest sur le site où ils s'élevaient autrefois. Comme ces prisonniers dans les camps de la mort qu'on obligeait à creuser un trou, avant de les abattre, agenouillés à côté. Une Mégalo-Nécropole, avait dit Leo : même sans souscrire à son discours apocalyptique, nous sentions tous que l'on était arrivé à la fin de quelque chose, dans une ville qui devenait à la fois son propre fantôme et son propre tombeau.

Nous nous tenions parmi une petite foule, bravant le froid et les caméras de la Securitate. Je reconnus le poète Andrei Liviu, d'une pâleur mortelle, mais la démarche ferme. Il était venu exprès de Constanţa et sa présence attirait l'attention. Son cancer connaissait une rémission, même si tout le monde savait que ce n'était qu'une question de temps. Ses derniers poèmes comparaient la maladie à un groupe de conspirateurs qui complotait dans l'ombre pour prendre le pouvoir sur son corps. Le livre avait été interdit, car le censeur du ministère de la Culture pensait que le cancer était une métaphore de l'État. Il se trompait : c'était l'État qui était devenu une métaphore de la maladie.

Ion Marinaru était là aussi, en compagnie de sa femme. Ils formaient un beau couple, les seuls acteurs roumains qui s'apparentaient à des stars de cinéma à l'occidentale. Avec eux, l'écrivain Vasile Iorba : encore un fidèle membre du Parti qui prenait soudain position. Son roman le plus récent, un récit futuriste situé dans une colonie pénitentiaire sur Mars, avait échappé à la censure uniquement parce que Elena

Ceauşescu l'avait lu et avait repris l'idée à son compte. Le Centre de recherches cosmiques roumaines, dont elle était la marraine et la directrice, devait donc son existence au petit homme sarcastique qui fumait et battait la semelle, père improbable d'un programme spatial national. C'était la première fois que tous ces gens s'affichaient contre le gouvernement.

Il y avait de l'expérimentation dans l'air. Les manifestants s'efforçaient de prendre une attitude de défi, mais ils ne savaient comment faire. Alors, ils s'essayaient à des poses ou à des expressions, parlaient fort pour se donner de l'assurance. La police n'était pas mieux préparée. Nul n'ignorait que la Securitate avait participé à la répression dans les usines et les mines. Nous le savions, mais nous savions aussi que la situation était différente : on avait là des écrivains et des artistes, des membres du Parti, des croyants qui défendaient leur foi, des technocrates, des étrangers et des diplomates. Les autorités n'avaient aucun modèle pour gérer ce genre de crise.

Au dernier rang de la foule se tenaient Ozeray et le chargé d'affaires russe. Derrière eux, le journaliste Maltchev longeait le rassemblement, parlant dans son dictaphone, tandis que son photographe mitraillait la scène. La présence des Russes donna du courage au groupe. Des « Gorbatchev ! Gorbatchev » fusèrent au fond, accompagnés de quelques « Perestroïka ! ». Parmi la mêlée, quelqu'un cria « Trofim ! » et un nom que je n'avais jamais entendu : « Front de Salut National ! »

L'explosion eut lieu au coucher du soleil. Le clocher frémit. Quelques tuiles tombèrent du toit ; le petit beffroi de bois perdit ses chevrons. Il eut encore un instant d'hésitation, puis l'édifice se convulsa et poussa un soupir avant de s'effondrer sur lui-même. Un nuage de poussière et de gravats s'éleva. La voie était libre : les boulets de démolition s'élancèrent comme une meute de chiens, ils abattirent les barrières, aplatirent le portail, piétinèrent le cimetière et enfoncèrent les murs du monastère. Les poutres de bois volaient en éclats, aussi fragiles que des allumettes.

Leo se jeta sur le cordon policier. On le repoussa à plusieurs reprises. Pour finir, un officier de la Securitate le frappa avec un pistolet et le traîna à une voiture. Le véhicule démarra et s'arrêta quelques centaines de mètres plus loin pour le balancer dans le lit à sec du canal. Lorsque j'atteignis la rive, je le trouvai recroquevillé au fond, du sang s'écoulant lentement de son crâne.

Deux Tsiganes m'aidèrent à le tirer jusqu'à la route. Je téléphonai à Ioana d'une cabine qui par chance fonctionnait.

— Qu'est-ce qu'il a encore fait ? s'écria-t-elle aussitôt.

Elle arriva immédiatement au volant de la Lada d'un voisin. Nous le transportâmes sur le trottoir ; je soutenais sa nuque, le sang poisseux suintant d'une large fente sous ses cheveux. Ioana attendit, la tête de Leo sur ses genoux, pendant que j'appelai Ottilia à l'hôpital. Je laissai un message en anglais dans l'espoir que cela aurait plus d'effet. Les lèvres de Leo étaient bleues, son souffle si faible qu'il était à peine perceptible. Puisque ceux qui secouraient les vivants étaient injoignables, je tentai ma chance auprès de ceux qui officiaient auprès des morts.

— Je ferai ce que je pourrai, répondit Campanu.

Il y eut le tintement du métal sur la faïence, puis je l'entendis inhaler sa cigarette. Si je n'avais pas su qu'il était en pleine autopsie et qu'il devait placer son scalpel dans un récipient, j'aurais pensé qu'il posait son couteau et sa fourchette pour fumer après son repas.

— Ma spécialité, c'est l'autre bout du processus, je ne vous apprends rien… mais je ferai de mon mieux.

Il arriva quelques minutes plus tard au volant d'un fourgon de la morgue, avec un brancard et un tas de sacs noirs à glissière qui ressemblaient à des sacs-poubelle de la taille d'un homme. Il palpa les mains de Leo.

— Elles sont déjà froides, annonça-t-il, prenant son pouls et écoutant sa respiration. Nous n'avons pas beaucoup de temps.

À l'hôpital, je tombai sur Ottilia qui attendait devant l'entrée avec un lit roulant. À côté d'elle, une des infirmières fumait avec acharnement et tapait des pieds pour se réchauffer. Il faisait presque nuit.

— J'ai eu ton message, dit Ottilia. Diana faisait une pause cigarette dans le bureau, c'est elle qui t'a entendu. Amenez-le ici. Tiens sa tête, qu'elle ne bouge pas.

Nous transférâmes Leo sur le lit roulant. Comme d'habitude, l'hôpital semblait désert.

À l'intérieur, Ottilia sortit son stéthoscope et écouta son cœur. Je crus la voir secouer la tête, mais je refusai de l'admettre. Personne d'autre ne s'en était rendu compte : Ioana caressait les cheveux imbibés de sang de Leo tandis que nous avancions, et Campanu s'appliquait à guider le lit à travers la suite sans fin de couloirs. Ottilia souleva les paupières de son patient. Les pupilles avaient roulé dans leur orbite et on ne lui voyait plus que le blanc de l'œil, injecté de sang, immobile.

— S'il y a une fracture par enfoncement, le sang à l'extérieur n'est pas le problème. C'est ce qui se passe à l'intérieur qui m'inquiète. En cas d'hémorragie interne, je ne peux rien faire ici... on n'a pas l'équipement nécessaire. Si l'un des os a transpercé les tissus du cerveau, il est peut-être trop tard. Il est peut-être déjà trop tard de toute manière, même si le cerveau n'est pas touché. Je ne saurai rien tant que je ne l'aurai pas nettoyé et qu'il n'aura pas passé de scanner.

On conduisit Leo dans une salle d'opération.

— Je vais lui faire le scanner et le stabiliser. Si on a de la chance, c'est un simple traumatisme cérébral avec contusion... il y a toujours un risque, bien sûr, mais j'ai les moyens de le soigner. L'autre problème, c'est qu'il a perdu beaucoup de sang... il va peut-être avoir besoin d'une transfusion...

— Non ! intervint Campanu. Vous ne pouvez pas faire ça. C'est trop dangereux. Le sang n'a pas été analysé correctement. Les morgues sont pleines de gens qui ont attrapé l'hépatite à cause du sang contaminé. C'est une cause de décès plus fréquente que les hémorragies. Il y a le SIDA aussi. C'est un pari trop risqué.

— C'est à vous de décider, déclara Ottilia, s'adressant à Ioana, avant de se tourner vers moi. Je vous dis ce qu'il est possible de faire. Nous avons du sang. Mais Campanu a raison : nous ne l'avons pas analysé, nous n'avons pas le matériel pour ça… nous ignorons s'il est contaminé ou non. Nous ne savons rien…

— Fais-le s'il le faut, m'entendis-je répondre.

Ioana me regarda, mais se tut. Ottilia hocha la tête.

L'infirmière installa une perfusion et poussa un respirateur artificiel au chevet de Leo. Ottilia plaça le masque sur sa bouche et inséra un tube dans son bras. Elle nous fit signe de sortir. Campanu resta.

— Je t'avertis dès qu'il y a du nouveau, promit-elle, prenant ma main pour me conduire à la porte.

C'était son premier geste de tendresse depuis la visite de Manea. L'infirmière revenait avec des poches de sang sur un plateau. Elles paraissaient lourdes, le sang sombre, chargé, dense.

— Pourquoi est-ce que tu ne rentres pas à l'appartement ? demandai-je à Ioana. Attends-le là-bas. Il aura besoin de quelqu'un auprès de lui. Je t'appelle dès qu'il y a du nouveau.

— J'étais sur le point de le quitter, tu sais. J'allais le lui annoncer aujourd'hui. J'y pense depuis des semaines, mais je n'en ai jamais trouvé le courage.

Ioana pleurait, sa main devant ses yeux. Je ne l'avais jamais vue verser une larme ; j'admirais sa capacité à transformer le chagrin en colère, la passivité de la souffrance en énergie agressive. Cette qualité semblait l'avoir désertée. Je me tus. Je pensais qu'un Leo gravement malade aurait besoin de soins constants et que cela exigerait une certaine organisation. Ce n'était pas une perspective réjouissante, mais quand même préférable à l'image que j'essayais d'occulter : Leo mort, son corps franchissant les portes battantes sur la civière roulante, emmené dans le fourgon de Campanu. J'avais froid, j'avais peur d'affronter un autre deuil. Et pas seulement pour moi. Leo parti, la solitude serait collective.

— C'est impossible d'être avec lui. Il est par monts et par vaux toute la journée ou passe la nuit à écrire. Il n'y a pas de vie pour nous ici : il ne s'intéresse qu'à son livre, à la ville et à ce foutu marché noir. Faire des affaires, prendre des photos… on ne vivra jamais normalement. J'ai décidé de quitter le pays. Je vais partir, dès qu'ils ouvriront les frontières. Peut-être avant. Je le lui ai annoncé. Il n'a même pas levé les yeux de son album de photos. « Mmmm… » C'est tout ce qu'il a dit. Il avait l'air de ne pas écouter. Alors, je l'ai répété, espérant qu'il n'avait pas entendu, mais en fait si. « Va-t'en, si c'est ce que tu souhaites », voilà sa réponse. Je te promets, il n'a pas levé les yeux. Et maintenant, il est là et il va mourir. Et moi j'allais le quitter.

Elle saisit mon bras.

— Il se figurait qu'il préservait la ville, il se figurait qu'il était sa mémoire, celui qui la ferait revivre. Il ne comprend pas, il n'est qu'un parasite évolué qui fait son marché parmi les décombres. Il en est arrivé au point où il imagine des lieux qui n'ont jamais existé. Ils sont plus réels que nous pour lui…

Ioana s'allongea sur le banc et dormit. Je fumais et je faisais les cent pas dans le couloir. Au bout de trois heures, Campanu émergea de la salle. Malgré le froid, il luisait de sueur ; ses doigts tremblaient sur sa cigarette. Ses cheveux étaient mouillés et ébouriffés, ses manches retroussées au-dessus des coudes.

— Elle a soulagé la pression sur son cerveau, opéré et stoppé l'hémorragie. Le crâne est fêlé, mais ça guérira. Il réagit bien. Il a aussi une fracture de la cheville, ce qui signifie qu'il sortira dans un fauteuil roulant, et il risque d'y rester un petit moment.

— Est-ce que je peux le voir ? demanda Ioana.

Campanu hocha la tête.

— Soyez patients : il ne va pas reprendre connaissance avant plusieurs jours, et même après, il ne sera pas en grande forme. Allez-y.

Il se tourna vers moi.

— Il a failli mourir. J'étais à deux doigts de l'emmener à la morgue et de le découper. Au lieu de quoi, je vous annonce que vous allez devoir prendre soin de lui, jouer les infirmiers jusqu'à ce qu'il retrouve son état… euh… normal, dit-il avec un sourire las. Dans mon métier, on rencontre rarement des raisons de croire au miracle, mais ce qu'Ottilia a fait là, même si c'est tout à fait explicable d'un point de vue médical, c'est un véritable miracle étant donné les conditions dans lesquelles elle opérait…

Elle vint me chercher, sa blouse blanche ensanglantée, ses cheveux collés sur son front. J'avais somnolé – seule la peur m'avait tenu éveillé jusque-là, et lorsqu'elle s'était dissipée, j'étais tombé dans un gouffre de ténèbres apaisant et sans images.

— Il est tiré d'affaire. Il va devoir passer quelques jours à l'hôpital, mais après il sera mieux ailleurs. Emmène-le chez toi et je viendrai le voir chaque fois que je pourrai.

Elle me conduisit dans la salle d'opération où gisait un Leo inconscient, relié à un fouillis de tuyaux et de perfusions. Derrière lui, un appareil émettait un bip régulier. Je me penchai sur lui et touchai sa joue. Il était plus chaud, il se battait pour revenir parmi nous.

— Où est Ioana ? demandai-je, désireux de partager ce moment avec elle, de voir le soulagement sur son visage.

On la chercha, mais elle avait disparu.

On plaça Leo dans une pièce qui ressemblait moins à une chambre d'hôpital qu'à un vivier où les maladies pouvaient se remettre de leurs traitements et en sortir en pleine forme : plus fortes et plus résistantes aux médicaments. Dans les couloirs déserts, les infections patrouillaient, invisibles, microbes et virus en quête de chair fraîche dans laquelle ils pourraient se planter et s'enfoncer, leur terrain de chasse constamment réapprovisionné.

Au bout de trois jours, Leo ouvrit les yeux. Sa tête se tourna avec un craquement vers la gauche pour m'adresser un salut mal assuré, puis vers la droite où Ottilia lisait. Il s'appuya sur ses coudes et se redressa, s'efforçant de voir au-delà de l'horizon des draps.

— Merde, croassa-t-il, si je suis vivant, et quand je regarde autour de moi je suis loin d'en être certain, alors vous devez me sortir d'ici avant que je crève.

Deux jours plus tard, nous le conduisions chez moi, sa cheville bandée. Ozeray dénicha un antique fauteuil roulant en bambou, du genre de ceux qu'utilisaient les colons blancs au Congo pour faire le tour de leurs pelouses trop arrosées. Une ombrelle de soie grise réglable était fixée au dossier et, sur les accoudoirs, il y avait un cendrier et des emplacements pour une bouteille et un verre. Il convenait très bien à Leo, qui tournicotait comme un Napoléon paralytique inspectant ses troupes. Notre étudiante Iulia se présenta un jour à ma porte et l'emmena faire ce qu'elle appela « un tour d'essai ». Elle revint le lendemain et tous les jours suivants.

Leo avait su avant nous que Ioana était partie, et pour de bon. Lorsque je passai chercher des affaires chez lui, elle avait déjà enlevé les siennes. Il n'y avait pas de message. S'il y avait eu un adieu entre eux, il s'était déroulé à l'hôpital : elle était venue lui dire au revoir et Leo, par osmose ou transfusion de sentiment, l'avait compris. Il ne mentionna pas son nom une fois.

Leo s'adaptait bien au fauteuil roulant et, après quelques jours à tournicoter dans l'appartement, à fumer et boire du mousseux yougoslave, il se remit au travail. Au début, c'était par brefs accès, car il souffrait de maux de tête et c'était pire quand il se concentrait, mais dès qu'il eut récupéré, il réclama de nouvelles expéditions nocturnes, et je poussais son fauteuil tandis qu'il griffonnait des notes dans un cahier Monocom. Sa première visite fut pour le site du monastère : un cercle de terre déblayé entouré d'un ruban en lambeaux qui battait au vent.

Ottilia passait l'examiner tous les jours et restait au-delà de ce que requérait son état. Il y avait quelque chose de différent chez elle. Au bout de dix jours, nous prîmes notre courage à deux mains pour donner un bain à Leo, qui était à demi soûl, et aussi aisé à manœuvrer qu'un bébé de quatre-vingt-dix kilos. Une fois lavé et changé, il s'endormit. Nous éteignîmes avant de sortir de la pièce sur la pointe des pieds, étouffant nos rires.

Ottilia revint progressivement, comme elle était partie. Ce soir-là, elle demanda si elle pouvait passer la nuit sur le canapé. Je lui offris mon lit qu'elle refusa. Plus tard, j'allai la voir dans le salon. Je l'entendais qui respirait et ne dormait pas. Dans le noir, quand quelqu'un a les yeux ouverts, on l'entend. Je touchai son visage et elle prit ma main pour la mettre sur sa bouche.

— Pourquoi m'as-tu quitté ?

— Je t'en voulais, mais pas autant que je m'en voulais. J'admirais Petre, je le croyais sans défaut, un être parfait. Je pensais qu'il était honnête et qu'il avait des principes. Et comme je ne pouvais pas lui reprocher de ne pas être tout ça, je nous en voulais d'avoir cru qu'il l'était.

— Tout le monde le croyait. Et il était tout ça. Mais autre chose aussi.

Quelques semaines plus tôt, cette remarque ne m'aurait valu que du mépris.

— Je le sais, à présent. J'essayais de rester pure, de ne pas me laisser corrompre, et je pensais toujours que, par comparaison avec lui, j'échouais. Je refusais toute compromission pour être digne, non pas de moi-même, mais de lui. Il aurait été plus raisonnable d'admettre que nous étions tous impliqués d'une manière ou d'une autre et de faire au mieux avec ce qui est, avec la réalité qui est la nôtre. Céder ici si on veut gagner là…

— On croirait entendre Leo.

— Vraiment ? C'est possible… Il était peut-être temps, un peu…

— Tout le monde est impliqué. Nous le sommes tous, Petre aussi. Il l'aurait été, même s'il n'avait pas travaillé pour Constantin. C'est une question de degré.

— Toi, tu es impliqué ? Je n'en ai pas l'impression.

Elle me regarda en fronçant les sourcils, comme si elle n'y avait jamais songé auparavant.

— Qu'est-ce que tu veux dire ?

Était-ce un compliment ? Peut-être que j'aurais dû m'impliquer. C'était peut-être ça mon problème.

— C'est simple : pour être impliqué, il faut qu'il y ait un enjeu personnel, il faut avoir quelque chose à gagner et à perdre. Il faut se mettre en danger, pas tout le temps, mais assez souvent pour devoir peser le pour et le contre, les principes contre l'instinct de survie, les profits et les pertes… Tu n'as rien ici. Tu n'as aucun enjeu.

— C'est blessant – et ce n'est pas vrai… Leo, Trofim, mon travail : tout ça compte pour moi… Je n'ai rien qui m'attend ailleurs si je perds ce que j'ai ici. Et il y a toi, n'est-ce pas ?

Ma voix s'éteignit. Elle m'embrassa et se retourna, pressa son corps dans le mien et posa sa main sur ma cuisse.

— N'est-ce pas ?

Sept

Le soir du 9 novembre, alors que je rentrais de ma promenade avec Leo, je trouvai Ottilia penchée sur la radio pour entendre quelqu'un qui parlait par-dessus un bruit tonitruant, distordu par les vibrations de mon transistor grandes ondes.

C'était la clameur d'une émeute, mais d'une émeute joyeuse. Un journaliste criait par-dessus un tohu-bohu jubilatoire. Plusieurs fois, il dut s'interrompre pour retrouver ses esprits – rappeler à l'ordre ses mots éparpillés dans des décombres de phrases abandonnées – avant de recommencer. Entre les grésillements du poste et le barrage sonore des satellites de brouillage roumain, nous ne cessions de perdre des parties importantes du récit.

Nous écoutions tomber le mur de Berlin.

— Ils vont tous se faire tuer, déclara Ottilia, tandis que les Berlinois de l'Est attaquaient le béton, certains à coups de pioche et de marteau, d'autres à l'aide de fourchettes et de couteaux, ou simplement avec leurs ongles. Le journaliste décrivait la police qui regardait, immobile, les gardes-frontières paralysés par l'énormité de l'événement. Un ordre venait de leur parvenir, leur demandant de ne pas intervenir.

Beaucoup adressaient des sourires joyeux à la foule, toutes ces années à avoir peur et à faire peur soudain réduites à néant.

Leo et moi poussions des acclamations. Pas Ottilia : elle croyait vraiment qu'ils allaient être tués, que, d'un instant à l'autre, les chars allaient arriver. C'était quelque chose qui dépassait son entendement, jamais elle n'aurait pu l'imaginer : d'ailleurs, elle avait beau la suivre à la radio, la chute du Mur n'était pas réelle à ses yeux. Mais grâce à l'expertise de Leo, pour qui téléviseurs et décodeurs n'avaient pas de secrets, Ottilia obtint ce qu'elle désirait le plus : des images en direct de Berlin.

Erich Honecker, le président de la RDA, avait démissionné. Il était venu à Bucarest en mai : je me souvenais du cortège d'automobiles noir brillant qui se répandait dans les rues comme une nappe de pétrole sur l'eau. Deux jours plus tôt, il recevait Ceauşescu à Berlin-Est. Ce n'était que « salutations fraternelles » et « discussions entre timoniers ». À présent que Honecker n'était plus là, le répertoire des métaphores navales n'allait pas tarder à s'étendre aux naufrages et aux épaves…

La couverture des événements se poursuivit toute la nuit. À un moment donné apparut un acteur hollywoodien avec un nom aux consonances allemandes, vedette d'une série sur les maîtres nageurs californiens. Un bouffon du showbiz, prétentieux et artificiel, avec les cheveux courts dessus, longs derrière. On le hissa sur le mur et il se mit à chanter, mais il était tellement mauvais, tellement à côté de la plaque que les Berlinois de l'Est qui piochaient le béton oublièrent quelques instants leur exultation pour le dévisager d'un air las et offensé. Leo hocha la tête avec philosophie.

— C'est le prix de la liberté. Il y a toujours un prix…

Il arracha l'opercule d'une canette de Becks et leva sa bière mousseuse :

— À la liberté !

Mais le matin du 10 novembre apporta les mêmes bourrelets de nuages gris, le même vent impitoyable, les mêmes policiers à leur poste habituel. Lorsque le vendeur de journaux cria : « Lisez tout ce qui s'est passé… Le monde est sidéré… Découvrez tout ! », nous nous arrêtâmes pour tenter de voir la une. Relatait-on la chute du Mur dans *Scînteia* ?

— Découvrez tout ! poursuivit-il d'un ton sarcastique. Le lancement réussi du nouveau tracteur roumain à la Foire de l'agriculture albanaise.

Leo eut un reniflement méprisant et poussa son fauteuil jusqu'à la voiture.

— Qu'en dites-vous, *Domnul* ? demanda le vendeur. D'abord les Tchèques, puis les Allemands… On va bientôt publier des vraies infos, ici aussi…

Il avait indiqué d'un bref mouvement de la tête la grande aiguille de béton de *Casa Scînteia*, un imposant bâtiment de style soviétique, où le journal était écrit, corrigé, censuré et imprimé.

Leo n'était pas du même avis.

— Si j'étais le Camarade, et que la chute du socialisme est-allemand avait gâché ma soirée devant *Kojak*, je suis sûr que je ne penserais pas : « Après tout, je me suis peut-être planté au sujet du communisme, je devrais peut-être oublier l'Époque de lumière, ce qu'il nous faut, ce sont des élections libres… » Mon cul, oui ! J'accélérerais le mouvement, je frapperais plus fort, plus vite, plus impitoyablement. C'est pour ça que l'agonie de ces saloperies de régimes est plus sanglante, plus dégueulasse, plus dangereuse. Qu'est-ce qu'il disait déjà la semaine dernière, le Camarade ? « Staline a fait tout ce qu'un homme dans sa situation devait faire. »

Le quatorzième congrès du Parti débuta le 1er décembre. Les hôtels se remplirent de délégués d'organisations et de nations « amies ». Les communistes grecs s'étaient établis à l'Athénée Palace avec les Français, les Serbes et diverses factions néo-staliniennes de l'Ouest. Tous les Africains étaient logés à l'InterContinental, où l'on croisait entre autres des Éthiopiens, des Tanzaniens et des Angolais, qui souvent étaient impliqués dans des conflits dont ils avaient oublié les détails, même quand ils tentaient de régler ça à coups de poing dans les bars ou lorsqu'ils se crachaient dessus dans les halls mal éclairés : des histoires de frontières, d'espace aérien ou d'embargos.

L'Entremetteur en chef du régime, l'Archimac Ilie, était débordé. Sa clique rôdait aux abords des soirées et des réceptions pour s'assurer que personne n'était à court de cul ni de came. Les gares de Bucarest étaient remplies de jeunes filles amenées des villages afin de grossir les rangs des travailleuses sexuelles. Les congrès et les conférences du Parti rapportaient à Ilie plus que tout ce qu'il gagnait durant le restant de l'année. Pendant quelques jours, Bucarest se transformait en un vaste incubateur de maladies vénériennes où les souches indigènes rencontraient des virus plus exotiques et se métissaient. Leo prétendait que les

MST réveillaient le bon communiste qui sommeillait en chacun de nous : c'était la seule chose réellement partagée par tous.

Mais, au cœur, la ville était morte. Des hélicoptères la survolaient toute la journée ; la nuit, les cylindres blancs étincelants balayaient le ciel de leurs projecteurs et fouillaient les recoins des rues désertes. Vue de là-haut, c'est à cela qu'elle devait ressembler : une ville froide et dépeuplée entourée de cercles de défense concentriques semblables à ceux d'un viseur, avec le siège du Parti à l'intersection des lignes du réticule.

Les gelées étaient arrivées, un tapis de poudre blanche au petit matin, les arbres chargés de fruits de cristal. La première neige fut un scintillement hésitant qui se transformait en une boue grisâtre le long des trottoirs avant midi.

— Les premières semées de neige, me dit le vendeur de journaux le matin de l'inauguration du congrès.

Ici, le langage quotidien restait proche de la terre, même quand les gens étaient déracinés et parqués dans des cages de béton. Le lendemain, elle tint : des pousses de blancheur compacte qui recouvraient toute la ville, et dans lesquelles on s'enfonçait jusqu'aux mollets. Sur Piaţa Republicii, les camions de sablage avaient commencé la moisson, laissant un chaume de sel et de pavés dans leur sillage. Les parcs étaient abandonnés.

Le 3 novembre, l'ambassade irakienne organisa une réception à l'occasion de la traduction en arabe de l'ouvrage de Ceauşescu *Le Socialisme et la Société scientifique*.

— La soirée la plus courue de la ville, clama Leo, agitant son invitation à en-tête.

Je le déposai avant d'aller au cinéma « Le Palais de la lumière » avec Ottilia, voir *Le Charme discret de la bourgeoisie* de Buñuel, une satire politique surréaliste sur le capitalisme qui ressemblait à s'y méprendre à une satire politique surréaliste sur le communisme. Ce devait être l'idéologie du réalisateur plutôt que le contenu de son film qui lui avait permis d'échapper à la censure. À l'écran, des gens qui rappelaient les membres du Politburo et leurs épouses se gavaient de mets capşiesques. Leur bavardage superficiel soulignait leurs seuls traits profonds, ou du moins les seuls profondément enracinés en eux : une avidité porcine, la peur et une cruauté émoussée par la léthargie.

Le cinéma se trouvait dans un ancien théâtre, avec des loges et des sièges dont le velours élimé était comme tacheté, et des cendriers Art nouveau enchâssés dans l'accoudoir. On regardait le film enveloppé d'un nuage de Carpati qui masquait à peine l'odeur d'ail et de tsuica. Il y avait de l'ambiance dans la salle, mais je doutais que le censeur autorise une seconde diffusion.

Alors que les scènes d'agapes se succédaient, le public composé d'étudiants et de travailleurs poussait des cris de joie quand les bourgeois étaient tués et huait quand des mets délicats franchissaient leurs lèvres bourgeoises. Du fond de la salle retentissaient les cris : « À bas les Porcs » ou « Ceauşescu la sangsue ». Quand une snob particulièrement odieuse lapa à grands bruits sa soupe à l'écran, un homme lança : « Elena ! Dépêche-toi, le plat suivant arrive ! », un rire tonitruant secouant les spectateurs.

Soudain, les issues latérales du cinéma s'ouvrirent et un détachement de la Securitate apparut à contre-jour dans l'encadrement des portes, bloquant les sorties. « Regagnez vos trous ! » hurla une voix parmi la foule. D'autres rirent. « Vendus », « Nazis », « Voleurs ». Les portes se refermèrent et une acclamation retentit. Mais seuls les plus naïfs crurent les avoir chassés. À la fin de la séance, la police secrète passa dans les rangs afin de vérifier les papiers de chacun. À présent que les lumières étaient rallumées, il ne restait que quelques protestataires virulents pour continuer. Un jeune provocateur s'approcha des deux agents à la sortie, agitant les bras et brandissant ce qui ressemblait à une carte du Parti.

Je reconnus un de mes étudiants : Oleanu, l'informateur de la classe qui semblait dans un drôle d'état, quelque part entre saint Paul sur le chemin de Damas et la dépression nerveuse.

— Pourquoi est-ce que vous faites ça ? Est-ce que c'est ça le socialisme ?

Il tremblait de frayeur et de colère, leur collant sa carte du Parti sous le nez.

— Surveiller la population dans les cinémas, c'est ça le socialisme ? La peur subventionnée par l'État, c'est ça le socialisme ? C'est ça que voulait Lénine ?

C'était lui qui en cours ramenait tout à la ligne du Parti, qu'il s'agisse de la fonction sociale de la littérature ou de l'utilisation des adjectifs dans un poème ; celui qui censurait ce qu'il lisait avant même de l'avoir lu, corrigeait ses propres pensées avant de les penser. Et voilà qu'il prenait le risque d'être arrêté et exclu du Parti, de ruiner sa carrière déjà toute tracée. Je lui tapai sur l'épaule. Il ne me reconnut pas tout de suite, cligna des yeux et me présenta ses papiers. Je l'entraînai à l'abri.

— Oleanu, fis-je, me rendant compte que j'ignorais son prénom, qu'il était de ces gens qui semblaient ne pas en avoir, qui ne sont jamais assez intimes avec quiconque pour en avoir l'usage. Est-ce qu'on peut t'emmener quelque part ?

Il me regardait d'un air vitreux.

— On dirait qu'il est en état de choc, déclara Ottilia. Qui est-ce ? C'est quoi ce badge idiot sur sa veste ?

Elle examina son insigne des Jeunesses communistes, puis le guida vers la double porte du cinéma. Dehors, des policiers accompagnés de chiens dispersaient la foule. Nous le menâmes à la voiture et elle sortit le flacon de tsuica qu'elle réservait aux situations d'urgence. Elle le porta aux lèvres de l'étudiant qui but une gorgée par réflexe, toussa puis gémit. Il regarda par la vitre et se tourna vers nous, comme s'il nous voyait pour la première fois de la soirée.

— Oleanu – je m'excuse, mais je ne connais pas ton prénom –, on dirait que tu viens de nous faire une belle crise de foi, et en public.

— C'est ce qui arrive quand on a la foi, répondit Ottilia avec un cynisme inhabituel. C'est une étape que nous sautons presque tous.

Elle fit un écart pour éviter un troupeau de caddies égarés au milieu de la route, comme du bétail hébété. On avait défoncé les vitrines de Monocom qui subissait un pillage en règle sous le regard impassible de la police. Un peu plus loin, dans l'une des librairies nationales, un incendie éclata.

Au centre culturel arabe, Leo était grincheux et éméché. Il pointa son index vers le cadran de sa montre.

— Vous avez vu l'heure qu'il est ? lança-t-il en ouvrant la portière. Et qu'est-ce qu'il fout là, le Jeune Lénine ?

Il s'adoucit après nous avoir entendus, mais Oleanu avait du mal à surmonter sa peur naturelle de Leo. À ses yeux, il était l'incarnation du capitalisme décadent. Il informait les autorités à son sujet et rédigeait des rapports sur ses cours depuis des mois, si bien qu'il ne savait s'il devait être embarrassé ou terrifié, lorsque Leo lui souffla dans le nez son haleine alcoolisée et lui passa un bras autour des épaules, poussant une bouteille de Château Musar vers ses lèvres. (« Ne t'inquiète pas, ce vin est peut-être produit par des Arabes, mais ce sont des Arabes chrétiens et il fait quatorze degrés. »)

— Où habites-tu ? On va te reconduire chez toi, camarade, décréta Leo.

— Non, c'est inutile. Je peux rentrer à pied.

— Arrête tes conneries, *Tovarăşul*. Je sais où tu habites, en fait, et c'est au moins à six kilomètres. Tu vois bien qu'il n'y a ni bus ni tramways à cette heure de la nuit, et il n'est pas question qu'on puisse accuser Leo de non-assistance à l'un des fleurons des Jeunesses du Parti.

Il récita l'adresse d'Oleanu et on le déposa devant une tour lugubre parmi d'autres, dans une banlieue où résidaient les membres du Parti de moindre importance. On vivait mieux ici, mais pas beaucoup mieux, et surtout, la différence n'était plus assez marquée pour que cela en vaille la peine.

— Tu vois, on a tous nos méthodes de surveillance, jeune homme. Maintenant, va vite dire à tes parents de ne pas s'inquiéter, gloussa Leo. Pour l'instant…

Nous le regardâmes disparaître dans la pénombre à quarante watts de son immeuble.

— Tu ne crois pas que tu as été un peu dur avec lui, Leo ?

— Ce qu'il a fait était courageux, à sa manière, ajouta Ottilia. Un peu fou, mais ça a dû lui coûter…

Leo appuya le front contre la vitre.

— Peut-être… Peut-être Oleanu sera-t-il le héros de la révolution, qui sait ? En attendant, c'est lui qui depuis deux ans rapporte tout ce qui est dit en classe, trahit ses condisciples, les piège… Qui leur rendra leur place à l'université, qui effacera les mauvaises notes dont il a noirci leurs dossiers ?

— Au moins, il le faisait parce qu'il y croyait, ou parce qu'il pensait qu'il y croyait, intervint Ottilia, prenant la défense du jeune homme.

Leo l'arrêta aussitôt.

— Et c'est mieux ? Est-ce que je suis censé lui pardonner parce qu'il croyait à ce qu'il faisait ? Ça le place au-dessus de ceux qui agissent par intérêt personnel ?

Ottilia le regarda dans le rétroviseur central.

— Oui, je pense que oui.

— Ah non, encore ! Pitié, répliqua Leo d'un ton qui était une caricature de la lassitude irritée. Croire, ne pas croire… Combien de fois ai-je eu cette conversation, et avec combien de personnes ? Est-ce qu'il vaut mieux faire le mal pour de bonnes raisons ou faire le bien pour de mauvaises raisons ? J'ai pris ma décision il y a longtemps. Je n'en bougerai pas. J'aime autant les gens qui agissent mal par intérêt personnel, parce que le jour où leur intérêt change, ils changent aussi d'attitude. Ce n'est pas plus compliqué que ça. Les autres… Tu n'as qu'à regarder autour de toi…

— Sophisme, Leo, pur sophisme. Ou foutage de gueule, si tu préfères. Tu parles comme ça parce que tu diriges le premier – non, pardon, le second – réseau de contrebande de la ville et que tu t'es persuadé que c'était salutaire, parce que tu es un type bien et que tu fais des bonnes actions autour de toi. Mais c'est toujours du trafic, Leo. Tu as érigé le fait de ne croire en rien au rang de vertu, car c'est ce qui t'aide à profiter d'un système que tu méprises.

— Ce… système, comme tu dis, a été créé par des zélotes de la même espèce que ce petit morveux, avec ses insignes du Parti et ses réunions des Jeunesses communistes…

— Il a peut-être été conçu par des zélotes, Leo, mais maintenant ce sont les cyniques qui ont pris le relais à sa tête, et c'est grâce à eux que tu mènes la belle vie depuis quelques années.

Il ouvrit la bouche pour riposter, mais il n'avait rien à répondre. Il grommela avec humeur pendant quelques secondes, puis leva les deux mains en signe de capitulation.

L'invité d'honneur de l'événement – le dernier congrès du *Partidul Comunist Roman* – était Yasser Arafat. Il était assis au premier rang, à côté d'Elena et Nicolae Ceauşescu, un petit homme aux traits burinés, aux yeux affairés et nerveux. L'écouteur qu'il portait afin de ne rien rater des discours ne fonctionnait manifestement pas, ou alors il marchait trop bien : il tournait la tête en tous sens, la penchait avec des saccades interloquées comme un moineau, ou jouait avec l'appareil qu'il retirait de son oreille pour l'examiner.

Je reconnus plusieurs personnes derrière le couple présidentiel : Palin, le ministre du Commerce qui était aussi le meilleur client de Leo, le ministre délégué auprès du ministre des Affaires étrangères, le ministre des Cultes et quelques autres, placés plus ou moins haut dans la hiérarchie. Au centre de la troisième rangée était assis Manea Constantin, onctueux et élégant, dans un costume qui lui allait ostensiblement bien.

Ils écoutèrent, dociles, pendant toute la cérémonie, irradiés par les ondes invisibles de l'ennui, végétant pendant des discours qui duraient des heures, se levant pour applaudir à se donner des ampoules. Tracteurs, plans quinquennaux, récoltes miraculeuses – sauf qu'il n'y avait pas de miracle, seulement la planification sociale-scientifique qui produisait ses résultats sociaux-scientifiques. Le temps fort du deuxième jour était un exposé du ministre de la Culture, intitulé « L'Époque de lumière à l'échelle nationale », où il était démontré que sous Ceauşescu, le moindre aspect de la politique avait atteint sa forme la plus admirable et la plus élevée. L'après-midi s'acheva sur une salve d'applaudissements de vingt minutes que Ceauşescu faisait mine de vouloir interrompre avec une fausse modestie imperméable au ridicule.

— Pince-moi, s'écria Leo, toujours en pyjama bien qu'il fût plus de midi.

À présent, il était capable de marcher et de prendre soin de lui tout seul. C'était son dernier jour chez moi, mais il ne montrait aucun signe de vouloir partir.

— Pince-moi, que je sois sûr que je ne rêve pas ! Je vis au paradis ! Je vis au putain de paradis !

Dans la chambre dont il nous avait délogés, je l'entendis siffler, puis se forcer à péter. Il en sortit, l'air sérieux et déterminé, flatulent et cuvant ses excès de la veille, mais la claudication guillerette.

— Je m'en vais rendre service au Jeune Lénine. Je montrerai à la charmante Ottilia que je ne suis pas rancunier…

Sur ces mots, il s'en fut.

Ceauşescu fut réélu à l'unanimité le quatrième jour de la conférence. À l'unanimité ? Pas tout à fait. Lorsque je consultai la liste des membres du comité central dans *Scînteia*, je vis un petit paragraphe avec une dizaine de noms de délégués qui, pour des raisons diverses et variées, n'avaient pas pu voter. L'un était mort durant le congrès – il avait ressenti un soudain élancement au bras gauche pendant un marathon d'applaudissements et il était décédé dans sa Dacia avant d'arriver à Snagov. Miron Banalescu fut donc l'une des premières victimes de l'événement, martyr non au rang des braves, mais parmi les complices et les pleutres. Plus tard, alors que la révolution portait le deuil de ses héros et persécutait ses opposants, je me demandai s'il existait une catégorie pour les Banalescu, qui flottaient dans les interstices de l'Histoire comme des grains de poussière : un grand purgatoire gris de la médiocrité, supérieur à la somme de ses parties parce que c'était là où la plupart d'entre nous finissaient.

Les autres noms sur la liste ne me disaient rien, hormis le dernier : Manea Constantin.

Huit

Oleanu passa une semaine en prison. Comme ceux qu'il avait dénoncés, il découvrit qu'il n'avait plus sa place à l'université lorsqu'il sortit. Il connaissait la procédure, l'ayant souvent déclenchée : il rendit sa carte d'étudiant et débarrassa son casier. Mais il y avait un calme nouveau chez lui, une forme de détermination. Ce qu'il avait subi en détention avait trempé son caractère au lieu de le briser. Popea, chargé de renvoyer Oleanu, s'efforça de ne pas regarder le bandage sur son œil, la lèvre fendue, cette façon de se tenir les côtes comme si chaque respiration était douloureuse. Cependant, personne ne pouvait ignorer la dignité qu'il dégageait désormais ; la manière dont, même courbé en deux, les poumons fragiles, il paraissait plus grand, plus fort, plus assuré.

Leo l'attendait à la sortie, sa Skoda toussant sous la neige matinale. À l'arrière était assis un vieil homme avec un chapeau sur la tête, un journal français ouvert lui dissimulant le visage.

Leo avait tenu parole. Mieux que ça. Il présenta Oleanu à Trofim, qui en fit son secrétaire officieux. En l'espace de deux semaines, nous assistâmes à sa métamorphose. C'était jusque-là un intrigant poltron et obsessionnel, avec un bégaiement de politicien qui cherche à gagner du temps, des lunettes carrées et des cheveux pommadés. Son pantalon était trop court et ses poignets osseux dépassaient des manches de son anorak. À présent, il avait les cheveux ébouriffés, portait un jean et une chemise au col ouvert. Ses verres ronds et sa barbiche en pointe rappelaient le jeune Trotski plus que le jeune Lénine. Il s'était étoffé, musclé.

Bientôt, il rédigeait le premier jet des discours de Trofim, tapait ses lettres, l'accompagnait à des événements. Il lut des dissidents socialistes – Trotski, Victor Serge, Rosa Luxemburg, Gramsci – et se réinventa en gardien intellectuel du communisme qui aurait pu être. Il n'avait pas perdu sa foi, il l'avait simplement transférée.

Trofim voyait les tentatives d'intimidation se multiplier. Il recevait des appels. On lui disait qu'on avait déterré sa femme et qu'on l'avait donnée aux chiens pour qu'ils la baisent, que les youpins finiraient à la chambre à gaz, qu'on lui réglerait son compte, l'écorcherait vif. La voix était chaque fois différente, mais elle récitait son script obscène toujours du même ton méprisant, à n'importe quelle heure de la nuit. Trofim encaissait. Il en plaisantait à l'occasion, affirmant que ces appels témoignaient d'une imagination plus fertile que la production littéraire officielle des vingt dernières années. Cependant, ils l'usaient physiquement, morcelaient son sommeil ; quand il débranchait le téléphone, on tambourinait à sa porte ou on glissait des photos pornographiques dans sa boîte aux lettres.

Toutes ces manigances semblaient abstraites et lointaines dans les rues de Bucarest. La rumeur faisait état de mouvements de protestation : ouvriers en grève, émeutes de la faim, éclats de dissidents isolés, mais aussi de leur répression : raids à minuit chez les gens, hospitalisations forcées, relogements et incarcérations aveugles.

Le communisme s'effondrait, néanmoins, nous ne le savions pas encore, en tout cas pas ici. Après le Mur, ce fut l'ouverture des frontières, les promesses d'élections libres, les nouveaux partis politiques, l'aide occidentale, les biens de consommation occidentaux. Mais pas chez nous. Avec le recul, il est aisé de penser que chaque brique ôtée à la prison du communisme laissait passer un peu plus de lumière. Peut-être était-ce ce que l'on ressentait à Prague, à Varsovie ou à Berlin. À Bucarest, cela ne faisait que nous rappeler que nous étions emmurés, et que jamais il ne ferait assez jour pour se déplacer. Chaque détente à l'extérieur se traduisait par un tour de vis à l'intérieur. Les Hongrois avaient ouvert leurs frontières, mais les Roumains fermaient les leurs. Alors que l'Allemagne de l'Ouest donnait de la nourriture et de l'argent à l'Allemagne de l'Est, ici on annonçait des nouveaux objectifs d'exportation qui obligeaient la population à produire plus et à recevoir moins. Même le marché noir en pâtissait, car les voies d'approvisionnement parallèles ne fonctionnaient plus. Il n'y avait plus de dépassements de quotas à escamoter, plus d'inventaires à rogner, plus rien à tailler, plus de rab à vendre ou à échanger. Intouché, le secteur du luxe était une écume scintillante à la frange des privations quotidiennes, mais il était de plus en plus difficile de trouver des produits de première nécessité.

Le matin du 17 décembre, alors que je me rendais à l'université en pataugeant dans la neige grisâtre, je vis le cortège du Camarade, ou l'un de ses leurres, qui fonçait vers l'aéroport d'Otopeni, le verglas craquant sous les chaînes. Ici et là, la neige glissait lentement des tuiles pour tomber par plaques qui se fracassaient sur le sol.

Les petits matins me perturbaient. Il n'y avait jamais personne dehors, mais les traces de pas qui s'entrecroisaient révélaient qu'il y avait eu affluence dans la lumière bleue avant le lever du jour, que des centaines de personnes avaient marché, couru ou attendu leur bus. On se sentait à la fois oppressé par la foule et seul – le temps idéal pour un État policier.

— La *guerre froide*, tu ne t'es jamais demandé pourquoi on l'appelait comme ça ? m'avait lancé Leo après les premières gelées. Toutes ces conneries sur les relations entre l'Est et l'Ouest, c'est bien joli, mais il n'y a pas que ça. Le froid est une arme, on s'en sert comme d'un pistolet ou d'un canon à eau… Tu te souviens de cette phrase de Napoléon : Vaincu par le « général Hiver » ? Eh bien, ici, l'Hiver est un colonel de la Securitate…

À l'entrée de l'université, Micu m'adressa un salut militaire raide aux articulations, et je ne tardai pas à comprendre pourquoi. Deux officiers de la police secrète assis à son bureau fouillaient les étudiants.

Je frappai à la porte de Leo.

— Ils renforcent la sécurité, m'annonça-t-il. Le département de sciences politiques sera fermé toute la semaine. C'est à cause de la visite officielle du camarade Nic en Iran. Ils serrent la vis.

— Il va en Iran ?

— Il doit être complètement timbré, et ce n'est pas tout. Devine qui dirige l'asile de fous pendant qu'il bouffe des pistaches avec les ayatollahs ?

Je réfléchis. La réponse la plus évidente était aussi la plus absurde. Ce n'était quand même pas…

— Du premier coup, bravo ! lança Leo.

Je n'avais rien dit, mais mon expression devait être assez parlante.

— La camarade académicienne Elena Ceauşescu ?

— Tu as oublié : « Scientifique de renommée internationale », mais je serai généreux, tu as gagné. C'est le bordel à Timişoara, Brasov, Iaşi et je ne sais pas où, et que fait le Grand Homme ? Il va se balader en Iran. En Iran, putain ! Qui lui a conseillé de faire un truc pareil ?

Popea apparut à la porte.

— Ah, c'est bien aimable à vous de passer…

Leo l'invita à rester debout près de la fenêtre. Plus personne ne faisait semblant de croire que Popea était le patron ici, pourtant, il n'était pas comme d'habitude, il avait un air de satisfaction et d'autorité.

— Vous paraissez content de vous, chef. Allez, tirez.

Popea ferma la porte avec une assurance inquiétante et sortit des papiers.

— Très bien. Voici une lettre du doyen qui résilie votre contrat. Vous recevrez demain un courrier du ministère révoquant votre visa et votre permis de travail. Vous avez quatorze jours pour quitter le pays. Malheureusement, en raison d'une classique erreur administrative, cette période a débuté il y a dix jours. On ne peut rien faire. Il vous reste quatre jours.

Leo avait été frappé, emprisonné, dévalisé et presque tué. Cependant, c'était la première fois que je le voyais réellement bouleversé. Il bondit de sa chaise et attrapa Popea par le revers de sa veste, mais celui-ci n'avait pas terminé.

— Sans cette université, sans ce poste, vous n'êtes rien, personne... un maître de conférences minable et inemployable qui a dépassé sa date limite de vente. J'en ai assez d'obéir à vos ordres. Vous avez pu jouer avec nos sales petits secrets, nous menacer et nous faire chanter, corrompre le système... maintenant que vous partez, je peux vous dire que je vous ai toujours méprisé. Je n'ai rien à voir avec votre expulsion, mais ne vous gênez pas : dénoncez-moi, humiliez-moi, faites-moi perdre mon travail. Quand ce sera fini, je serai tranquille. Je vous mets au défi d'exécuter vos menaces.

Leo s'affaissa sur sa chaise.

— Qu'est-ce que vous pouvez faire ? Qu'est-ce que ça coûtera cette fois ?

C'était lui le suppliant, à présent.

— Allez au diable, Leo, je suis heureux de pouvoir dire que je ne peux rien faire. Oh, je suis sûr que s'il y avait moyen, je vous aiderais comme je l'ai toujours fait, pour sauver ma réputation. En fait, j'ai tenté d'intervenir pour vous – mais peine perdue... Cela me dépasse et j'en suis ravi. C'est libérateur, Leo, c'est un soulagement. Vous devriez essayer pour voir, renoncer, laisser les événements suivre leur cours...

Puis, se souvenant d'un détail, Popea se tourna vers moi.

— Vous aussi, ajouta-t-il. Vous êtes viré. Vos vacances de Noël débutent le vingt, mais votre visa ne sera pas renouvelé. Vous feriez mieux de chercher un autre emploi, un emploi où vous devrez passer un entretien, peut-être...

Popea sourit : mon expulsion n'était pour lui que la cerise sur le gâteau.

— De toute manière, sans le professeur O'Heix, vous n'auriez pas tenu longtemps, ici...

— Si ces salopards comptent se débarrasser de moi comme ça, ils ne savent pas ce qui les attend. J'ai des relations, on me doit quelques renvois d'ascenseur. S'ils veulent que je parte, ils devront m'attacher, me droguer et me traîner de force dans l'avion sous les yeux des passants qui rêveront d'être à ma place !

Leo reçut sa lettre en main propre, remise par deux représentants du ministère. Son permis de travail, son visa et son contrat n'étaient plus valables. Quant à moi, je ne méritais même pas le déplacement : je trouvai les papiers officiels dans mon casier. Je devais quitter le pays le 23, deux jours après Leo.

Il pensait pouvoir réclamer le paiement de ses services, qu'il n'aurait qu'à s'adresser aux dizaines de puissants qui d'une manière ou d'une autre lui étaient redevables. Il se trompait. Personne ne le rappela et les quelques personnes qui avaient accepté de le voir ne se présentèrent pas au rendez-vous. Seul Manea lui répondit, un bref message lui proposant de le rencontrer le 28 décembre, son « unique fenêtre » dans son emploi du temps. Mais, comme il devait parfaitement le savoir, Leo était censé partir avant le 21.

Le 19, des manifestants envahirent le siège du Parti de Timişoara et jetèrent au feu tout ce qui s'y trouvait : portraits de Ceauşescu, registres, livres et photographies, même les meubles finirent sur le bûcher. La police regarda sans intervenir. Ce moment d'hésitation prolongée vit peut-être poindre et se mettre en place la fin du régime.

Le premier symbole de la révolution fut hissé du balcon : le drapeau roumain avec un trou de ciel bleu à la place du symbole communiste et de l'emblème du Parti. Les gens jouaient des coudes pour le toucher, ils le brandissaient. Le nouveau drapeau national.

À Bucarest, entre Calea Victoriei et le siège du comité central, la présence de la police secrète avait encore augmenté. Tous les dix mètres, leur arme cachée avec ostentation, des jeunes hommes en civil fumaient et surveillaient, contrôlaient les papiers, stoppaient les voitures, interrogeaient quiconque s'arrêtait et discutait dans la rue plus de quelques secondes. « Deux, c'est déjà une foule » devint le mot d'ordre. Parfois, une seule personne suffisait : un ouvrier du bâtiment avec un mégaphone au sommet d'un échafaudage sur Piaţa Unirii beugla : « Timişoara ! Timişoara ! Timişoara ! » pendant une demi-heure avant qu'on parvienne à le faire descendre. Sur la pelouse de l'Athénée roumain : « À bas Ceauşescu ! » apparut, tracé au désherbant. Et en rouge, sur le mur du musée du Parti : « Mort au Vampire et à sa Salope ».

Lorsque la répression se durcit, on n'eut aucun mal à étouffer toute vie culturelle et sociale : il n'y avait qu'à couper les approvisionnements des restaurants et des cafés. On ne trouvait même plus d'ersatz. Seuls les bars réservés aux étrangers et les hôtels internationaux restaient ouverts, et encore, les agents en civil étaient plus nombreux que les clients. Et le Capşa, car il fallait bien nourrir les diplomates et la nomenklatura. Le vieil établissement devait aussi offrir à Leo ses derniers jours de décadence, une sorte de festin viking ponctué de situations de danger mortel, sur fond de surréalisme politique.

Le 20 décembre à l'aube, un grondement grave, assez proche de l'appartement pour faire vibrer les étagères en verre de la salle de bains, nous tira du sommeil, Ottilia et moi. Je regardai le réveil : quatre heures. En bas, le policier dormait debout. Deux autres fumaient quelques mètres plus loin. S'ils me remarquèrent, ils n'en montrèrent rien. Le bruit était plus fort à présent, un bourdonnement régulier et mécanique qui faisait trembler le sol. D'abord, je crus à un nouveau séisme. J'allai jusqu'au coin d'Aleea Alexandru et du boulevard Aviatorilor, et je les vis : des dizaines de véhicules blindés qui traversaient la ville, phares éteints. Des camions remplis de soldats et des chars, roulant à une vitesse effrayante. Je m'étais toujours figuré que les chars étaient lents et lourds. Pourtant, ce fut leur rapidité et leur étonnante, indestructible réactivité qui me glacèrent.

Le jour allait se lever lorsque Leo rentra. Il sentait l'alcool et la cigarette, mais il avait la mine grave et sobre.

— On a envoyé des troupes à Timişoara. Tous les congés militaires ont été supprimés. Il se prépare quelque chose d'énorme. Elena Ceauşescu a pris personnellement la tête de la sécurité.

— Ils ont fait venir des soldats ici aussi, je les ai vus, des chars et des blindés.

— Pas vraiment surprenant : si tu veux tirer sur ta ville, toujours amener des effectifs de l'extérieur. Je parie que les unités de Timişoara viennent chez nous et que celles de Bucarest sont en route pour là-bas.

— Quelles sont les informations dont tu es certain, Leo ? demanda Ottilia.

Les spéculations l'exaspéraient. Certains se repaissent des ragots, trouvent les rumeurs plus passionnantes que les réalités qui se cachent derrière. Ottilia trouvait cela usant : « Elles distordent tes réflexes : à force de réagir aux rumeurs, on n'est plus capable de réagir à la réalité… »

— Aucune. Il n'y a rien de certain. Malgré tout, je suis sûr qu'entre Campanu et toi, ça va être à celui qui a le plus de clients. Je n'ai pas oublié que j'étais censé prendre l'avion, poursuivit-il sur un autre ton. Mais je reste. En revanche, si vous deux souhaitez partir, c'est le moment ou jamais. Je peux vous aider.

— Je ne bouge pas. C'est chez moi.

Ottilia avait parlé d'une voix calme et solennelle, comme Petre l'aurait fait.

Leo hocha la tête.

— Très bien. Prenez quand même le temps de peser le pour et le contre. En attendant, j'ai fait une réservation au Capşa. Je veux que ma fête d'adieu soit une succession ininterrompue d'événements qui culminera avec mon non-départ de l'aéroport d'Otopeni vendredi après-midi. On se retrouve à dix-neuf heures.

Leo disparut dans la salle de bains. Nous l'entendîmes hurler lorsque le robinet d'eau chaude cracha un jet glacé sur ses épaules. Ottilia et moi n'avions pas discuté de ce qui se passerait lorsque je devrais quitter le pays. Au lieu de faire des projets, nous continuions de bavarder comme si tout allait bien, comme si nous serions tous là après Noël. Je ne pouvais pas prétendre que j'allais défier la police moi aussi et trouver le moyen de rester. Mais si je voulais être avec Ottilia, il faudrait que je me débrouille pour revenir. Je ne nous imaginais pas ensemble ailleurs qu'ici, et, en dépit de l'aspect irréel de ma propre vie, je ne m'imaginais plus ailleurs non plus.

Une paix tendue, lourdement policée régnait à Bucarest ce jour-là. Toujours en Iran, le *Conducător* nous envoyait des films qui le montraient rencontrant des mollahs à qui il exposait l'engagement socialiste de son pays. Alors qu'on était en pleine crise nationale et internationale, on se débrouillait encore pour trouver de nouvelles manières de rendre hommage aux Ceauşescu. Ainsi, *Scînteia* annonça que la corporation des vanniers leur avait décerné leur plus haute distinction, l'Ordre de la Paille d'Or.

À quinze heures, alors que les hélicoptères décrivaient des cercles au-dessus de nous, on évacua et ferma l'université. Cet après-midi-là, dans les rues, on était contrôlé à tout bout de champ et la police intervenait dès qu'on s'arrêtait pour échanger deux mots. Les files devant les magasins, des foyers de mécontentement potentiels qui pouvaient se transformer en manifestations spontanées, posaient un problème plus épineux : si on dispersait les citoyens, on déclenchait une émeute, et si on attendait trop longtemps, le mouvement de protestation avait le temps de mûrir. Devant une boucherie du boulevard Magheru, la situation était en train de dégénérer. En passant, je reconnus mon vendeur de journaux caustique, qui attendait avec son filet à provisions. Il me héla. Les gens se retournèrent. Il prenait un grand risque en parlant à un étranger en présence d'une centaine de témoins et de la police. Dans son sourire narquois et ses yeux écarquillés, je lus la folie de celui que plus rien ne peut arrêter.

— *Epoca Luminoasa !* Époque de lumière, hein ? Venez ici, *Domnul*, venez faire la queue avec le peuple heureux qui profite des fruits du mode de vie socialiste... Venez voir comment ces singes, ces idiots du village en uniforme nous font avancer comme du bétail d'une file d'attente à la suivante. Vous ne lisez pas ça dans *Scînteia*, n'est-ce pas ?

Les gens riaient avec amertume, se moquaient des policiers et les huaient.

— Timişoara ! cria quelqu'un. Ceauşescu assassin !

Deux hommes qui faisaient la queue derrière le vendeur de journaux s'approchèrent. En l'espace de quelques secondes, ils l'avaient attrapé par les épaules et le tiraient à l'écart de la foule : des espions de la Securitate habillés comme des Roumains normaux : des vestes et des manteaux fatigués, mal coupés, des chapeaux en peau de lapin de mauvaise qualité, des gros souliers de Monocom. Il partit d'un rire hystérique, le visage déformé par un rictus dément.

— Camarades, pourquoi est-ce que vous faisiez la queue ? Ils n'ont pas de magasins spéciaux pour la Securitate ? Ne me dites pas qu'ils sont vides aussi...

Je voyais les sillons que ses talons traçaient dans la neige tandis qu'ils le traînaient vers un fourgon Dacia noir garé à proximité. Mal à l'aise, des policiers approchèrent à leur tour pour apaiser la foule : il fallait continuer d'attendre dans le calme, il n'y avait rien à voir. Pourtant, eux aussi regardaient leurs collègues en civil d'un œil mauvais.

Comme j'avançais pour intervenir, on me fit signe de ne pas m'en mêler. Mais j'insistai, tandis que leur prisonnier hurlait :

— Fascistes ! Meurtriers, ordures !

S'enhardissant, les gens insultaient la Securitate à présent dépassée, malgré les quatre hommes qui venaient de sortir en renfort du fourgon. Une pierre lancée dans la cohue atteignit le pare-brise qui vola en éclats de manière spectaculaire. Profitant de la confusion, le vendeur de journaux se dégagea, courut se réfugier parmi la foule, puis s'échappa en direction d'une petite rue, où je vis trois agents en uniforme s'écarter afin de le laisser passer. Il disparut au croisement et je me retournai, pour découvrir que la police était partie elle aussi, abandonnant la Securitate.

C'était une véritable émeute. Les plus pragmatistes brisèrent les vitrines et pillèrent le magasin, s'enfuyant avec des gros morceaux de viande enveloppés dans du papier journal sanglant. Les idéalistes firent face aux hommes du gouvernement qui sortirent nerveusement leurs armes, pesant le pour et le contre. La foule avançait ; des jets de pierre achevèrent de casser les vitres du véhicule. Seulement dix mètres séparaient les deux parties, quand un second fourgon noir arriva à toute allure et s'engouffra dans cet espace, les portières ouvertes, pour récupérer ses agents. Tandis qu'ils sautaient à l'arrière, une silhouette descendit lentement du siège passager à l'avant. Il portait une toque en fourrure et des lunettes de soleil. Malgré les appels de ses collègues qui lui criaient de remonter, il prit le temps de scruter le rassemblement, sans hâte, enregistrant chaque détail, s'arrêtant sur chaque visage. La foule sentit la froideur et l'autorité qui émanaient de lui. Le premier rang hésita et tout le groupe s'immobilisa. Ils le regardèrent et ne trouvèrent aucune trace de peur sur ses traits.

Je sus qu'il s'agissait de Vintul avant même qu'il n'ôte ses lunettes de soleil et son chapeau. Et quelque chose me soufflait que cette fois, c'était vraiment lui : les cheveux blonds coupés ras, les yeux vert pâle, la peau claire. Plus de déguisement. Il lissa ses cheveux, un réflexe hérité de son passé d'infiltré. Il plia ses lunettes et les rangea dans sa poche. Son regard dépourvu d'émotion balaya le rassemblement et me survola à trois reprises. Peut-être ne m'avait-il pas reconnu. Je poussai un soupir de soulagement. Ou bien il m'avait oublié. Il dit quelques mots dans un talkie-walkie et, sans attendre de réponse, ouvrit la portière. Il allait grimper quand il s'immobilisa. Il se retourna et planta son regard dans le mien, tirant la portière vers lui de la main droite et levant la gauche, ses doigts en forme de pistolet. Il ferma un œil, me visa et redressa son canon virtuel vers le ciel avec un grand sourire. Une balle. Il n'était pas le genre à gaspiller les munitions, même imaginaires.

Il frappa sur le toit et se glissa à l'intérieur tandis que le véhicule repartait.

Il était peu probable que je voie mon vendeur de journaux demain. Où les gens allaient-ils lorsqu'ils défiaient la Securitate ? Où pouvaient-ils se cacher ? Combien de temps pouvaient-ils fuir ? Les policiers étaient revenus discrètement et inspectaient les dégâts : bris de verre, portes fendues, éclaboussures de sang animal sur la neige. Ils entreprirent de nettoyer. Des passants s'approchèrent et les acclamèrent parce qu'ils n'avaient pas volé au secours de la Securitate. Une rumeur était en train de naître. D'ici le soir, je l'entendrais de nouveau, grossie par l'imagination, l'alcool et l'espoir : la police s'était dressée contre la Securitate, elle avait aidé les manifestants à s'échapper…

Un peu avant dix-sept heures, je me rendis à l'agence TAROM. Si je voulais acheter un billet d'avion, c'était le moment. Il était peut-être même trop tard. Ici aussi, on faisait la queue jusque dans la rue. La plupart des étrangers aisés avaient déjà organisé leur départ : employés de l'ambassade, fournisseurs de l'armée, distributeurs de matériel de surveillance et d'équipement anti-émeute qui auraient pourtant eu là l'occasion de voir par eux-mêmes comment fonctionnaient leurs produits. Ne restaient que les étudiants en voyage, les jeunes familles forcées de renoncer à leurs vacances économiques et spartiates, et les Européens de l'Est, futurs citoyens de pays anciennement communistes, qui d'ici là s'efforçaient de rentrer chez eux avant Noël afin de profiter de leur révolution pacifique. Ils n'avaient qu'une vague idée de ce qui se passait, cependant, ils en savaient assez pour vouloir partir. Je rejoignis la file et je tâtai mon passeport dans ma poche intérieure, suivant ses contours.

On comptait huit employés aux guichets, mais six d'entre eux étaient occupés à lire, à fumer ou à se tripoter les cuticules. Il régnait à l'agence un mélange de panique et de léthargie. Aux murs, il y avait des cartes de la Roumanie punaisées sur des panneaux en liège et des affiches cornées représentant des églises, des plages ou des chorales folkloriques. Combien de ces églises étaient encore debout ? Combien de ces chanteurs avaient été relogés dans des zones urbaines ? Combien de plages suffoquaient sous les nappes de pétrole, les poissons empoisonnés et les cadavres de chiens gonflés ?

Devant moi se trouvait une famille de touristes britanniques – deux enfants épuisés et leur mère – qui avaient interrompu leurs vacances à Timişoara. On les avait mis dans un train pour Bucarest ce matin et ils s'efforçaient d'échanger leurs billets. Je leur demandai ce qu'ils avaient vu. La femme regarda autour d'elle avant de répondre, déjà consciente qu'il était dangereux de parler à un inconnu.

— En fait, nous n'avons rien vu : le centre-ville était fermé le jour de notre arrivée et, pendant deux jours, on ne nous a pas autorisés à quitter l'hôtel. C'était abominable. Et ce matin, on nous a fait monter dans un bus et on nous a conduits à la gare...

Elle s'essuya les yeux. Les enfants dormaient debout, appuyés sur elle, tandis que son mari agitait des billets de dix dollars sous le nez des employés. Il apprenait vite, mais les autres aussi. Le lieu ressemblait plus à une Bourse prise de panique qu'à une agence de voyages.

— Le bus qui nous a emmenés : les vitres avaient été peintes pour qu'on ne voie rien. Il s'est arrêté quelques fois, a fait demi-tour, comme s'il changeait de trajet. Puis on est arrivés à la gare de Timişoara. Il y avait des gardes armés partout. On nous a mis dans le train et voilà. Nous n'avons rien vu, à part l'hôtel et ce fichu bus.

Son mari revint avec des billets.

— Qui c'est ? demanda-t-il, agressif.

— J'en sais rien, enfin… un Anglais dans la queue, comme nous. On vient d'engager la conversation…

— Ouais, eh bien, on va y aller, d'accord ? J'ai réussi à réserver sur un vol ce soir, et on file à l'aéroport. Désolé, vieux…

Il s'était placé entre moi et son épouse et, du ton de celui qui délivre une leçon chèrement apprise, il ajouta :

— Ici, c'est chacun pour soi.

Mon sourire le déconcerta, puis le fâcha. Il traîna une valise jusqu'à la porte et se retourna.

— Alors, tu viens ou quoi ? cria-t-il à sa femme.

Elle m'adressa un sourire d'excuse et se hâta à sa suite, un enfant dans chaque bras et, dépassant de la poche de son manteau, un Action Man qui braquait un minuscule fusil devant lui.

Je sortis aussi. Il y avait dix ou quinze centimètres de neige et les voitures avançaient en craquetant dans des rues salées. La nuit tombait. La faible lueur des lampadaires et la blancheur des trottoirs donnaient à la ville le gris translucide de la peau d'hôpital.

Chez moi, je rangeai mon passeport dans le tiroir du bureau et je mis la radio. Le World Service ne parlait ni de Timişoara ni des événements en Roumanie. Je la laissai allumée et j'allai prendre une douche. Lorsque j'en sortis, Leo était installé dans mon fauteuil en train de regarder *Columbo*.

— Aller simple ou aller-retour ? demanda-t-il sans quitter l'écran des yeux.

— Pardon ?

— À l'agence TAROM... Tu as acheté un aller simple ou un aller-retour ?

J'ouvris la porte.

— Alors, tu soudoies la Securitate, maintenant ? Tu espionnes tes amis...

— Je l'ai appris par hasard, à vrai dire. J'y suis allé quelques minutes après toi, afin de récupérer des billets pour des clients, et quelqu'un a mentionné que tu venais de partir. C'était peut-être ça que tu voulais ?

Leo fit claquer un billet d'avion sur la table basse et sortit de la pièce. Il était à mon nom et le numéro de mon passeport avait été imprimé dessus : un aller simple pour Londres, le 23. Je le repoussai. Au bout d'une minute ou deux, je me ravisai. Je le pris, puis je récupérai mon passeport dans le bureau et je glissai le tout dans la poche de ma veste.

Leo réapparut.

— Dis-toi que c'est une assurance. J'ignore ce qui va se passer au cours des deux prochaines semaines, mais garde-le. Il y en a un pour Ottilia aussi, ajouta-t-il en agitant un second billet. Tu sais qu'elle n'a pas de passeport, pas de passeport roumain en tout cas.

— Quel autre passeport aurait-elle ?

J'aurais pourtant dû m'en douter, connaissant Leo...

— Je lui en ai commandé un, russe et parfaitement utilisable. Il n'a eu qu'un seul propriétaire avant elle... il sera bientôt prêt.

— Tu sais qu'elle ne partira pas. Et moi, je suis allé à l'agence parce que je voulais une excuse pour ne *pas* acheter de billet, pas parce que je souhaitais quitter le pays. Et maintenant, tu m'en as donné un...

Leo m'entraîna à la cuisine, où il ouvrit la fenêtre, révélant six bouteilles de champagne ukrainien, au frais dans une jardinière remplie de neige.

— Oui. Je t'en ai donné un. Parce que je veux que tu choisisses, que tu prennes une décision. Je veux que tu pèses le pour et le contre, que tu arrêtes de te laisser traîner dans le sillage de ta propre vie.

— Tu devrais écrire un livre de développement personnel.

— C'est ce que j'ai fait, et j'ai suivi à la lettre mes recommandations. Ça ne se voit pas ?

Leo fit une pirouette de mannequin dans la cuisine. La veste qu'il portait ce soir était d'un mauve métallisé que je croyais réservé aux voitures miniatures pour enfants.

Il fit sauter le bouchon d'une des bouteilles.

— Timişoara est en ébullition. Pendant que nous mangerons notre porc à la mode juive et nos crêpes Suzette au Capşa, la police tirera sur les manifestants : soit ce sera une note de bas de page sanglante dans l'histoire du communisme, soit ce sera le coup d'envoi de la révolution. C'est le moment de prendre des décisions, et ce n'est pas valable que pour toi, ça concerne tout le monde.

Il me tendit un verre.

— Moi, Ottilia, et s'ils veulent rester au sommet, des gens comme Cilea et Manea… tous, y compris ces pauvres bougres frigorifiés en bas.

Il montrait les policiers qui tapaient des pieds dans la neige en fumant leurs Carpati, et leva son verre.

Leo s'arrêta devant l'Athénée Palace et le gardien du parking lui donna ce qui ressemblait à un gros pot de confiture. Puis il me fit entrer et me demanda de patienter. Je le suivis des yeux dans le hall trop éclairé. Sa veste chatoya d'un nouvel éclat reptilien lorsqu'il passa sous les projecteurs. J'attendis dix minutes. Il revint avec un sac qui semblait avoir une vie propre. Je regardai à l'intérieur : des homards qui se débattaient au ralenti, des élastiques autour de leurs pinces.

— Pour le Capşa, expliqua-t-il. Ce soir, mieux vaut apporter son entrée. Il y a des barrages sur les routes et rien ne les franchit.

Le restaurant était aussi plein que d'habitude, voire plus. La majorité des tables étaient occupées et les serveurs filaient sur les tapis bleu roi comme si leurs chaussures étaient équipées de roulettes invisibles.

Fidèle au poste, l'impassible maître d'hôtel nous accueillit. Il prit le sac de Leo et le bocal, qui contenait, je le voyais à présent, du caviar iranien. Quelqu'un dans l'entourage du Camarade avait dû faire ses courses à Téhéran. Lorsque Leo lui demanda ce qu'il recommandait ce soir, il répondit d'un ton solennel, et sans la moindre trace d'ironie :

— Le homard, monsieur, il est très frais.

Sur ces mots, il emporta sa pêche à la cuisine.

On nous conduisit au cabinet particulier que Leo avait réservé : le « salon Labis », ainsi qu'on l'appelait officieusement, devait son nom au jeune poète dissident Nicolae Labis qui, après une nuit de beuverie et de discussions politiques audacieuses, en 1956, trébucha et fut décapité par un tramway devant le restaurant. Leo avait réclamé celui-là expressément.

Nous traversâmes la salle principale, où apparatchiks et membres de la nomenklatura se surveillaient, chacun examinant les assiettes des autres. Un gradé de la police en grand uniforme était attablé avec trois hommes en costume, un interprète et des Coréens du Nord en tenue militaire, tandis qu'un peu plus loin, des Arabes sirotaient du Fanta, les bouteilles en plastique plongées dans des seaux de glace. À côté du quatuor à cordes, le ministre du Travail amadouait une adolescente effrayée – une de plus –, avant de passer à l'offensive sous la table. À proximité, derrière des tentures de calicot, dînaient des personnages si importants que chaque convive avait son serveur. L'un d'eux, je l'apprendrais par la suite, était le général Milea, le chef d'état-major de l'armée, qui était en train de commettre sa plus grave et sa dernière erreur.

La longue table ovale du salon Labis était dressée dans un style décadent. Un feu brûlait dans l'âtre, le vin rouge s'aérait et le fromage coulait. Ozeray et Maltchev arrivèrent les premiers, puis quelques minutes plus tard le professeur Ionescu et madame, ainsi que Rodica, sans son mari.

Ottilia nous rejoignit peu après. Elle m'embrassa sur la joue et murmura à mon oreille :

— Ça va mal : les corps affluent de Timişoara. Des dizaines... Pour l'instant. Campanu dit qu'ils les déposent à la morgue et les entassent dans les incinérateurs.

Leo donna trois petits coups sur son verre.

— Mes amis ! Je tiens à vous remercier d'être venus. Comme vous le savez sans doute, ce sont mes derniers jours ici. Les derniers jours pour profiter de cette époque de lumière, les derniers jours pour jouir des derniers rayons... *ah*, vous entends-je déjà demander, *mais quels derniers rayons, c'est la question, ceux de Leo ou de l'époque ?*

Rires nerveux. Ionescu examinait la pièce, mal à l'aise, s'efforçant de deviner qui, ce soir, était la taupe de la Securitate. Découvrant qu'il était le candidat le plus probable, il se détendit. Quelques membres du Parti étaient présents, mais Leo les avait invités afin qu'ils nous servent d'assurance : il les savait corrompus, puisqu'il était l'agent principal de leur corruption. Il avait pour tactique de ne jamais exclure les gens s'il pouvait les compromettre à la place.

Ottilia me donna un petit coup de coude et m'indiqua Maltchev qui se tenait à l'écart du groupe, en train de consulter son pager, un écouteur discret dans l'oreille. On était conscient qu'il se passait un événement significatif, mais on ignorait ce qu'il signifiait. On étudiait les présages, on lisait dans les feuilles de thé et on méditait devant les augures sans être capable d'interpréter les signes. Tout avait un double sens, mais on ne savait jamais si on avait compris le sens ou son double.

Leo me héla.

— Où est Trofim ? Appelle-le. Vois ce qui le retient.

— Je ne suis pas sûre d'avoir le cœur à célébrer quoi que ce soit, déclara Ottilia qui m'avait rejoint après que Leo s'était éloigné. C'est indécent de se gaver et de boire comme si tout ça n'était qu'une vaste blague, alors que des gens sont tués autour de nous.

— J'ai l'impression que personne n'a le cœur à quoi que ce soit, répliquai-je. Regarde…

Maltchev cherchait son téléphone qu'on pouvait à peine qualifier de portable.

— Je vais essayer de joindre Sergiu pour Leo, puis on rentrera.

Le téléphone près des cuisines était en panne. J'empruntai le couloir et passai devant les réserves. Tout au fond se trouvait la cave à vins. Je sentis une odeur de terre et de toile d'araignée. La porte était ouverte et le maître d'hôtel me regardait en silence, le faisceau de sa lampe à paraffine balayant les bouteilles. Sans me laisser le temps de l'interroger, il m'indiqua une autre porte que je n'avais pas vue en descendant. Il referma la cave derrière lui. J'entendais des voix animées, reconnus l'odeur familière des Carpati dans une petite pièce sans aération. J'étais passé devant sans la remarquer. La salle de repos du personnel. Il devait y avoir un téléphone à l'intérieur.

Les discussions s'interrompirent à mon entrée. La fumée me piquait les yeux. Quelqu'un tira ma main posée sur la poignée et claqua la porte derrière moi. Je distinguai des hommes serrés autour d'une table, certains en uniforme, d'autres en costume ou en jean. Un individu que je ne connaissais pas la présidait. Il avait une barbe de plusieurs jours, de fins cheveux bruns et un visage tanné. Il portait une chemise à carreaux sans veste ni cravate, et, bien qu'il fût le plus mal habillé, c'était manifestement lui le chef. Avant que j'aie le temps d'en voir plus, quelqu'un attrapa mes poignets et m'obligea à me retourner, pressant la base de ma nuque afin de me plaquer la figure contre le mur. Je n'avais pas besoin d'avoir des yeux dans le dos pour savoir que ces gens n'étaient pas des serveurs.

— Qu'est-ce que tu fichais, Andrei ? Tu faisais la sieste ?

— Je m'excuse, chef, répondit la voix derrière moi. Je suis allé chercher des cigarettes et il était en train d'ouvrir la porte quand je suis revenu.

Andrei avait son visage contre le mien. Son haleine sentait l'ail cru et les Carpati.

— Bravo. Et on fait quoi, maintenant ?

Quelqu'un d'autre. Puis un silence. Enfin, les pieds d'une chaise raclèrent contre le sol et des pas s'approchèrent. Une pression sur mon épaule. Mon agresseur relâcha sa prise.

— Emmène-le, Sergiu.

Je reconnus la voix de Manea Constantin, vive et nerveuse.

— Tout va bien, ça va s'arranger, ajouta-t-il.

J'aurais dû être rassuré, mais je ne l'étais pas. J'entendis alors Trofim derrière moi, me guidant pour franchir la porte et m'ordonnant de ne pas me retourner.

Dans le couloir, je me frottai le cou. Trofim me tenait le bras, comme s'il avait besoin de mon aide, alors que c'était moi qui étais sur le point de m'affaisser.

— Pas de question, décréta-t-il avant que je n'ouvre la bouche, dur malgré le sourire aimable, les yeux pétillants et amusés. À présent, allons retrouver Leo pour son dîner d'adieu.

La fête avait tourné court. Maltchev était revenu et, le dos à la cheminée, il avait le regard rivé sur la porte. Il se tut à notre entrée et dévisagea Trofim, qui hocha la tête très lentement. Le Russe avait reçu son signal.

— J'ai appris il y a quelques minutes qu'un soulèvement massif a eu lieu à Timişoara. Et le mouvement se propage. Des rumeurs, non confirmées, parlent d'un grand nombre de morts. Les forces de l'ordre ne font pas de quartiers. Il est question de balles réelles, de chars et de gaz lacrymogènes. C'est une nuit sanglante.

Leo se tenait à sa droite, un verre dans une main et une bouteille dans l'autre. Personne n'avait touché aux plats et aux boissons sur la table. Je sentais la peur et l'appréhension autour de moi, mais aussi la rage et quelque chose qui ressemblait au désespoir : le sentiment d'être passé de l'autre côté.

Ottilia se leva.

— J'ai parlé à Campanu à la morgue, tout à l'heure… Il dit qu'ils ont reçu des cadavres, des dizaines, et que ce n'est pas fini… la plupart ont été tués par balles, mais il y a également des marques de torture… Ils sont incinérés au fur et à mesure…

Maltchev reprit :

— La contestation gagne du terrain : Arad, Sânnicolau Mare, Oradea… partout, des manifestations contre Ceauşescu. À Brasov, un groupe nommé le Nouveau Conseil Ouvrier a appelé à la grève générale. Les meneurs ont été arrêtés, néanmoins, la grève continue. Les troubles s'étendent à l'ensemble du pays.

Trofim se servit un verre calmement et vint se placer à côté de Maltchev afin de prendre la parole.

— Le président est toujours en Iran, mais il va interrompre son séjour pour rentrer à Bucarest demain. Il ne pense pas que ces manifestations sont dirigées contre lui. On lui a dit que le peuple protestait contre les salaires et le rationnement, et il croit qu'il va y mettre de l'ordre. Nous verrons. Pour l'instant, c'est Elena qui est aux commandes. Elle a donné des instructions spécifiques concernant la manière dont les troupes de sécurité devaient réagir aux troubles. Et nous avons vu le résultat.

— Ça doit être pour ça que le général Milea mange des cailles dans la salle voisine, intervint Leo. Il a été viré ou quoi ? Est-ce que ce gros con sait seulement ce qui se passe ?

— Je ne suis pas sûr que le général soit encore maître de son destin à l'heure qu'il est, déclara Trofim, ambigu. Il est maintenant évident que Ceauşescu n'agit plus au nom du Parti dans ce pays, et je ne peux pas croire que le Parti tout entier soit derrière cette nouvelle vague de répression.

Il se tourna vers Maltchev pour demander confirmation. Celui-ci hocha la tête.

Tout était plus clair à présent. Je venais de surprendre une réunion entre des dissidents communistes comme Trofim, et des membres du premier cercle comme Manea Constantin : le Front de Salut National. Les autres invités du salon Labis, accoutumés au double langage, avaient compris tout seuls. Ozeray porta son verre à sa bouche, manière de cacher sa réaction. Ionescu sourit, se voyant déjà récupérer son poste. Si on ajoutait à cela le prestige de l'injustice qu'il avait subie, bientôt, plus rien ne pourrait l'arrêter. Le lycée technique de Turda ne tarderait pas à accueillir une flopée de nouveaux gardiens.

Quoique tout le monde sût où Trofim voulait en venir, Leo fut le seul à l'interroger.

— Le Parti… autrement dit, les rats désertent le navire avant le naufrage, c'est ça ? Mais ils vont simplement se regrouper ailleurs, donner un coup de jet sur le pont – Seigneur, encore une métaphore nautique – et c'est reparti pour un tour...

Trofim me lança un regard et je détournai les yeux.

— Je ne suis au courant de rien, Leo. Je parle uniquement en mon nom, et, vous n'êtes pas sans l'ignorer, je suis plutôt isolé et...

— Sergiu, je n'y crois pas un instant, mais si cela vous facilite la vie, je n'en dirai pas plus. Tout ce que je sais, c'est que vous autres, les politicards du Parti, vous avez investi dans le système. C'est quoi ce proverbe roumain déjà ? *Le bordel a changé de nom, mais on a gardé les vieilles putes...*

— Vos insinuations, Leo, sont sans fondement. Je n'ai entendu parler d'aucun plan. Je ne suis pas au parfum, comme on dit. Je me contentais de faire des conjectures...

Leo l'interrompit.

— Eh bien, allez-y, conjecturez ! En attendant, vous pensez que nous ne sommes pas au courant ? D'abord, vous êtes censé être en résidence surveillée, pourtant vous êtes ici et on s'intéresse plus à vous que si vous étiez un ambassadeur de l'ONU ! Qu'est-ce qu'il nous faut en conclure ? Dans tout le pays, les gens se soulèvent et se font canarder, l'armée est sur les dents, on amène des troupes en pleine nuit... Mais Sergiu Trofim a carte blanche pour aller dire bonjour à ses amis au Capşa et toute la journée les Dacia noires défilent devant chez lui... « Pas au parfum », ben voyons.

— Allons, Leo ! l'arrêta Maltchev.

— En ce qui concerne Sergei Maltchev, ici présent, les historiens vont avoir autre chose à décortiquer

– je suppose que le camarade ne sait rien de l'afflux soudain de « touristes » russes à Timişoara, à Cluj et à Brasov ? À Bucarest, il y a tellement de Russkis qu'on ne peut plus faire un pas sans leur rentrer dedans. Qu'est-ce qu'ils foutent là ? Leur shopping de Noël ?

Leo avait raison : depuis deux semaines, on observait une augmentation suspecte du nombre de visiteurs russes dans les villes roumaines. Des jeunes hommes, seuls, en voiture, avec des appareils photo et beaucoup de dollars. Aucun ne ressemblait aux touristes ordinaires.

Ozeray s'interposa.

— Je pense que nous avons fait assez de conjectures. Nous sommes ici pour saluer le départ de Leo, un ami cher qui nous a divertis, parfois mis en danger, mais toujours bien approvisionnés…

Leo leva les paumes en signe de capitulation et fit signe à Trofim et aux autres de passer à table. Maltchev était encore piqué au vif par ses accusations, cependant, il céda.

Ottilia me prit le bras.

— Je n'en peux plus. Je veux rentrer à la maison, murmura-t-elle.

Je tentai de croiser le regard de Leo, mais il s'affairait, serrait des mains et trinquait, sonnait pour appeler le serveur. Ottilia et moi nous éclipsâmes alors que l'entrée arrivait sur des chariots : homard thermidor. J'eus le temps d'entendre les cris éblouis des convives, tandis que Leo se vantait de les avoir pêchés lui-même.

Le maître d'hôtel haussa les sourcils en nous ouvrant la porte, discrètement surpris de nous voir partir. Il proposa de nous appeler un taxi clandestin, mais nous déclinâmes son offre.

C'était une erreur. Les taxis publics étaient immobilisés et il n'y avait plus de bus. Nous entreprîmes de faire le long trajet à pied dans la neige. Quelques Dacia noires étaient garées assez loin du restaurant pour ne pas donner l'impression qu'elles attendaient.

— Leo… Il ne va pas être fâché ? demanda Ottilia, alors que nous traversions le rond-point de Piaţa Republicii. C'est son dîner d'adieu. On devrait être là.

— Leo ne va nulle part. Il a son billet, mais ça ne veut rien dire. Il faudra le traîner à l'aéroport… de toute manière, il ne pense pas qu'on l'expulsera… Tu le connais, il trouvera une solution, je ne serais pas surpris s'il recevait une lettre de Ceauşescu en personne lui annonçant qu'il peut rester…

— Il le croit vraiment, n'est-ce pas ? Qu'entre ce soir et demain après-midi, tout va changer ?

— Je n'en sais rien, c'est peut-être du bluff, mais une chose est sûre, c'est qu'il n'a aucune intention de monter dans l'avion demain.

— Et toi ?

— Quoi, moi ?

— Quel avion vas-tu prendre ?

— Le même que toi, j'espère. Leo t'a commandé un passeport. Il sera prêt à temps.

— On en a déjà discuté…

— Non. Tu as dit que tu ne partais pas, ce n'est pas la même chose que d'en discuter…

Nous étions arrivés à la hauteur de l'Athénée roumain où un policier nous arrêta. Ottilia parut soulagée de le voir. Il braqua sa lampe sur nos visages et examina nos pièces d'identité. Il releva les informations qui y figuraient et garda celle d'Ottilia. La neige tombait en flocons épais comme du buvard.

— Présentez-vous au siège de la police demain matin entre huit et neuf heures. Nous vous rendrons vos papiers.

Je me rendais compte à son expression qu'il criait, mais sa voix étouffée par le vent et la neige nous parvenait à peine plus forte qu'un murmure.

À l'appartement, il n'y avait ni gaz ni électricité, le froid et l'obscurité étaient denses, comme si personne n'y avait jamais vécu. Je grattai une allumette, allumai une bougie et nous nous dirigeâmes à tâtons vers le centre du salon, où j'approchai la flamme du petit chauffage à butane. Il diffusait assez de lumière pour nous permettre de nous voir. La radio avait des piles, au moins, nous pouvions écouter les informations, mais Ottilia attrapa mon poignet lorsque je voulus tourner le bouton.

— Non, s'il te plaît. Je ne veux plus rien entendre, plus de rumeurs, plus de conjectures. Je ne tiens pas à savoir ce qui se passe…

Je la suivis dans la chambre, portant le radiateur devant moi avec précaution, et le posai à côté du lit. Nous nous dévêtîmes sous les couvertures pour faire l'amour dans les ténèbres glacées, nous serrant l'un contre l'autre jusqu'à ce que le chauffage s'éteigne et que la sueur gèle sur nos corps. Alors, nous nous levâmes afin de nous habiller comme si nous nous apprêtions à partir au travail, puis nous nous recouchâmes pour dormir.

Le Front de Salut National fit sa première déclaration publique cette nuit-là. Le lendemain matin,

Radio Moscou et Radio Free Europe en avaient une version écrite, où le groupe se constituait en parti politique démocratique officiel, réclamait la démission de Ceauşescu ou sa destitution par le Parti communiste, et exprimait son soutien aux soulèvements à Timişoara et dans le reste du pays. Pendant ce temps, les rapports qui arrivaient de Timişoara faisaient état de centaines de morts. Les ouvriers du site pétrochimique Timis avaient lancé un ultimatum à l'armée : ralliez-vous à notre cause ou quittez les lieux, sinon, nous ferons sauter l'usine et la plus grande partie de la ville.

Ottilia et moi passâmes la matinée l'oreille collée à la radio. Nous avions oublié Leo, mais je le vis soudain dans l'encadrement de la porte, mal rasé et en pyjama. Comme je m'excusais pour notre départ précipité la nuit dernière, il sourit et me fit taire d'un geste de la main.

— Le Camarade est rentré, annonça-t-il.

Il régnait à Bucarest une étrange atmosphère printanière, en ce 21 décembre. Il faisait soleil, la circulation était fluide, les commerces étaient ouverts, les cafés et les restaurants étaient sortis de leur hibernation et ne désemplissaient pas. On nous servit un vrai café à l'Athénée au lieu de l'ersatz habituel ; les magasins s'étaient réapprovisionnés en beurre, en farine et en viande en l'espace d'une nuit. Les pompes à essence fonctionnaient et l'odeur des pots d'échappement avait réapparu aussi vite qu'elle avait disparu.

La ville était devenue le vivier de la Rumeur. La police de Timişoara s'était retournée contre l'armée ; l'armée s'était retournée contre la police ; les deux s'étaient retournés contre la Securitate. Le général Milea avait été convoqué au palais et arrêté. À Alba Iulia, le siège du Parti avait été dévasté par des manifestants et la police n'avait pas bronché. À Timişoara le nombre de morts augmentait. En dépit de la presse internationale qui rapportait très peu de victimes, la rumeur les comptait par milliers. Puis il y avait les bruits de lynchage : des hommes de la Securitate pendus à des lampadaires dans le Maramureş, à Craiova et à Târgovişte. À Sibiu, le fief de Nicu Ceauşescu, un groupe d'apparatchiks avaient déclaré leur soutien au Front de Salut National. On les avait arrêtés, puis on les avait relâchés. Le siège du Parti de Sibiu avait été incendié. À propos de Nicu, on disait qu'il était défoncé à la cocaïne et qu'il tirait sur les gens, qu'il s'était rendu aux manifestants, qu'il menait une vie de débauche en France. Rien de tout cela n'était improbable, même si, ironie du sort, la moins plausible de ces rumeurs – un brave juge de province avait délivré un mandat contre lui pour viol – était la seule qui fût vraie.

L'atmosphère à l'université était encore plus fébrile. Des étudiants en petits groupes ici et là conspiraient sous le nez de la police qui les dispersait sans conviction. Quelqu'un avait dessiné des portraits de Gorbatchev déguisé en père Noël sur les murs des couloirs. À côté de lui, un gros cadeau enrubanné qui avait la forme de la carte de la Roumanie. TIMIŞOARA était peint en lettres blanches sur la façade et les pavés de la cour. Je passai devant la salle des photocopies, d'ordinaire toujours fermée à clé. Aujourd'hui, pourtant, elle était ouverte et gardée par Rodica, tandis qu'à l'intérieur, notre étudiante Iulia faisait des centaines de copies de la une de l'*Herald Tribune* du jour. « Massacre à Timişoara » proclamait le titre, et en dessous : « On redoute un nouveau Tiananmen : des milliers de morts. »

— Est-ce que c'est vrai ? demandai-je en désignant le mot « milliers ».

Et elle de répondre :

— Vrai, faux, peu importe, ce qui compte, c'est que les gens sachent.

À l'évidence, elle avait mis à profit son enseignement dialectique.

J'étais seul au travail et je m'occupais à des broutilles. C'était une manière d'oublier que je n'avais plus rien à faire ici, de me persuader que je serais de retour le 5 janvier. Je lançais des petits hameçons vers l'avenir : je prévoyais un rendez-vous par-ci, un autre par-là, et remplissais mon agenda de tâches à effectuer en janvier. Je contemplai la place de l'Université, peut-être pour la dernière fois. C'était la vue de Belanger, sa chaise, son bureau. Son écriture aussi : je pris le Post-it corné avec le numéro de Cilea et le lissai, me demandant s'il lisait l'*Herald Tribune* et s'il écoutait le BBC World Service, s'il choisissait parmi cinquante rumeurs celle qui l'arrangeait le mieux. Mon téléphone sonna.

— Pas de *Kojak* ce soir, cria Leo dans le combiné.

Il appelait d'une cabine et j'entendis passer un avion au-dessus de lui.

— Le Camarade fait une allocution télévisée en direct, un discours à la nation. À dix-huit heures.

— Qu'est-ce qu'il va dire ?

— Ce qu'il va dire ? Comment veux-tu que je le sache ? Depuis quand est-ce que je rédige ses discours ? De toute façon, il ne s'agit pas de ce qu'il va dire, l'important c'est qu'il va dire quelque chose, qu'il est obligé de dire quelque chose.

— Où es-tu ?

— À l'aéroport.

— Quoi ? Tu pars ?

— Bien sûr que non, mais j'ai pensé que, puisque j'avais le billet et le passeport, je pouvais en profiter pour acheter quelques bricoles en duty free, faire tamponner mon visa, et revenir à temps pour le laïus du Camarade. J'ai aussi le passeport d'Ottilia : tu voyageras avec une certaine Tatiana Pullova, étudiante en ingénierie. Une demoiselle de Léningrad.

Je m'abstins de lui demander comment il comptait quitter l'aéroport, pas plus que je ne lui demandai comment il espérait persuader Ottilia de fuir. Tout était possible à présent, le pays se durcissait et se désagrégeait en même temps. Leo allait remplir ses valises d'alcool et de cigarettes, puis payer sous la table sa sortie du terminal, son nom sagement inscrit sur la liste des passagers. Il ne gagnerait qu'un jour ou deux, mais c'était peut-être tout ce dont il avait besoin.

Je le retrouvai au Sanglier des Carpates, où il n'avait rien trouvé de mieux à faire que d'offrir à boire à tout le monde pour se cacher. À dix-huit heures, le bar était tellement bondé qu'on se marchait sur les pieds. On attendait le discours à la nation de Ceauşescu. Penché sur une feuille tremblante, il lisait. Elena se tenait derrière lui avec son sac à main, dans une attitude qui rappelait étonnamment Margaret Thatcher, trois mastodontes en costume à côté d'elle.

Le Camarade paraissait vieux et fatigué. Démentant les milliers de morts propagés par la rumeur, il en admit dix au maximum, et uniquement des « agents étrangers ». Il déblatérait des clichés communistes tous plus énormes les uns que les autres, louant la police et l'armée, balançant des formules comme « saboteurs impérialistes », « ennemis de la souveraineté roumaine », « provocateurs capitalistes »... C'était la langue des procès-spectacles staliniens. Dans le bar, on riait, crachait par terre, le traitait de vieux fou, de Staline, de Dracula. Ceauşescu acheva son pensum de cinquante minutes en annonçant une augmentation des salaires et des bourses étudiantes.

— Et on le dépense où, ce fric ? lança un des buveurs au fond de la salle, sous les applaudissements.

Si c'était un indicateur de l'humeur de la population, le Camarade ne pouvait plus compter sur son arme suprême : la peur.

Cette intervention était un mauvais calcul. Ceauşescu avait l'air vulnérable, fuyant, insignifiant. Lui habituellement si vif semblait affecté par le décalage horaire, désorienté. Il avait la voix criarde et essoufflée, le teint terreux et, conséquence du diabète, les traits à la fois tirés et bouffis. Tous ses actes à venir seraient interprétés en fonction de sa prestation télévisée. Il avait montré sa faiblesse, et il devrait payer pour cela autant que pour sa force passée. « Staline a fait tout ce qu'un homme dans sa situation devait faire » ; certes, mais Staline avait la peur de son côté jusqu'à la fin. Ceauşescu était comme son palais : une façade qui cachait un néant ramifié.

Ottilia revint à onze heures sans ses papiers. Au poste, on l'avait fait attendre deux heures, puis on l'avait renvoyée. Le policier qui avait pris sa carte d'identité avait soudain été transféré ailleurs et plus personne ne semblait s'intéresser à elle.

— Ils passent leur temps à te surveiller, et d'un coup, plus personne n'en a rien à foutre.

Leo avait raison. Le système se disloquait, laissant face à face ses deux éléments constituants : la paranoïa et l'apathie ; et maintenant que le centre se dérobait, ces deux-là étaient vouées à se livrer une bataille confuse et manichéenne à l'issue incertaine. L'apathie et la paranoïa : deux ivrognes dans un parc, qui se battaient au ralenti autour d'un banc.

Leo lui remit son nouveau passeport russe. Ottilia l'examina et sourit.

— Tatiana Pullova ? Puisque c'est la seule identité qu'il me reste, autant la garder... Voyons où ça me mène.

Leo me regarda en haussant les sourcils. Nous la connaissions assez pour ne pas pousser notre avantage, mais peut-être allait-elle utiliser ce billet d'avion, après tout.

À cinq heures du matin le lendemain, le 22 décembre, le fracas d'un convoi de blindés long d'un kilomètre secoua le boulevard Aviatorilor. On faisait venir des renforts militaires. Des centaines de soldats étaient arrivés à la gare de Basarab, où des camions les attendaient afin de les conduire dans le centre-ville par Calea Griviţei, puis ils disparaissaient dans des dizaines de sites sécurisés qui ressemblaient à des maisons ordinaires.

Si la radio nous donnait les informations générales, c'était la rue qui nous fournissait les détails : le crématorium de la ville avait fonctionné toute la nuit pour brûler les morts de Timişoara, que l'on amenait par bus et déversait anonymement dans les fours. Sur place, l'armée avait cédé devant les ouvriers et s'était retirée. La grève se poursuivait et s'étendait. Tout l'Ouest s'était soulevé, et près des frontières yougoslave, russe ou bulgare, le dispositif répressif vacillait. Autre chose émergeait du désordre : une inefficacité radicale, systémique, où certains éléments de l'appareil de sécurité s'effaçaient, tandis que d'autres réagissaient avec une férocité inimaginable. À Iaşi, l'armée et la police regardaient la population dévaster les bâtiments et piller les magasins. Dans le Maramureş, elles se joignaient à la foule. À Cluj, elles torturaient, tuaient et brûlaient les corps dans des incinérateurs à ordures.

Radio Bucarest mentionna pour la première fois l'état d'urgence. Le présentateur énuméra la liste des boucs émissaires habituels – insurgés impérialistes-capitalistes, forces réactionnaires et terroristes étrangers – avant de nous rassurer : le gouvernement avait la situation bien en main. Le *Conducător* devait faire un autre discours dans la journée : il serait diffusé en direct du balcon du siège du comité central de Piaţa Republicii, un rappel intentionnel de l'allocution triomphale qu'il avait prononcée après le Printemps de Prague, vingt et un ans plus tôt. L'homme qui avait reproché aux Russes leur intervention en Tchécoslovaquie leur reprochait à présent de ne pas intervenir chez lui.

Le Front de Salut National fit son second communiqué quelques minutes plus tard. Il réclamait la démission de Ceauşescu, incitait l'armée et la police à la rébellion, et les travailleurs à rejoindre la grève générale. Les déclarations du FSN passaient désormais sur les médias occidentaux quelques minutes après leur rédaction, ce qui dénotait des moyens impressionnants. Je pensai à Manea, à Trofim et aux autres personnages présents dans cette pièce. Étaient-ils en session permanente, à présent ? Qui les protégeait ? Comment transmettaient-ils leurs communiqués ?

Après des semaines de flegme imperturbable, c'était un soulagement de voir une panique réelle se répandre à l'ambassade britannique. Elle se traduisait par le même émoi administratif à façade lisse qui caractérisait les films d'information du service public que l'on nous infligeait à l'école : en cas d'explosion nucléaire, cachez-vous sous la table avec six mois de *baked beans* en boîte. C'était l'esprit qui prévalait à présent. Un réflexe inscrit dans les gènes anglais : entasser des conserves et préparer des bassines de thé. Ceux qui n'étaient pas encore partis s'apprêtaient à soutenir un siège. Les épouses de l'ambassade ouvraient des briques de lait UHT et des paquets de biscuits Rich Tea. On jetait les sachets de thé par poignées dans des théières en métal si imposantes qu'elles étaient munies d'une seconde anse sur le ventre. Une bonne crise suppose une implication grisante et une forme de distanciation modeste, et cette crise remplissait tous les critères. Le Ship and Castle donnait à voir le meilleur de l'Angleterre.

Wintersmith était dans son élément. Peu importe s'il nous assurait depuis le début que tout allait bien, que chacun devait continuer à « vaquer à ses affaires, et par *affaires*, vous voyez ce que je veux dire… ». Ozeray avait raison : c'est dans la nature de la diplomatie d'oublier les erreurs, car ce ne sont jamais nos erreurs ; les événements n'avaient qu'à exprimer plus clairement leurs intentions.

Que Wintersmith se soit trompé ou non, il y avait une médaille qui l'attendait au bout de ce tunnel. Cela ne faisait aucun doute. Il portait un pantalon de camouflage et un panama, avec un couteau suisse accroché à sa ceinture. Il avait pris des leçons auprès de Franklin Shrapnel et ressemblait à un scout qui faisait un stage de survie.

— Nous avons reçu des messages du Front de Salut National, et nous souhaitons discuter avec eux. Rien n'indique que la situation risque de dégénérer à Bucarest. Si le gouvernement se maintient au pouvoir, ça continuera comme avant. Et sinon, tout porte à croire que la transition se fera dans le calme et sans effusion de sang. Comme dans le reste de l'Europe communiste.

— Quand pourrons-nous en être sûrs ?

— Le président Ceauşescu va prononcer une allocution tout à l'heure, qui, je le suppose, va clarifier les choses. Il y aura vraisemblablement des annonces politiques suivies soit par une transition progressive, soit par une libéralisation générale du système actuel. Le changement n'est pas le point fort des Roumains.

La diplomatie : l'art de regarder l'avenir en face sans le regarder dans les yeux.

Le grand discours du Camarade devait être diffusé en direct à quatorze heures. Il était onze heures. Les tas de neige sale accumulés au bord des routes et contre les murs fondaient. La police et l'armée étaient désormais sous la supervision de la Securitate, une mise en abyme de la surveillance. Dans les panneaux de presse vitrés, les unes des journaux présentaient des déclarations optimistes et des chiffres invraisemblables tirés des registres trafiqués de la croissance économique. La propagande s'était intensifiée. De nouvelles affiches apparaissaient le long des rues et on avait rafraîchi les fresques épiques : « Unité, Force, Suprématie », « Longue vie au Parti communiste roumain », « Ceauşescu, Héroïsme ; Roumanie, Communisme ». En première page de *Scînteia*, je parcourus la dernière ode de Palinescu, qui utilisait l'image du réseau électrique national afin de décrire l'amour des Roumains ordinaires pour leur dirigeant, chaque citoyen apportant son voltage individuel à la grande centrale qu'était le pays.

Calea Victoriei était paralysée par les barrages. Les bus déglingués déversaient un flot humain traînant de vieilles banderoles fatiguées. Les haut-parleurs crépitant diffusaient de la musique infantile, tandis que des policiers avec des porte-voix et des matraques criaient des instructions et manœuvraient la foule pour la mettre en rangs. On sentait planer au-dessus du rassemblement l'hostilité des trois branches des forces de l'ordre qui passaient plus de temps à s'épier mutuellement qu'à surveiller les ouvriers – et si elles avaient remarqué qu'un ressentiment frondeur se propageait parmi le troupeau, elles n'en montraient rien.

C'était la grande manifestation populaire qu'on nous avait promise, les travailleurs « électrifiés par la loyauté ». En face, à l'angle du boulevard Aviatorilor et d'Aleea Modrogan, je reconnus la silhouette familière, légèrement voûtée, de Trofim. Il était seul, son chapeau d'astrakan et son écharpe arrangés de manière à ne laisser voir que ses yeux. Un bus passa et lorsque je regardai de nouveau, il avait disparu.

En une demi-heure, je comptai vingt-huit bus, transportant plus de cinquante personnes chacun. J'avais appris à ne plus être surpris par grand-chose pendant mon court séjour ici, néanmoins, le mépris avec lequel la Securitate se comportait m'étonnait. Dans un moment pareil, n'était-on pas en droit d'attendre un minimum de camaraderie ? De plus, en temps de crise nationale, était-ce bien prudent de remplir le centre-ville de milliers d'adultes mécontents, mal nourris, et de traiter comme du bétail ceux qui étaient censés participer à cette humiliante « manifestation populaire » ? Les travailleurs traînaient par terre leurs banderoles qui s'imbibaient de boue, de neige grise et d'eau sale, crachant quand on leur distribuait des portraits de Ceauşescu. Quelques-uns se disputaient avec leurs supérieurs, hommes de main des syndicats ou délégués dociles qui ne contrôlaient plus grand-chose.

Même s'il débutait à l'heure, il restait plus de deux heures avant le grand discours. Qui avait eu une idée pareille ? C'était d'une bêtise inconcevable. Seul un dirigeant qui pouvait compter sur le soutien du peuple et la loyauté des institutions pouvait se permettre ce genre de pari. Et Ceauşescu n'avait aucune raison de croire cela. Il paraissait vieux et perdu à la télévision. Lui ou sa femme venait d'ordonner des massacres à Timişoara et à Brasov. Il y avait des grèves et des manifestations à travers tout le pays. Un nouveau groupe d'opposition réclamait son départ.

Malgré tout, il avait décidé – ou s'était laissé persuader ? – de faire venir cent mille personnes supposées exhiber leur dévotion ? « Le peuple nous aime, dirait Elena au procès. Le peuple nous aime et ne permettra pas une telle indignité… »

J'avais la bouche sèche, la poitrine oppressée, la peau qui picotait d'excitation. Je ne peux pas dire que je savais ce qui allait se passer – on ne le sait qu'après –, néanmoins, je sentais quelque chose, la suspension prégnante qui précède un événement majeur. C'était un sens de l'imminence qu'avaient les gens autour de moi – Leo, Ottilia, Trofim, Ozeray, Maltchev –, et qui jusque-là me faisait défaut. D'une certaine manière, j'étais entré dans la trame des choses, non que je puisse les contrôler ou même les prédire, mais je les sentais s'amonceler, floues et indistinctes, prêtes à advenir.

Je passai devant chez Trofim en rentrant et découvris que sa maison n'était plus gardée. En fait, il semblait y avoir une chute soudaine de la présence policière partout, sauf dans le centre-ville. Je frappai. Personne ne répondit. Les voix cédèrent la place au silence des chuchotements. Le judas s'obscurcit un instant et Oleanu ouvrit. Il portait un costume et une cravate, et il était rasé. Envolé, le look du jeune bolchevique, les lunettes rondes, le chic dissident de la barbe de trois jours. À présent, il ressemblait à un politicien.

— Pardon, la radio est allumée et on n'entend pas toujours la porte.

Il posait sur moi le regard ferme du menteur qui en fait un peu trop.

— Dis à Sergiu que je prends l'avion demain. À midi. Ça me ferait plaisir de le voir avant mon départ. Je ne sais pas quand je reviendrai, ou si je pourrai revenir tout court…

Je parlais devant une porte close. J'avais le tournis, la sensation d'être encore une fois abandonné. Même ici, même au cœur des événements, je dérivais, entraîné vers le large par un courant invisible.

Il était près de treize heures lorsque j'arrivai chez moi. J'allumai la télé pour tomber sur un pot-pourri de chansons nationalistes, d'extraits de conférences du Parti et de visites d'État, le tout entrecoupé d'acclamations et de statistiques victorieuses au sujet des rendements et des taux de production. Je ne savais pas de quoi il était question au juste, mais les chiffres montaient d'année en année. Tracteurs, pétrole, Dacia, farine, acier, fer… une production toujours si abondante et efficace qu'elle étirait l'axe vertical de tous les graphiques. En revanche, la crédulité du spectateur, elle, ne grimpait pas. Il n'y avait jamais cru et n'y croirait jamais.

Je venais de baisser le son et de m'asseoir sur le canapé lorsque Leo entra comme une trombe dans la pièce.

— C'est de la folie dehors. C'est dément. Ils ont entassé tous ces gens sur la place principale et ils les laissent poireauter. Il y a déjà eu des bagarres. À l'avant, on a les nervis du Parti qui orchestrent les ovations. Sur trois rangs. Au bord, la Securitate. Et au milieu les travailleurs « loyaux ». Sauf qu'ils sont de plus en plus énervés. Crois-moi, je les ai vus, ils sont prêts à arracher les yeux au portrait du Camarade. Il y a eu des arrestations. De temps en temps, les agents de la Securitate plongent dans la foule, embarquent quelqu'un et disparaissent. Où est-ce qu'ils les emmènent ? Dieu seul le sait.

— J'ai vu les bus décharger les manifestants. Ils n'avaient pas l'air très heureux quand ils sont arrivés.

— Je veux bien le croire. Ils ne maîtrisent plus rien. Je passais par la rue Kiseleff et j'ai vu des centaines de femmes refoulées à un barrage. Et j'aime autant te dire que ce n'était pas de la loyauté qu'elles affichaient. Elles criaient et elles poussaient tant que la police ne savait plus quoi faire. Certaines avaient leurs enfants avec elles. Des petits dans des porte-bébés, des gamins qui couraient partout, des mères héroïques et des grands-mères qui agitaient des bras gros comme des jambons. Toutes les usines sont occupées, les mineurs sont dans la rue… la police ne fait rien. À travers toute la ville, ce sont des bagarres, des pillages, des attaques contre les bureaux du Parti, et l'armée a trop à faire avec le défilé pour réagir. Je ne te parle même pas de Timişoara, va savoir combien il y a eu de morts là-bas. Les autorités sont dépassées, c'est la seule certitude. J'ai entendu que des commandants ont refusé d'ordonner à leurs hommes de tirer pour tuer…

— Explique-moi une chose : si la moitié du pays se soulève, pourquoi est-ce que Ceauşescu a décidé de faire venir cent mille personnes dans la capitale, au moment où la population est au bord de la révolte et où il ne peut pas compter sur ses forces policières ?

Leo me regarda et alluma une cigarette.

— Eh bien, il y a deux possibilités. Soit il n'a pas conscience de ce qui se passe et il s'est mis en tête de sortir le grand jeu, de faire un beau discours et de brandir les banderoles et les drapeaux. Ça a toujours marché jusque-là... Soit c'est quelqu'un qui lui a donné ce conseil et c'est un mauvais conseil. C'est peut-être Elena, ou n'importe lequel des flagorneurs qui lui répètent à tout bout de champ qu'il est adulé. Ou encore, ce pourrait être quelqu'un qui souhaite qu'il aille trop loin, pour créer ainsi une situation de non-retour... Il y a des gens là-dehors, tout près d'ici, ajouta-t-il en désignant Herastrau du menton. Des gens qui attendent, qui observent et qui espèrent l'étincelle.

Lorsque Ottilia rentra, le grand discours avait déjà quinze minutes de retard. Leo avait posé de la bière et du vin sur la table, mais personne ne buvait. Nous voulions avoir toute notre tête.

La scène à laquelle nous allions assister pour la première fois, je l'ai revue si souvent depuis qu'il m'est devenu impossible de l'isoler des fois suivantes, alors qu'elle avait pris sa place dans le récit de la chute de Ceaușescu. Elle a été diffusée en boucle sur les chaînes étrangères, à la télévision roumaine, à la radio, et maintenant sur Internet. C'est le moment totémique, à la fois le symbole et la chose qu'il symbolise : la Révolution. Bien que ce soit une scène qui a un caractère final, elle demeure pour moi embaumée dans un présent perpétuel : « Aussi fraîche que Lénine dans son mausolée », comme dirait Leo.

Ceaușescu se tient sur le balcon du comité central, deux micros devant lui. Il est seul, mais, derrière le rideau gris argent en dentelle de la porte-fenêtre, on devine le visage d'Elena, hautain et attentif. Il porte un manteau sombre et un chapeau d'astrakan, et il semble fragile – plus qu'hier. Il commence à parler alors que sa voix n'est pas prête – un coassement, une crécelle pas assez forte –, puis il se racle la gorge. La clameur qui s'élève de la foule quand il monte sur l'estrade n'est pas naturelle, un grondement froid enrobé d'une fine couche d'acclamations. Devant, les travailleurs loyaux agitent leurs banderoles et ânonnent leurs eulogies apprises par cœur. Derrière eux, il se passe quelque chose de primitif, quelque chose qui vient des tripes, qui se regroupe et qui enfle. Du balcon, on n'entend que les manifestants placés juste en dessous. Alors que nous, nous entendons l'autre bruit, et nous l'entendons en direct, menaçant, mais surtout authentique. C'est un cri qui vient de la gorge, du larynx à vif, le bruit de la fureur et de la haine.

Ceauşescu reprend la parole. Dans son esprit, il recrée son moment de gloire, il y a vingt et un ans, quand il s'est opposé à la répression du Printemps de Prague, mais on n'entend plus sa voix. C'est encore confus, pourtant on perçoit un mouvement dans la foule, un effilochage à la frange policière, des gens qui s'éloignent et d'autres qui s'engouffrent dans les interstices du cordon. Puis la caméra revient vers le *Conducător* qui pourfend les provocateurs et les ennemis du socialisme.

Ottilia et Leo sont bouche bée ; ils n'ont pas touché leur verre. Leo a allumé plusieurs cigarettes qu'il a oubliées, et il y en a maintenant cinq dans le cendrier, qui fument comme les cheminées de l'usine de Pitesti. Ottilia attrape ma main ; je pense qu'elle murmure quelque chose, mais ce n'est que son souffle à travers ses dents serrées.

Il y a des cris. Très distinctement à présent on entend : « Timişoara ! Timişoara ! Timişoara ! »

Ceauşescu l'entend aussi. Nous l'entendons à la télévision, et aussi sur notre balcon : nous vivons simultanément l'événement et sa médiatisation. Nous sommes là et nous ne sommes pas là. Ceauşescu a une moue impatiente et balaie l'air de la main. Ce n'est qu'un réflexe autoritaire, car il n'y a plus d'autorité : il hésite et son discours vire à la supplique rageuse. Il ne comprend plus rien. Il promet plus de nourriture, plus d'argent, un nouveau jour férié national, mais c'est inutile. Les loyalistes s'éparpillent et les gens les bousculent pour prendre leur place à l'avant. Ceauşescu a l'air sans défense et terrifié, tandis que l'illusion fond comme un mur de cire sous ses yeux. Je me rends compte qu'il a la même expression que la Princesse le jour où elle est rentrée de Paris.

Un coup de feu retentit et la caméra montre un plan de foule avant de revenir vers le président. Les manifestants forcent les rangs de la Securitate et des serviteurs du pouvoir, tandis que sur les côtés le cordon policier a déjà cédé. Les gens franchissent les barrages en courant, d'autres les rejoignent des rues qui mènent à la place. Encore des détonations. Notre première pensée est que la Securitate a ouvert le feu. D'où le mince crépitement des tirs isolés : des snipers ou des armes de poing à bout portant.

Un garde du corps obèse, qui avec son costume et son chapeau ressemble à un boucher endimanché, s'approche et murmure quelque chose à l'oreille de Ceauşescu. L'homme est brusque, agressif. Ceauşescu, à qui on n'a jamais parlé sur ce ton, poursuit son discours, mais ce n'est plus qu'un délire pathétique. Le gorille revient, saisit le bras du Camarade et l'entraîne à l'intérieur. Quelques visages dans le fond s'avancent afin d'évaluer l'étendue du chaos ; le rideau s'écarte pour laisser passer Ceauşescu puis retombe derrière lui en vaguelettes. On croirait de l'eau qui se referme sur un homme qui se noie – mais dire cela, c'est déjà lire la fin dans le début.

L'écran devient blanc, puis noir. Pendant quelques secondes, rien. Pas d'annonce, pas d'explication. Puis de la musique patriotique. Dehors monte un rugissement. De l'endroit où nous sommes, il est étouffé, comme une explosion souterraine ; et soudain les rues sont pleines.

La foule court en tous sens, et toujours pas un policier, pas un soldat à l'horizon. Les rues que je vois depuis huit mois, des rues que j'imaginais à demi peuplées, grouillent de monde. Les gens se déversent des maisons, les portes s'ouvrent grand, des hommes et des femmes convergent vers le centre-ville.

Les détonations sont encore lointaines, mais plus denses. Des tirs de mitrailleuses ; de la fumée noire s'élève d'un site à côté de la place principale, près de l'université. En fait, c'est l'université, affirme Leo, convaincu de pouvoir être encore plus précis : c'est la bibliothèque.

Dans Aleea Alexandru, deux des policiers avaient troqué leur uniforme contre un jean et une chemise. Rejoignaient-ils le peuple, essayaient-ils de sauver leur peau ou d'infiltrer la révolte ? Impossible à dire. En tout cas, ils ne tentèrent pas de nous arrêter, Ottilia et moi, lorsque nous quittâmes l'appartement pour aller voir ce qui se passait boulevard Aviatorilor.

Un vent froid poussait vers nous l'âcreté du gaz lacrymogène encore assez puissant pour nous irriter les yeux, et une odeur de brûlé. Les gens chantaient et criaient, échangeaient des rumeurs et des nouvelles, interpellaient tous ceux qui venaient du centre-ville. En dépit de la menace, l'humeur était joyeuse, carnavalesque. À cent mètres, les chars passaient. L'armée pouvait intervenir à chaque instant, tous nous tuer. Pourtant, ici et maintenant, on était libres ; intensément, dangereusement, et peut-être plus pour longtemps, mais libres.

— C'est ce que Petre voulait dire, déclarai-je à Ottilia.

— C'est ce qu'il voulait dire, oui. Et j'aurais aimé qu'il voie ça. Comme ça, on aurait su de quel côté il était vraiment, ajouta-t-elle, ambiguë.

Elle sourit et escalada les marches devant moi. Lorsque j'arrivai dans l'entrée, elle avait posé son sac à demi vide à côté du mien près de la porte, son nouveau passeport sur le mien.

— Je viens avec toi parce que c'est le seul moyen d'être sûre que tu reviendras.

À minuit, l'armée avait regagné Piaţa Republicii. Ceauşescu était toujours terré au siège du comité central, mais il n'avait fait aucune déclaration, aucun communiqué ; il n'y avait rien non plus du gouvernement ni du Front de Salut National. Radio Bucarest annonça le suicide du général Milea à une heure du matin, juste au moment où Leo rentra. Il sentait le caoutchouc cramé, la tsuica et l'essence. Les manches de sa veste reptilienne étaient carbonisées et il avait une méchante brûlure au bras.

— Ça ? fit-il fièrement en voyant que je regardais sa blessure. Je crois qu'on appelle ça une Molotovite aiguë… On dirait qu'il y a une épidémie en ce moment…

Il avait des nouvelles : un vol British Airways avait atterri trois heures plus tôt pour repartir avec les citoyens et les employés britanniques dont la présence n'était pas indispensable.

— C'est bien aimable à eux de m'avoir prévenu, répliquai-je.

— Je suis passé à l'ambassade, reprit Leo. J'ai vu Wintersmith : il a essayé d'appeler trois fois, mais la ligne ne fonctionnait pas. Quoi qu'il en soit, il est parti lui aussi. Le dernier à monter dans l'avion, le premier à descendre pour recevoir sa médaille.

Je vérifiai le téléphone. Il était en parfait état de marche. Mieux encore, la ligne était d'une netteté incongrue. Pas de cliquetis, pas de grésillements, pas de micro. Plus personne ne nous écoutait. Merci Wintersmith, pensai-je.

— Autre chose, ajouta Leo. Manea veut te voir. Retrouve-le chez Cilea demain matin. À dix heures. Ne me demande pas pourquoi, je n'ai pas posé la question. Et sois rentré avant onze heures : je t'emmène à l'aéroport à midi. Nul ne sait comment la situation va évoluer. Nous aurons sans doute besoin d'un peu de temps pour que mademoiselle Pullova, ici présente, franchisse la douane.

Ottilia fit une petite révérence et dit quelques mots en russe.

À huit heures du matin, il était évident que l'armée et la police n'avaient remporté qu'une victoire provisoire. Piaţa Republicii se remplissait de nouveau. La foule était encore plus nombreuse aujourd'hui et il y avait des manifestations pacifiques dans toute la ville. La grève générale avait immobilisé le pays.

Le président n'avait fait aucune déclaration depuis plus de douze heures. Il n'y avait plus de tirs, plus de gaz lacrymogènes, plus de bataille, simplement une vague d'occupations de locaux, de marches et de rassemblements. La veille, c'était surtout des hommes. Aujourd'hui, il y avait des femmes, des enfants et des vieux, calmes, disciplinés, dignes.

À Herastrau, les gardes attendaient à leur poste des ordres qui ne viendraient jamais. Plus je me rapprochais du centre-ville, plus je percevais la panique sourde de la nomenklatura, déchirée entre le désir de rester pour protéger ses biens et l'instinct de fuir la ville pour se mettre à l'abri. Le magasin alimentaire du Parti, près de chez Cilea, avait été pillé par ses propres clients : le cadenas avait été forcé et deux femmes qui ressemblaient à des chanteuses d'opéra détalaient avec des valises pleines à craquer. Elles mastiquaient énergiquement : tout ce qu'elles ne pouvaient emporter, elles essayaient de le manger.

Le garde à l'entrée de chez Cilea me fit signe de passer. Il n'était plus en uniforme, lui non plus : il avait pris la précaution de s'habiller en civil. Je l'avais vu pour la première fois le 1er mai, quand Cilea et moi étions venus ici faire l'amour et manger du chocolat. J'avais l'impression que c'était il y a dix ans. C'était au moins il y a un régime de cela. Je me trouvai devant une cour avec des arbres dénudés et frissonnants, des tas de neige dégagée à la pelle, des jardinières vides et des bordures de gazon en dormance. Je dus rester là un moment, à embrasser tout cela du regard une dernière fois, car il finit par frapper sur la vitre de sa guérite et me cria d'entrer.

Le salon de Cilea avait été transformé en centre d'opérations. Manea Constantin était allongé sur un profond canapé, sa tête posée sur des coussins turcs, une jambe plâtrée du talon à la cuisse. Deux télévisions étaient allumées : l'une sur une chaîne par satellite allemande qui retransmettait les événements se déroulant à quelques mètres, la seconde sur la mire de TVRom qui diffusait des chants patriotiques. Un de ses hommes passait des feuilles à la déchiqueteuse, tandis qu'un autre fourrait la charpie de papier dans des sacs noirs. Aucun signe de Cilea.

Constantin avait à côté de lui des téléphones dont les lumières clignotaient comme des gyrophares. Dans la pièce voisine, j'entendais la voix calme et grave de Cinzia qui prenait des messages. Manea poussa lestement sa jambe plâtrée pour me faire de la place sur le canapé.

— Qu'est-il arrivé à votre jambe ?

— Ah, c'est… emmerdant, si je puis m'exprimer ainsi. J'ai trébuché dans l'escalier du ministère alors que je me rendais à une réunion urgente avec le Camarade. J'ai dû annuler tous mes engagements pour l'avenir immédiat.

Il fit une grimace de douleur si visiblement fausse qu'elle aurait pu être entre guillemets.

— Vous voulez boire quelque chose ? Un whisky, peut-être ?

Une lumière verte apparut sur l'un des téléphones. Cinzia répondit. Manea se leva et ouvrit un meuble de style paysan ouvragé qui avait été vidé et converti en bar, avec miroirs et shakers. Le soleil, qui pénétrait par les stores à demi fermés, jouait sur sa collection de whiskies pur malt.

— Ne devriez-vous pas être en train d'aider le Camarade ? demandai-je, sarcastique.

Il feignit de ne pas avoir entendu et nous versa chacun une dose adaptée à cette heure matinale.

— Où est Cilea ? Vous l'avez envoyée ailleurs afin d'installer votre QG chez elle ? Au moins, vous pourriez m'expliquer ce qui se passe dehors.

— C'est difficile à dire, pour être honnête, très difficile... Tout cela est tellement inattendu, et je n'en sais pas beaucoup plus que vous...

Il me regarda de manière à ce que je comprenne bien qu'il mentait, ce qui était sa manière de me dire une sorte de vérité.

— Mais je pense que le Camarade est face à une crise. Et j'ai peur de devoir... comment dire ? ajouta-t-il en faisant un geste vers sa jambe. De devoir m'asseoir dessus. Littéralement.

Son rire sec n'était pas dépourvu de plaisir. Il vida son verre, s'en servit un autre. Il retrouva son sérieux.

— Cilea a quitté le pays. Elle s'est envolée pour Paris la semaine dernière. Elle voulait vous voir.

— Pas assez pour se déplacer... la semaine dernière ? Il semblerait qu'elle ait été avertie très à l'avance de ce soulèvement « imprévu »...

— Ma foi... elle a fait confiance à son intuition et elle a choisi de partir. Et vous auriez dû en faire autant. Je regretterai toujours que vous deux ne soyez pas restés ensemble. Vous auriez pu être heureux en Angleterre, loin de tout ça.

La lumière rouge du téléphone clignota.

— Je m'excuse, mais je suis obligé de prendre cet appel.

Il décrocha et écouta.

— *Da*, dit-il simplement – oui.

Puis, comme on l'interrogeait, il répéta la même chose avec brusquerie et reposa le combiné.

— Je voulais vous voir pour une raison précise, reprit-il. Et ce n'était pas dans le but de vous souhaiter bon voyage. C'est un avertissement. Lorsque le Camarade va tomber, je ne peux pas vous garantir que ce qui suivra sera beaucoup mieux, pas dans l'immédiat. Ce qui me préoccupe, et devrait également vous préoccuper, c'est que toutes sortes de gens vont revenir à Bucarest. Le régime avait ses défauts, mais il avait la classe criminelle à peu près sous contrôle...

— Principalement parce qu'il avait pris sa place...

— Peut-être, peut-être... C'est une question qu'il conviendra de poser en temps et en heure. En attendant, à l'instant où les frontières s'ouvriront et où le gouvernement s'effondrera, ils seront de retour...

— Qui ça, ils ?

— Les gangsters, les dealers, les trafiquants, les proxénètes et les fascistes, les antisémites et les nettoyeurs ethniques... ça a déjà commencé en Yougoslavie, ou je ne sais pas comment il faut l'appeler maintenant, et bientôt ce sera pareil ici.

— Mais en quoi cela nous concerne-t-il, Leo et moi ?

Même si je savais très bien où il voulait en venir, je désirais l'entendre de sa bouche.

— Florian Belanger va revenir. C'est ce qu'on dit, et je le crois. C'est pour cette raison que j'ai envoyé Cilea à l'étranger. Quand il reviendra, il sera plus riche, plus puissant et plus ambitieux que jamais. Et il a des comptes à régler : avec moi, avec Leo, mais également avec vous. Cilea s'est entichée de lui dès leur rencontre – j'ai espéré que vous l'éloigneriez de lui, et peut-être y êtes-vous parvenu pendant un temps, je l'ignore –, en tout cas, il revient aussi pour elle. Il ne sera pas ravi d'apprendre qu'elle a été avec vous et quand il saura que vous êtes un ami de Leo, il vous aura tous les deux dans le collimateur. S'il n'est pas déjà au courant.

— Je suis assez grand pour me défendre seul.

Manea ne releva pas. C'était une fanfaronnade, nous en étions tous les deux conscients. Je lui tendis la main, mais il s'arracha du canapé et m'étreignit. Lorsque je sortis, le garde avait disparu.

Neuf

Leo et Ottilia attendaient dans la voiture avec les bagages et les passeports, le moteur ronflant. Je n'avais même pas le temps de faire un dernier tour de l'appartement, de fermer la porte marquée « Belanger, F. » derrière moi.

À l'aéroport d'Otopeni, il y avait des barrages et des périmètres de sécurité. Leo avait prédit que le chaos faciliterait notre départ, mais il se trompait. Nous franchîmes le premier contrôle de la police, puis les militaires qui examinèrent nos papiers nous laissèrent passer. Beaucoup de gens étaient bloqués, pourtant, le sas suivant ne posa pas de problème non plus. Une fois dans le terminal, nous pensions être tranquilles – Ottilia embrassait déjà Leo – lorsque je vis l'avis à l'enregistrement des bagages : tous les vols de TAROM étaient annulés. Les guichets étaient déserts ; les employés s'étaient évanouis. Nos billets ne valaient rien. Les seules compagnies qui fonctionnaient étaient Air China et JAT, l'opérateur yougoslave.

— Beijing ou Belgrade… Voilà le choix…

Je me tournai vers Ottilia, mais elle avait disparu. Trois hommes de la Securitate l'avaient sortie de la file pour examiner son passeport.

— Merde, murmura Leo à mon oreille. J'ai tout foiré. J'imaginais qu'on laisserait une Russe tranquille, mais non. Ce sont justement les Russes qu'ils arrêtent : j'aurais dû y penser. Ce sont les nouveaux ennemis du régime ! Putain ! Qu'est-ce que j'ai foutu ?

J'entendis Ottilia plaider en russe, puis dans un mauvais roumain convaincant. Elle me jeta un regard et me fit signe de m'éloigner. « Va-t'en ! » articula-t-elle, tandis qu'ils prenaient son passeport afin de procéder à des vérifications dans un bureau.

— Vas-y sans moi ! dit-elle lorsque nous la rejoignîmes. Ce passeport ne résistera pas à un contrôle sérieux et il faut que je sois partie avant leur retour.

— Elle a raison, déclara Leo. J'ai fait de mon mieux – je ne pouvais quand même pas lui filer un passeport chinois, hein ? Il faut qu'elle sorte d'ici. Prends ça.

Il me donna un billet JAT, un aller simple pour Belgrade. Comment s'était-il débrouillé pour passer outre les files chaotiques aux guichets de la compagnie ?

— Je ne pars pas. Je ne pars pas sans toi.

J'avais saisi le bras d'Ottilia.

— Si.

Elle m'embrassa et se dégagea.

— Tu pars maintenant. Prends ce billet, tu pourras toujours revenir quand la situation sera plus sûre. Ou Leo me trouvera un autre passeport et je te rejoindrai. Va-t'en…

Elle mit sa main sur ma poitrine et me repoussa brutalement, puis s'évanouit dans la foule, entraînant Leo qui s'agrippait à elle.

J'étais de nouveau seul à l'aéroport, comme huit mois plus tôt. Au guichet de JAT, on m'annonça que j'avais raté l'enregistrement des bagages. J'abandonnai donc ma valise sur le sol de marbre et me dirigeai vers la douane où je trouvai le même tandem de voleurs en uniforme qui m'avaient dépouillé à mon arrivée. S'ils se souvenaient de moi, ils n'en laissèrent rien paraître. Ils se contentèrent de comparer mon visa presque expiré avec une liste affichée au mur et de m'extorquer cinquante dollars avant de m'inviter à passer. Le système s'écroulait peut-être, mais ici, dans leur microcosme vitré, rien n'affectait leurs petites affaires.

Il faisait froid et humide à Belgrade, et la police y était aussi omniprésente qu'à Bucarest. Je choisis mon hôtel en raison de son nom, de son prix et parce qu'il était proche de la gare. L'hôtel Bucarest n'avait rien de roumain, hormis l'absence d'eau chaude, de boissons fraîches et de chauffage. De ma fenêtre, je sentais les odeurs de nourriture des stands sur le trottoir et j'entendais le bruit de la circulation autour de la gare centrale. J'espérais trouver une télévision, mais dans ce domaine aussi, le Bucarest se voulait résolument roumain. Je n'avais pas écouté les informations depuis plusieurs heures et, en début de soirée, je me mis en quête d'un restaurant où je pourrais regarder le journal. Au buffet de la gare, un poste grand écran diffusait un flot continu de nouvelles au sujet de ce qui se passait de l'autre côté de la frontière. Les équipes des chaînes de l'Ouest étaient arrivées sur place.

Ceauşescu s'était enfui en hélicoptère après avoir tenté sans succès de rallier ses troupes. Des factions militaires fidèles au président tenaient encore la chaîne télévisée et les télécommunications, mais Radio Bucarest était tombée entre les mains rebelles, et annonçait des bulletins et des communiqués toutes les minutes. À Timişoara, Brasov, Cluj et ailleurs, l'armée et la police avaient changé de camp ; la Securitate et quelques unités résistaient encore. Déjà, on alignait les morts sur le trottoir pour les identifier et les pleurer. Dans les rues de Bucarest, la bataille faisait rage. La bibliothèque de l'université flambait, son grand dôme défoncé, ses poutres cassées se dressant dans la fumée. Les chars avaient tiré sur le siège du comité central et criblé la façade de trous. Dehors, on brûlait des portraits de Ceauşescu. Des snipers étaient embusqués derrière des fenêtres et des corps de civils gisaient parmi les décombres. La Securitate se battait en petits groupes meurtriers, mais les agents qui se faisaient attraper étaient pendus aux réverbères et on les laissait se balancer dans la bise, jusqu'à ce que le froid ou la rigidité cadavérique les figent.

Ce fut aussi dans la nuit du 23 que les équipes de télévision découvrirent les salles de torture souterraines, avec leur fouillis de cordes à piano et d'ustensiles dont certains ressemblaient à des cintres étirés, avec les fils électriques dénudés, les tuyaux et les caillots de sang. Sur le sol étaient répandus les papiers d'identité et les dossiers des victimes, ainsi que ceux de leurs bourreaux, tout ce qu'on n'avait pas eu le temps de faire disparaître. Partout en Roumanie, on jetait des documents au feu ou on les passait à la déchiqueteuse, même si les plus prévoyants ne les détruisaient pas : ils en faisaient des copies.

Il était plus de minuit lorsque je regagnai l'hôtel Bucarest. Mon sac et mon argent avaient disparu.

Il semblait que j'avais été la seule victime des cambrioleurs, mais le personnel s'empressa de blâmer les Roumains – *Ils sont ici depuis quelques heures, et déjà ils commencent à voler*. Le gérant me montra une pancarte qui déclinait toute responsabilité en cas de vol ou de dégâts. Lorsque je menaçai d'appeler la police, il me donna une claque dans le dos et rit si fort que les bouts de sa moustache se soulevaient comme un rideau dans un courant d'air. J'avais perdu deux cents dollars – tout ce qui me restait pour rentrer chez moi – et mes vêtements. Je n'avais plus que vingt dollars en poche, le livre de poèmes d'Arghezi que Trofim m'avait offert, avec une photographie de Cilea et moi en guise de marque-page.

Le réveillon de Noël à Belgrade se déroula sous une pluie qui gelait dès qu'elle touchait le sol. Les frontières étaient ouvertes, et le flot de réfugiés qui s'écoulait vers l'Ouest semblait ne jamais devoir se tarir. Les Yougoslaves s'en moquaient. Leur pays n'était qu'une étape. Des milliers de Roumains débarquaient à Berlin, Paris ou Bruxelles. On les filmait qui mendiaient dans les rues, dormaient sur des couvertures dans des gymnases, attirant la pitié générale. Ils avaient raison d'en profiter. D'ici quelques semaines, ces « Tsiganes » se verraient accusés de tous les maux, hausse de la délinquance, agressions et maladies.

Je devais passer au consulat britannique avant midi. Avec un peu de chance, je pourrais obtenir une garantie bancaire et emprunter de quoi rentrer chez moi. Le vice-consul était un homme au visage triste, qui portait un costume d'été et transpirait à grosses gouttes tropicales en dépit du froid. Il fumait des cigarettes de marques diverses, allumant l'une avec la précédente comme s'il voulait économiser les allumettes. Je remplis des formulaires et il m'avança de quoi payer un hôtel et quelques repas. Le reste prenait d'habitude quarante-huit heures, cependant, à cause de Noël, l'argent n'arriverait pas avant le 29. Est-ce que je savais où dormir ? Il me conseilla un établissement deux étoiles à deux pas, apprécié des voyageurs, car il était bon marché, propre et disposait d'une télévision avec télécommande dans les chambres. L'hôtel Ultima.

— Je ne tirerais pas de conclusion hâtive de son nom, ajouta-t-il avec un sourire fatigué.

Il me donna sa carte : Francis Phillimore, chef de mission adjoint. J'avais entendu ce nom, mais je ne savais plus où et dans la bouche de qui.

Devant l'Ultima, un homme qui prétendait être un réfugié de Timişoara me demanda de l'argent. Je lui adressai quelques mots en roumain auxquels il se révéla incapable de répondre. Il me cracha dessus et s'éloigna. Déjà la situation ouvrait de nouveaux horizons aux mendiants professionnels. Dans ma chambre, la télécommande était attachée au poste par une chaîne de quinze centimètres, si bien qu'il était impossible de s'en servir sans se lever et traverser la pièce. C'était, appliqué à un objet, l'équivalent des blagues communistes absurdes qui m'avaient tant amusé et tant appris au cours de ces cent derniers jours. Je m'installai sur le lit avec une bouteille de slivovitz et une tourte à la viande pour regarder les premières images du Front de Salut National en séance, buvant dans un verre à dents. Encore une séquence archivée dans le présent perpétuel.

Au fond, il y a un drapeau roumain avec un trou au milieu. On se trouve dans une pièce au siège du Parti, spacieuse, mais déjà enfumée. Tout le monde parle en même temps. On froisse des feuilles, la plupart vierges, et un homme assis au centre de la table rectangulaire reçoit des fax et des télégrammes, les parcourt et dicte des réponses à Oleanu qui se tient derrière lui avec un dictaphone, un stylo et du papier. L'homme porte les mêmes vêtements que la dernière fois où je l'ai vu, au Capşa : Ilinescu, ancien dirigeant du Parti, depuis peu dissident remarqué et aujourd'hui chef incontesté du FSN. Manea Constantin est là aussi, pas très loin de lui : ministre de l'Intérieur et maintenant de l'Information. Il n'est pas bien habillé et, pour qui connaît son chic habituel, le négligé de la tenue paraît délibéré. Il a même pris soin de ne pas se raser. Il a la mine de quelqu'un qui a passé la nuit sur les barricades, même si ses barricades avaient sans doute l'apparence d'un divan turc, d'un bar et de la télévision par satellite, tandis que ses armes étaient des téléphones, des fax et une déchiqueteuse gavée de papier. Manea assiste au premier conseil du premier gouvernement post-Ceauşescu, le seul ministre avec deux portefeuilles. Son plâtre a disparu.

Les autres hommes présents ressemblent à ceux qu'ils ont remplacés. Souvent ce sont d'ailleurs les mêmes. Puis je le vois. La caméra filme le bout de sa canne, balaie la pièce, puis revient sur lui, assis à quelques sièges à la gauche du nouveau Premier ministre. Trofim, lui, ne se sent pas obligé d'avoir l'air négligé ; il porte même son insigne du Parti au revers de sa veste. Quand il parle, tout le monde écoute. Il a sur le visage une expression que je ne lui connais pas : concentrée, pénétrante et totalement impersonnelle. Trofim paraît transfiguré. C'est une présence imposante. Ce n'est pas lui le chef ici, cependant, à la manière dont chacun le consulte et demande son opinion, lui montre les nouveaux décrets avant de les passer – dix-huit pendant la première heure du gouvernement –, on comprend qu'il n'en a nul besoin : être « le chef » est une chose trop grossière pour lui.

Le porte-parole du Front de Salut National déclare que Ceauşescu a été arrêté à l'issue de sa fuite en hélicoptère et qu'il sera jugé. Les représentants du peuple ont pris le contrôle de la radio, de la télévision, et ils occupent le siège de *Scînteia*. Ils reprochent à la Securitate, loyale à l'ancien président, de continuer le combat et affirment que l'armée est du côté du peuple depuis le début. Ce n'est peut-être pas leur premier mensonge, mais au moins, c'est le premier que je peux identifier comme tel.

Un rire bruyant me surprend, c'est un gloussement de cynisme et d'hilarité amère, puissant et enveloppant. C'est mon rire, et très vite il se transforme en quelque chose qui est plein de colère, de raillerie et d'autodérision. Suivent les larmes. Je les sens qui piquent mes yeux, mêlées à la fumée de cigarette et aux vapeurs de slivovitz qui remontent de mon estomac. *Le bordel a changé de nom, mais on a gardé les vieilles putes* : c'est ce que Leo disait, non ?

Je dormis dans mes vêtements et me réveillai tard, déshydraté, suant l'alcool. À l'hôtel, je trouvai un message de Phillimore qui m'invitait à un repas de

Noël. *Apéritif à partir de onze heures*, lisait-on sur la note, où figurait aussi une adresse. Le réceptionniste m'assura que c'était à deux rues de là et il me traça le trajet sur la carte touristique de la compagnie aérienne.

Phillimore ouvrit la porte, deux verres de vin chaud dans les mains, une couronne en papier crépon posée de travers sur son crâne.

— Joyeux Noël.

Son salon était orné de portraits d'ancêtres distingués, amiraux et commodores affublés de noms comme Fortescue et Phillimore-Mannering, veillant sur leur descendance, qui, à en juger par l'état de désolation célibataire de l'appartement, s'éteindrait avec le vice-consul. L'unique concession aux décorations festives semblait être une boule de Noël solitaire accrochée à une plante en plastique.

Un fumet de rôti s'échappait de sa minuscule cuisine. Une petite femme avec un foulard sur la tête surveillait une oie au four et débouchait du vin. Dans la pièce principale, Euro News diffusait des images désormais familières, à la différence près que les Ceauşescu étaient en état d'arrestation et regardaient fixement l'objectif, ridés, les cheveux en bataille, l'air terrifié.

— Pardon. Vous devez en avoir plus qu'assez, dit Phillimore, avant d'éteindre le poste et de remplir mon verre. Si j'avais su que vous étiez un ami de Leo – vous n'aviez aucune raison de le mentionner, cela dit –, enfin, toujours est-il que si je l'avais su, je vous aurais débloqué de l'argent sur-le-champ et je vous aurais mis dans l'avion hier. Au moins, vous passeriez Noël à la maison.

Phillimore pointa vers moi une grosse papillote qui contenait un pétard.

— Vous connaissez Leo ?

La minuscule explosion du diablotin me fit sursauter.

— Depuis des années, même si cela fait un moment que nous n'avons pas eu l'occasion de nous voir. Je lui rendais quelques services de ce côté-ci : vous savez, papiers, visas, permis d'exportations… rien de bien méchant, néanmoins, cela reste de la corruption.

Il m'adressa un sourire morne et leva son verre.

— Je crains que vous ne soyez mon unique invité, mais il y a à boire et à manger. Je n'ai rien de prévu aujourd'hui, hormis écouter l'allocution de la reine à seize heures et aller au pot du personnel de l'ambassade ce soir, si cela vous tente…

Phillimore était un compagnon facile. Il avait la tristesse dépourvue d'exigence de celui qui a choisi d'être seul. Le simple fait d'être avec lui donnait l'impression d'une délivrance, d'une purge.

— Comme ça, Leo vous a appelé ?

— Hier soir, tard. D'une espèce de téléphone portable. La communication était abominable. Il voulait que je vous trouve, et je lui ai répondu que vous étiez déjà passé. Apparemment, tout va bien, ils sont en sécurité. Et il m'a demandé de vous prêter de l'argent. En fait, il m'a fait promettre que je vous dirais de revenir à Bucarest, mais ce serait aller contre les recommandations du ministère des Affaires étrangères. Tenez, voici trois cents dollars, plus qu'assez pour rentrer – rentrer où, c'est à vous de voir. Prenez-les, je m'arrangerai avec Leo plus tard.

Nous écoutâmes le discours de la reine en dégustant une oie farcie au sarrasin et en buvant du vin croate.

La journée de Noël des Ceauşescu fut écourtée, car avant la fin de la matinée, ils étaient fusillés contre un mur et achevés au pistolet.

À dix-sept heures, nous regardions les images du procès à la télévision.

On ne voit que les Ceauşescu, assis à une petite table dans un bunker de Târgovişte. Ils gardent une attitude de défi jusqu'au bout et il se dégage une étrange tendresse de leurs petits gestes. Ce sont toujours les petits gestes que l'on retient. Peut-être est-ce parce qu'ils semblent avoir pris la mesure de la mort et que, pendant un bref moment, ils lui font face : elle boutonne son manteau et pointe le menton d'un air décidé, il caresse sa main, lisse ses propres cheveux, gonfle la poitrine. Ma mémoire me joue-t-elle des tours, ou, quelques minutes avant la fin, noue-t-elle un foulard autour du cou de son époux ? Elle est désorientée, terrorisée, pourtant, elle réagit encore avec une arrogance insensée. Quand on l'interroge sur son âge, elle rétorque : « On ne demande pas son âge à une dame », et c'est moins d'une demi-heure avant l'exécution.

Tous les procès de dictateurs connaissaient ces instants de dignité inattendue ou d'écœurement, lorsque la soif de sang attisée en nous faiblit. Que dit-il ? Il y a des sous-titres, mais ce ne sont que des divagations désespérées : « Je suis le président », « Je ne reconnais pas ce tribunal voyou », « Je répondrai au peuple et au peuple uniquement »... Et elle : « Vous nous devez tout. Nous avons veillé sur vous. C'est ainsi que vous nous remerciez ? » « C'est ridicule, les Roumains nous aiment et ne soutiendront pas ce coup d'État. » Bravoure ? Ou seulement le fantasme qui survit à sa relation avec la réalité, comme la dernière note d'une symphonie qui reste un instant en suspens avant d'être engloutie par le silence ?

Ils sont reconnus coupables d'une longue série de crimes, d'avoir affamé leur peuple comme de posséder trop de paires de chaussures. À un moment donné, l'avocat de la défense doit être rappelé à l'ordre par le procureur parce qu'il les injurie. Les accusateurs sont hors de vue, et leurs noms, quand Nicolae ou Elena les mentionnent, sont barrés des sous-titres. L'une des voix est celle de Manea, j'en suis sûr, mais lorsque la liste des participants au procès sera enfin dévoilée, il n'y figurera pas.

Tout est fini à présent. La caméra fait un panoramique sur les cadavres. Les visages sont presque intacts, le point d'impact est propre ; l'arrière de leur crâne transpercé par les balles bat comme une capuche dans la tempête. Elle gît sur le trottoir alors qu'il est mort à genoux, son torse et sa tête projetés en arrière. Quelqu'un leur ouvre les yeux pour les examiner et leur prend le pouls.

Il y a un mouvement brusque et on voit un pan de ciel bleu incongru lorsque le cameraman perd l'équilibre : un azur parfait, vide, sans poids. Puis il se rétablit, enjambe un corps, puis l'autre : gros plan sur leurs mains, séparées par la violence des balles. Les vêtements des morts, voilà ce qui reste dans les mémoires, pas leur visage : à elle il manque une chaussure, à lui son chapeau d'astrakan qui est tombé un peu plus loin ; le sac qu'elle n'a pas lâché est encore logé au creux de son coude.

Avant de servir le *Christmas pudding*, Phillimore m'apporta une carte avec un long numéro de téléphone.

— C'est celui de Leo, son numéro de portable… il m'a demandé de vous le donner. Vous pouvez l'appeler d'ici si vous le souhaitez.

Il sortit une bouteille de slivovitz, en versa quelques doses sur le dessert et gratta une allumette.

Leo était essoufflé, excité, la radio et la télévision bruyantes dans le fond.

— Où es-tu ?

— Je suis à l'appartement. En fait, dans ton appartement. Nous sommes tous là : Ottilia, Iulia… Ozeray est passé, lui aussi, et on risque même d'avoir une visite du conseiller politique principal du gouvernement, le camarade Trofim. Ottilia dort, elle a travaillé toute la nuit à l'hôpital. Elle veut que tu reviennes. De toute façon, je pense qu'elle se rend compte qu'elle n'aurait pas pu partir. Sa vie est ici.

— Je le sais. Comment ça se passe ?

— C'est un carnage. Mais nous allons gagner.

Je notai le « nous ».

— Et toi, où es-tu ?

— Tu le sais très bien. Chez Phillimore. Nous en sommes au dessert.

— Est-ce qu'il t'a donné de l'argent ? Parfait. Maintenant que tu as eu deux jours pour réfléchir, il est temps que tu reviennes… de toute manière, il n'y a plus de danger.

— *Plus de danger ?* Comment ça, *plus de danger ?* J'entends les balles ! J'ai la télé, figure-toi ! Ça m'a l'air tout sauf sans danger… Et Vintul, Stoicu et compagnie ?

— Les balles ? Tu plaisantes, un ricochet par-ci par-là… Stoicu, je n'en sais rien. Je suppose qu'il garde un profil bas pour l'instant. Il va peut-être refaire surface, mais il est inoffensif tant que Manea est au pouvoir.

Leo changea alors de ton. Je sentais qu'il vérifiait si on l'écoutait, puis je l'entendis quitter la pièce. Il poursuivit d'une voix plus basse.

— En ce qui concerne Vintul, on est tranquilles. C'est une affaire réglée.

— Comment ça, *réglée* ?

— Eh bien, nous avons eu un tuyau – le Lieutenant et deux de ses hommes s'en sont occupés. Il s'est retrouvé encerclé avec plusieurs membres de la Securitate. En bref, disons que le peuple a exercé une justice sommaire.

En d'autres mots, Manea avait fait savoir à Leo où trouver Vintul, et Leo avait transmis l'information à qui de droit. Les révolutions permettent aussi de régler des comptes : ceux de Manea, d'Ottilia, de Leo. Et les miens, semblait-il.

— Allô ? Tu es toujours là ? cria Leo. Alors ? Qu'est-ce que tu vas faire ? Tu veux que je t'énumère tout ce que tu rates…

— Économise ta salive, Leo.

Il y avait un train de nuit pour Bucarest et, s'il roulait, je serais dedans. L'un des avantages du communisme, c'était que Noël était un jour ouvré comme un autre.

Je récupérai mes affaires à l'hôtel et Phillimore m'escorta jusqu'à la gare.

Au guichet, je réclamai un aller simple pour Bucarest et sortis la somme nécessaire. L'employée leva vers moi des yeux sidérés et me demanda de répéter ma destination, puis le type de billet que je désirais. Phillimore m'accompagna sur le quai et me donna un sac qui contenait les restes du repas et une bouteille d'eau minérale.

— Mes amitiés à Leo, dit-il d'un ton plaintif. Peut-être maintenant pourra-t-il nous rendre visite plus souvent.

À deux quais de là attendait le train de Bruxelles : BEOGRAD/BRUSSELS. Il était déjà plein, des voyageurs debout dans les couloirs, d'autres grimpant encore, traînant leurs bagages. Celui de Bucarest en revanche était un train fantôme, douze wagons vides, à l'exception de quelques journalistes. Avec l'ouverture des frontières, les combats de rue, la mort des Ceauşescu, le pillage des villas et des palais luxueux, la Roumanie était le nouvel eldorado de la presse.

J'avais un compartiment pour moi tout seul. La pluie s'était transformée en neige qui s'accumulait sur les joints en caoutchouc des fenêtres. J'appuyai mon front contre la vitre glacée et regardai le rapide à destination de Bruxelles s'éloigner. Les conducteurs et les contrôleurs arrivèrent vingt minutes plus tard, mal rasés, dans des tuniques grises déboutonnées. Au bout de quarante minutes, nous démarrions.

J'avais pour voisins les plus proches un commando paramilitaire à béret noir, installé quelques compartiments plus loin. Certains des hommes étaient armés et ne s'en cachaient pas. Tous étaient yougoslaves. Ils fumaient, buvaient, écoutaient du pogrom rock. Dans le compartiment suivant, seul, entouré de journaux en français, en allemand et en anglais, leur chef, un blond musclé, me toisa, haussa les sourcils et baissa le store de sa fenêtre.

Huit heures plus tard, après plusieurs arrêts inexpliqués, des contrôles d'identités et une attente de deux heures à la frontière, nous entrions en gare de Bucarest. C'était le chaos entre les vrais départs et les départs avortés. Des trains démarraient avec des hommes et des femmes accrochés aux poignées, des sacs et des valises attachés sur le toit, des gens dans les voitures-lits, assis à quatre par couchette.

Un des bérets noirs yougoslaves se plaça devant ma porte pour m'empêcher de sortir, tandis que son employeur et son escorte descendaient tranquillement. Lorsqu'on m'autorisa à débarquer, je vis un peu plus loin le grand blond flanqué de sa garde et de plusieurs porteurs. Il marchait d'un pas rapide et puissant, mais avec une claudication marquée. Il avait une canne dont il ne se servait pas : elle était là pour nous rappeler à tous, y compris à lui-même, qu'il avait une infirmité et qu'il l'avait totalement surmontée. S'il avait repéré Leo sous la vieille horloge du panneau des arrivées vides, il n'en laissa rien paraître. Celui-ci parlait au téléphone, lui tournant en partie le dos, un exemplaire du *Times* sous son bras. On ne voyait aucun policier et, en dépit des coups de feu au loin, la normalité resurgissait partout où elle le pouvait, comme les mauvaises herbes dans les fentes du trottoir : l'odeur du pain, le bruit des tramways et des bus, les kiosques rouverts. Il y avait même un nouveau journal, *Adevarul*, qui titrait : « Procès d'un tyran ». Avec un nouveau poème de Palinescu.

— Ça va ? demanda Leo alors que nous nous étreignions. On dirait que tu as vu un fantôme…

Par-dessus son épaule, je reconnus Cilea, appuyée contre une Mercedes noire, avec des lunettes de soleil et un manteau en fourrure gris. Je sentis mon ventre se nouer. Rentrée de Paris ? Elle n'était sans doute jamais partie. Je suivis Belanger des yeux, serrant toujours Leo contre moi pour l'empêcher de se tourner vers eux. Cilea me faisait face, mais je ne savais pas si elle m'avait repéré. En tout cas, son sourire était destiné à Belanger. Lorsqu'il la souleva, elle rit et rejeta sa tête en arrière, puis couvrit son visage de baisers. Il la déposa à l'arrière de la voiture et un instant plus tard, ils avaient disparu.

— Non, rien, j'ai cru voir quelqu'un que je connaissais, répondis-je, libérant Leo.

Il se mit en marche, se faufilant dans la foule, à contre-courant du flot humain. Sa Skoda ambassadoriale avait une nouvelle carte plastifiée sur le tableau de bord – en mission pour le gouvernement provisoire – et une sirène amovible se trouvait sur le siège passager. Quelques tirs éclatèrent à proximité. Des gens se baissèrent. Leo ne les entendit même pas.

— Ottilia nous attend. Je vous ai réservé une table au Capşa. Tu seras heureux d'apprendre qu'il n'y a pas eu de changement de régime, là-bas…

— C'est bon à savoir.

De la voiture, je regardais défiler le boulevard de la Victoire-du-Socialisme, ses façades aux airs de pierre tombale étrangement intactes.

— Et en ce qui concerne le reste du pays, laisse-moi deviner : le bordel a changé de nom, mais on a gardé les vieilles putes. C'est bien ce que tu nous avais dit ?

Leo fit un geste indifférent.

— Ma foi, tu sais ce que c'est… et après tout, mieux vaut une pute qui a de l'expérience…

NOTE POUR L'ÉDITION FRANÇAISE

L'extrait du poème « Ozymandias », de P. B. Shelly, est tiré de : *Les Romantiques anglais*, choix et traduction Pierre Messiaen, Paris, Desclée de Brouwer, 1955.

PAPIER À BASE DE FIBRES CERTIFIÉES

Le Livre de Poche s'engage pour l'environnement en réduisant l'empreinte carbone de ses livres. Celle de cet exemplaire est de :
900 g éq. CO_2
Rendez-vous sur www.livredepoche-durable.fr

Composition réalisée par PCA

Achevé d'imprimer en janvier 2015 en France par
BUSSIÈRE
Saint-Amand-Montrond (Cher)
N° d'impression : 2013886
Dépôt légal 1re publication : octobre 2014
Édition 02 - janvier 2015
LIBRAIRIE GÉNÉRALE FRANÇAISE
31, rue de Fleurus – 75278 Paris Cedex 06

85/0000/5